中文A語言與文學課程學習指導

Chinese A Language and Literature Course Study Guide

禹慧靈 編著

第二版 | 繁體版

前言

《DP 中文 A 語言與文學課程學習指導》（下稱《學習指導》）為研讀該課程的學生所編寫，也可作為教師的參考資料。在 2019 年版的國際文憑大學預科項目（DP）第一學科組的課程中，“文學課程”和“語言與文學課程”在課程框架和內容上更加接近，所以對 IBDP 文學課程的學生來講，本書亦有指導價值。本《學習指導》涉及到多種文學和非文學作品的創作和閱讀現象以及相應的社會和語言問題，也可作為其他語言與文學課程的學生和有興趣的讀者的參考讀物。

內容和使用建議

一、課程整體框架。《學習指導》介紹了課程的整體框架，包括探究領域、概念和全球問題。探究式學習是 2019 年版課程的新走向，建議教師和學生充分領會這一部分的內容，為研讀後續章節打好基礎。

二、課程具體內容。《學習指導》以探究領域為線索規劃整個學習過程，在每個探究領域總話題中又分出較為具體的分話題。教師和學生應該認識到探究領域在課程中的核心地位，同時按照分話題之建議規劃課程，也可以根據自己的興趣偏好開設別的分話題，以使課程學習更有針對性。

《學習指導》為每個分話題選定了相應的概念和全球問題，目的是引導讀者在探究領域、概念和全球問題的研習之間建立聯繫。探究話題和概念以及全球問題的聯繫可以多種多樣，《學習指導》只是提出一種可能的匹配模式，教師和學生可以根據自己的理解和需求做出調整。

《學習指導》選用了多種類型的文學和非文學文本，同時結合章節教學重點的需求做出分析和評價。《學習指導》力求從具體文本入手，鎖定特定內容和語言現象，以小見大，展開思路。讀者應該將文本分析當作課程學習之核心，藉助書中提供的線索和方法，培養文本研習之能力，尤其是將文本閱讀和探究式學習結合起來的能力。《學習指導》亦安排了延伸閱讀，引導讀者在文本研讀過程中達到全方位的理解。教師和學生宜利用延伸閱讀的機會，使課程學習多樣化，同時走向新的深度。

在大部分章節中，《學習指導》將文學和非文學作品搭配在一起，聚焦相同的課程內容展開研討。關注文學和非文學文本的相關性，是語言與文學課程的與眾不同之處。教師和學生應該認真體會兩類文本分別有什麼特點，又如何在概念探究的框架之下結為一體。

《學習指導》設置了課前思考題和延伸閱讀思考題，在每一個章節之後還有對研討內容的總結。希望教師和學生利用這些內容引導思路，啟發思考，增益學習效果。思考題和總結都是和概念及全球問題相關聯的，尤其在總結部分，《學習指導》力圖歸納研習過程，做出有規律性的結論。這個研習過程是探究式學習的必經之路，希望教師和學生可以充分利用。

三、練習和學習成果評估。《學習指導》中的思考題可以用作學生的練習題。同時，按照課程評估要求，《學習指導》也設定了多種類型的題目。教師和學生可以根據自己的需要和課程時間安排來選擇使用，同時也可以按照相應的出題思路設計自己的思考練習題。

承蒙業界同仁提供寶貴意見，學生授權使用他們的作業，《學習指導》得以成書。在編輯出版過程中，香港三聯書店鄭海檳先生、尚小萌女士和責任編輯胡卿旋女士傾力相助。在此一併致謝。

禹慧靈

2019 年 9 月 1 日

於香港

目錄

第一部分　概述

第二部分　讀者、作者和文本

第五部分　互文性：文本連接

第六部分　評估

第一部分　概述

第 1 章　課程簡介

❶ 概述

“語言與文學課程”歸屬國際文憑大學預科項目第一學科組，和“文學課程”並列。語言與文學課程面對的對象是已有較為堅實的語言學習背景，有較高的語言文學知識和使用技能的學生。

人類用語言來實現交流的目的。對語言與文學課程來講，語言交流的形式分“文學”和“非文學”兩大類。兩類文本的表達方式沒有根本的區別，因為人類的任何言語表達，都是在一定的情境和社會背景下完成的，都是在表達一個明確的語義。

交流和表達的主體就是文本的作者。作者總是想要通過文本呈現自己的觀點和情感。讀者或者說受眾，也是表達和交流過程的重要成分。受眾和作者一樣，都是來自特定的社會文化背景，但受眾和作者的社會文化背景未必相同。所以，作者想要表達的未必是讀者所接受到的，也不一定是讀者可以理解的。

文本是交流過程中的媒介，是交流過程中的一個重要環節。語言和文字作為符號系統，所指未必明確，交流過程會因而變得含糊不清，模棱兩可。同時，語言和文字有地域性，有明顯的文化特徵。在翻譯的過程中，語義會有得有失，或呈現出全新的面貌。

雖然說文學文本和非文學文本有很多相同的地方，但也有不同。

“文學”為何，有比較明確的界定。文學指的是語言的藝術性表達，就是用藝術的形式表達作者的觀念和情感，而不具備明顯藝術特徵的，則可稱為“非文學”的文本。把語言和文學現象簡單並列或對立起來，是不恰當的。

文學是人類藝術表達的一種形式。文學更側重於作者內心情感和觀念的呈現，而呈現的方式總是曲折委婉的。文學家更在意表達自己的內心隱秘，外面的世界會在文學家的內心世界留下痕跡，但多半是影像和折射。相比之下，非文學的文本則更加關注真實的世界，呈現現實社會的樣子，對文本的語境、受眾和交流目的有更加明確的關照。

從文體形式或體裁來講，文學和非文學文本還是有所區別的。語言與文學課程要求學生選讀一定數量文學類的作品，要求這些作品必須跨越不同體裁、寫作及閱讀接受之地域和時間。對非文學類的文本來說，文體形式更加多種多樣，和交流平台、交流目的有直接關係。

文學和非文學文本是怎麼樣呈現在課程中的？從課程內容來講，在三個探究領域內展開："讀者、作者和文本""時間和空間""互文性：文本的相互聯繫"。在這個意義上，無論是文學的還是非文學的作品，都要歸到這三類之中。學生需要將文學和非文學的文本放在一起，根據課程的三大線索進行探究。

2 探究領域、概念和全球問題

探究性學習是語言與文學課程的基本特徵。課程內容分為三大部分，歸屬於三大"探究領域"："讀者、作者和文本""時間和空間""互文性：文本的相互聯繫"。如果以"文本"也就是作品為核心，三個探究領域分別對應文本自身特徵、文本外圍環境、文本相互影響。

語言與文學課程以三個探究領域為結構框架，教學內容應該以三個探究領域為線索，教學資源也應該合理分配到三個探究領域之中。課程對文學作品如何分配到三個探究領域中有明確的規定（見頁 6 圖表）。三個探究領域分別要使用一定數量的教學時間。

本書的第二到第五部分詳細講解了三個探究領域在課程中的具體情況。

"概念"和"全球問題"應該貫穿在課程的教學過程中。在講授每個探究領域的時候，教師應該帶出概念的內容，並且把概念和探究領域聯繫起來。全球問題雖然是為口頭評估專設的，但也應該呈現在每一個探究領域之中，使得課程更能關切到現實世界的問題，同時為學生做口頭評估作準備。

有關概念的詳細情況，在本書第一部分中還會談到。有關全球問題的情況，會在第六部分即評估部分談到。

3 課程

3.1 “文學”和“非文學”內容

語言與文學課程須包括文學和非文學的內容。文學內容以“作品”為單位，包括虛構文學、非虛構文學、戲劇和詩歌。非文學內容可以“作品”為單位，也可以單篇文本的組合為單位。非文學文本包括各種視像、語音作品，諸如廣告、電影、電視、人物傳記、指南、照片、博客、資料圖、無線電廣播、小冊子等。

3.2 原創和翻譯

“原創”作品指的是用課程目標語言書寫的作品，對中文來說，就是用中文創作的作品。“翻譯”作品指的是用外文寫作，被翻譯成中文的作品。國際文憑組織為第一學科組不同語言的課程提供了一個《國際文憑指定閱讀書單》，其中包括多種語言作家。在設計課程的時候，教師可以根據需要和喜好選擇中文原創作家以及有中文翻譯作品的外國作家的文學作品。課程對原創和翻譯作品的數量有一定的規定（見頁 6 圖表），但也有自由選擇的空間。對非文學作品和文本來講，也可以有原創和翻譯作品之分。教師應該適當把握尺度，平衡兩類文本的分量，同時要注意到原創作品的語言風格更加“原汁原味”，更容易達到目標語言的教學效果。

3.3 體裁、時期和地域

體裁、時期和地域指文學作品的體裁、寫作的時期和作品產生的地域。對文學作品來講，“體裁”包括虛構文學、非虛構文學、戲劇和詩歌，還有特殊類別的“繪本小說”。其中，“虛構文學”指的是以虛構為主的文學作品，例如小說和一些虛構色彩較明顯的散文，“非虛構文學”指的是紀實特點較明顯的文學作品，例如一些散文作品。對具體作品來講，虛構和非虛構的界限可能不是很分明，所以有些作家的作品會跨越虛構和非虛構兩個範疇。對中國文學來講，虛構文學和非虛構文學的區分有啟發意義。以往，很多教師都把散文當作非虛構文學作品。這個看法需要調整。“時期”按照公元世紀劃分，如司馬遷為公元前二世紀作家，曹雪芹為十八世紀作家，高行健為二十至二十一世紀作家。“地域”方面，各國及地區文學自有不同，對中國文學來講，分為中國（主要寫作時間在 1949 年以前的作家，相當於舊課程中的“不分地域”作家）、中國大陸、中國台灣、中國香港、新加坡、澳洲、美國、海外幾類。對非文學作品來講，雖然對體裁、時期和地域沒有明確的規定，但教師在選取材料的時候，也要儘量做到多種多樣，顧及不同寫作形式、時代和地域的作品。

3.4 課程要求和自由度

課程對選擇和分配作品有一些硬性的要求（見下圖表）。例如，高級課程的文學作品必須跨越三個體裁、三個時期和三個地域，而每個探究領域最少兩部作品。要求的目的是保證課程有足夠的涵蓋範圍，不同的探究領域在課程中都會涉及到。另一方面，教師和學生都有較大的自主性。例如，對高級課程來講，只要在每個探究領域中放入兩部文學作品，就可以滿足要求，而且可以在指定作者之外自由選擇兩部作品（佔作品總數的三分之一）。自由度的好處是教師和學生有更大的機會發揮自己的主動性。

圖表：文學作品的選擇與分配

高級課程：6 部作品	普通級課程：4 部作品
2 部目標語言原創作品	1 部目標語言原創作品
2 部翻譯作品	1 部翻譯作品
2 部自選作品	2 部自選作品
每個探究領域最少 2 部作品	每個探究領域最少 1 部作品
作品跨越 3 種體裁、3 個時期、3 個地域	作品跨越 2 種體裁、2 個時期、2 個地域

課程設計的基準原則是：教學內容多樣化，各部分融會貫通，教師和學生在享有充分的自主權的同時對課程的質量和學術誠實承擔責任。

4 評估

4.1 評估目標

評估目標也是課程的教學目標，為如下三個方面：理解和詮釋、分析和評價（接受層面），以及交流和表達（表達層面）。

一、理解和詮釋：在學習過程中，學生要接觸到多種不同類型的文本，充分理解文本的內容及其深刻的含義，尤其要關注到文本的交流語境、作者之寫作目的和意圖以及受眾的需求。同時，還要熟悉多種文學和非文學的文體形式以及語言技巧，其中也包括有視覺元素的文本。

二、分析和評價：分析的重點是文本的語言與文體形式如何發生作用，如何塑造語義，包括各種詞彙的選用，修辭手法如何影響到語義的表達，如何使含義發生偏差或者製造新的表達機會，不同文本之間有什麼樣的關係，文體特點如何傳承，透過文學和非文學的文本形式如何關注人類社會、表達觀點。

三、交流和表達：學生應具備相應的寫作能力、掌握熟練的寫作技巧，其中包括清晰而準確地表達觀點，行文條理有邏輯，能夠根據交流目的做出調整，運用語言技巧和表達方式。課程各項評估均以論證和陳述為主，所以論述的語言表達方式和語體是學習的重點。

4.2 評估項目

按照項目內容來分，課程評估分如下幾項："有引導題的文本分析""比較論文""高級課程論文""個人口試"。按照評估操作形式來講，分為"校內評估"和"校外評估"。

一、有引導題的文本分析（在評估序列中又稱為"試卷一"）："文本分析"指的是對指定的文本進行精細的分析，包括對內容的詮釋，對語言技巧和文體風格的理解，以及語言和文體形式如何有助於展示語境、寫作意圖和讀者需求，如何呈現內容，如何表達觀點和情感。對語言與文學課程而言，評估的文本是"非文學"文本。"引導題"是對文本分析的引導，體現教學目標和出題者意圖。一般來說，一個文本配一項引導題，"引導"的重點是啟發高階思考和深入探究。在評估中，"有引導題的文本分析"有兩個文本和相應的引導題，高級課程的考生需要就兩篇非文學文本做出回應，而普通級課程的同學只需就其中一篇做出回應。“有引導題的文本分析”屬校外評估，要在閉卷考試狀態下進行。

二、比較論文（在評估序列中又稱為“試卷二”）：比較論文評估要求學生根據指定的論題完成一篇論文的寫作，論文討論的對象是課程所學的兩部文學作品。論文要求對兩部作品做出比較，故稱為“比較論文”。論文要求展示對文學作品的內容、主題和文體形式的理解，討論文學形式如何有助於達到作者的意圖，充分呈現主題。在考試中，會有四道考題供選擇，考生只需回應其中一道。對高級和普通級課程的同學來講，比較論文評估沒有區別。這項評估屬校外評估，要在閉卷考試狀態下進行。

三、高級課程論文：這項評估只為高級課程學生而設，意在評估學生更高一級的分析探究能力和論文寫作能力。論文要求學生選取非文學文本作為依據和研究對象，同時在課程指定的七個概念中選用一項來設計概念探究線索，由此規劃研究範圍和論文題。這項評估屬校外評估，在課程學習過程中分階段完成，在規定時間交稿。

四、個人口試：這是一項口頭完成的評估任務。學生要在所學的文學和非文學作品中各摘取一個選段，在課程規定的五項全球問題中選一項，就兩個選段和相應的作品整體內容，做出口頭分析評論，然後回答教師的問題。學生可以預先準備選段和分析評論的內容，在考試時只能攜帶簡單的提綱。考試以個人面對教師的形式進行。這項評估屬校內評估，在課程學習過程中分階段準備，根據教師安排，一次性完成。

關於評估的操作形式和建議提示，在本書的第六部分有詳細介紹。

第2章　概念探究

國際文憑大學預科第一學科組的課程設定了七大概念："身份認同""文化""創造""交流""觀點""轉化""呈現"。本學習指導將以三大探究領域為線索，梳理教學思路，概念將穿插其中。

1　概念的特點

概念是人類智慧的呈現。知識的範疇種類繁多，很多是基於對經驗世界的觀察，概念就不同了。概念最大的特點就是跨越學科，不是某一個學科特定的東西，而是不同學科所共有的。既然如此，概念就不應該是具體的。雖然概念總是和學科有關係，但是已經脫離了學科具體的知識。雖然每個學科的知識都可以很深奧，但是概念總是更深、更廣，探討人類智能和知識的終極性問題。

我們的知識有些是關於事實的，有些是概念性的。事實性的知識告訴我們在做什麼，而概念性的知識是在探討為什麼做和如何做，以及會產生的後果。對文學與非文學文本來說，事實性的知識包括各種語言現象和使用方法，例如不同種類的句法句式、多種多樣的修辭手法，也包括人們所從事的相關活動，例如書寫、說話、朗誦、表演等行為。而概念性思考就是語言手法和文學形式是如何生成並產生效果的、效果的範圍如何描述和界定，在其中作者、文本和受眾的關係是話題的焦點。

"事實性知識"和"概念性探究"有什麼不同？選用一個常見的文體樣式為例：商業廣告。如果說"比喻是廣告常用的修辭技巧"，那是事實性知識；如果說"比喻帶來的藝術想象是否會增加商業效果"，就是在做概念性探究。

事實性的知識是有限的，說明事實是一個封閉的認知行為；概念探究的範圍是深不可測的，其探討人類認知世界的終極問題，又能走到一個廣袤無垠的領域。

概念總是以詞語的形式出現。不過，一個詞如果要是表達一個概念，它的意思就深奧多了。很多詞語在各個學科裏都有，但用來表達概念的時候，這些詞就有了更深更廣的含蘊，甚至有不同的意義。

例如，説到文學作品，我們經常用"創作"這個詞，指的是寫作過程。但是作為一個概念，"創作"指的是人類的一種能力，體現了人類從最簡單的物質需求達到精神境界的過程和途徑。

概念性的理解總是在特定框架內完成的，在國際文憑中學項目課程裏，這個框架就是"全球情境"。對大學預科項目課程而言，這個框架就是課程的三個部分：讀者、作者和文本，時間和空間，互文性：文本的相互聯繫。雖然概念總是很抽象的，但並不是天馬行空、言之無物的空話。國際文憑課程的宗旨是讓學生扎根於現實世界，參與社會實踐，在真實生活中尋找答案。"情境"就是這些概念的根基。同學總是要從個人周邊生活入手、推廣到自己熟悉的生活範圍，進而解決全球問題。自身的體驗至關重要。"推己及人"，個人體驗和國際情懷的結合，是國際文憑課程的境界。所以說，事實性知識、概念性理解和實用性技能密不可分，為的是讓我們勇於介入生活，為解決時代問題做出貢獻。

對語言與文學課程來說，同學就是要學到一些"實用性技能"。這些技能範圍很廣，不只是能說話、閱讀、認字、寫字就夠了，還包括更大範圍的東西，例如能夠懂得在什麼樣的交流情境之中應該說什麼話、使用什麼樣的措辭語句，體會到語言如何產生效應、文化社會語境在其中如何產生作用。這樣的話，在接受語言信息、轉達個人用意的時候，同學們就變得更加聰明睿智，成為生活的主宰，給社會和人生增加意義。

概念的作用有哪些？

- 超出學科範圍，關注重大問題；
- 連接不同學科，構建知識整體；
- 組織條理思路，引發高階思考；
- 導向具體行動，投入社會實踐。

2 課程中的概念

國際文憑大學預科項目第一學科組指定的七個概念同樣應用在文學課程、語言與文學課程和語言與表演課程中。這也正說明了，概念不是某一門課程所專有，概念所涵蓋的內容是互通共享的。

在中學項目語言與文學課程中，有四個“重大概念”：交流、連繫、創造和觀點。很清楚，大學預科項目中的概念和中學項目中的概念是一脈相承的。

我們把每個概念可能涵蓋的內容梳理一下，看一看概念怎麼和課程內容發生關聯。

2.1 身份認同

- 一個人的身份特徵是與生俱來的，還是後天獲得的？
- 身份是自己主動尋求的，還是被別人標籤的？
- 作家是不是總有自己的創作特點？文學作品是不是可以傳達身份意識？
- “高山流水”是不是可以達到的境界？在閱讀文學作品的時候，“心靈的共鳴”時常發生嗎？
- 如果說，“人同此心，心同此理”，個人的身份還那麼重要嗎？人類大同、通識共享的世界，是不是最高的理想？
- “求同”和“存異”之間，有沒有調和的餘地？
- 文學形式是不是不可逾越的規範？個體作家如何在規範中寫出特點？
- 語言符號帶出的含義是否總是明確無誤的？作者是否能寫出言外之意，讀者是否可以讀出弦外之音？

大千世界，精彩紛呈。一個人有自己的特點、特殊的身份標誌，應該是一件理所當然的事。作者是具有個性特徵、有血有肉的個人，同時也是有社會歸屬的群體中的人。作者的個人特徵和社會歸屬自然會在作品中呈現出來。

一個人的身份，就好像外表和衣著，應該是獨一無二的。每個人都生活在一個社會群體中，個人身份的特徵總是會和族群、社會的身份特徵聯繫起來。身份特徵是人與人交流溝通的起點，“心有靈犀一點通”（李商隱《無題》），講的就是這個神奇的境界。

人類生活在一個“求同”的社會，個體差異常常被忽略，甚至被排斥。保留自己的特點是很不容易的一件事。作家努力彰顯自己的特點，顯示與別人的不同，應該會經歷艱難的歷程，一個民族的文學也是如此。如魯迅所說，“只有民族的才是世界的”（魯迅《且介亭雜文》）。每個民族的文學藝術必須擁有自身的特點，有自己的身份特徵，在世界大家庭中才有價值。

語言和文學是民族文化身份的標識，是傳達民族身份的途徑。每個民族都有自己的文學傳承，用本民族語言寫成的文學作品廣為流傳，藝術生命歷久不衰。一個重要的原因，就是其中民族身份的靈魂。

身份意識令人嚮往，但在社交媒體發達、全球一體化的今天，身份的成因、作用和地位也變得難以捉摸。土耳其女作家艾麗芙．莎法克稱：

> 如果你是名來自穆斯林世界的女性作家，像我一樣，因此你被期望寫出關於穆斯林婦女的故事，並且，如果寫出些關於悲慘的穆斯林婦女的悲慘的故事就更好了。你被期望寫出富有信息的、打動人心的和獨特的故事，並把實驗性和前衛的寫作留給西方的作家。……作家不被看作有創造力的個人，而是被看作他們各自文化的代表。一些來自中國的、土耳其的、尼日利亞的作家。我們被認為有些非常獨特的東西，如果不是怪異的話。[1]

在今天的世界，身份意識的特點、身份的形成和被接受的方式有很大不同。從莎法克的話語中，我們感覺到社會群體和族群的身份特徵不是自己主動尋求的，而是別人標籤化的結果。標籤化的原因可能是政治的、宗教的、民族的、文化的，例如人們根據自己對歷史和時事社會問題的理解，認為穆斯林婦女的生活總是悲慘的，穆斯林世界的女作家就應該寫這樣的人物。在這裏，人類認知的灰色地帶非常明顯：在閱讀文學作品的時候，讀者都已經有了自己的“框架”，而框架在閱讀和評價過程中總是起著導向作用。

文學作品的規範是傳達身份意識的途徑。人們用語言進行交流的時候，身份意識變得更加複雜多樣化。人類社會是有規範的，語言文學現象也是如此。大到文體形式，小到具體的

---

1 艾麗芙．莎法克（Elif Shafak），土耳其女作家，“Ted Talk”，https://www.ted.com/talks/elif_shafak_the_politics_of_fiction?referrer=playlist-the_power_of_fiction_1，2019 年 8 月 9 日瀏覽。

句法和修辭手法，都有即成的規範。規範非常重要，是連接作者和讀者的橋樑。只有在同樣的文體和語言規範的框架之內，文學作品才可以“被閱讀”，才變得有意義。作者的身份意識是通過這些規範來傳達出來的。

對即成規範的遵循或是反叛，是呈現身份的關鍵。如果一個作者不按照文體或文學樣式常規做事，就是“離經叛道”的行為，這其實就是自己身份的展示。但是如果過於偏離傳統和規範，作品文本就變得不可理解，身份也就變得含糊不清，最終無效。優秀的作家總是在遵循傳統和彰顯個性之間尋找自己的立足點，展示自己獨特的身份。

身份的表達和呈現，是在交流過程中完成的，作者和讀者是交流的雙方。作者總是想傳達一些東西給讀者，而讀者未必想要接受這些東西。所以說，身份沒有固定的形態，總是在溝通、交流中完成，其中少不了試探、協調、摸索、體會。有關這一點，我們在說到“交流”這個概念的時候還會提到。

2.2 文化

- “文化”指的是一個種族，還是一種思考方式、生活方式？
- 每一種文化是否都有自己特定的價值觀？
- 全人類共享的“普世”價值觀，是否存在？
- 價值觀的形成是基於信仰，還是基於理性思考？
- 一個文化的價值觀是封閉而固定的，還是包容而開放的？
- 一個時代或者社會，是否總是有“主流文化”“次文化”之不同？
- 文化是否總是和政治、權力相關的？

文化是一個非常普泛的概念。我們經常把文化和民族、宗教、風俗聯繫在一起，實際上文化所指的範圍更廣。在一個社會，不同的喜好、行為方式等都是文化的標誌，都可能成為一種文化特點。文化可以指一種核心的價值體系，也可以指社會氛圍，例如一個國家把多元文化當作制訂國家政策的標尺，一間學校十分提倡文化包容。

文學與非文學的作品是文化表達的方式。作品呈現人類精神層面的生活內容，文化觀念的每一個細微的特點，以及和文化相關的社會制度、風俗習慣乃至情感表達方式等等，都在文本中留下痕跡。“文化”還有一個含義，就是有讀書寫作能力的人，在中文裏稱他們為“有文化”的人，這說明能夠理解和創作文學、非文學作品是文化最直接的體現。

文化視野總是有很大的局限性。文化和身份是分不開的。一種文化總是要努力彰顯自己的特點，對不同的文化常會有一種質疑排斥的負面的態度。一個人的生活範圍是有限的，一個文化也是如此。在一個文化環境中，人們總是用相對固定的方法去思考和觀察周圍的世界，難免形成刻板印象。而刻板印象一旦形成，就形成一種定勢，轉化為群體的信仰，排斥理性判斷，變成盲目跟從。在排斥其他文化的同時，負面的批判性的態度屢見不鮮。不同文化之間的衝突常常由此而來。我們以文學流派為例。古今中外有多少個文學流派，已經不可勝數。每個流派都形成自己的文化特質，如有自己的觀念倡導、讀者品味、風格技巧等。新的流派出現之後，總是受到已有流派的質疑和排斥，已有流派甚至借用政治權力壓制異己。

文化共識是人類的追求。雖然文化是一種價值觀，呈現非常明確的是非判斷、好惡取捨，不過在今天的世界，人們更是在努力尋求不同文化的共性，尋求一種普世的價值觀。體現在文學作品中，雖然文學作品跨越不同的時代和地域，但讀者總是想在作品中找到跨文化共有的東西，這些東西或者曾經有過，或者期待將來有一天會來到我們的生活中，例如對弱勢群體的關注、對自由和尊嚴的嚮往等，都被研究者當作文學“永恆的主題”。閱讀欣賞文學作品好像是在尋找寶藏，每個讀者都抱著最好的期待，盡最大的可能尋找原生態的、最美妙的、為全人類普遍呵護和擁抱的文化共識。

文化和權力密切相關，文化等級是生活中的常態。我們生活在一個有等級和階級壁壘的社會，佔據優勢地位和處於劣勢狀態的人群各有不同，社會地位差異明顯。在社會中，就常常有“主流文化”和“次文化”的區分。對語言文學作品來講，從來就有“陽春白雪”和“下里巴人”之分。在一個時代和社會，主流的文學樣式為社會上層服務，作者也常常身居高位，也就代表了主流文化，而另外一些文學樣式就只是流行於民間，為社會下層所接受和喜愛。在中國文學史上，詞的經歷就是最好的例證。由於基於民間文學，曾幾何時，詞自然就成了一種非主流的“俗”文體，受到官方的排斥，歸入次文化的序列。

文化也是一個流動的概念，主流文化和次文化的衝突體現了社會的變遷。主流文化和次文化的關係不是固定的，而總是在更迭變化中。有些作家會主動接近被主流文化排斥的文學樣式，體現自己反叛主流的精神。宋代詞人柳永就以自己獨特的風格展示自己的取向，還自稱“奉旨填詞”，用調侃表現出反叛的精神。中國明清時代有些小說精品，出自位尊權貴、才華橫溢的大家之手。這些作家願意用小說的方式表達自己的社會觀察和人生理想，但是又不願意簽署真名，顯露真實身份，為的是不讓自己的地位和面子受影響。從這個例子也可以看出主流文化和次文化交錯的情況。

語言隨時代而變，而新時代的弄潮兒總是先在語言方面做文章，顯示自己作為一個新興的社會群體對舊時代的反叛。中國“五四”時期的“白話運動”，就是一個最突出的例子。在這裏，用什麼詞語、文體寫文章，已經不只是一個語言問題，而是更深層的社會文化問題。

2.3 創造

- 作者在從事文學創造的時候，是否總是在虛構和想象？
- 語言文學和創造有什麼不可分割的關係？
- 在文學寫作中，是不是有純粹的模仿、機械的複製？
- 文學創造如何突破現有的框架，但同時又繼承傳統？

創造力是人類的天賦。創造總是基於客觀現實的，但是又必須超脫於現實，達到另一個想象中的境界。

人類的語言文字就是一種神奇的創造，文本和人類的創造天賦有天然的關係。文學就是創意想象的結果，文學寫作就是藝術創造的過程。人類的語言是一種符號系統，本來就是與現實世界相剝離，創造性思考的結果。語言文字是為了表意的，但符號和含義之間總是有含糊不明的地帶，詞語和文意總是若即若離，“詞不達意”的現象是常態。語言和文字總是在用模擬、隱喻的形式尋找現實和理想之間的關聯。推而廣之，我們都生活在隱喻的世界中，創造性地使用語言符號，是人類在各行各業每時每刻都在做的事。我們講到“交流”的時候，還會回到這個話題。

創造的過程是模仿、再造的過程。我們開始學習寫漢字的時候，總是要遵循一定的筆畫規則，如果不這樣做，只是隨意描畫出一個漢字，不只是形狀不好看，更重要的是無法掌握漢字的規律，可能會描出幾個字，但學寫更多的漢字就難了。寫作也是如此，規則和套路是創造的起步，在這個基礎上才談得上創意。創造的過程是一個神奇的過程。每個人都不是天馬行空、憑空想象，創造和想象總是基於現實社會的模本做一些加工。在創造的過程中，模仿是不可缺少的。

創新總是在模仿中得到最好的體現。準確地說，單純的模仿是不存在的。作者總是會更新角度、展開反思，讀者也會從自己的角度加入獨到的觀感。文學作品中的模仿並不是生搬硬套，其中可能加入了很多的思考和判斷。文學作品中的模仿很可能是反其意而行之：雖然模仿其外表，但在內容上卻有足夠的創新。例如戲擬、反諷式的作品，表面上是一種舊有形式的複製，其實含義已經有很大不同，甚至轉到了反面，變成對舊有形式和內容的嘲笑和批判。

標新立異是創造者的追求，也是接受者的期待。文學藝術的價值，就是製造與眾不同的觀感，達到陌生化的效果。陌生化的效果就是創造力的結晶，是藝術天分的最佳體現。以詩歌為例，詩歌是最古老的文學樣式，最能體現人類在想象和創造的世界中對藝術感受的追求。詩歌的語言是最為"陌生"的，和日常生活的語言相距甚遠，但這個距離產生了藝術的美。創造的最高境界是呈現美，而藝術的美出自自由的發揮。在明代文學家袁宏道看來，"獨抒性靈，不拘格套"是作詩的最高境界。一個文學作品最能打動讀者的，就是其中隨意揮灑的質量，無論是以直接的還是隱含的方式。

2.4 交流

- 交流情境和平台、語言的文化內涵如何發生作用？
- 交流目的是單一的，還是多維度的？
- 為什麼說交流一定是"雙向"的？表達和接受之間是否可以暢通無阻？
- "只能意會，不能言傳"是什麼樣的交流狀況？
- 交流手段是否有高低上下之分？社會地位是否呈現其中？

說到交流，語言教師會覺得自己是最有發言權的，因為我們每天在課堂上就是在讓同學們學會如何交流。其實，交流更是一個概念性的問題，涉及到人類語言文化行為的多個方面。

語言是社會文化之構成，交流情境決定語言發揮什麼作用。交流中使用的語言不是一個簡單的東西，不只是簡單的詞彙。詞彙的含義也不是固定不變的，而總是在特定文化和交流情境中呈現多種多樣的情況。在語用學（Pragmatics）看來，在言語交流過程中，語義是否準確並不重要，也很難衡量。更重要的是言語在語境中是否恰當合適，在特定情境之中如何產生不同的含義。根據功能文體學（Functional Stylistics）的見解，語言、語篇（文本）和社會語境的關係至關重要。語言是社會符號，語篇總是受制於情景語境的。語篇中的語言總是和權力、意識形態相互關聯，相互作用。

語詞承載語言的傳統，是交流的媒介和橋樑。說到底，人們說話寫文章，就是為了和他人建立聯繫，播散自己的知識。語言文字是概念性、普適性的，這就使得建立聯繫、播散知識成為可能，作者受眾在文本之平台上相聚相識。雖然詞彙的含義總是在變化中，但含義一旦形成，就可以有一定的獨立性。詞語的含義會存留在作者和讀者的心目中，在創作和接受中產生影響。面對一篇作品，與其說讀者是在被動接受，不如說是在主動推測。讀者不單單是在閱讀，而是在根據自己已有的知識來構建理解的框架，把作品納入這個框架中。已有的知識多半來自讀到的詞彙，就是詞彙相對獨立的含義。例如，在讀一首古詩的時候，詩中使用到的豐富的意象就會調動讀者已有的理解，詩詞文學傳統多年積澱下來的意象和意象所承載的含義就會浮現出來，使讀者對詩意有一個整體的把握。比較之下，對意象和相關詞彙不熟悉的讀者就很少有機會體會到詩中意蘊。

交流是雙向、多維度的。交流不限於我們常言說的對話，不是"你問我答"這麼簡單。講話者心目中要有預期的聽眾和效果：我是在對什麼人說話，說出來的話別人聽了會有什麼反應；聽話者期待講話者會說什麼，聽了之後會品味一下：這是不是我想要聽到的，在我的心中會激發什麼樣的反應。推廣到書面語言交流平台，情況也是如此。語言文學作品的寫作規劃、表達策略乃至修辭手法選擇，都與之有關。

作者和讀者總是在不斷的交流對話之中，其中有情與理的溝通，也少不了衝突和對抗。雖然讀者構建了理解的框架，但是文本未必就範，總是有超乎常理的東西溢出框架之外，讀者的困惑甚至苦悶由此而生。不過，這種困惑和苦悶是交流的必經之路：交流過程受到阻遏，才會蕩起藝術的波瀾，才會生發探究之樂趣。

語言文學的特點在交流中得到充分發揮。交流是一個複雜的過程，通順暢達的交流很難實現。詞語不是萬能的。就算你有良好的意圖、高超的語言水平，也有說不清楚、別人聽不明白的時候。原因在於語詞作為符號系統，表達不可能精準全面，灰色地帶時時出現，詞不達意的現象是語言交流的常態。不過，如上文所說，對語言文學作品來講，這並不是一件壞事。"只能意會，不可言傳"其實是一種藝術境界。作家甚至可以故意製造交流障礙，例如引入精巧的修辭策略，達到"陌生化"，生成藝術效果。文體形式的異常使用造成的間離感，是藝術價值之精華所在。

有關語言符號的知識問題：

- 語言符號是不是共享知識的最佳方式？

- 是否可以說，符號性越強，共享的效果越好？
- 符號語言是否也有地域性？地域性是否會形成交流障礙？
- 和文字語言相比，符號語言的確定性如何？
- 人類使用語言符號，同時尋找規律和框架，兩者有什麼關係？

交流途徑總是多種多樣的，書面交流與口頭交流方式各有不同。一般來說，人們把口頭交流當作較為低層次的交流，而書面文字則屬於較高級的層次。但事實上，這種分割可能只是社會等級觀念的折射。很明顯，讀書寫字的人都是受過教育的人，需要有財富和社會地位作為支撐。其實，“陽春白雪”和“下里巴人”多半是風格不同，藝術本來是沒有高下之分的。口頭語言呈現出來的藝術趣味、風格變化絲毫不輸於書面語言。就語言與文學課程的要求而言，應該探究多種交流途徑和模式。課程中應該有相當分量的視覺和聽覺材料，同學應該體會到語言交流的多個層面和豐富多彩的特點，領悟到無一定法、不拘一格才是語言交流的真實世界。

2.5 觀點

- 作品是否總是帶有觀點和見解的？
- 不假功利的美和藝術是否存在？
- 自由表達是否可能？
- 作品的價值，是否可以從某一種觀點角度來判斷？
- 不同的角度和衡量方法，是否會帶出截然不同的結論？
- 先入為主，前設框架，是否不可避免？
- 不同觀點之間的溝通，是否可能？
- 脫離偏見達成共識，是否可能？
- 如何突破已有觀點框限，進入新知和創見？
- 體會和包容，是否可以達到共享世界？

生活在一個多元化的世界，社會地位平等、言論表達自由是全人類的共識和追求。不止如此，多元化的作品特點和表達方式使人類的生活豐富多彩，更有趣味。以藝術風格流派來講，雖然多半是藝術形式和風格的探尋，但都有社會、文化乃至政治理念作為背景和支撐。多元化的語言文學形式的嘗試，是自由之理想境界的折射。

語言文學形式本身就是觀點的載體。我們使用的詞語都有觀念的承載，古人講的“微言大義”，指的就是通過詞彙選擇和修飾，達到表達觀點評價的效果。其實，就算是一位作者不願意表達明確的觀點，或者認為自己是沒有文化偏見、不受觀念限制的，其所使用的語言、採用的形式總是觀點的積澱。比如說，如果一位中國本土的歌手選用了源於西方國家的說唱形式來表演，就算題材內容完全出自中國社會文化，措辭方式、表演方式、舞台形象展示總是呈現彼時彼地的特點和相關的文化特點，例如美國貧民社會的次文化特點。藝術表達方式從來都不是“零觀點”的，其中體現的觀點角度決定這種形式是否會被官方和主流所接受。

觀念是語言文學作品的靈魂。作為社會理念、政治觀點或文化傳承，觀念有極大的影響力，會化身為語言表達手法、分析技巧，滲入語言文學作品之中。觀念會限制語言文學作品的表達形式，例如在一個封閉的政治氣氛之中，表現手法被貼上政治標籤，官方的手法受到追捧，而非主流的手法受到質疑和排斥；作家不敢嘗試新的手法，唯恐受到打擊和壓制。中國文化大革命時期，文學表達形式單一，概念化作品充斥文壇，人所共知。不過另一方面，政治熱情也會激發藝術活力，強烈的政治觀念可以化身為豪邁的藝術激情、奇幻的誇張想象，同樣也可以進入不可思議的藝術境界。同樣是在文化大革命時期，藝術樣式雖然簡單，但創作和表演激情卻不為所減，“樣板戲”在表演形式上、觀眾接受的程度上，都達到前所未有的高度。文革時期的政治宣傳畫藝術手法粗糙單調，但是洋溢著充盈的激情，表現力也由此達到極大的提升。

人們的欣賞習慣和品味，都是與觀念和角度密切相關的。觀念和角度會潛移默化形成對藝術的評判。對一個民族的語言使用者來說是幽默風趣的笑話，對另一個語言的用戶就可能索然無味。除了語言翻譯過程中語義有所流失，文化品味也是原因之一。觀念和隨之形成的框架模式，總是會影響到人們對語言文學作品的理解和接受。觀念框架、先入為主的見解、乃至對某種表達形式的接受習慣，都會滲入對語言文學形式的評判中，無法分割。2018 年 9 月，一件小事引發中國和瑞典兩國媒體交鋒，幾乎導致外交風波。原因是此前在瑞典的中國遊客和當地的酒店發生了一場糾紛，一間瑞典電視台的主播在節目中談及此事，並在節目中播放一則冠名為瑞典旅遊推廣廣告的視頻。按照電視台的說法，是用調侃的方式諷刺瑞典人對中國人的種族偏見，但是在中國媒體看來，這是對中國人的侮辱。在這個事件中，當然可能有種族意識的呈現，但是瑞典新聞人、瑞典觀眾和中國觀眾之間接受習慣不同，也是完全有可能的。一方自稱是諷刺挖苦本國人士，另一方認為是羞辱他國人民。反差之大，令人尋味。

2.6 轉化

- 文學創作是基於理性思考，情感衝動，還是不可捉摸的靈感？作者是否有明確的意圖？
- 表達的形式如何影響到表達的效果？
- 從一種表達形式轉化到另外一種，內容和表達效果會有何不同？
- 從一種語言翻譯到另外一種語言，哪些內容和表達會就此流失？哪些會重新生成？

寫作是一個歷時長久的過程，其中還有諸多環節，這些都增加了寫作的多重性和不確定性。作者要藉助形象為媒介，才能把現實世界的感受和體現轉化為藝術產品。作者最原始的寫作意圖是什麼，這本身已經是一個難解的謎。作者是一個社會的人，有理性的思考，自然想表達自己對社會人生的感受，但是書寫在紙上，落實在作品中的，卻不能是條理清晰的邏輯思考，不能是冷冰冰的語句，而應該是有血有肉的藝術形象。同時，也有很多的作家聲明，在寫作思路形成的時候，沒有經歷過清醒的理性思考，他們寫作的念頭是突如其來的，看上去沒有任何現實根基，也沒有任何前兆和預示，寫作似乎是一個非常神秘的過程。無論如何，文學寫作和論文寫作明顯不同，文學是藝術創作，創作者雖然是現實的人，但現實寫作動力要轉為藝術形象才能是成功的藝術作品。

寫作形式在轉化過程中起到顯著的作用，語言文學有多重多樣的表現形式，文學體裁如小說、散文、詩歌和戲劇，乃至非文學類的多種多樣的文體形式，都是寫作意圖表達的渠道。這些渠道各有不同，當通過不同渠道進行表達的時候，表達效果自然會有千差萬別。一個社會理念，對社會平等的關注和對社會底層的體恤和同情，可以寫成一篇新聞報道、政論文，也可以寫成一部如《駱駝祥子》般的小說。同是離鄉背井的苦楚，可以在余光中的《鄉愁》中流露出來，也可以在白先勇的《台北人》中展示。不過，選取不同的形式，轉化的效果是不同的，表達內容的範圍、情緒的強烈程度也會有差異：小說《台北人》中人物形象和故事情節所能表達的和詩歌《鄉愁》中的意境意象所能表達的又有差異，在讀者中間產生的欣賞效果也會不同。

形式的轉化也會帶來表達效果的不同。例如戲劇，戲劇作品可以是“案頭劇本”，如果劇作者使用諸多可讀性強的手法，讀者就可以在劇本中讀出小說的效果。劇本也可用來表演，表演藝術家體會劇作者的意圖再加入自己的創造和演繹發揮，其中導演的思路和導引也起著至關重要的作用。最終，演出的時間、地點、劇場的商業效應和劇院老闆的生意考慮又會增加一個新的層面。同樣，一部小說在不同的時間、不同的出版社出版印刷，會有不同的封面，甚至會加上不同的副標題。有的作家秉承“為藝術而藝術”的理念，摒棄各種雜念，潛心寫作，而有的作家受直接經濟效益的誘惑、政治觀念的鼓動，出版很多“應景之作”。同是文學，轉化的層次卻有很大差異，表達效果越加多樣化、不可捉摸。

從一種語言翻譯到另一種語言，也是一個很大的轉化。語言是文化的構成，不同語言的詞彙系統、詞語的含義（包括表面的含義和深藏的內涵）都會有所不同。例如，如果在一種語言所使用的自然環境中有某一種植物很常見，這個語言中就會有很多相應的詞語描述這種植物的形態和特徵。當翻譯到另一種語言的時候，可能就只有極少量的詞彙可以用，更沒有可能傳達和這種植物相關的情感和認知。

2.7 呈現

- 寫作的目的是什麼：描摹現實世界的真實模樣，還是展示作者內心的期盼和想象？
- 文學藝術的真實和現實世界的真實是否一樣？如何達到藝術的“另類真實”？
- 文體形式的選擇對呈現會起到什麼作用和影響？
- 經過語言和文體形式的折射，現實世界會如何變形？變形是否會達致更佳的呈現？

語言所表達的，是作者對現實世界的觀察、期盼。雖然作品中寫的是現實生活中熟悉的場景，但和現實生活的原樣已經有很大的不同。現實生活中的素材一定要經過加工和再創造，才能進入文學作品之中，對非文學作品來講，雖然在表面上看文字表達的內容更接近真實世界發生的事，但作者的取捨和好惡是非判斷還是與文本和現實世界拉開了距離。文學和非文學文本所呈現的，只能是現實世界不太準確的一個摹本。如上文所說，語言是一個符號系統，在寫景狀物、傳情達意的時候，呈現在文本之中的，已經不是原來的樣子。事實上，既然人類的認知和表達不可脫離語言和文字，“詞不達意”的現象就一定會存在。

文學作品展示的，是一種心靈的真實。心理學家認為，人的認知和表達分為不同的層次。在理性層面的呈現和潛意識的呈現會有很大的不同。在潛意識的層面，人的思緒是雜亂無章的，但是更加接近那個層面的現實狀況。在文學創作中，“意識流”作為一種手法深受許多作家的青睞。意識流呈現的是一種另類真實，無法用邏輯條理所描述，也不受限於語言的句法規範，但確實能表達和呈現另類的現實存在。

作家對現實不同的理解，是另類現實存在的重要原因。“魔幻現實主義”是非常引人注目的文學潮流。對秉承魔幻現實主義創作主旨的作家而言，訴諸感官的物質世界只是世界的表象，物質世界的深處是魔幻的存在，而魔幻的世界和物質的表現世界是不可分離的。如魔幻現實主義思潮領軍人物哥倫比亞作家馬爾克斯所言，“萬物自有生命，只消喚醒它們的靈魂”[2]。描寫魔幻現實，已不只是作家的文字遊戲，不只是修辭造句的偏好，而是現實世界的另一種呈現方式。藝術創作是基於想象和誇張的，想象和誇張最適合於展示魔幻化的現實。

不同的呈現方式，會有不同的表達效果。文學和非文學作品有多種不同的形式，也可以成為不同的文體和體裁。對作者來講，選取一種文體而不選另外一個，是因為特定的文體會更適合表達特定的內容甚至主題。在中外文學史上，韻文和散文的消長，小說和戲劇的發展和興盛，都和社會的發展有關，也和作者的取捨有關。從另一個方面來講，如果作者想要達到不同的表達效果，也可以故意選用另外一種方式。

呈現方式的選擇與受眾和交流目的有密切的關係，同時，和文本出現的平台、使用的工具也密不可分，對非文學文本來講尤其如此。以漫畫為例，作為一種文體形式，漫畫視覺效果更加突出，更適合教育程度較低、語言能力較弱的人士。漫畫手法隨意自由，不拘一格，容易產生誇張變形的效果，適合幽默諷刺的交流目的。漫畫筆法表現風格靈活多變，容易與其他文體形式銜接，如配上文字，更接近現實生活、更表現人情世態，可以產生諧趣、溫馨、傷感等多種效果，同時展現詩意，變成詩畫之間的橋樑。中國著名畫家豐子愷的漫畫，就有這樣的效果。另外，漫畫工具簡單，容易上手，雖然水平高下有很大不同，但非常容易普及。漫畫的生命力長盛不衰，在傳統的平面媒體和電子世界，漫畫都有顯著的地位，說明漫畫之呈現最具涵蓋性。

2　加西亞・馬爾克斯：《百年孤獨》，上海：上海譯文出版社，1989 年。

3 全球問題

課程設置了如下幾項“全球問題”：文化、身份和社區，信仰、價值觀和教育，政治、權力和公平正義，藝術、創造和想象，科學、技術和環境。全球問題是為了個人口試設置的，考生在設計個人口試的時候必須鎖定一項全球問題。全球問題在整個課程中也有指導意義，各項全球問題都和作品的內容、主題以及表現手法相關，引導學生在研習文本之時更加關注現實生活中的問題。

全球問題和概念探究有明顯的聯繫。在進行概念探究的同時，引入全球問題的討論，會使得概念更加具體，易於走向深入；而全球問題本身就包括概念的元素，如身份認同、創造和想象等概念也是全球問題的內容。由此可見，概念探究和全球問題的討論是同一個學習過程的不同側面。

第二部分　讀者、作者和文本

打開一本書，閱讀一個段落，我們看到的是躍動的文字、精彩的篇章。人類的精神世界是用文字記載和傳承下來的。想象力豐富、藝術色彩濃郁的即是文學作品，而較為平實的多是形式多樣的非文學作品。把作品長卷鋪開，兩端有作者和讀者，閱讀的過程是一個歷時長久的過程，是作者和讀者跨越時空的交流，人類精神財富的交流由此展開並延續，小到一個族群，大到全人類，都是如此。

大千世界，人類創造的形式多種多樣，而用文字來寫作是人類創造的一個重要形式。不僅如此，人們還可以利用別的媒體，如圖形、顏色和音響，和文字相配合，創作出圖文並茂、聲形兼備的精品。在語言與文學課程中，我們把這樣的創作統稱為“文本”。文本是創作者情感的昇華、智慧的結晶，是創作者對社會、人生的體悟和見解的最充分的體現。

文字寫作出自心智活動和情感抒發，最少依賴別的媒體，有最多自由發揮的餘地。建築師需要用各種材料，美術家在創作的時候，也必須關注到材料、顏色和許多具體的形式。相比之下，用筆來創作是最自由的，創作者自身能得到最充分的表達。

文字傳承精神世界的財富，靠的是文字、行文規範和文體形式，這些都是人們得以交流的方式和途徑。我們用文字來交流，文字也在規範我們的思考，語言文學作品中使用的詞彙和句法，乃至文體形式，漸漸成為一種規範，影響我們的思考方式、對問題的評判。作者總是依照一定的體裁來書寫，而讀者也有一種內心前設，根據自己所理解的體裁特點來理解、接受作品。文字有相對固定的含義，而文體規範也能世代傳承。

在生活中，每個人都是獨特的個體。每個人的創作都是發自內心的，而每個人內心世界的格局都是不同的。作者和讀者分別是文本的創作者和接受者，在其中文本起到中介的作用。但是作者的意圖是否總能準確地呈現出來，讀者所體會到的是不是作者想要表達的，這是一個很難解答的問題。語言與文學課程要求探究讀者、作者和文本中間是什麼樣的關係。在寫作和閱讀的過程中，作者和讀者的文化背景、社會環境都起著重要的作用。同時，語言和文字本身也是在特定的社會文化環境下表達特定的含義。語言是社會構建，其中有豐富的文化信息。

我們來講一個莊子的故事[3]。有一次，莊子和朋友惠子在濠水一座橋上散步。莊子說：“魚游來游去，從容自得，這就是魚的快樂呀。”惠子問：“你不是魚，怎麼知道魚的快樂呢？”莊子回應道：“你不是我，怎麼知道我不知道魚的快樂？”這就是著名的

---

3 莊子（約前 369-286 年），名周，戰國時代宋國人，著名思想家，道家學派代表人物。

“濠樑之辯”。（原文《莊子·秋水》：莊子與惠子遊於濠樑之上。莊子曰：“鯈魚出遊從容，是魚之樂也。”惠子曰：“子非魚，安知魚之樂？”莊子曰：“子非我，安知我不知魚之樂？”）

莊子和惠子的應答有更深層的思辨在其中，不過，從文本創作的意義來看，我們已經可以知道，一個人對一件事的感受和理解，和另外一個人會有很明顯的不同。更值得注意的是，一個人知道的東西，別人未必也知道，人與人之間的交流溝通並不是一件簡單容易的事。

無論文學還是非文學的創作，情況都是如此。作者對世界的認知、內心的感受往往是非常特別的，幾乎是獨一無二的。作者對自己的感受和領悟，以及情感的抒發，有強烈的執著，不會輕易做出調整和改變。莊子不會因為惠施的疑問而懷疑自己的感受，這是顯而易見的事。與此同時，個人的感受不是很容易可以表達出來的，就算是說出來，別人也不一定會理解，因為觀察的角度不同。這又涉及到“接受”的問題。

創作和接受之間，似乎有一道不可逾越的鴻溝。那麼，“文本”在其中會起到什麼作用呢？回到莊子和惠施的故事。兩人都對河中的魚兒感興趣，魚就是他們評論的焦點。但是魚的感覺究竟如何，永遠是個謎。文本也一樣，是一個解不開的謎團。就算是文本的作者本人，也不能精確描述出其中之所以然。然而，探究的樂趣，不就是在這裏嗎？文本之謎挑戰讀者，同時也給了讀者機會，給語言和文學的世界添加了一份獨有的精彩。

既然解讀文本如此艱難，人們為什麼還要知難而進呢？除了尋求探究的樂趣，語言、圖形、聲響元素也給我們機會。本來，語言和文字就是傳達信息的。文化觀念在文字中“固化”，使得人們總是有機會探究傳達的信息。面對同樣的文字，人們也有可能心照不宣，心領神會。作為符號系統的語言文字，是聯繫我們的紐帶。對相同文化背景的人士來講，語言文字更是準確清晰地傳達著獨一無二、無可替代的信息。

概念層面縱深拓展：

- 身份：訴諸語言文字的產品，在人們生活中起到什麼作用？人為什麼要寫作？作者想展示什麼樣的身份和特點？讀者的身份特點又如何呈現在閱讀過程中？
- 文化：寫作是個人行為，還是集體行為？是個人觀念情感的表達，還是族群、文化意識的呈現？文化特質如何滲入作品之中？民族差異、社會階層諸多文化特質滲入的方式有哪些不同？受眾如何在作品中得到共鳴？相同和不同文化的受眾，接受的方式和接受到的信息是否有所不同？

- 創造：寫作能力從何而來，是天賦，還是後天的訓練？在創作過程中，作者的天賦如何得到發揮？理性思考和情感抒發如何得到完美統一？作者如何在創作的過程中得到滿足？
- 交流：文本是否能呈現作者的意圖？作者是沉溺於個人世界中“自說自話”，還是有意識地和讀者溝通？作者和讀者之間的交流能不能實現？如何實現？表達是否有無法達到的區域，交流是否有灰色地帶？
- 觀點：作者是否應該在作品中傳達自己的理念和觀點？讀者如何做出評判和取捨？“零觀點”的作者和讀者、鏡像式反映客觀世界的文本，可能存在嗎？在文字和語言形式中，是否總是潛藏著價值取向？
- 轉化：作者個人表達要借用什麼樣的媒介，才能轉化成讀者可以接受的信息？文本和藝術形象有助於轉化的完成，還是起到阻礙的作用？
- 呈現：作者如何把創作意念呈現在作品中？讀者在作品中讀到的，是不是作者原本的想法？

我們把這個探究領域分為“個人世界”和“宏大敘事”兩個章節來講。

第 3 章　個人世界

❶ 我手我心：三毛的《撒哈拉歲月》

概念探究	身份　文化　呈現
全球問題	文化、身份和社區　政治、權力和公平正義　藝術、創造和想象

1.1 閱讀三毛《娃娃新娘》和《啞奴》[4]，思考問題

❶ 作品中所記錄和描述的，和作者本人有多大的關聯？

❷ 在多大程度上，寫作意圖和作者的生活經歷、價值觀念、情感取向有關？

❸ 作者為什麼要寫異國他鄉的故事？作者的寫作意圖是不是在作品中很好地呈現出來了？

❹ 讀者如何解讀作品？讀者個人的生活背景、價值觀念和判斷方法如何發生作用？

娃娃新娘（節選）

三毛

……

等阿布弟往姑卡房間走去時，我開始非常緊張，心裏不知怎的不舒服，想到姑卡哥哥對我說的話——"入洞房還得哭叫——"我覺得在外面等著的人包括我在內，都是混

4　三毛：《撒哈拉歲月》，台北：皇冠文化出版，2010 年。

賬得可以了，奇怪的是借口風俗就沒有人改變它。

阿布弟拉開布簾進去了很久，我一直垂著頭坐在大廳裏，不知過了幾世紀，聽見姑卡——“啊——”一聲如哭泣似的叫聲，然後就沒有聲息了。雖然風俗要她叫，但是那聲音叫得那麼的痛，那麼的真，那麼的無助而幽長，我靜靜的坐著，眼眶開始潤濕起來。

“想想看，她到底只是一個十歲的小孩子，殘忍！”我憤怒的對荷西說。他仰頭望著天花板，一句話也回答不出來。那天我們是唯一在場的兩個外地人。

等到阿布弟拿著一塊染著血跡的白布走出房來時，他的朋友們就開始呼叫起來，聲音裏形容不出的曖昧。在他們的觀念裏，結婚初夜只是公然用暴力去奪取一個小女孩的貞操而已。

我對婚禮這樣的結束覺得失望而可笑，我站起來沒有向任何人告別就大步走出去。

……

啞奴（節選）

三毛

……

我再衝出去，看著啞奴，他的嘴唇在發抖，眼眶乾乾的。我衝回家去，拿了僅有的現錢，又四周看了一看，我看見自己那塊鋪在床上的大沙漠彩色毯子，我沒有考慮的把它拉下來，抱著這床毯子再往啞奴的吉普車跑去。

“沙黑畢，給你錢，給你毯子，”我把這些東西堆在他懷裏，大聲叫著。

啞奴，這才看見了我，也看見了毯子。他突然抱住了毯子，口裏哭也似的叫起來，跳下車子，抱著這床美麗的毯子，沒命的往他家的方向奔去，因為他腳上的繩子是鬆鬆的掛著，他可以小步的跑，我看著他以不可能的速度往家奔去。

……

跑到了快到啞奴的帳篷，我們大家都看見，啞奴遠遠的就迎風打開了那條彩色繽紛的毯子，跌跌撞撞的撲向他的太太和孩子，手上綁的繩子被他扭斷了，他一面呵呵不成聲的叫著，一面把毛毯用力圍在他太太孩子們的身上，又拚命拉著他白癡太太的手，叫她摸摸毯子有多軟多好，又把我塞給他的錢給太太。風裏面，只有啞巴的聲音和那條紅色的毛毯在拍打著我的心。

……

1.1.1 三毛寫作

台灣著名作家三毛（原名陳懋平，1943-1991）是一位非常有特色的作家。她的作品字裏行間透露出強烈的個性和自己對生活的理解，作者"自己"的痕跡非常明顯。三毛的作品大多是以第一人稱"我"為敘述者的。因為三毛寫了許多撒哈拉生活的故事，讀者很容易就把作品中的"我"當作三毛本人，而作品中"我"的故事就是三毛本人生活經歷的實錄。這樣的看法雖然不是很準確，因為文學作品最終離不開作者的藝術想象，不過，三毛作品中作者自己"參與"的程度更高，是不爭的事實。

三毛的中國文化意識和追求自由平等的社會理念，是作品中最有"三毛特色"的標誌。而作者三毛總是在作品中現身，參與故事的進程，分享人物的情感，做出行動和思考。同時，三毛或"我"也是作品中的人物之一，對"我"的人物描寫也同樣具體而生動，更加強化了作者自己在作品中顯著的地位。

《娃娃新娘》寫的是發生在撒哈拉人中間的一個童婚的故事。在父母的安排之下，年僅十歲的女孩姑卡就要和一個不認識的男人結婚，結婚的過程是一場金錢的交易，而婚禮是對幼年女童的強暴。所有這些，都是撒哈拉當地風俗的"要求"。

圍繞姑卡的婚事，"我"的所思所感經歷了複雜又細膩的變化：從不理解到以局外人的身份旁觀，從充滿氣憤以致出言控訴到受到震撼而沉默無語。童婚是撒哈拉人的風俗，但是在一個懂科學、講人權的現代人來看，童婚的習俗無視人的發育過程的生理特徵，荒唐而違反人性。但是，作為一個"文明"的外來人，"我"有沒有權利發言？外來文化的判斷標準是不是可以用在本地文化之上？就算有滿腔義憤，個人的微薄之力有沒有能力扭轉千百年來的習俗，改變本地人的觀念？這些是作者著意表達的關鍵點。本來，"我"是充滿"正義感"的：童婚就是對未成年小孩子的強暴，新娘的父母收取高額聘禮就是買賣婚姻。但是，"我"感到了勢單力薄，"我"也感到在本地民俗強大的勢力之下，我的控訴和抗議顯得不合時宜。聽到姑卡在洞房裏發出的一聲慘叫，看到新郎拿著奪去姑卡貞操的證明向朋友交代，"我"只能默默表示失望和痛心。

在文章開始的時候，"我"作為外來的客人出席姑卡的婚禮，婚禮的過程引發了我濃厚的興趣。雖然一夜沒睡，非常困倦，但因為"最精彩的還沒有來"，"我"不捨得離去。好奇心的背後，是強烈的探究欲，同時也為下文中"我"進一步的思考和行動留下伏筆。作者本人的參與意識，在這裏也非常明顯。隨著婚禮的進行，"我"在密切觀察著人們的舉動，"看見阿布弟站起來，等他一站起來，鼓聲馬上也停了，大家都望著他，他的朋友們開始很無聊的向他調笑起來”。此時此刻，“我”“開始非常緊張”，聯想到姑卡哥哥說的“入洞房還得哭叫”，預感比哭叫更悲慘的事就要發生在姑卡身上，甚至開始譴責包括自己的旁觀者都“混賬得可以”，對姑卡經受苦難無動於衷，甚至以此取樂，談笑自若。此時的“我”已經不是一個輕鬆的旁觀者，不再是好奇心驅使之下獵奇異國風俗的外來人，而是一個認真的思考者，一個有同情心的人。“借口風俗就沒有人改變它”是“我”最敏銳的觀察，也是對不合理風俗的最尖銳的批判。在後來，“我”斷言“在他們的觀念裏，結婚初夜只是公然用暴力去奪取一個小女孩的貞操而已”，對姑卡來說，只是“風俗要她叫”，而“我對婚禮這樣的結束覺得失望而可笑”，不辭而去。“我”的心路歷程，在短短的時間內經歷了如此的起伏變化，作者三毛個人參與的線索非常鮮明。“我”情緒的高潮是在姑卡發出“如哭泣似的叫聲”之時。作者用誇張的筆法，寫到這是經過“幾世紀”的等待之後的結果，而哭叫聲“無助而幽長”，誇張的筆法充滿了暗示，撒哈拉古老的文化無論多麼“殘忍”，令人失望，都不會有人去改變它。

“我”的心路歷程並沒有完結。在《娃娃新娘》結尾的時候，姑卡和“我”私房密談，姑卡向“我”索要避孕藥物。顯然，在以前和姑卡交往的時候，“我”作為老師已經向姑卡透露出有這樣一種神奇的藥物，而姑卡也接受了避孕的觀念，渴望有機會不懷孕，在有限的時間內對自己的生活有一些決定權。要知道，在本地的文化中，避孕是不可接受的舉動，甚至是一種罪行。當地人也沒有相關的知識。姑卡索要避孕藥似乎意味著“我”帶來的外來文化和生活方式的勝利，雖然是以隱秘的方式。由此，“我”的參與達到非常認真嚴肅的地步，體現出作者三毛對跨文化交往、古老習俗和現代價值理念之衝突深切而負責任的思考。

《啞奴》是另一篇感人肺腑的作品。三毛和荷西結交了一位當地黑人朋友，他是一位身為奴隸的啞人，卻有一顆善良而友愛的心。在和這位啞奴的交往中，“我”的觀察至細至微，情感體驗深摯而波瀾激蕩，觀察思考敏銳而切中要害。從“參與”的意義上講，《啞奴》應該是最能展示作者個人的一篇。

作者強烈的人文關懷盡現文中。當“我”發現沙漠中的顯赫人士家裏居然有黑人小童為奴，氣憤填膺，向西班牙當局控訴。西班牙法官的怯懦，更顯出了“我”的正義感。當西班牙太太們覺得有個奴隸很合算，也想效法時，“我”對她們充滿了鄙視，替她們害羞。但是，在一個寬容蓄奴這種不平等現象的社會，“我”和丈夫荷西的努力如杯水車薪，甚至遭到小鎮上人的冷眼和不理解。二人的情感和企盼，都投射在啞奴這個至善至誠的朋友身上。

和啞奴從素不相識變成朋友，“我”不解、困惑、驚喜、感激的情緒交替出現。跟這樣一位與自己社會地位、種族身份距離遙遠的人交往，內心感受的深度和強度可想而知，而三毛把這樣的內心感受呈現在“我”的身上。啞奴的形象在“我”的眼前和心中展開。他是一個心地善良、熱愛家庭，而且心靈手巧、才識過人的當地黑人。來到“我”家，是為了退還給他兒子的二百元。在無法推卻好人的一番心意之時，啞奴知恩圖報，給“我”送來鮮嫩的生菜，為我們修補房屋，收拾晾曬的衣服。我們走訪他家時，啞奴因為沒有喝水的杯子招待客人喝水，非常窘迫。“我”感受到他一顆謙和而純良的心。啞奴的聰明靈巧也讓人驚歎。他不僅是最出色的泥工，而且還有世界地理知識，能準確在地圖上指出撒哈拉沙漠和西班牙，“我”驚訝不已。啞奴處境悲慘，但是心境坦然，他意識到雖然不能改變自己的生活，但是可以保持心靈的自由。啞奴謙虛和藹，但是沒有自輕自賤。他保持自己人格的尊嚴，當別人理解他和他平等相處的時候，他能欣然接受，做一個風趣幽默的好朋友；當別人輕慢侮辱他的時候，他用沉默和隱忍維持自己的尊嚴和內心的自由。“我”體會到啞奴高尚的心靈。

文章最牽動人心的一幕，就是當啞奴被賣與他人，離開家庭的時刻。看到啞奴淒慘的面容，“我”拿出所有的現錢加上一個毯子，交給啞奴，此時“我”的心中應該會有一絲欣慰，因為可以用自己的一點力量給好友帶來一些溫暖。但是“我”應該沒有想到，“他突然抱住了毯子，口裏哭也似的叫起來，跳下車子，抱著這床美麗的毯子，沒命的往他家的方向奔去”。對家庭的愛，讓他第一想到的是自己的家人，還冒著被毆打的危險跑回家去把毯子交給妻子。文中沒有明確寫出，但啞奴的舉動又會在“我”的心中引起一層波瀾。“我”的一點心意，在啞奴的無私和愛之前，似乎顯得渺小。當別人認為啞奴要逃跑，要追打他時，“我緊張得要昏了過去”，憤怒又無奈的心情油然而生。目睹啞奴與家人難捨難分的場景，啞奴“眼眶裏乾乾的沒有半滴淚水，只有嘴唇，仍然不能控制的抖著”，“我”又感覺到社會底層的人物如何在隱忍中度日，悲戚之情無法自已。“啞巴的聲音和那條紅色的毛毯在拍打著我的心”，“我的淚，像小河一樣的流滿了面頰”。在文中，“我”不是局外人式的旁觀者，也不只是一個冷靜的評判者，而是故事的參與者，投入的心血、經歷的衝擊都達到無以復加的地步。

人物描寫手法也充分顯示了作者的投入和內心的表達。作者用了各種精彩的描寫手法突出了啞奴的性格特徵。三毛首先見到的不是啞奴本人，而是他的兒子。小孩子的謙恭、善良和精巧，已經是父親出場的前奏，當後來寫到父親的時候，我們很自然地會聯想到父子之間有那麼多相似之處。啞奴的出場已經牽動了讀者的心：他是來退還好心人給兒子的錢，而不是有別的原因和目的。作者寫了他“馬上很謙卑的彎下了腰，雙手交握在胸前，好似在拜我似的”。雖然不會講話，但是善良的人性已經躍然紙上。在文章中還有多處描寫這個啞人的動作和神情。在接受了三毛和荷西的友情時，他臉上露出“不設防的笑容”，尋求平等和友誼的良好願望顯示了出來。

讀者可以觀察到，在寫《啞奴》的時候，三毛像是在品鑒一幅藝術品，又像是在創造它，有時和故事內容、其中人物留出距離，有時置身其中分享故事人物的歡樂和痛苦，不停地發現、體會，不斷地審視周邊環境的是與非，反省自己的對與錯，達到道德質量和審美趣味的提升。

1.1.2 作家三毛

作品是作家心跡的流露，是作家生活經歷的寫照。然而在作品中，作者並不是直接展示自己經歷過的每個生活層面，更不能窮盡心中的細微隱曲。作者總是要把經歷過的、感受深的、想要說的經過增加刪減、精心加工，寫在紙上。而文學藝術的高妙之處，也就是給作者這樣的機會，把現實生活中的我寫成藝術的“我”，把生活中的真實經歷、生活中人的真實感情用藝術的形式加工再造。藝術家有改寫和再造世界的權利，作為讀者的我們，就應該更“聰明”些，用我們的知識和文學修養，努力去分辨生活中真名實姓的作家本人和作品中加工再造之後的作家的“替身”，同時也要通過作品，把作者的意圖和寫作過程之心跡發掘出來，達到對藝術作品更深入的理解。

在有關撒哈拉生活的故事中，作者三毛傾注了相當深切的感情，而這些感情也是來自她沙漠生活的真實經歷。撒哈拉故事注定不可能是三毛因一時衝動而作，而是作者本人人生的寫照。三毛是一個生性孤寂的人。據她的父親回憶，小時候的三毛“獨立”“冷淡”“不跟別的孩子玩”[5]。這樣的性格特點伴隨她一生。三毛最後以自殺的方式棄絕人生，和她小時候的孤僻、對世事人生的敏感和悲觀不無關係，這也可以說是三毛生活的隱線，這條隱線在她的作品中常常顯示出來。三毛是一個幸運的人，她的生活中充滿了親情和愛。丈夫荷西對她真誠而無私的感情，在生性孤寂的三毛看來，也沒有值得懷疑的地方。父母親對她百般呵護，就算結婚成家，遠離家鄉，也常常噓寒問暖，好像還是把她當作一個小孩子。三毛成名之後，讀者對她讚許、羨慕，濃濃的友情也感化著她。在《撒哈拉的故事》四版代序“回鄉小箋”中，我們可以看到三毛對親情和友情之感恩多麼深重。

孤寂的生性和溫情友愛的生活環境，給三毛的生活留下了什麼？對她的生活有什麼影響？從“回鄉小箋”中我們可以讀到，她為得到的關心和愛喜悅萬分，乃至惶恐不安，又不忘自己的“生命小船”。縱然有親情友愛的陪伴，也要去撐著自己的小船在黑暗中航行。雖

5　傳記名人堂，http://history.ip.to/pe/3/03040001.htm，2018 年 12 月 23 日瀏覽。

然三毛自己說，她“沒有懼怕，沒有悲哀”，但是生命旅程中的孤舟難以經受風浪的衝擊。無論如何感恩他人，三毛沒有也不願離開自己選定的生活方式，不願改變自己對生活的看法。回鄉之後，親友的盛情讓她惶恐而難以自勝，也說明了三毛和周圍世界之間有一道難以逾越的牆。生活中的三毛最後選擇了自殺，固然和荷西意外身亡、自己病魔纏身有關，更是她性格和人生觀的必然結局。

像三毛這樣一位作家，在自己的作品中要寫什麼？什麼樣的意圖，引發了三毛的寫作衝動？在撒哈拉的故事中，我們讀到的是異域風情、冒險經歷，好像和一個內向而孤寂的人沒有什麼關係。但是，如果審視三毛的一生，我們就會看到和外向冒險經歷不協調的地方，我們就應該想想，如何在作品中找到三毛創作的真實動機以及三毛想在作品中展示出來的內容和情感。在《沙漠中的飯店》中，“我”為丈夫荷西是一個外國人而“可惜”，他對中國文化一無所知，也讓我感到“悲傷”。這些貌似輕鬆的談論，是不是有不太輕鬆的含義藏在後面？是不是顯示出“我”對丈夫的失望？如果是的話，這樣的失望之情，是不是作者三毛孤傲又內省式的性格的展示？作者三毛在寫作的時候，是不是想要刻意表示這些方面的內容？在《荒山之夜》中，作者描述黃昏時分荒山陰森恐怖的景色，是不是有意在展示災難的預感？災難的預感是否是作者對人生苦難的預示？《白手成家》中寫了剛來到撒哈拉時體驗的“寂寞的大風嗚咽”“詩意的蒼涼”，是不是也隱藏著一種恐慌的感覺，以及對自己的冒險失去信心？在這樣的描寫的背後，我們是不是可以看到作者缺乏自信、對自己生活前景的悲劇意識？《死果》是一個很特別的篇章，在其中，作者寫到了“我”因為誤戴符咒而經歷的一場生死劫。三毛在寫這個篇章的時候，是不是在用那樣恐怖而令人戰慄的場面，展示自己的人生噩夢？

三毛又是一個酷愛文學的人。我們從她的生平數據中可以看到，三毛“重文輕理”的傾向很嚴重，曾因數理化成績太差，初中二年級休學一年。她對文學的愛從很小的時候就達到癡狂的地步，在小學階段，就飽覽中外文學名著；後來又曾講過，在她死了之後，不要給她燒紙，而是要燒一本《紅樓夢》[6]。對文學的喜好，為文學家所必備。然而，三毛對文學的癡狂，使得她把文學當作生活的支柱、精神的寄托。寫作變成了三毛生活中不可缺少的一部分。不僅如此，在三毛的作品中，文學歷史典故層出不窮，從故事中插入的童話傳說，到篇章中記述的生活細節，到個別的詞語的使用，我們可以感覺到，一個視文學為生命的人在用文字來展示自己、傾訴自己。當我們在文中讀到，主人公枕邊放著讀了一千遍的《水滸傳》，

6　同注 5。

身邊的外國丈夫居然也在努力記住齊天大聖孫悟空的名字時，是不是感覺到，文學經典在三毛生活中的突出地位？是不是感覺到，三毛在作品中，是要書寫自己文學化的人生？

從三毛的生平來看，她的青少年時代生活條件優裕。從在台灣讀書，到後來去歐美深造、工作、遊歷，這些都不是尋常人家的子女可以做得到的。富裕的家庭生活使得她衣食無憂，文學喜好得以自由發展，文學修養隨著喜好迅速攀升。生活的富裕也意味著遠離社會的陰暗面，在童年少年的時代可以像一個小公主一樣生活在童話的世界中，對世界和人生多了許多幻想和理想化的修飾，而對灰暗陰沉一面的認識就可能不夠。當接觸到世界的灰暗面時，反應也就可能更加強烈，所投入的人文關注也就更多。想到這個方面，我們在讀撒哈拉故事的時候，就會看到一個來自富裕、“文明”世界的三毛面對貧困落後世界的反應。作者三毛的真實感受，是一個藝術家對人生詩意化的感受，是從藝術和美的角度審視人生得來的感受。作者的意圖，是展示一個對人生充滿藝術理想的人的看法。以藝術家的社會良心衡量人生，黑暗和醜惡當無處容身，所以三毛在作品中展示出對階級壓迫、性別歧視、種族偏見的深惡痛絕（《娃娃新娘》《啞奴》）；從藝術美的角度來看人生，生活中的悲苦也可以蒙上一層美麗的面紗，荒漠的蒼涼也可以有詩意的雄渾和壯美，垃圾場中的腐朽也可以化為神奇，成為居室中的藝術珍品（《白手成家》）。一個從童話世界走來的藝術家還可以有足夠的想象力，有品味修養把玩人生，在三毛的筆下，這就是任性、頑皮、搞笑和相應的語言風格。如果我們只是把三毛當作一個孤僻內向的人，撒哈拉故事中的搞笑和幽默似乎是不可理解的。但是，如果我們也想到生活環境帶給她的自由和幻想，我們就可以理解對人生痛苦敏感的三毛和幽默搞笑的三毛，其實是一個人。

對童心稚趣的嚮往也是藝術和美的標誌，對兒童的關心和愛也體現了善良的藝術家的質樸人性。從小受文學藝術濡染的三毛，信守藝術的真誠，而藝術真誠又現身於一片童心。在“回鄉小箋”中，三毛寫到自己想要做一個“小朋友的三毛”，為自己的撒哈拉故事有眾多小朋友讀者而感到十分欣慰。三毛還引用了基督教《聖經》裏的話“你們要像小孩子，才能進天國，因為天堂是他們的”，來表達她的心情。我們知道了這一點，就可以更多地理解，為什麼篇章中的三毛對大自然的美和人性的純潔感受極深。當她在描寫一個小奴隸的時候，她能把他的外形體態、神情舉止寫得像一個天使一般。人文的關懷和對弱者的體恤，完全體現在對小童的鍾愛和出神入化的描寫上。我們知道了這一點，就可以更深刻地體會到，當主人輕慢役使小奴，西班牙太太也覺得使喚小奴是一件便宜事的時候，“我”為什麼絲毫不受周圍環境的影響，全身心向著小奴，對他傾注了無盡的愛憐。除此之外，三毛的童心稚趣也可以從她作品的幽默風趣中看得出來。

三毛的個人參與集中體現在她的跨文化書寫中。在三毛短暫的人生中，許多年月是在國外度過的。跨文化的生活經歷引發了她的思考和藝術想象，也成了她文學創作題材和靈感的來源。三毛是以一個土生土長的中國人，同時又受過歐美的教育，以在那裏生活和工作過的"現代人"的身份來到撒哈拉的。遠在東方的古老中國，呈現出的景象和沙漠很是不同。中國文化數千年來在富饒的歷史土壤上生長，社會文化、文學藝術形成了千百年相承的傳統，隨著社會的發展，成了中國人生活的一個部分，文化的特質以書面文學的形式流傳，變成了中國人歷史、文化和文學藝術的豐富素養。相對來講，歷史上的中國受外來文化的影響較少，能在相對獨立的環境之內形成自己的傳統，而且有無數代人加工，使之豐富化。中國人對自己的文化和文學傳統的認知和表達，是很容易達到的一件事。中國文化傳統之深厚，帶來強烈的自豪感，在中國人，尤其是在中國文學作家的身上尤為常見。在跨文化的交往中，中國人表現出來的民族自豪感，對中國文化的深摯的感情，總是會顯示出來。沙漠的歷史狀況、社會和文化的特色吸引了作者三毛，她以藝術家的敏感和想象力，抓住沙漠生活的多個層面，抓住自己對這些層面的精細感受，創作了傑出的文學作品。在作者的創作歷程中，中國文化的潛質當然要起到重要的作用。三毛不可避免地以中國文化為自己的立足點，將自己對中國文化的深刻認知和深摯情感融入創作之中。

三毛散文的語言有強烈的中國文化和文學特色。這不僅體現在作者對中國文化和傳統的認同上，也體現在對中國語言和文學風格的精準理解、把握上。作者熱衷使用中文的成語、諺語，當這些詞語使用在"外國人"如丈夫荷西身上的時候，文化反差更加明顯，更能顯示出三毛散文的中國文化特色。在《沙漠觀浴記》中，荷西被稱作是不懂說話技巧、"此地無銀三百兩"的呆子；而在《沙漠中的飯店》中，荷西吃"印藍紙"（壽司）的時候，則有"壯士一去不復返"的悲壯神情。不僅如此，荷西講的話在三毛的筆下也變成了"中國味兒"的。"從實招來"這樣的話語常見於中國古典小說，純粹是中國味道的，但是在三毛筆下卻可以出自西班牙人荷西之口（《沙漠中的飯店》）。雖然讀者可以理解為只是把外文翻譯成中文，但荷西的講話語氣和用詞居然很少有"外國味兒"，活脫脫地像是中國人在說話，這不能不說是作者三毛故意製造的效果。

語言總是具有某種文化的標誌性的特點。在《沙漠中的飯店》中，中國文化和西方文化不相協調的感覺是從語言和詞彙中體現出來的。"我"對中國飯菜的喜愛，到了如數家珍的癡迷程度。這些中國飲食文化的"精華"都是用詞語表達出來的，包括類似"螞蟻上樹"這樣既不能言傳更無法意會的菜名。這些詞語意韻十足，令"我"如癡如醉，另一方面，丈夫荷西不但不知道在吃什麼東西，更不知道這些詞語是什麼意思。"我"編出來的"山胞"和"春雨”的故事，在中國人的眼裏充滿鄉土風情，但是外國丈夫只能把粉絲當作“尼龍線”。“我”之所以編造這樣的故事，用這樣的詞語，其實是在表達中國人詩意濃濃的審美情懷，外國人之看不懂，正顯示了中國文化的高妙和尊顯。

在《沙漠中的飯店》中，作者的敘述語言也有文化取向。開篇第一句“我的先生很可惜是一個外國人”已經明白無誤地讓讀者感到文化上有高低尊卑之分。看到丈夫始終不知道粉絲是怎麼來的，“我”覺得他“很笨”，所以心裏很“悲傷”，這也讓讀者隱隱感覺到，作者如何把中國文化當作如何高雅的廟堂精品，常人難以企及。荷西對中國飯菜名稱、做法的無知，也在語言的層面上展示出文化的隔閡和距離。

人物語言的內容也有相當明顯的中國文化元素。從荷西的講話中，我們已經可以看出他對中國語言文化的知識有相當的興趣，甚至到了如饑似渴的地步。雖然學得總是不到位，但是他的熱情已經顯示出中國文化在其眼中心裏的地位。荷西想讚賞妻子的時候，想用七十二變的孫悟空來描述她，但是只能說道“你是那隻猴子，那隻七十二變的，叫什麼，什麼……”的層面，需要妻子教訓：“齊天大聖孫悟空。這次不要忘記了。”（《沙漠中的飯店》）這樣的對話不只是顯示了夫妻生活中調笑戲玩的情趣，更看得出來中國元素在兩人生活中的分量。

1.1.3 閱讀三毛

如何閱讀三毛的作品，也是讀者個人和外面世界的溝通。每個人都有自己的生活經歷。如果在作品中寫出來的故事事件是讀者未曾經歷過的，在讀者閱讀的過程中，會出現什麼情況？設想一個讀者一直都是在大都市生活，如何能體會到大自然的雄渾和遼闊？如何能從沙漠和荒野中體會到歷史的久遠、人世的變幻無常？如果一個讀者一直都是在富裕的家境中生活，衣食無憂，如何體會到饑寒交迫的味道，如何體會到生活在底層的人的痛苦？如果一個讀者一直都是在清潔的環境中生活，如何能想象拾荒人在垃圾場中討生活的場景，如何想象拾荒者也可以自得其樂，在垃圾中尋找到藝術的品味？如果一個讀者很少或者從來沒有離開自己的家園，沒有體驗過別的文化、風俗，沒有體驗過文化碰撞，如何理解在異族文化環境中的間離、落寞和哀傷的感覺？還有，如果一個讀者沒有經歷過戀愛和婚姻生活，如何體會到夫妻感情糾葛、家庭生活情趣，乃至生死相伴的執著、生離死別的哀情？

現在都市中長大的中學生，很多就是上面講到的那一類讀者。生活空間的限制，使得三毛的撒哈拉故事對都市中學生來說顯得很陌生，年齡自然也帶來生活經歷的不足。一個人的經歷，有的時候是很難自己選擇的。但是，作為這個時代的中學生，作為選讀國際文憑課程的年輕人，要有開放的襟懷，去嘗試理解別人作品中自己不熟悉的東西。三毛的沙漠生活對你來說可能很陌生，但是如果你願意安下心來，自己閱讀和品味作品中寫到的各種細節，了解作者的生活背景和可能的寫作動機，就能用自己有限的生活經歷和對人生的認識，嘗試去理解文本體現出的主題和思想感情。當然，如果有機會也去一次撒哈拉沙漠，沿著三毛的足跡尋訪她去過的地方，也是件好事，但是文學作品本來就是生活的記錄，只要你願意接受，虛心去體驗，你在閱讀中得到的東西，也會像親身經歷到的一樣豐富精彩。

排除生活經歷的不足，讀者還要有一顆善良的同情心，才能進入三毛的理性和感情世界。就算是沒有親歷貧困，沒有目睹饑寒，沒有受過種族和性別歧視，讀者是不是也應該想到，世界上所有的人應該有平等的機會享受安逸和幸福？是不是應該消除各種類型的歧視和偏見？如果是的話，啞奴的不幸遭遇就應該能引發你的悲情，傲慢的殖民者和當地富人的行為就應該會激起你的憤怒，你就會為被迫接受童婚命運的姑卡而鳴冤叫屈。

三毛是一個來自都市和發達社會的作家。她對世界的觀察，也是從自己熟悉的生活經歷出發的。她觀察世界的角度、所使用的參照系統，也是從她的學識和教養中得來的。從這個意義上說，閱讀三毛的作品並不難。今天的都市讀者很容易會發現，三毛看問題的角度有和他們一樣的地方，甚至處理問題的方法好像也不是很陌生的。在《娃娃新娘》中，“我”同情十歲結婚的姑卡，但是無力改變她的命運，只能和她有一個小小的秘密約定，提供避孕藥，讓姑卡不要過早懷孕。這種角度和方法，顯然是從遠離撒哈拉文化的受了台灣或歐洲式教育的人那裏來的。讀者在讀撒哈拉故事的時候，應該會有意無意地走到這個“不陌生”的角落，由此進入三毛的藝術世界。

撒哈拉故事還提供了一個新的觀察點，讓我們讀者感覺到，觀察和體驗另外一種文化的時候，不可以有太多的先入為主的偏見。設身處地、平衡多方面，可能更加重要。在《娃娃新娘》中姑卡故事的前後，“我”的思想其實是很複雜的。“我”對撒哈拉人的婚俗感到不滿，但是又感覺到自己作為一個外來人，沒有權利過多干涉撒哈拉人已經延續了千百年的婚俗。故事中沒有好人和壞人，只有不同習俗和角度的人。在作者的筆下，姑卡的丈夫其實是一個英俊瀟灑、和藹可親的年輕人，可以相信，姑卡將來的生活也應該是美滿的。那麼，外來的人是不是應該對當地人的婚俗發表過多的評論，就變成了一個複雜的問題。在作品中，三毛容納了不同的價值觀念，她也提示讀者在閱讀作品、做跨文化思考的時候，多一點體諒，接納不同角度的觀察和觀念。

1.2 延伸閱讀和思考

閱讀三毛《回鄉小箋》，結合作品《娃娃新娘》和《啞奴》，思考問題：

❶ 從作者自己的話語中，我們可以得到有關作品的哪些知識和信息？

❷ 作者如何描述自己的生活和文學創作？作者的描述和讀者的理解是否一致？

❸ 用書信形式和用散文或小說的形式書寫，內容會有哪些相同和差異？為什麼？

回鄉小箋（四版代序）（節選）

三毛

……

過去長久的沙漠生活，已使我成了一個極度享受孤獨的悠閒鄉下人，而今趕場似的吃飯和約會，對我來說，就如同劉姥姥進了大觀園，昏頭轉向，意亂情迷。

每日對著山珍海味，食不下咽，一個吃慣了白薯餅的三毛，對著親友感情的無數大菜，感動之餘，恨不能拿一個大盒子裝回北非去，也好在下半年不再開伙。我多麼遺憾這些美味的東西要我在短短的時間裏全部吃下去啊！

……

我真願意愛護我的朋友，了解我現在的情況，請不要認為我們不能見面就是一件可惜的事，因為文學的本身，對每一個讀者，在看的時候，已成了每一個人再創造出來的東西，實體的三毛，不過是一個如她一再強調的小人物，看了她你們不但要失望，連她自己看了她的故事，再去照顧鏡子，一樣也感到不真實。

因此我很願意對我的朋友們說，當我的文章刊出來時，我們就是在默默的交談了。

……[7]

1.3 總結

在這一小節中，我們研討了：

- 文學作品往往是發自作者的內心，展示作者最直接的人生經歷和觀察，表現最真切的內心世界。作者的生平和作品有密切的關係。

7　三毛：《撒哈拉的故事》，哈爾濱：哈爾濱出版社，2003 年。

- 作者往往會以個人身份積極參與創作的過程。作者是創作者，也可以化身為作品中的形象；是觀察思考者，也是親身體驗者；是主體敘述者，也會被審視評判，經歷著變化和更新。
- 作者個人的經歷總是要經過藝術加工，才可以進入作品之中。作品中的“我”未必是作者本人，而是作者對自我形象的再創造，是對自我的反省和超越。
- 創作和閱讀都可以是非常“個人化”的過程。閱讀他人的心血之作，讀者會有自己的困惑、預期，也可以有自己的取捨。讀者已有的經歷對閱讀產生影響，但積極投入閱讀體驗，也是人生經歷的一部分。
- 推己及人，才可以得到人生價值觀的啟迪和藝術享受，才能達到國際情懷的境界。創作和接受的過程都是如此。

1.4 作業練習

【個人口頭報告】

用三毛的文學作品和《回鄉小箋》為文本事例，思考全球問題“文化、身份和社區”“政治、權力和公平正義”或“藝術、創造和想象”，同時考慮到“身份”“文化”和“表達”的概念探究點。準備一份個人口頭報告。

2 “淺閱讀”時代

概念探究	文化　創造　交流
全球問題	文化、身份和社區　信仰、價值觀和教育　藝術、創造和想象

2.1 閱讀《爸爸，為什麼颱風它叫山竹不叫榴蓮呢？》，思考問題

❶ 文章出現在什麼樣的交流平台？交流平台如何影響到作者的寫作意圖？

❷ 寫作意圖和文中的信息如何具有“碎片化”的特點？如何體現作者個人化的寫作取向？

❸ “碎片化”的文本如何適應讀者“淺閱讀”的閱讀習慣？寫作和閱讀的交流如何達到通暢？

信息“碎片化”和“淺閱讀”

信息“碎片化”所描述的是信息來源的特點。在網絡化時代，很多文本內容多樣化，範圍零散，不局限於某個學科，也不追求準確深入，交流目的隨意，個人表達和信息傳播交集，文學和非文學文體共存，更傾向於娛樂性，也有明顯的商業意圖。相應於信息“碎片化”，人們的閱讀習慣也有所改變，出現“淺閱讀”的現象。“淺閱讀”指的是滿足於接受表面內容和短暫的視覺快感，以跳躍性的快捷的形式獲取信息，以滿足個人趣味為閱讀目的，對文體規範更加寬容，接納多種寫作嘗試，注重與作者情感交流和多向溝通。隨著流動媒體日趨興盛，信息“碎片化”和“淺閱讀”現象更加顯著。

爸爸，為什麼颱風它叫山竹不叫榴蓮呢？

豪小寶和豪爸爸 大童豪爸爸 2018-09-16

豪小寶：“爸爸，為什麼颱風它叫山竹不叫榴蓮呢？”

我：“呃……”

豪小寶：“是不是因為榴蓮很臭啊，哈哈哈哈（！）”

我：“呃，大概是的……”

你是否也一樣，有被孩子問“瘋”的時候。那一刻，心裏刮起的颱風不亞於山竹吧？還好，豪爸找了個比較有意思方法來解答這個問題，你也跟孩子一起來學習一下吧！

颱風的名字有時很文藝，有時又很曲藝，有時是個動物，有時又是個神話人物。那麼，颱風的名字，究竟是怎麼來的呢？

其實，颱風的名字，都是事先確定好的，並不是颱風快來的時候，大家腦洞大開，隨意給它們起個名字。西北太平洋是颱風的高產地區，每年登陸我國，就有6、7個之多，而多年以來，西太平洋周邊的國家和地區對出沒在這裏的颱風叫法不一。同一個颱

（本文視頻截圖來源於“來畫視頻”與深圳氣象局聯合出品的“來畫天氣”欄目中《颱風的名字是怎麼來的》視頻畫面，版權歸製作方所有！特此聲明！）

風，往往就有好幾個不同的名字。

於是為了避免名稱混亂，大家就事先制定一個命名表，然後按順序，年復一年地循環重複使用。命名表共有 140 個名字，分別由世界氣象組織所處的亞太地區 14 個成員國或地區提供，以便各國一起防颱抗災，加強國際區域合作，並從 2000 年 1 月 1 日起開始使用這種命名方法。

不過颱風的名字也不會被永久使用，它們也會有退役的那一天。江湖上一致認為，一個優秀的颱風應該是不佔假期，不佔假期，不佔假期！而且來勢凶猛，全市停工停課，調轉風向，擦肩而過，環流影響，危害減弱，下雨交差，皆大歡喜，領導防風有功，市民沒有損失，全家家裏休息！

而一個不合格颱風的下場，就是被除名！當一個颱風對某個或多個國家和地區造

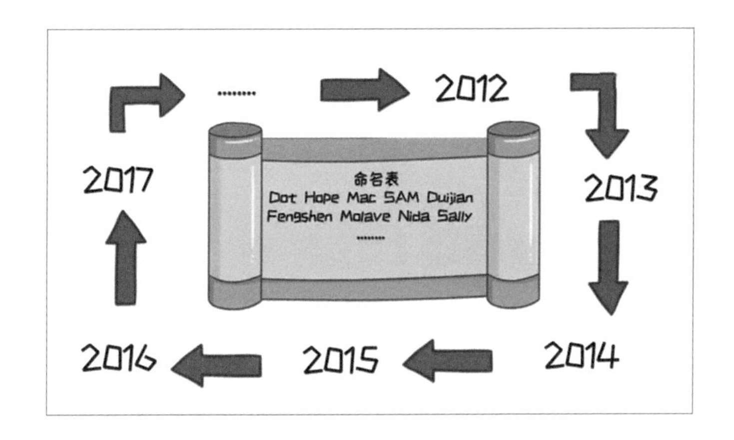

成了重大災情，遭遇損失的成員國家可以向世界氣象組織提出申請，將這個颱風永久除名！

比如給我國造成重大損失的 2005 年第 19 號颱風“龍王”，2013 年第 30 號颱風“海燕”，2016 年第 14 號颱風“莫蘭蒂”，由於破壞力巨大，都已經被正式被（按：應刪“被”）退役了。截至 2016 年，颱風家族累計開除了近 30 個不怎麼優秀的颱風。

到這裏，你終於可以回答孩子，為什麼這次颱風叫山竹，而不是榴蓮了！因為榴蓮上次考試不及格！

在 2006 年底，榴蓮颱風在菲律賓造成數百人死亡的慘劇，成為菲律賓史上最嚴重的風災之一，因此泰國政府向世界氣象組織提出更名的要求。從 2013 年開始，榴蓮颱風就成為了前任，取而代之的是山竹颱風。

關於颱風的名字就科普到這裏了。只是山竹仍然在肆虐，目前看來完全沒有做一個好學生的樣子。估計，過完這兩天，它也要退役了。

那麼問題來了，哪個水果將接任山竹的位置呢？剛科普完，你又可以跟孩子展開水果的討論了。

好了，不說了，豪小寶上午還問了：

"為什麼打颱風會下雨呢？"

"為什麼風是看不見的呢？"

"下這麼大的雨小鳥們怎麼辦？"

"為什麼打颱風要關窗呢？"

"為什麼打颱風就不用上學了呢？"……

趁他在午睡，我要去準備答案了，誰說打颱風可以在家休息的來著？[8]

【喜歡就動手轉發一下】

---

8 《爸爸，為什麼颱風它叫山竹不叫榴蓮呢？》，https://mp.weixin.qq.com/s/N-OQAz6jHWkXkvJH5CxLhg，2018年12月1日瀏覽。有刪減，版面做了調整。"榴蓮"和"榴槤"通用。原文為"榴蓮"，但"榴槤"較為常用。

在當今的網絡世界，像《爸爸，為什麼颱風它叫山竹不叫榴蓮呢？》這樣的文章很多見。類似的文章體現了當代讀者的寫作和閱讀習慣，也和互聯網和流動媒體的交流平台相適應。

文章出自微信公眾號“大童豪爸爸”，是該微信公眾號作者的一篇精妙的小品。文章有明確的交流目的，從文章的內容來看，作者是從科普的角度，介紹颱風命名的國際慣例和通用的方法，而且有諮詢性的內容。不過，文章又有相當分量的趣味性，作者加入了許多幽默的細節和議論，讀上去又像是朋友不經意間閒話聊天兒。文本內容和交流目的的隨意性，體現了互聯網時代寫作的個人風格和個性色彩，內容和形式上的“非正規化”，體現了個體寫作的網絡時代特質。相應地，文章的讀者也可以全情投入，與作者進行親切而體己的個性化交流，充分享受閱讀樂趣。

文中有許多信息性的內容，作者從客觀角度羅列出來，顯得翔實而可靠，體現了科普文體的特點。例如颱風命名以前為什麼不統一，後來為什麼各個國家一致認為有統一名稱的必要，這些統一的名稱又如何使用，等等。不過，在這之後，作者又發出不同的聲音，稱“關於颱風的名字就科普到這裏了”。“科普”的本意是普及科學知識，按照以往的文體形式慣例，科普文章依然要認真而嚴肅，也要達到一定的深度。然而，在信息發達的今天，“科普”文的重要性已經打了折扣，在今天的網絡流行語中，“科普”只具有一般性的“解釋說明”的意思，和科學沒什麼關係，而且無所不在，人人都可以做得到。“科普”信息已經碎片化。在這樣的情形之下，作者有了機會輕鬆調侃一下自己，在“科普”之後輕鬆一下，夾帶一點自己的“私貨”。可見，當寫作變得更加個人化、隨意化的時候，文本的角度和特點會有很大的不同。

個人化的書寫也體現在對文章內容的處理上。文章加入一段對“優秀的颱風”的描述：“一個優秀的颱風應該是不佔假期，不佔假期，不佔假期！而且來勢凶猛，全市停工停課，調轉風向，擦肩而過，環流影響，危害減弱，下雨交差，皆大歡喜，領導防風有功，市民沒有損失，全家家裏休息！”這顯然是作者隨興所至的一段話，追求搞笑而取悅讀者的效果。顯然，這樣的颱風是不存在的，作者也只是把它當作可望而不可及的幻想，拿出來聊博一樂，顯示自己的風趣和機智。這種無厘頭式的信口開河，完全是閒聊說笑的語言風格，有典型的私人化和個體表達的特點。“領導防風有功，市民沒有損失，全家家裏休息”都是在颱風期間經常出現的話語，自然會把讀者拉到現實中來，聯想到好大喜功的領導、不想上班的市民，進而對作者的小點綴心領神會。

措辭輕鬆多樣化是文章的特點，這也正是個性化書寫的主要特質。作者用“江湖上一致認為”，給文章增加了一點“野氣”。本來談論的是比較正式的諮詢性的內容，卻說是出自

"江湖"如此非主流的渠道，作者要傳達的無疑是個人化的隨意性，遠離正統規範，務求風趣輕巧，這是作者的追求。行文當中，重複的手法使用巧妙，如"一個優秀的颱風應該是不佔假期，不佔假期，不佔假期！"，如同毫無節制的叫喊，起到強調的效果，更突顯了語氣語調的隨意化和頑皮性。文中有"颱風的名字有時很文藝，有時又很曲藝"這樣的措辭，聽上去合轍押韻，讀起來朗朗上口，有饒舌打趣的味道，好像是在說相聲或"脫口秀"，民間藝術風格鮮明，而作者個人的性情也躍然紙上。

文章格式和展示方式也非常有特點。文章篇幅不長，但配圖 31 幅（本書因篇幅有限，未能盡錄），其中有靜態漫畫，也有 gif 動畫小圖；有信息性強，內容客觀的解釋圖，也有擬人化的漫畫，還有兩者的結合，不拘一格。文章沒有段落格式可言，也不遵循標點符號的使用規範，標點符號可有可無。文章的作者顯然沒有按照一個特定的文體格式寫作，相反是在故意打破行文慣例，消解文體形式傳統。文章的故事性也引人矚目，以父子的對話開頭，又以對話結束，首尾呼應，整體效果和趣味性、形象性都非常明顯。作者把講述時間定位在颱風日當天，"趁他在午睡，我要去準備答案了，誰說打颱風可以在家休息的來著？"現場感更強，更符合微信短文時效性強的特點。

2.2 延伸閱讀和思考

文章《爸爸，為什麼颱風它叫山竹不叫榴蓮呢？》有自己的讀者討論區。討論內容見"大童豪爸爸"公眾號的留言區。閱讀討論內容，思考作者和讀者的交流是如何展開、如何進行的，在交流的過程中，個性化閱讀和個性化書寫如何呈現出來。

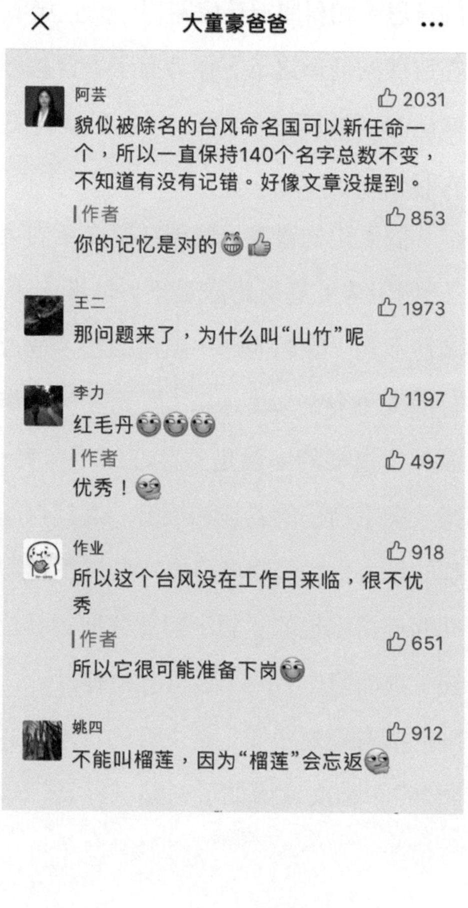

×　大童豪爸爸　…

阿芸　2031
貌似被除名的台风命名国可以新任命一个，所以一直保持140个名字总数不变，不知道有没有记错。好像文章没提到。
作者　853
你的记忆是对的

王二　1973
那问题来了，为什么叫"山竹"呢

李力　1197
红毛丹
作者　497
优秀！

作业　918
所以这个台风没在工作日来临，很不优秀
作者　651
所以它很可能准备下岗

姚四　912
不能叫榴莲，因为"榴莲"会忘返

2.3 閱讀李筱懿《靈魂有香氣的女子》，思考問題

❶ 讀者的閱讀需求和期待會如何影響作者的寫作動機，促成作者和讀者新的交流模式？

❷ 新的讀寫交流模式和新的信息呈現途徑如何激發作者的創意、突破舊有的寫作規範？

❸ 商業化的社會環境和文化氛圍，如何影響到作品的內容、主題和語言風格？

林徽因：女神行走人間路（節選）

李筱懿

……

1953年的夏天，在一次歐美同學會的聚餐中，她指責當時負責北京城建的副市長吳晗破壞文物建築。她熱淚盈眶，衝動而激憤，甚至，嚴重的肺病讓她聲音嘶啞，她依然用並不動聽的聲音據理力爭，動情處，不惜指著吳晗的鼻子譴責。

……

她的女兒梁再冰說："現在的人提到林徽因，不是把她看成美女就是把她看成才女。實際上我認為她更主要的是一位非常有社會責任感的建築學家。她和我父親梁思成是長期的合作者，這種合作基於他們共同的理念，和他們對這個事業的獻身精神。"

……

女神是輕鬆做得麼？她們光潔的腦門兒上都鑿著三句話：

Never give up!

Always try hard!

Make everyone happy!

花在飽讀詩書上的時間不比保持身材短，用在規劃人生上的功夫不比梳妝打扮少，如此，方能塞進零號禮服，拾掇起一身仙氣，甚至她生的孩子，都必須是漂亮而有教養的。

每一個女神，都活得很努力。[9]

9 李筱懿：《靈魂有香氣的女子》，南京：江蘇文藝出版社，2013年。

信息“碎片化”是當今社會文本的特點，對文學和非文學的文本都是如此。在過去，人們獲得信息需要經過正規的學校學習，閱讀學科專家寫作或編著的書，所獲得的信息是比較體系化的。而如今，信息可以來自很多不同的渠道，經過不同的角度加工解釋，信息體系化的程度必然降低，隨之而來的就是信息變得更加零碎，信息的組合變得更加隨意。從人們的生活來講，快節奏的生活方式也使得人們更願意領受“快餐”式的知識。更明顯的是，在接受信息的同時，讀者也願意得到一些觀點和評價，幫助自己思考甚至得出結論，這也是和快餐式的商業文化相適應的一個特點，消費者對產品的需求變得多樣化，有多個層面，對“服務”本身的需求也越來越高，越來越明顯，而“觀點”和“評價”就好像是“信息”商品的附加值，是受眾樂於接受的。

李筱懿的《靈魂有香氣的女子》，體現了上面談到的諸多特點。該書記載和談論的是民國時代二十六位著名女性的故事，以散文的筆法講述歷史，同時加入作者所體會到的人生啟示。2013 年該書出版，暢銷一時。

作者記載了歷史人物的生平故事，沒有數據源。所以，從文體上來說，這本書雖然是講人物經歷，但不能算是人物傳記，缺乏歷史真實。不過，書的特點就在於作者從個人角度演繹歷史，不是在做史實考據，不求史料確鑿無疑。只有這樣才能開拓更大的空間，達到自己的寫作目的。作者講到 1953 年林徽因當面斥責北京市副市長，有確切的年份，應該不難找到史料來源，讀者也能體會到其中的歷史真實感，但是作者並不在意深入一步做出考證。而寫到當時的林徽因“熱淚盈眶，衝動而激憤”時，如果沒有說明出處，例如哪些在場的人士目睹林徽因的表情，這個細節如何記錄下來，就會留下一個疑問：林徽因的表情是出自作者的想象，還是實有其事。書中還提到林徽因的聲音“並不動聽”，這就顯然是作者自己的感受和推斷，其中加入了許多同情，同時也襯托了她“據理力爭”的勇氣。顯然，“並不動聽”已經不是可以考據的歷史事實，而是作者用來傳達意旨的想象和發揮。在選段中可以讀到對林徽因的評判：“她確實是個鋒芒畢露的女子”“她是個幸運的女子”“她還是個充滿了‘文藝復興色彩’的女子”，而最後突出的結論是，別人對她的看法都可能是片面的，只有她“本人”的特點，才最值得關注。可見作者心目中對歷史人物已有先入為主的評判，引領全書的整體構思。

文學筆觸也強化了表達的效果。林徽因“淚如雨下，義憤填膺”，有強烈的戲劇性場面，又突顯人物當時的情態和性格特點。“每個季節都活得繁茂而絢麗”，用借代的手法將人物的生活詩意化。對“真實的她”和“想象中的她”的一段議論，雖然不是那麼形象化，但真實和想象是一個完美的對應，更有助於作者表達林徽因如何成為一個真實的“女神”，而“或許”“甚至”“唯有”又增加了循環往復的效果。小段落的編排也是在追求詩句的效果，從另一個側面體現了文學性和藝術感染力。

作者總是在關注讀者，適應讀者的閱讀習慣和期待。在快節奏的生活中，今天的讀者想要在短暫的閱讀時間內得到信息和他們覺得有所幫助的內容。作為“消費者”，這些讀者又想以比較“舒服”和“體面”的方式得到知識和人生啟示，可以轉化為人生滋養、和朋友閒聊時的談資。《靈魂有香氣的女子》的作者在選文煉字上很下功夫。題目中的“靈魂有香氣”使用超現實主義“通感”式的詞語連接，風格獨到，很有些時尚的感覺，適應讀者求新求異的心理。書中的詞語多半非常惹眼，相應時下都市文化語境中追逐的熱門話題：說到時代的時候，有“娛樂至死的年代”；說到人物特點，有“遊戲人間的社交名媛”“曠古難尋的才女佳人”“孤傲清冽的知識分子”這些格式化的流行詞語和描述方式乃至俗語套話；說到內容，有“緋聞與傳說”“粉紅色的明星”等微信空間、街頭巷尾茶餘飯後的話題，還有“保持身材”“梳妝打扮”這些女性日常生活中瑣碎而常見的行為。書的內容和傳達的意旨未必和這些詞語密切相關，但是熱門話題滋生了這些“熱詞”，本身已經有足夠的吸引力，讓讀者覺得值得一讀。在“碎片化”閱讀的時代，人們對單獨詞語的專注力非常之高。在網絡世界，熱詞檢索變得輕而易舉，人們都習慣於按照自己的意願鍵入相應的詞彙，查找內容。這個習慣會潛移默化發揮作用，在讀書的時候也會用到。上面舉出的熱詞會與讀者已有的熱詞儲存相遇，閱讀興趣自然大增。作者的寫作意圖通過這些熱詞傳達給讀者，而讀者在熱詞的世界也如魚得水，心滿意足。

《靈魂有香氣的女子》提供了一份“套餐”：人物故事、勵志感言、濟世良方。在上面的選段中，這三點安排有序、面面俱到，很適合享受型讀者的口味。尤其是“治愈你”的部分，好像是醫生在開藥方，在別的篇目中也稱為“心語”，性質相同。書中還有很多智囊金句式的語句，如“她們光潔的腦門兒上都鑿著三句話”，“三句話”顯得很神秘，似乎是包醫百病的靈丹妙藥。三句話以英文的形式出現，雖然只是口號式的語言，簡單而古板，但藉助英文的話語權，又多了一份魔力。全書為“淺閱讀”讀者量身定做，投其所好，是銷售量高的主要原因。

“心靈雞湯”一詞出自美國作家兼演説家傑克·坎菲爾德（Jack Canfield）的系列叢書 *Chicken Soup for the Soul*。該書記錄平常人的故事，以講述人生道理和勵志為目的，書名《心靈雞湯》取滋養身心的意思，意指該書對人生有益。如今，“心靈雞湯”用來泛指以開啟民智，鼓勵上進為目的的各種文本，這些文本大多以記敘人物故事為基點，加入作者的理解和發揮，通常在讀者中形成很大的影響。但是也有人批評“心靈雞湯”類文本內容淺薄，華而不實，有嘩眾取寵之嫌。

《靈魂有香氣的女子》也受到不少批評。有人從負面的角度，認為這是一本“心靈雞湯”式的書，文字華麗誘人，但內容空泛，含義淺薄，只是為了滿足市井文化的消費需求，而且內容東拼西湊，甚至前後矛盾。批評者對書中的勵志成分也頗有微詞，不認同作者以人生導師的身份為讀者上課，教訓別人。[10] 對《靈魂有香氣的女子》的批評，其實也是對這一類文本總體的評價，說明在信息碎片化的“淺閱讀”時代，也有人在思考作者是否有權利用個人化的寫作影響讀者，是否可以操控信息而且做出臆斷，讀者是否應該滿足於語言套餐和知識“補品”，以有“小聰明”為榮，急功近利，放棄獨立思考和親身體驗的機會。

2.4 延伸閱讀和思考

閱讀和檢視《靈魂有香氣的女子》的封面和封底的內容及版面設計：

❶ 思考封面和封底的內容及版面設計如何有助於體現作者的寫作意圖？

❷ 尋找另外一部在內容和寫作意圖上類似的作品，檢視其封面和封底，和《靈魂有香氣的女子》做比較分析。

5年後，你是什麼檔次的女人？

有一類女子在淡然寂靜中　成了自己期待的那個人

原來這些得到了一切的傳奇　只不過是活得很努力的普通人

所有的愛和痛　都逃不出這26個女子的人生

願她們的命運　成為你的良藥。

《靈魂有香氣的女子》封面

---

10 驚蟄@KM：《〈靈魂有香氣的女子〉短評》，豆瓣讀書，https://book.douban.com/subject/25802595/comments/，2019年8月9日瀏覽。

2.5 總結

在這一小節中，我們研討了：

- 社會環境決定寫作和閱讀方式。當今社會快捷的生活節奏和消費型都市文化，促成了信息“碎片化”和“淺閱讀”。
- 語言文字產品是人類社會活動的一部分，不可脫離商業規則。文化產品商業化和享受型的閱讀習慣，表現為讀者常常信賴甚至依靠作者的“全程服務”，以求多方獲利。
- 不同的媒體平台造就不同的寫作取向和不同的閱讀習慣。自媒體給個人表達留出了空間，流動媒體則更適合個性化書寫。
- 閱讀需求會影響到寫作動機、寫作形式的選擇和語言風格的取捨，寫作和閱讀之間的交流方式由此發生變化。
- 作者和讀者的交流模式總是在狀態更新中。作者有機會展示自己的創意，在不同的寫作規範之間做出調整和取捨，嘗試新的文體形式和語言風格。
- 語言文字產品總是有教化民眾和影響社會的作用。作者有意在作品中加入價值評判，讀者樂於接受作者的引導。
- 閱讀取向的多元化是社會成熟和理性的標誌。在當今社會，閱讀取向有很大差異：或者追捧個性化寫作，或者表示質疑、冷淡和反感。

2.6 作業練習

(1)【文本分析】

閱讀《找到自己的椰子》，參考引導題，做出分析。

引導題：文章內容的佈局和編排如何有助於呈現寫作效果？

找到自己的椰子（節選）

時間 :2019-01-07　　作者 : 未詳　　點擊 :435 次

他出生在貧困之家，從小內心深處就被極度的自卑籠罩著。大學畢業後，因為屢次求職失敗，他乾脆宅在家裏，整天沉迷於計算機遊戲，日子過得窮困潦倒。一次，他被好友安克拉著去參觀一場"草根族"的才藝表演。讓他感到驚訝的是，來參加比賽的成員，年齡和職業各不相同，每個人都大膽登上舞台，盡情表演自己的特長。

一個 8 歲的小男孩，用手指頂著披薩餅麵糰，迅速開始轉動。他時不時地將麵糰放在腦袋後面，用雙手互相配合著旋轉，嫻熟的甩餅技術，加上輕鬆自信的笑容，贏得觀眾熱烈的掌聲。一位身材矮胖的女孩，演唱電影《泰坦尼克號》的主題曲，儘管她的嗓音並不優美，勇於挑戰自我的精神卻感動了很多人。一位在車禍中失去雙腿的男人，現場表演飛針走錢（按：線），短短 5 分鐘，就將一塊布料縫成了漂亮的裙子。原來，從絕望中走出來的他，選擇了裁縫為職業……[11]

(2)【個人口頭報告】

"勵志文"被公認為是一種常見的文體。體會選文《靈魂有香氣的女子》的"勵志"特點，尋找兩篇類似的文本，思考全球問題"文化、身份和社區""信仰、價值觀和教育"或"藝術、創造和想象"，同時思考到"文化""創造"和"交流"的概念探究點，準備一份個人口頭報告。

---

11 佚名：《找到自己的椰子》，"人生屋"，http://www.rensheng5.com/duzhewenzhai/renwu/id-170785.html，2019 年 1 月 19 日瀏覽。

第 4 章　宏大敘事

“宏大敘事”指的是文學或非文學作品將重大的歷史和現實問題作為題材或對象，體現明確的價值觀、政治理念和社會責任意識。投身於宏大敘事的作者有較強的社會使命感，交流意圖更傾向於社會性，強調作品的教育功能。作品大多涉及有鮮明社會意義的內容，主題有明確的觀念取向。作品更容易在讀者中引發共鳴，激發公民意識和參與感。宏大敘事的作品可以體現官方主流價值觀，也可以呈現不同的政治理念和文化內涵。宏大敘事的作品不同於表現私人生活、描寫缺乏時代感的瑣碎內容、抒發個人情感、過分追求純藝術特點和商業效應的作品。

❶ 時代滄桑：白先勇的《台北人》

概念探究	身份　觀點
全球問題	文化、身份和社區　政治、權力和公平正義

1.1 閱讀白先勇《歲除》和《冬夜》，思考問題

❶《歲除》和《冬夜》的主要內容是什麼？作者為什麼要寫這樣的故事？

❷ 節選中如何顯示出時代的痕跡？作者如何表現對歷史變遷、人世滄桑的感喟？

❸ 個人的命運如何和時代歷史的大背景聯繫起來？作者如何在細節描寫中帶出重大事件和深刻的主題？

❹ 場面烘托、敘事角度、人物形象描寫手法如何起到突現主題的作用？

歲除（節選）

白先勇

……

“老弟台，大哥的話，一句沒講差。吳勝彪，那個小子還當過我的副排長呢。來到台北，走過他大門，老子正眼也不瞧他一下。他做得大是他的命，捧大腳的屁眼事，老子就是幹不來，幹得來現在也不當伙夫頭了。上禮拜，我不過拿了我們醫院廚房裏一點鍋巴去餵豬，主管直起眼睛跟我打官腔。老子撈起袖子就指到他臉上說道：‘余主任，不瞞你說。民國十六年北伐，我賴鳴升就挑起鍋頭跟革命軍打孫傳芳去了。廚房裏的規矩，用不著主任來指導。’你替我算算，老弟——”賴鳴升掐著指頭，頭顱晃蕩著，“今年民國多少年，你大哥就有多少歲。這幾十年，打滾翻身，什麼稀奇古怪的事沒經過？到了現在還稀罕什麼不成？老實說，老弟，就剩下幾根骨頭還沒回老家心裏放不下罷咧。”

……[12]

白先勇是一位對社會動蕩、歷史變遷非常敏感的作家。白先勇的父親是國民黨名將，在抗日戰爭時期屢建戰功。白先勇出生在戰爭年代，那也是一個英雄的時代。父親一代人的功業給白先勇留下深刻的印象。隨後，國共內戰硝煙又起，國民黨敗走台灣，英雄末路的慨歎又從父輩一代身上傳到白先勇，進而人生流離、世事無常的感受也越釀越濃。《台北人》中的主要篇目寫在作者 30 歲前後，那是人生感受最為敏感和強烈，同時人生體味日趨成熟的年代。如作者所說，他寫的是對父輩征戰生活的回憶，而他的小說背後有“歷史架構”，他要寫的是“民國史”。

紀念先父母以及他們那個憂患重重的時代

——《台北人》扉頁作者題詞[13]

---

12 白先勇：《歲除》，選自《台北人》，台北：爾雅叢書，2008 年。
13 同注 12。

白先勇談《台北人》：

> 我有一本小說叫《台北人》，這本小說很多篇目背後都有個歷史架構，就是民國史。在我的潛意識裏，我用文學的筆法來呈現那段歷史。[14]
>
> 我在抗戰時期出生，成長過程中有許多關於抗日和抗日英雄的記憶，那時的父親整天忙著和日本人打仗，我一生都不會忘記的。……[15]

白先勇筆下人物形象眾多，題材涵蓋面很廣，但都與時代滄桑和個人際遇有密不可分的關係。《台北人》有許多軍人的形象，無疑出自作者對父輩一代人的觀察。白先勇筆下的軍人多種多樣，也是體現了作者對那一代國民黨軍人經歷的感悟和思考，從而展示出相關的社會話題。

《歲除》中的賴鳴升是軍人形象中最動人的一個。在這個人物形象的身上，作者講述了一代軍人的歷史，同時也寄寓了深切的同情。賴鳴升只是一個下級軍官，軍旅生活最輝煌的時候也只是官至連長。在小說中，賴鳴升已經年老退役，只是在榮軍醫院做一個無足輕重的"伙頭兵"，而且依然孤身一人。在農曆新年除夕，他來到現在官至營長的老部下家中吃團圓飯。

賴鳴升是一個複雜的人物。他是戰場上的英雄，身上的傷疤記錄著往日的功業。他有一份壯志豪情，當劉營長的兒子說他的志向是"陸軍司令"，賴鳴升大加讚許，還說他年輕時的志向還要更高。不難看出，他是當年一代熱血青年形象的縮影。他豪爽大方，更重人情，看不上做了官忘掉"哥兒倆的情份"的人，更看不起蠅營狗苟、巴結上司而圖謀私利的人，"捧大腳的屁眼事，老子就是幹不來"，展示出他品行正直的一面。

作者在多個層面上展示賴鳴升的形象。他看上去有軍人的氣度，但在維護尊嚴的同時又展示出一份自負和傲慢。聽說沒有親歷戰場的人在軍校課堂講台兒莊戰役，賴鳴升覺得很是荒唐。現在的上司對他指手畫腳，他口稱"民國十六年北伐，我賴鳴升就挑起鍋頭跟革命軍打孫傳芳去了"，顯示出十分的不屑。當身為營長的老部下給他敬酒時，他一方面感到自尊心得到極大的滿足，同時也一再說"你大哥已經退了下來了"，"現在不過是榮民醫院廚房裏

---

14 王逸人採訪白先勇：《白先勇談父親白崇禧：望歷史公正地替我父親寫傳》（原標題：《一場與白先勇關於歷史的對話——希望歷史公正地替我父親寫傳》），http://news.ifeng.com/a/20140615/40739684_0.shtml，2019 年 8 月 9 日瀏覽。

15《晶報》記者彭子媚、實習生胡美玲採訪白先勇：《以歷史的滄桑來寫歷史》（2012 年 08 月 5 日），http://news.ifeng.com/gundong/detail_2012_08/05/16562258_0.shtml，2017 年 7 月 10 日瀏覽。

的買辦”，作者準確拿捏到賴鳴升的這個心理特徵，顯示出他內心的失落感。當年的下屬對他禮數不周，他非常生氣，這裏又看出賴鳴升總是在守護自己的面子，作者在此加入了一點兒嘲弄的意味。

小說精心安排了飲酒的細節來展示賴鳴升的性格特徵。出場之時，讀者已經感到賴鳴升是一位酒量過人的漢子。他自帶酒水來別人家做客，口稱年輕的時候“三花、茅台——直用水碗子裝”，不勝酒量的年輕軍官俞欣被他嘲笑：“軍人喝酒，杯子裏還能剩東西嗎？”“頭一晚醉得倒下馬來，第二天照樣衝鋒陷陣”，更是賴鳴升津津樂道的輝煌。在酒席上，別人向他敬酒，他來者不拒，自尊心得到極大的滿足。他更起身向別人勸酒，而自己總是一飲而盡，顯示自己的酒量。然而最終賴鳴升因不勝酒力，去盥洗室嘔吐。誇誇其談，外強中乾，賴鳴升荏弱的一面也顯示了出來。

在賴鳴升的身上，作者表現出濃重的悲劇意識。當賴鳴升講到“今年民國多少年，你大哥就有多少歲”的時候，讀者可以感到他為自己的老資格而自豪，同時又有歲月流逝，時不我與的哀傷。而“就剩下幾根骨頭還沒回老家心裏放不下罷咧”，道出賴鳴升內心深處難言的苦楚。作者刻意展示戰爭給賴鳴升留下的內心創傷。在台兒莊戰役中，賴鳴升目睹長官被敵軍炮彈削去腦袋，自己也身負重傷，大難不死。戰爭之慘烈刻骨銘心，在講述這幅場面時，竟然無語失聲。讀者看到的是在戰爭中垮掉的一代，建功立業的理想已經被戰爭的血腥慘烈沖淡，戰爭在賴鳴升身上留下的痕跡，並不是那麼“燦爛輝煌”。

賴鳴升身上凝聚了一代國民黨老兵的形象特點，是 1949 年後流落台灣的一代軍人的典型。作者正面描寫他的壯志豪情，是為了緬懷他們輝煌的過去和抗戰報國的不朽功績。賴鳴升身上的自負和傲慢，讓讀者看到敗退台灣，時過境遷之後的失落和無奈。他們想要有機會展示自己的身份，得到社會的認可，但滯留異鄉，回到大陸老家已經沒有希望。過去的輝煌失去了根基，更被人遺忘，當年叱吒風雲的英雄，如今只是一個不足輕重的小角色，再加上家庭生活上也不如意，被惡人欺騙，落得人財兩空。賴鳴升自負的背後，是極度的自卑。作者更寫到他們肉體和精神上遭受的創傷，更讓人感受到他們脆弱的一面，從而激起讀者深切的同情。

作者在寫賴鳴升誇誇其談、外強中乾的一面時，表現出一些諷刺的意味。用這樣的方法來寫，看上去匪夷所思，和憐憫同情的主調不甚合拍，其實作者這樣做可謂用心良苦。小說似乎是在暗示，那個英雄的時代已經過去，或者完全不曾有過。在動蕩不安的時代，那一代人的榮耀只能像是過眼煙雲，笑談而已。白先勇在緬懷與讚頌的同時，加入一些嘲諷的意圖，如此把握分寸，是基於對世事人生的精細觀察和獨到思考。作者並不是取笑這一代失落者，而是讓讀者看到他們面臨的是不可避免的衰敗。

冬夜（節選）

白先勇

……

余教授踅回家中，他的長袍下擺都已經潮濕了，冷冰冰的貼在他的腿脛上，他右腿的關節，開始劇痛起來。他拐到廚房裏，把暖在爐灶上那帖于善堂的膏藥，取下來，熱烘烘的便貼到了膝蓋上去。他回到客廳中，發覺靠近書桌那扇窗戶，讓風吹開了，來回開闔，發出砰砰的響聲，他趕忙蹭過去，將那扇窗拴上。他從窗縫中，看到他兒子房中的燈光仍然亮著，俊彥坐在窗前，低著頭在看書，他那年輕英爽的側影，映在窗框裏。余教授微微吃了一驚，他好像驟然又看到了自己年輕時的影子一般，他已經逐漸忘懷了他年輕時的模樣了。他記得就是在俊彥那個年紀，二十歲，他那時認識雅馨的。那次他們在北海公園，雅馨剛剪掉辮子，一頭秀髮讓風吹得飛了起來，她穿著一條深藍的學生裙站在北海邊，裙子飄飄的，西天的晚霞，把一湖的水照得火燒一般，把她的臉也染紅了，……[16]

《冬夜》寫的是身在台灣的大學教授余欽磊和從美國來訪的老朋友吳柱國重逢的事。故事中的余欽磊日漸衰老，傷病纏身，生活了無趣味。吳柱國是國際學術名人，但也無心學術，時常只是在應付場面。二人回憶“五四運動”時期英姿勃發的樣子，感慨萬端。

小說寫的是好朋友的二人故事，但故事是在一個宏大的歷史背景下展開，而人物的經歷和內心感受和時代環境密切相連。小說中的余欽磊和吳柱國是“五四運動”中“打倒孔家店”“火燒趙家樓”的領軍人物。作為熱血青年，二人為改變國家、拯救民族投入了極大的熱情。和眾多朋友在一起，余欽磊和吳柱國在奮鬥中得到了滿足，而余欽磊也得到愛情的眷顧，和崇拜他的漂亮女生雅馨結為連理。在真實的歷史背景之下展開故事和人物形象描寫，使得小說擁有歷史的縱深和時代的意義。

然而過去的輝煌沒能繼續。如今余欽磊在大學教書，百無聊賴，心灰意冷。他教的是英國浪漫詩人拜倫，但今天的學生對拜倫式的激情已經沒有興趣。拜倫傳奇式的經歷似乎映襯著余欽磊年輕而充滿朝氣的過去，而對今天的余欽磊卻構成了諷刺。相愛的伴侶雅馨不幸病逝，

---

16 白先勇：《冬夜》，選自《台北人》，台北：爾雅叢書，2008 年。

交通事故讓他傷痛難忍，而歲月也稀疏了他濃密的黑髮。為了給兒子付學費，余欽磊想去美國“教教中文什麼的”，大學文學講堂上的拜倫對他已經沒有什麼吸引力，而翻譯《拜倫詩集》的工作也無心完成，他寧願選擇更加實際的生活方式。吳柱國表面上光鮮體面，頭頂“國際學術名人”的光環，出入前呼後擁，看上去非常風光，但他只是為了保住飯碗應付大學的要求而寫幾本自己都覺得沒有什麼用的書，來到台北也多半是應付社交場面。儒雅體面的外表之下，藏著空虛而無聊的內心。而當年志同道合的朋友或者不屈服於壓迫，自殺守節；或為生計所困，勞頓過度，意外身亡；也有的從反帝義士變成漢奸，終被槍決；還有的背棄過去的理想，變身為官，享受富貴榮華。而“五四運動”那一段光輝的歲月，他們都已經不願談及，就連歷史學專家吳柱國也完全不會講到民國這個時間段。其中的原因，除了世事變遷、反叛的精神無以為繼之外，他們也不確定當年的“義舉”是否恰當、價值何在：反對舊式禮教意味著什麼，中國文化和西方思潮孰優孰劣，余欽磊和吳柱國一代人在困惑中尋覓，沒有找到答案。小說安排了一些弔詭的細節：自殺守節的老同學陸衝原本也是“打倒孔家店”的先鋒，但後來居然被指責為“為孔教作倀”之徒，被迫寫悔過書；當年帶頭宣誓“二十年不做官”的邵子奇，現在偏偏做了大官；而在美國風光一時的吳柱國，在大衣下面，“卻穿著一件中國絲綿短襖”。這些細節為一代人的困惑做了注腳，極具諷刺意味。

小說的高潮是吳柱國在一個偶然的機會給美國學生講起“五四”當年的壯舉，而余欽磊是壯舉中的主角。他雖然跑掉了鞋，但仍然奮勇向前，疊羅漢攻入圍牆，四處放火，可謂痛快淋漓。當時聽講的美國的年輕人正在為反越戰抗議遊行，完全沒有想到中國學生也曾有如此熱情，聽得如醉如癡，其中更有幾分敬佩。當吳柱國說到當年的英雄如今在台灣的大學教拜倫，美國的學生中又一陣熱鬧。吳柱國向余欽磊講到這段故事，余欽磊“那張皺紋滿佈的臉上，突然一紅”，難掩心中的一份慚愧，而美國學生的嬉笑，也讓讀者感覺到有嘲弄的意味：當年的英雄如今只能在課堂上講不切實際的空話，年輕人反叛的偶像拜倫也只能是文學課堂上一個蒼白的名字。在小說的另一處我們知道，上余欽磊拜倫課的已經沒有一位男生，讓人聯想到他們這一代血氣男兒的過去，今夕對比，令人唏噓；一位女生追問拜倫是不是漂亮，而在考試中學生也只能寫下“一大堆拜倫情婦的名字”。輝煌的過去顯得如此滑稽可笑，作者由此留給讀者一個機會感受時代變化的脈搏，世間是非曲直、人生歡樂悲傷，都在時代滄桑變化中茫茫然而不可預測。

小說精細的描寫有助於呈現這樣的人生情境。送走老友吳柱國，余欽磊那段熱血沸騰又溫馨甜蜜的回憶也漸漸消隱。他感到冰冷的關節一陣劇痛，趕緊去貼上膏藥，緊閉窗戶，以驅風寒。在淒風冷雨中，他昏昏欲睡，隱約中只能聽到“一陣陣洗牌的聲音及女人的笑語”。

就在這期間，余欽磊看到兒子“年輕英爽的側影”，好像“驟然又看到了自己年輕時的影子一般”。順著這條思緒，余欽磊又想到和雅馨在公園認識，想到剛剪掉辮子後雅馨的一頭秀髮和晚霞映照之下如“火燒一般”的湖水。作者狀寫余欽磊虛弱的身體，前後呼應，給整篇小說籠罩上哀痛的情調，他此時“十分光禿的腦袋”也與雅馨的和自己曾有的秀髮形成對照。但同時，余欽磊一份美好的回憶還是時時浮上心頭。兩種情緒之間，哀傷失落無疑佔據主導，而美好的回憶代表著被毀掉的美好的過去，小說的悲劇意識由此彰顯。

1.2 延伸閱讀和思考

閱讀白先勇《花橋榮記》，和上文《歲除》及《冬夜》作比較，思考問題：

- 在內容、主題和表現方法上這些作品有哪些同異之處？

花橋榮記（節選）

白先勇

……

“盧先生，你的未婚妻是誰家的小姐呀？”我問他。

“是羅錦善羅家的。”

“哦，原來是他們家的姑娘——”我告訴盧先生聽，從前在桂林，我常到羅家綴玉軒去買他們的織錦緞，那時他們家的生意做得很轟烈的。盧先生默默的聽著，也沒有答話，半晌，他才若有所思的低聲說道：

“我和她從小一起長大的，她是我培道的同學。”盧先生笑了一下，眼角子浮起兩撮皺紋來，說著他低下頭去，又調起弦子，隨便的拉了起來。太陽偏下去了，天色暗得昏紅，起了一陣風，吹在身上，溫濕溫濕的，吹得盧先生那一頭花白的頭髮也顫動起來。我倚在石凳靠背上，閉起眼睛，聽著盧先生那喉咿呀呀帶著點悲酸的弦音，朦朦朧朧，竟睡了過去。忽兒我看見小金鳳和七歲紅在台上扮著《回窯》，忽兒那薛平貴又變成了我先生，騎著馬跑了過來。

“老闆娘——”

我睜開眼，卻看見盧先生已經收了弦子立起身來，原來早已滿天星斗了。[17]

17 白先勇：《花橋榮記》，選自《台北人》，台北：爾雅叢書，2008 年。

1.3 總結

在這一小節中，我們研討了：

- 有時代意識的作家，總是能把握變化的脈搏，用藝術形象來展示時代風貌的一個側面。
- 人物往往是歷史事件的中心。成功的作家總是能揭示出個人的命運和時代背景的聯繫。
- 個人生活經歷和情感瑣細如果和時代大環境聯繫起來，就會有更深刻的含義。
- 有時代痕跡的作品，更能引發讀者的閱讀參與，寫作和閱讀由此達成真正的溝通。
- 引發重大社會動蕩的政治事件往往是作者關注的焦點。在政治勢力傾軋、血腥征戰頻發的時代，小人物的命運更值得關注，更會引發同情和憐憫。
- 回顧歷史變遷、人事波折，藝術家總會有許多傷感和喟歎。“宏大敘事”的文學作品難免會有蒼涼的悲劇意識。

1.4 作業練習

【論文】

“描繪重大歷史事件的作品更有文學價值。”根據上面幾段選文，就這個論題展開討論，寫一篇論文。

❷ 《穹頂之下》的全球話題

概念探究	交流　呈現
全球問題	政治、權力和公平正義　藝術、創造和想象　科學、技術和環境

2.1 閱讀柴靜《穹頂之下》報告，思考問題

❶ 媒體如何體現社會責任感？內容取捨篩選如何體現作者的價值觀？

❷ 媒體的影響力如何呈現出來？新媒體平台和大眾交流模式提供了哪些機會和挑戰？

❸ 文本的切入角度、語言風格和修辭特點如何在讀者身上產生效應？

《穹頂之下》報告（節選）

柴靜

……

這一年我做的所有的事情就是為了回答將來她會問我的問題，霧霾是什麼？它從哪來？我們怎麼辦？

……

有時候我在黑暗中會把燈關掉，我想端詳一下 PM2.5 到底長什麼樣子——但我知道我看不見它，它們是一些空氣中懸浮的直徑小於 2.5 微米的細顆粒物，所以它們會把大量的可見光都散射、折射跟吸收掉，留給我們一個能見度很低的世界，但也因為這個原因，我能肉眼看到的顆粒物最少也都是它的 20 倍，換句話說，這是一場看不到敵人的戰爭。

……

有的時候我們小區的媽媽們會聊起這件事情，有一個媽媽就問我說，我們該怎麼辦呢？我們要不要把小孩儘快地送到霧霾天裏面去，讓他們鍛練鍛練，適應適應，是不是不能讓孩子輸在起跑線？

……

一個人，別說是一個人了，一個活物，在我看來應該這麼活著，春天來的時候門開著，風進來、花香進來。有雨、有霧的時候，人忍不住想要往肺裏面深深地呼吸一口氣，那種帶著碎雨的那種凜冽的、清新的感覺。

秋天的時候你會想跟你喜歡的人一起，就一個下午什麼都不幹，懶洋洋的曬一會兒太陽，到了冬天你跟孩子一塊出門，雪花飄下來，她伸著舌頭去接的時候，你會教給他什麼是自然和生命的美妙。

但現在呢？

……[18]

《穹頂之下》（全名為《柴靜霧霾調查：穹頂之下　同呼吸　共命運》）是關於中國空氣污染的一部調查報告，內容集中在由燃油和燃煤引發的霧霾現象。調查報告由原中國中央電視台記者柴靜策劃，也由柴靜本人以演講的形式播出。在調查報告中，演講者加入了個人故事，配有演示幻燈片、現場圖片和錄像。從功能效用上看，策劃者是要推廣環保意識，提供相關信息，而在信息性之外，《穹頂之下》也有獨立的觀賞性。所以，有關《穹頂之下》的文體形式，說法不一，有人稱之為"調查片"，又有人說它是"紀錄片"，認可其觀賞價值，也有人稱之為"演講"。《穹頂之下》於 2015 年 2 月在"人民網"播出，觀看次數已超過兩億。

《穹頂之下》引發了極大的爭議，也受到官方媒體的關注。公眾的角度多種多樣：有的從經濟發展和民生的角度出發，談論推行環境保護在當今中國的現實可能性；有些探究報告提供的信息是否準確，是否用了科學的方法和態度來搜集數據；有人認同演講者的勇氣和擔當；有公眾人士受柴靜報告中個人故事的感染，讚賞柴靜作為一個母親展示出來的關切和愛心。很多跡象表明，《穹頂之下》受到前美國副總統艾爾．高爾（Al Gore）《不願面對的真相》（*An Inconvenient Truth*）（2006）的啟發，在話題、切入角度和表現形式上，兩者極為相似，而且都引發了不小的爭議。

從語言與文學課程的角度來講，《穹頂之下》是一個很好的文本範例，讓我們審視非文學文本中"宏大敘事"如何呈現，當內容和立意涉及到重大社會問題時，官方和公眾如何做出反應；文本形式有何特點，如何有助於表達作者意圖，社會語境和讀者接受出現了哪些情況。

18　柴靜霧霾調查《穹頂之下》片段，http://video.sina.com.cn/view/249334232.html，2019 年 8 月 9 日瀏覽。

《穹頂之下》直面一個全球性的重大問題，自然會引發廣泛的關注。在調查片中，觀眾可以感受到明顯的批評和質疑的精神，這也應該是調查片引起了極大反響的主要原因。《穹頂之下》還得到中國官方媒體的廣泛報道，中國環保部長陳吉寧還對調查片表示讚揚，感謝柴靜做出的努力，喚醒公眾的環保意識[19]。和文學文本相比，非虛構性的調查報告、紀錄片更加切近社會現實，更能引發各方人士直接關注。多種讚揚和批評的聲音紛至沓來，理所當然。

《穹頂之下》以調查報告的形式出現，追求事實上的準確和完整，力圖從科學的角度給公眾一個負責任的交代，意圖明確。調查詳細介紹了 PM2.5 指的是什麼，有什麼特點，使用了科學的觀察角度："它們是一些空氣中懸浮的直徑小於 2.5 微米的細顆粒物，所以它們會把大量的可見光都散射、折射跟吸收掉，留給我們一個能見度很低的世界，但也因為這個原因，我能肉眼看到的顆粒物最少也都是它的 20 倍。" 在調查片中，柴靜還列舉了多種數字和實例、公眾採訪記錄、各類相關人士的描述和分析，以求新聞的準確性和客觀性，調查的可信度由此得到提升。不過，《穹頂之下》數據的可靠性也受到質疑，採集數據的方法是否科學，也有不同的意見。有人認為柴靜和她的製作團隊專業水平低下，甚至有可能在故意弄虛作假，缺乏科學精神和求實的態度。[20] 對此，又有不同人士為柴靜辯護，稱柴靜的目的是喚起公知，不是做科學研究，大可不必過分追究數據的準確性。[21]

從表面上看，社會各界都在關注《穹頂之下》的客觀性和準確性，但究其根源，問題的核心關切到文體形式。從作者的角度來講，如何把握界限，明確文體形式和交流目的，同時聲明文本可能有的局限性，非常重要。《穹頂之下》是以科學觀察的面目出現的，而且也在努力保持客觀公正的態度，如此說來，就應該為自己的疏漏不實之處承擔責任；相反，如果是基於想象和虛構的文本，則數據之真實和準確就不是第一要務。從受眾的角度來講，《穹頂之下》是一個什麼形式的文本，也會直接影響到人們對它的評價。不同文體形式交流目的不同，所以衡量得失對錯的尺度也應該有所不同。以科學論文的標準來評判一個紀錄片，自然會引發不必要的爭論。

不過，當文本呈現在受眾面前的時候，公眾認知的角度和所達到的程度，是一個複雜的問題，對非虛構性的文本來說，尤其如此。公眾受教育的程度、觀賞或閱讀的目的和意圖，都會影響到對形式的認知。相比之下，如果《穹頂之下》是一部小說，人們的爭議就會少一

---

19 "環保部長：柴靜值得敬佩　已向她表示感謝"，http://ent.sina.com.cn/s/m/2015-03-01/doc-iavxeafs1393920.shtml，2019 年 8 月 9 日瀏覽。

20 方舟子："柴靜《穹頂之下》的造假迷霧"，http://www.m4.cn/opinion/2015-03/1266191.shtml，2019 年 8 月 9 日瀏覽。

21 溫州熱線："柴靜事件是怎麼回事，有什麼政治意義？"，https://www.sohu.com/a/4735238_121338，2019 年 8 月 9 日瀏覽。

些。由此可見，文本的交流意圖和引起的社會效應，有多個不同的層面，和文體形式有不可分割的關係。《穹頂之下》呈現了媒體的特點，同時看出公眾對媒體有什麼樣的要求和期待。

> 科學允許犯錯，但科學不允許馬虎，更不允許造假。儘管任何科學的論文都可能存在著不科學性，但是一篇科學的論文一旦被發現了存在著不科學性，它也就作廢了。[22]
>
> 有人說，柴靜的調查在專業性上存在瑕疵。看過一些這類批評後，我發現，說這種話的人，專業性並不比柴靜強多少，他們大多不過是在泛酸而已。[23]

對文本交流目的的深度探究，可以觸及到知識的範圍和局限性，以及人們對文學或非文學文本的期待和關注度。從這個意義上講，對《穹頂之下》的分析和認識論有所關聯。看到許多負面的批評，有人開始思考這些批評的意義何在：高知人士"專業性的傲慢"是否有意願或有能力解決具體問題，糾結於報告是否"說謊"對問題的解決有什麼作用，報告的"核心邏輯"是否因為"細節上的技術性錯誤"而失去了意義，如果柴靜團隊的做法不夠完美，是否有更好的方法來解決實際問題，如此等等。這些看點很有啟發性，能夠帶領受眾進入新的思考空間。

調查報告也顯示出明顯的個人化特點。柴靜從個人經歷的角度展開對事實的描述："有時候我在黑暗中會把燈關掉，我想端詳一下 PM2.5 到底長什麼樣子"，這已經把觀眾帶到了個人化的世界，能傳達作者的所見所感，從而引發觀眾的共鳴。柴靜更把整個紀錄片和她自己的家庭生活聯繫起來，以一個媽媽的身份開始演講。在自己的女兒出生之後，她才第一次感到霧霾問題的嚴重性。從醫院回家的路上，"我就已經開始感到害怕了，全是煙熏火燎的味，我就拿一個手絹捂在她鼻子上，這樣做很蠢，因為她會掙扎，就會呼吸得更多。以前我從來沒有對污染感到過害怕，去哪我都沒戴過口罩，現在有個生命抱在你懷裏，她呼吸、她吃、她喝都要由你來負責，你才會感到害怕"。在演講中，柴靜也以媽媽的身份出現，寫到"我們小區的媽媽們"討論了什麼，如何關注孩子的健康問題。個人情感的角度、戲劇化場面之構架增加了調查報告的感染力，讓讀者感覺到環境惡化會危及每一個家庭和個人，而出於這個原因，演講者本人她才開始投入有關環境問題的調查。

以情動人是很好的入手點。如果只是用事實說話，感召力就會大打折扣；相反，如果加入個人化的感情色彩，加入文學性的形象化描寫，效果就會非常顯著。首先，作為一個媒體

---

22 同注 20。
23 同注 21。

人，柴靜“轉換角色”已經給自己奠定了成功的基礎。如果只是從記者的角度做一份調查報告，對公眾的吸引力就會弱一些，因為公眾更多地會認為這份報告是她本職工作的一部分。換上“母親”的角色，設定了“女兒生病”的特定情境，就可以講出更多動情的個人故事、母親獨有的對女兒的關心和愛，推己及人，就變成了對全球問題的關注。

> 僅僅從專業緯度的批判，並不能讓這個世界更加溫暖和富有人情味，⋯⋯看柴靜103分鐘的演講，⋯⋯無關正確與否，此時，僅僅是一個普普通通母親的心聲。[24]
>
> 為了表明她與霧霾的“私人恩怨”，演講一開始，柴靜就講了一個感人的故事“女兒生病的故事”。[25]

這個前後關係效果顯著，增加了調查片的情感效應，確實打動了許多人的心。不過，有人認為訴諸情感是不負責任的行為，容易模糊科學和客觀性與個人情感表達的距離，借用個人情感來傳達對重大的時事問題的思考和評判，容易走入誤區。質疑者還指出，女兒生病的故事雖然動人，但故事細節經不起推敲：照片中的“玩具熊”疑似不可能出現在當時的場景，出院路上空氣之污濁好像是在北京，而不是柴靜說的美國洛杉磯。在這裏，人們的爭論同樣和文體形式有關：如果看重調查報告如何喚醒公眾的環境意識，個人故事的感染力無疑是一個優點，使用想象力和誇張均無可厚非；如果看重調查報告的客觀真實性，則借用故事以增加戲劇性效果，就有操控公眾、嘩眾取寵的嫌疑，而故事細節含糊不實之處也會被人究問不捨，成了一個缺憾。

調查報告使用了抒情式的語言，將觀點見解娓娓道來，在場景渲染中增加了文本的傾向性。“一個人，別說是一個人了，一個活物，在我看來應該這麼活著，春天來的時候門開著，風進來、花香進來。⋯⋯秋天的時候你會想跟你喜歡的人一起，就一個下午什麼都不幹，懶洋洋的曬一會兒太陽，⋯⋯”，“每次在夜空中，看到這顆星球孤獨旋轉，我心中都會有一種難以名狀的依戀和親切”。調查報告也使用了許多新技術，例如數據的可視化呈現，動畫片、電影特技技巧的使用等。文本的感染力會因此而增加，但批評和質疑的聲音也會因此而來。

---

24 “無關掌聲！寫在柴靜《穹頂之下》800 天後”，http://baijiahao.baidu.com/s?id=1601204769193381519&wfr=spider&for=pc，2019 年 8 月 9 日瀏覽。

25 同注 20。

2.2 延伸觀賞和思考

觀看《不願面對的真相》[26]，搜尋相關的背景資料，探討：在立意、內容、形式和傳播情況方面，《穹頂之下》和《不願面對的真相》的同異之處。

2.3 總結

在這一小節中，我們研討了：

- 面對全球重大問題，作者的角度取捨可以有多種不同的選擇。
- 受眾的期待和參與在閱讀接受過程中會起到至關重要的作用；不同政治觀點、利益導向者會採取不同行動，有公義良知的受眾也會有不同的觀察角度。
- 文體形式可以用來達到預設的交流目的，作者可以有意使用不同的策略和手法，以達到最好的交流效果。文體形式、語言風格的多樣性給作者帶來機會。
- 受眾總是有內心前設，對文體形式規範有自己的理解，特別對文體形式應該具有的特點和達到的效果有具體的期待。不同形式規範會產生盲點，製造混淆，閱讀多樣性由此而來。

2.4 作業練習

（1）【文本分析】

根據引導題，分析《穹頂之下》。

引導題：作者如何選用語言策略，達到演講目的？

（2）【個人口頭報告】

以《穹頂之下》和《霾是故鄉濃》（詳見本書第五部分第 11 章）為對象，在思考全球問題“政治、權力和公平正義”“藝術、創造和想象”或“科學、技術和環境”中選一項，同時考慮到“交流”和“呈現”的概念探究點，準備一份個人口頭報告。

26 Al Gore, *An Inconvenient Truth*, directed by Davis Guggenheim, Paramount Classics, 2006.

第三部分　語言的力量

第 5 章　語言和社群

❶ 社群意識和語境

語言的交際功能總是在特定的環境中發生作用。在這個話題中，文化環境也可以稱為語境。談到文化語境的問題，自然要涉及到使用和接受語言的人，而這些人是歸屬在一定的社會群體之中的。在這個小節中，我們將要討論：什麼是社會群體，社會群體有哪些層面和種類，不同社會群體使用的語言有什麼不同，語言在社會群體的形成中會起到什麼樣的作用，作者和受眾群體如何形成交流，文本的含義因作者和受眾的不同會發生怎樣的變化。

社會群體

中國有古話，“物以類聚，人以群分”。這裏的“類”和“群”，指的就是社會群體。人生在世，總是生活在一定的社會群體中。大到國家民族，小到家庭親友，都是群體的表現方式。社會群體也以不同的生理特徵和社會關係而存在，例如以性別、年齡、種族、職業、社會等級為基礎，也能劃分出社會群體。

社會群體的形成方式有多種，有些是自願的組合，群體中的人士積極主動地張揚自己的想法和意願，不失時機地表明自己的社會存在。而另一方面，有些群體是被動形成的，是被“標籤化”的結果。中國當今社會的所謂“農民工”“啃老族”，就是出自人們對農民進城做工、都市青年依靠父母生活的現象的描述，而不是這些人有意識的自願組合。

群體是身份認同的平台。處在一個社會群體中的人會自覺認為是群體中的一員，把群體的特點作為自己社會身份的標誌，引以為榮。當然，雖然身份標誌的存在無可否認，但是也有人不接受來自他人的標籤，躲避被人加在身上的身份特點。還是以“農民工”為例。近年來，中國農民工的群體身份標誌、群體意識已經越來越鮮明。農民工人士會有意識地聚合在一起，建立患難之情，交流共同感受和志趣，為自己維護權益。2011 年 6 月，中國北京舉辦了農民工子弟的藝術作品展，社會對他們的認可，及農民工自身的身份認同，已經在下一代中建立起來。

因為社會群體有社會等級之別，人們往往有意識地利用群體來彰顯自己的身份，或者作為反抗壓力、爭取地位的場所和工具。在歷史上，有很多年輕的一代為了反抗舊的社會制度，組成很多社團，在社會、文學、藝術多方面建立自己的領地，和舊的社會制度相抗衡。有一些人群受到社會的排擠和歧視，他們也會自己組織起來，以發佈聲明、聚會、遊行的方式來發出自己的聲音，一些同性戀團體就是如此。當然，受壓抑和排擠的社會群體在孤立無援的情況下，也顯示出悲觀和消沉，他們的組織和活動方式也趨向於隱蔽，而且只在很小的範圍內進行，但是群體中人們的共同理想、共同觀念和集體投入的感情卻不會因此而稍減，反而會更強。

社會在發展，社會群體的狀況也在變化中。曾經耀眼一時、引起普遍關注的族群，有可能很快就會離開人們的視線。隨著中國經濟結構的變化，人口流動就會變得自然而沒有城鄉障礙，就業渠道和方式會變得更加靈活。在那個時候，“農民工”的說法可能就沒有意義了。

社群和語言

不同的社會群體會形成規模大小不一的文化體系。與之相應的，就是不同的價值取向、生活趣味以及不同的措辭和語言特徵。不同社會群體的人在講話和寫文章的時候，會用不同的詞語、句法和修辭方式，以不同的文章體裁表達自己。

在上個世紀六七十年代，中國流行一種說法：“什麼階級說什麼話。”用我們今天的話理解，就是說由於生活經歷、社會價值觀念相似，同一群體人士使用的語言往往有同樣的特徵；同一群體的人也傾向於張揚自己標誌性的語言特徵，以顯示其不同。例如，黑社會群體就有自己的行話或“切口”。語言可以標誌出群體特徵，同時也可以消解群體特徵。唐代詩人白居易力求他的詩作“老嫗能解”，就是要把高雅的適合上流社會的文學帶給沒有文學修養的普通百姓。常言道，好的文章可以做到雅俗共賞，也是這個意思。

作者和受眾

語言是內心世界的流露。寫文章的時候，作者一定有明確的目的在自己心中。這個目的可能是宣揚一種理念，也可能是表達一種內心情感，或者是嘗試一種新的文學樣式、語言風格。作者有可能是為了自己的群體而寫，以求在族人中間引起共鳴；也可能是為了另外一個特定的族群而寫，起到一種特定的交流作用。白居易把自己詩作的語言通俗化，可能是為了體現他親近民間的良好意圖。在今天的社會，政府部門也可以有意用某種特定的語言風格發號施令，而這種語言風格一定是某個族群所熟悉的。這樣的事例下面還會談到。

雖然作者有這樣的意圖，但讀者的感覺就未必一樣。一篇文章寫成之後，就成了一個獨立於作者的東西，作者對它已經失去了控制力。同時，讀者可以按照自己的理解去給文章做出解釋。讀者的解釋和作者的初衷可能會不一樣，但這種不一樣是完全正常的。有一種說法：在被讀者閱讀之後，一篇文章的寫作才真正完成，講的就是這個道理。

讀者根據什麼解讀文本？讀者根據的是自己的知識和生活體驗，而知識和生活體驗是和所屬的社會群體密切相關的。假設當年的白居易修改了詩中的字句，但是詩中寫到的內容依然是“老嫗”不熟悉的，詩的內容依然難“解”。老嫗只能依據自己的知識做出自己的判斷。然而，老嫗能理解到什麼層次，白居易是沒有辦法干涉的，因為依照她的社會階層做出的判斷，有她自己的道理。更重要的是，老嫗的理解體現了她這個社會階層和群體的特徵，有獨特價值。所謂“仁者見仁，智者見智”，就是這個道理。在生活中，一個人的生活經歷學識在增長，環境也在不停地變化。今天的所思所想，明天就可能完全不一樣。對一篇文章的看法和解讀，在不同的時間和地點，在不同的思想和情緒狀態下，都會有所不同。

1.1 閱讀阿盛《廁所的故事》，思考問題

❶ 在特定的時代和地方，社會群體呈現出哪些不同的樣子？他們的群體特徵、思想和情感如何表達出來？

❷ 作者所要表達的是一種什麼樣的思想和情感？在那個特定的時代和地方，什麼樣的人有這種思想和情感？

❸ 作者如何突出表現這種思想和情感？情節結構、語言技巧等如何幫助實現情感的表達？幽默又起到了什麼作用？

廁所的故事（節選）

阿盛

開始念小學那一年，我第一次看見衛生紙，至於正式使用，是在二年級的時候，在這之前，解手後都是用竹片子或黃麻稈一揩了事。大人們的廁所在房間內，用花布簾圍住壁角，裏邊放著馬桶；小孩子們沒有限制，水溝、牆角、甘蔗田以及任何可以蹲下來的地方，統統是廁所。

在學校裏，老師天天交代我們：要穿鞋子，要常洗頭髮，要買衛生紙，不要隨地大小便。我回家跟爸說要買鞋子，爸說沒那麼“好命”；我提起衛生紙的好處，媽說那太

浪費，小孩子不懂賺錢的辛苦；我又引用老師的話，說用竹片子揩屁股會生痔瘡，爸生氣了，他說老師一定瘋了，因為他從一歲到二十多歲都是這樣，也沒生過痔瘡；我小聲地說，應該有廁所，祖父說，奇怪，水溝不是很多嗎？

……[27]

《廁所的故事》是一篇幽默風趣的文章，然而在幽默風趣的背後，有讀者思考的空間和餘地，而這樣的思考又是作者思想情感的表達所致。作者在文本中蘊含了思考的情感表達，而這種思考和情感是和作者的社會群體意識在讀者心目中的共鳴相關的。

作者阿盛是台灣鄉土文學作家。文章涉及到的問題顯然是城鄉差別、社會發展變化給鄉村帶來衝擊。“廁所”作為事件的中心，起到非常重要的作用。有沒有廁所，是城市和鄉村的明顯區別；要不要建廁所，是城市人和鄉村人觀念的明顯區別。作者準確抓住圍繞廁所展開的一系列故事，讓我們看到面對城市文化的衝擊，在當時台灣的鄉村兩種社會群體及其文化價值觀念的衝突。

城市人的生活方式進入農村，鄉下人的感受發生了多重變化。從不屑、冷言相向、拒之門外，到被動接受；從把城市人的生活方式視為荒唐可笑，到自己進城之後落入了無法適應、窘迫難堪的處境。在老一輩的鄉下人看來，城市的生活方式既耗費錢財，又沒有必要。在他們看來，穿鞋子、洗頭髮和用衛生紙都歸於此類。雖然有接受了城市文明的老師“天天交代”，來自老一輩的阻力還是非常之大。然而，時代在變，當“我”上了五年級的時候，城裏的生活方式就慢慢佔據了上風。老一輩的強硬和冷嘲熱諷的態度也漸漸被默認接受所取代。雖然在接受的時候還是有一點可笑的事發生，例如清洗廁所的刷子一直留在廚房，老觀念的地位依然存在，但是接受廁所已成定局。最精彩的故事應該是在文章的後部分，當“我”上了高中到台中市旅行時用抽水馬桶的經歷。不會用馬桶的窘迫難堪處境讓人哭笑不得，然而在這背後可以看得出城市生活方式如何強大而無法抗拒。

但是，在另外一個方面，城市人對農村生活也一無所知，充滿困惑和不解。城裏來的表弟在鄉下的廁所無法“做事”，和多年之後“我”在城裏廁所用抽水馬桶的感覺完全一樣。許多年之後，城市生活的影響在鄉村已經無所不至，小孩子已經不知道生活中居然可以沒有廁所。他們對沒有廁所的不理解和困惑，和多年以前台北表弟的反應又何其相似。

在文本中，我們看到兩個社會群體：城市人和鄉下人。他們分別在社會歷史發展的進程

27 阿盛：《行過急水溪》，台北：時報出版公司，1984 年；https://www.douban.com/group/topic/72405543/，2019 年 8 月 9 日瀏覽。

中有自己的角色和地位，又在社會變化和發展進程中經歷了不同的觀念變化和情感糾葛。城市人對鄉下人、鄉下人對城裏人也有類似的反應，他們對另一方有那麼多的不理解和困惑，對另一方的生活方式根本無法適應，但是正因為他們的反應是“類似”的，我們更能感到城鄉差別的鮮明。在文章的結尾之處，城市的生活方式似乎取得了勝利，鄉下的孩子已經不知道曾經有過沒有廁所的日子。整篇文章也是在顯示現代化、城市化的生活方式是大勢所趨、無可阻擋。這又說明，在歷史的進程中，鄉下人必定要調整自己的生活方式，順應現代化、城市化的生活模式。雖然經歷了那麼多的疑惑和困窘，他們的生活必然要向城市人的方向發展，別無選擇。而城市人的生活方式必然要佔據上風，他們的生活方式最終被鄉村農民所接受，城市人最終甚至抹去鄉村人的記憶（讓他們忘掉沒有廁所的日子），這似乎是自然規律。

那麼，文章中有哪些語言技巧和策略，來彰顯不同的社會群體，尤其是鄉下人的觀念和情感？從情節結構上來講，我們可以看到一個很簡單的線索：“我”從小學一年級到（很可能是）大學時代的經歷，所有的事都和廁所的“興衰”有關。這樣的結構編排準確無誤地展示出問題的核心和焦點，鮮明而突出。在變化過程中，鄉下人和廁所的恩怨也發生了顯著的變化，從排斥到默認，到最後完全接受。雖然期間經歷了幾代人，但是作為一個整體，鄉民對城市生活方式的看法經歷的變化，有章可循。

文章的語詞運用非常精彩，而詞語的運用又造就了文章幽默風趣的格調。精妙的詞語和幽默的筆觸同時發生作用，讓讀者對文中人物的思想和情感能夠體會入微。文中有許多看似小題大作的詞語，在文章的開始，就提到了“第一次看見”和“正式使用”衛生紙的事。對現代人來講，衛生紙幾乎是與生俱來的，完全沒有“看見”和“使用”的問題。文章作者把“看到”和“使用”的時間鄭重其事地講出來，讓讀者感到有些“大驚小怪”，在達到幽默效果的同時，更讓讀者感覺到城市化如何觸動了“我”一個鄉下孩子的神經，在“我”的生活中可能會造成如何巨大的影響。“正式”兩個字本來是用在很正式而嚴肅的事件和場合的，而作者卻在講微不足道的衛生紙時用到了這個詞。看來，作者要給讀者留下的印象是，衛生紙對鄉下孩子有非常重要的意義，衛生紙和廁所在鄉下人的生活中意味深遠。

文章中有許多搞笑的場景和細節描寫，但在笑的背後讀者會品味到並不是那麼可笑的鄉下人的處境和心態。在“我”上五年級的時候，村裏人討論“用竹片麻稈揩屁股”的壞處時，對究竟會得什麼病展開了爭論，而且各執一端，莫衷一是。這個看似很搞笑的細節背後，有許多困惑和不解：鄉村的生活方式究竟有什麼壞處？城市人的新生活又會帶來什麼好的方面？老鄉們為了把問題搞清楚，似乎下了很大的力氣。這種強烈的求知欲是不是也掩蓋了不安的情緒？“痔瘡”是比較專業的醫學術語，而“破傷風”和“糞口蟲”看上去則是鄉間俗語，

"長瘤"是長什麼瘤，又有點說不清。這種混亂的局面更加突顯了鄉村人群在城鄉生活方式交替中的一種特殊的心境。

更可笑的細節描寫在"我"和同學於台中旅店用抽水馬桶的一段。開始的時候，村長似乎充滿信心，不覺得在城裏用廁所會有什麼問題。這就製造了一個小小的懸念，當讀者發現隨後發生的事不如村長所願的時候，心中會蕩起一個震撼。接著，"我"的"害怕"引出了下文的難堪，但這種難堪又無法啟齒，當村長問的時候，"我"還是要裝出若無其事的樣子，而別的同學也是如此，都是心照不宣地蹲在馬桶上做事。這是為了護面子，不願意露自己的"醜"，也是無法適應新生活的兩難。在這裏有兩個挑戰知識的小細節："知道"和"真奇怪"。"我"認為自己"知道"抽水馬桶是坐的而不是蹲的，而旅館的老闆娘覺得馬桶護圈會坐斷"真奇怪"。我的知識好像會幫助我適應城裏人的生活，但是也無濟於事；老闆娘從城裏人的角度看，根本不會想到鄉下的孩子會蹲在馬桶上拉屎。這種"有知"和"無知"之間，其實沒有什麼距離：兩個人群的人對另一方的不理解，都是一樣的。

文章的結尾又多了一些傷感的氣氛。很多年後，鄉村的小孩子不知道曾經有過沒有廁所的日子。作者在結尾之處設計這個細節是有用意的。老一輩的人為了要不要廁所費了那麼多心思，但是小輩的人居然對這段歷史毫無所知，甚至當作天方夜譚。這個歷史的斷層也讓讀者感覺到偏遠的鄉下村民在經歷著一場文化和歷史的流失。以前自然、淳樸的生活方式不但不復存在，而且還被自己的後代當作不可思議的怪事。

作者的觀念和情感取向也起著很重要的作用。作者選用的詞語和情節設計都體現了作者自己的觀念和情感。雖然我們不應該把第一人稱的"我"完全當作作者本人，但是讀者可以發現一個有思想、有群體歸屬感的作者以"我"的形象出現在文章中。作者化身為文章中的"我"，經歷了文章中寫到的大事小事。作者好像就是村民中的一員，思其所思，感其所感。雖然沒有明顯的觀點傾向，但是我們可以感到作者的筆觸和村民的情感脈搏是相一致的。

1.2 總結

在這一小節中，我們研討了：

- 社群意識在文本中會有清晰的呈現。作者總是在作品中融入鮮明的理念和情感。
- 社群的存在是一個時間和空間的概念，社群意識往往與時空話題的探究相伴。
- 文本的立意和構思總是呈現在作品的佈局之中，文學手法和修辭手段有助於表達作者的意圖。

- 情感表達方式和褒貶是非判斷有鮮明的文化特點。溫潤委婉的語調、幽默風趣的風格能容納更深的內涵。

2 社群意識和呈現方式

2.1 閱讀李純恩《還是打電話》，思考問題

❶ 文本產生的語境和文本的交流目的如何會影響到文本的呈現方式？

❷ 形式是否有"新"與"舊"之分？或者只是不同？

❸ 對語言的表達形式，不同的社會群體如何做出取捨？

還是打電話（節選）

李純恩

有時上 facebook，見有朋友在聊天室，就上去聊幾句。

上慣聊天室的人，在網上聊天近乎上癮，但對我而言，就有點不耐煩，我還是喜歡講電話。

在電話裏聊天，可以聽見對方的聲音，既然有意跟人聊天，那必是也想說話的朋友，既然如此，與其一個字一個字"筆談"，不如拿起電話，聽聽互相的聲音更顯親切。即使是天涯海角，如今長途電話很便宜，也不怕打一個。何況，都說天涯海角了，就更應掛念。

於是，我常常在網上打不到三句話，就把電話拿起來了。人與人之間的交往，很多親切感都是直接得來的。

……[28]

"臉書"（Facebook）創建於 2004 年。作為主流社交平台之一，臉書的流行程度可以說到了驚人的地步。對臉書的讚美和批評之詞，在社會各界已經非常多。我們在這裏要關注的，

28 李純恩：《還是打電話》，香港《頭條日報》（2011 年 8 月 10 日第四版）。

是文章的作者引出的一個問題：人們對交流目的的期待如何影響對交流形式的選擇和評判。

中國的文學批評家常用“如見其人，如聞其聲”來描述一個文學形象的生動性。在這裏，我們用這個說法來說明人們在社交生活中的習慣和期待，也是恰如其分的。人的感覺是多層面的，真心交往應該觸動不同的感官層面，這樣的感觸才更加強烈。見到一個人的容貌，聽到一個人的聲音，會達到相當的親密程度，由此交流才更有感情。畢竟，人是有感情的動物，而交往的目的也就是為了交流感情。口頭語言是最直接的表達和交流方式，因為它最初級、最直接，接受的效果也就更有感性色彩，更容易達到感情的層面。這一點，無論生活在什麼時代的人，都應該有真切的感受。就算是已經生活在電子化交流高度發展，臉書、手機短信、電子郵件隨手可用的時代的年輕人，有一句熟悉的話語從話筒裏傳出，其效果是任何電子化的文字不可相比的。

這樣說來，“親筆寫信”的感覺、收到親筆信時的感覺，也應該是獨一無二的了。道理很簡單：“筆跡”就像是一個人獨有的聲音，從筆跡中看到的，也是一種最真切、最體己的表達和交流。有一位老師曾說，他有一個很“超常”的本領，能在很短的時間內辨認一班新同學每個人的字體，認識字體的速度要比認識名字、記住長相還要快。這也從側面說明筆跡的神奇力量和在社交生活中不可取代的作用。“親筆信的感染力是無以倫比”，應該是非常恰當的一種評價。

在電子郵件還不是很流行的時代，手寫的書信是人們最普遍的交流工具。在中國大陸，手寫書信的交流方式一直延續到近十幾年之前。現在，人們信箱裏面的信少了，甚至實體的“信箱”常常被廢棄。人們在說“信箱”的時候，不由自主想到的是電子郵件的信箱。老一代的人在書櫥和抽屜裏也許還珍藏著多年前家人親友的往來書信，熟悉的筆跡還會引發無數甜美或傷感的回憶。對只用手機短信、電子郵件和臉書交流的一代人來說，這樣的感受是很難體會到了。

在文章中，作者又舉了“傳紙條”和寫“情欲短訊”這兩種情景，非常有趣，又可以引發思考。熱戀中的男女親筆書寫紙條，互相傳送，是相當浪漫而有情趣的事。然而，一旦兩人之間的情誼不是親筆寫在紙上，而是打在手機裏或顯示在電腦屏幕上，就可能成了“情欲短訊”。前一種會“傳出多少故事”，而後一種則“太俗氣”。寫在紙上的和鍵入電腦或手機裏的，真的有那麼不同嗎？使用不同的交流途徑傳達相同的信息，真的會有不同的交流效果嗎？在這裏，我們不一定要支持作者的觀點，但是說兩者之間有差異，聽上去是有道理的。

那麼，交流途徑是不是在影響著我們的交流方式，甚至人與人之間的關係？從作者對臉書的不滿和失望，我們可以思考一個問題：臉書的“交友”方式和實際生活中的交友方式有什麼區別？這種區別是不是可以分出優劣？

在臉書中，一個人可以有幾百上千個朋友，因為“加入為朋友”是一件非常容易的事。然而在現實生活中，交一個朋友就不是那麼簡單了。在這裏，不僅“朋友”的內涵變了，和“朋友”溝通的方式也變了。想一想，和成百上千的朋友對話是很難做到的，所以臉書用戶就有一種“簡單”做法，在“你在想什麼”的地方寫幾句話。其實，每個人都是不同的，每個不同的朋友都希望也應該得到不同的對待。在用臉書的時候，如果只是在“你在想什麼”的地方寫一點東西，知己朋友並不可能知道你的心情，反而好像是在公共場所發佈通告，親密的友愛私情很難表達出來。

其實，臉書要想得到的，就是這種“泛而不精”的交友效果。在臉書的界面，總是有提示說你應該加哪一位為你的朋友，而這一位人士和你已經有多少位共同的朋友。無形中，你會感到一種壓力，應該把這些共同的朋友加入你的朋友行列才對。久而久之，這種“滾雪球”效應，就形成了臉書用戶龐大的朋友群。對於新加入臉書的朋友，臉書甚至會提醒你去幫這位新朋友的忙，找到更多的朋友。鼓勵這樣的交流模式，可能有多種目的，但是商業目的應該是其中的一個重要目的。

但是，是不是打電話一定好過用臉書？寧願用臉書交流而不願打電話，是不是也有一定的道理？這和現代人的生活方式有什麼關聯？

寧願打字而不願說話，是有一定道理的。設想一個繁忙工作的朋友，正在電腦面前處理公務，用電腦回覆一位朋友剛發來的短信，是不是要比接聽電話更方便？如果朋友給他發來手機短信，而他正是在最繁忙的時候，等過一段時間休息的時候再回覆，是不是比馬上電話回覆更方便？現代化的交流手段，給人們留下了一點空間，選擇最方便的形式來交流。

另外，用電話交談會給交談的雙方帶來緊迫感，因為對話是實時的，雙方必須一句接一句，否則會出現冷場或尷尬。電話交談應該是專一的，很難想象一個人同時和幾個人講電話。然而，無論是臉書還是一般的網上聊天或手機短信交流，這樣的緊迫感就少多了。寬延一點時間回覆對方，是完全可以接受的。在寬延的時間之內，你可以處理一些手頭的急事，也可以和另外一位朋友接上話，有“事半功倍”的效果，也有遊刃有餘的輕鬆感。

更有一些時候，某一方選擇“不語”可能是有原因的。在這個時候，如果另一方強行撥通電話，是不是會讓人為難？生活中曾經有這樣的故事：女孩和網友男孩首次見面，電話預約了見面的時間和地點，到了之後女孩竟然無法開口，還是用手機給就站在對面的他發短信。這個事例雖然極端一些，但是我們是不是感覺到，選擇“不語”，可能另有一番原因？“不語”的對話者，是不是也應該得到一點個人的空間呢？文章《還是打電話》中的作者，忍不住拿起電話對朋友說“你還沒睡呀”，親切的感覺是很到位了，但是對方是不是方便接電話呢？是不是一定感到舒服呢？在現代社會，人和人交往的時候，我們少一些“不耐煩”，多想一下人們的交流方式可能已經發生的變化，是不是更好？

時代在變，人和人的交流方式也在變。我們可能已經觀察到，現在中國大陸城市裏老人家的交流方式也非常新潮了。以前到好友家走走，都是“破門而入”的。現在先要打電話，就算不是“預約”，也要問問方便不方便。這種變化，也很值得關注。

2.2 總結

在這一小節中，我們研討了：

- 語言交流有多種不同的形式，作者和讀者對不同的交流形式會有自己的選擇。
- 尋求親密接觸，或是留存個人空間，是人際交流中常遇到的困境。對語言交流形式的取捨也因此有差異。
- 語言呈現方式不同，各有千秋，適應不同人群生活方式和交流習慣的變化。

第 6 章　語言的效力

1　語言的效力

概念探究	創造　呈現
全球問題	文化、身份和社區　政治、權力和公平正義

語言的使用方式和使用效果有莫大的關係。使用什麼樣的語言，與文章的文體有千絲萬縷的聯繫，同樣會和文本的交流目的發生關聯。語言交流是在一定的語境中完成的。交流目的也是語境的一個重要成分。所以，我們也可以再退後一步，在語境的層面上，看看語言的使用方式是什麼，在發生著什麼樣的作用。

語言有許多內部特徵，修辭、文體風格是語言現象中最“微觀”的部位。修辭和交流目的有關，但修辭現象不是一成不變的，而是在演變中呈現出不同的情況。修辭、文體和文體風格是密切關聯的。文本的作者會運用不同的修辭策略製造不同交流效果。

我們來看香港《頭條日報》的一個報道的標題，思考下面的問題。標題的內容是：《傳遭“雙非”婦打尖害港準媽私院流產》。

《頭條日報》(2012 年 2 月 13 日)

❶ 你讀了這個標題之後，對文

章的內容有什麼預測？

❷ 在你看來，文章的作者想要表達什麼觀點和想法？

❸ 在題目中，有哪些特別的詞語用法，或者修辭手法？

❹ 這些語言使用方法如何發生作用，使得作者的意圖更加容易實現？

❺ 使用這些特定的詞語，對你理解文章乃至評價整個事件有什麼影響？

這篇報道講的是2012年初香港社會一個引人注目的話題，就是內地孕婦來香港生產嬰兒在一些香港人中間引發的憂慮。有些香港人認為，內地孕婦來香港產子，嬰兒自動就可以得到香港的永久居留權，進而享受香港的社會福利，對香港人有失公平。

在這樣的社會環境下，媒體人在做新聞報道的時候，是不是也會受到一些影響呢？在書寫新聞報道的題目和內容的時候，是不是會把情緒和思想傾向性有意無意帶出來呢？媒體的作者如何在公正客觀性和主觀傾向性之間保持平衡？效果又如何？

在報道的題目中，我們看到幾個很引人注目的詞語："遭""打尖"和"害"。"遭"是一個動詞，通常用在人們遇到不幸事件之時，我們常用的詞彙"遭遇""遭受"，其實已經有經歷到不幸事件的意思 ，而"遭災"也是一個常用的詞。"害"更是一個有特指的動詞，說明無辜的當事人受到不公正的待遇，受到傷害，處境不利。"打尖"是一個粵方言俗語詞，就是不守規矩做事、插隊的意思，其中自然也有明顯的對當事人的批評和指責。還有一個字應該引起我們的注意："傳"。這個字的意思是說，新聞報道中談到的事件是"傳聞"，未必真實的。報道只是列舉出來，讓讀者做出自己的評判。

我們可以總結一下，不同詞語的使用究竟在產生著什麼作用。"遭""打尖"和"害"這些詞語都是很有"味道"的，它們都是在表達一種觀點和情感取向：內地孕婦來港生子是不正常的行為，擔心這樣的現象會影響到港人的權益；內地孕婦來港生子是採取了不正常的手段做的不應該的事，應該受到批評和指責。而"傳"這個字，則顯示出媒體人的職業責任感。為了新聞報道的真實性，報道的作者並沒有輕易相信消息的來源，而是用了"傳"這個字，提醒讀者，對消息的理解和判斷，自己要負上責任。不過，雖然作者用了"傳"這樣的字來增加報道的客觀真實性，讀者還是可以明顯感覺到作者的觀點和評判以及情感上的好惡取捨。

詞語的選擇會影響到語義的表達。選擇一個詞語而不用另一個，在於作者的交流目的，在於在什麼樣的語境下，作者想達到什麼樣的交流效果。詞語的含義是神奇的：不但有表面的含義，還有更深一層的含義。深層的含義有深層的社會和文化原因，在人們的語言交往中形成，在作者、文本和受眾之間發生互動，變得固定而有章可循，同時又會發生微妙的變化。選用不同的詞語，達到表達字面含義的效果，同時又達到傳遞深層含義的效果，就是語言使用的精妙之處。

從另一個角度來看，正是因為有一個特定的社會文化環境，才形成了一定的心態和語言表達習慣。如果沒有香港社會普遍存在的對內地孕婦的恐慌感，這篇報道的標題語言也不會這樣的情緒化。《頭條日報》是香港發行量很大的免費報紙，接近下層人們的觀念和評判，表達下層人們的情緒，是這個報紙的特點。用具有明顯評判性的語言，適應或迎合民眾情緒的一些細微之處，是可以想象的，也是可以理解的。

為什麼語詞的使用會有這樣神奇的作用？什麼樣的機制使得語言能產生這樣的作用？"修辭"可以解開其中的奧秘。

1.1 修辭概說

"修辭"指的是在使用語言的過程中，為了達到特定的表達和交流意圖，適應特定的情景需要，對語言有意識地修飾和加工。加工過的語言更加有表現力，更能準確、充分、有深度地表達作者的意圖，適應特定的交流目的和語境的需求，在受眾的心目中產生更加深刻的影響。修辭就好像是在一個新房裏做裝修，主人可以根據自己的喜好和意圖，根據時尚的潮流，讓自己的家增光添彩，更加符合自己的心意。

修辭是語言的修飾藝術，也是人們使用語言來認知世界的重要方式。對接受者來說，修飾後的語言給他們帶來的不只是"美妙""精彩"的感覺，更是在影響著他們的認知方式、觀點和情感取向。人類知識的來源從來都是多方面的，修辭帶來的情感取向、是非評判本身就是人類知識的一個類別。修辭帶來的作者和受眾的交流，其實就是人類獲取和交流知識及情感的過程。

在長期的語言實踐中，修辭方法手段日漸豐富多樣。比喻、比擬、借代、誇張、對偶、排比、設問、反問、反復、襯托、用典、化用、互文、擬聲、押韻等，是中文常見的修辭手法。如果按照類型來區分，修辭手法又可以歸到音韻、詞義、句法結構三大類。例如，比喻、比擬、誇張等歸到"詞義"類，對偶、排比、設問等歸到"句法結構"類，而擬聲、押韻等歸到"音韻"類。

不同語言有不同的修辭方法，但是也有許多互通的地方。對國際文憑語言和文學課程來講，探討不同語言修辭方法之間的同異之處，也是很有意義的一個話題。中文是一個古老的語言。中文常用的修辭法有深厚的歷史和文化底蘊。中文語言和文學課程的同學定會在學習過程中享受到無窮的樂趣。

1.2 修辭的作用

想要知道修辭能做到什麼，我們先要知道“語言”有什麼樣的功用。

一般認為，傳遞信息、傳授指令、表達思想和情感，是語言的主要功用。具體說來，在操作的層面，語言能做到的有這些方面的事：應酬往來、介紹情況、對比參照、勸諭說服、查詢質疑、表達喜好、申明見解、解釋因果、概括內容、梳理頭緒、預測後果等。

語言的功用和文本的文體相互關聯。特定的語言功用在特定文體的文本中發生作用。例如，“新聞報道”就有介紹情況、概括內容、梳理頭緒的功用，也有申明見解、預測後果的功用在其中。對“私人書信”來講，主要的語言功用就是應酬往來、表達情感喜好、申明見解了。當然，在特定的內容和情景中，私人書信也可以是在勸諭說服、查詢質疑、解釋、概括等。如果是一個“演講稿”，申明見解、勸諭說服就一定是其中最主要的語言功用了。

修辭好像是個添加劑，可以讓語言的功用得到提升。在很多情況下，修辭還是必要的不可缺少的元素，沒有修辭，語言無法產生功用。以商業廣告為例。我們知道，商業廣告的主要交流目的是推銷產品。所以，“勸諭說服”就是商業廣告最應該啟用的語言功用。要達到這樣的語言功用，相應的修辭手段必不可少。比如說，有一則廣告寫道“像母親的手一樣柔軟”，推銷的產品是一款童鞋。這就是用了比喻修辭手法，在感情上打動受眾，達到商業目的。一種名為“白麗美容香皂”的產品的廣告是“今年二十，明年十八”，這又是用了誇張的修辭手法。

不同的修辭手法，有自己獨特的效果。在不同的語言使用場合和上下文中，適應語言的功用，修辭手法會起到自己的作用。舉幾個例子：

修辭手法	語言場合和功用	修辭的作用
比喻	介紹情況，勸諭説服，申明見解	把複雜而艱深的東西變得簡單易懂，把抽象的現象或道理變得具體可感。
	形象描述，藝術刻畫	引發聯想和藝術想象，把平淡無奇的東西變得生動有趣，隱喻含而不露，提供想象空間。
雙關	申明見解，勸諭説服	有利於表達睿智，適用於機警巧妙的論辯，易達到諷刺效果；藉此説彼，用暗示引發聯想，引導思路。
	形象描述，藝術刻畫	寓意深刻，觸發多層面思考，發人省思，表達方式含蓄，達到幽默風趣的效果。
委婉	應酬往來，介紹情況，申明見解	顯得親近而有禮貌，顧及“政治正確”、他人好惡和風俗文化禁忌，往往達到先抑後揚的效果。

1.3 修辭和文體

不同的文體有自己相對明確的交流目的。作者在選用修辭手法的時候，也是為了達到特定的目的。例如，廣告的交流目的是推銷商業產品或者社會理念。在修煉語言的時候，要達到的目的就是使得廣告詞標新立異、引人注目，在第一時間抓住受眾的注意力。一般來說，圖文並茂、簡短而精煉的語句可以達到這個目的。刺激興趣、誘發欲望是緊接著要做的事。廣告詞要具體化，關切到特定的受眾群，觸及他們的切身利益和喜好，勾起個人興趣。這時，廣告詞要顯得誠實無欺，真誠而講信義。但是，廣告詞也不能只是"求真"，也要盡力達到引導思路、鼓動人心的效果。這時，訴諸情感、引發美感聯想就很重要。同時，故意模糊概念、"移花接木"、誇大事實，也是必要的手段，當然這些都要在合法的範圍之內。

如果是一個博客文章，博主的意圖就是面向廣大網民表達自己的想法和見解，通常的情況下，是在一個有爭議的社會問題上表達自己明確的支持或是反對的觀點。閱讀人數多的博主已經是一個公眾形象，博主要留意自己的公眾形象，努力使自己的表達公正而不偏頗，但是另一方面，博客有鮮明的個人色彩，博客的交流途徑也非常順暢，很少會受到官方和媒體檢查的約束（個別情況下的政治審查除外），博主個人很可能會有強烈的欲望，表達自己明確的觀點和情感，尤其在和主流觀點不相符合的情況之下，體現反叛精神。有的時候，就算觀點有點偏頗，言辭有點過激，博主也不會有所顧忌。

博客語言的交流目的	可能的修辭手法	達到的效果
明確觀點，展開論辯	設問、反問	直擊問題，挑戰別人；邀請網友加入討論，有強烈的交流欲。
面對主流，反叛官方	反諷	冷嘲熱諷，講反語貌似自損，其實讚揚自己，諷刺對方。
自由表達，言而無忌，一己之見，自成道理	排比、反復、擬聲	句法隨意性強，不拘於論説文嚴謹格式，更傾向於口頭表達，瀟灑自如，流利順暢，閱讀效果好。

1.4 修辭和語體

"語體"指的是人們在交際過程中形成的不同的語言風格類型。語體有不同的分類法。語言學家陳汝東把語體分為三個大類：

- 交際方式類：口語語體、書面語體、聲像語體
- 傳播性質類：實用語體、藝術語體
- 交流領域類：文藝語體、科技語體、公文語體、政論語體、新聞語體、廣告語體

語體和文體有相似的地方，都可以歸納概括語言表達的一些共同的特點。但是，文體側重講的是文本形式的類別，其主要標誌是一些形式方面的元素，如格式、選材、立意、組織結構、表現方法等，分類比較細致，而語體側重講的是語言表達方式的一些特點，例如音調、詞語、句式、修辭等。這些特點在不同的文體中是共有的。

和文體一樣，語體是在人們長期的交流活動中形成的相對固定的樣式。不同的語體應該有明確的特點。例如，公文語體的特點就是用詞簡要、明確、平實，多為陳述句，而政論性語體就要表達清晰的概念，同時又有論辯色彩，有鼓動性和說服意味。文藝語體就是明確地要訴諸形象，靠情節、人物、意象和意境說話。

正因為語體有相對明確的特徵，選擇什麼樣的語體就變得很重要。恰當的語體能充分體現傳播性質和交流領域，同時也和交流方式相適應；不恰當的語體則在這方面有了明顯的問題。但是，正如文體之間的錯位和相互交叉可以用來造成間離和陌生的效果一樣，故意“錯用”語體，也會讓讀者感到新奇，常常會起到戲擬的效果。例如，如果用公文式的語言特點來寫一封家信，就顯得非常滑稽可笑，而在可笑之中，讀者會體會到作者的意圖可能是戲謔、搞笑，借用這種可笑之處來嘲弄公文式語言的生硬古板。

在國際文憑語言和文學課程中，文體和語體的知識非常重要。學生不但要在理論上懂得文體和語體的概念及主要特點，而且還要學會使用不同的語體和文體。課程的“書面作業”就要求學生選用恰當的文體和語體以創意的方式來表達對課程內容的理解。在課程的各項評估中，語體或語域是“語言”項評估標準的重要內容。在寫“論文”和“文本分析”的時候，學生是否能掌握相應的語體，是重要的評估元素。

語體和修辭有密切的關係。我們從音韻、詞義和句法結構三方面來看“交流領域類”語體的情況。可以看出，修辭可以幫助語體達到更好的表達效果，而同樣的修辭手法用在不同的語體上，也會有不同的效果。

<table>
<tr><th>修辭</th><th>語體和效果</th></tr>
<tr><td rowspan="2">音韻：押韻、擬聲、諧音</td><td>文藝語體：訴諸感性，更好傳達感情，表達主題</td></tr>
<tr><td>廣告語體：悦耳上口，接近口語，易於記憶，便於推銷</td></tr>
<tr><td rowspan="2">詞義：比喻、比擬、誇張</td><td>科技語體：化繁複為簡易，化抽象為具體，介紹事實、説明道理效果明顯</td></tr>
<tr><td>文藝語體：突出藝術形象鮮明生動，加深感染力</td></tr>
<tr><td rowspan="2">句法結構：排比、遞進、反復</td><td>政論語體：推理明確，條理清晰，重點突出</td></tr>
<tr><td>文藝語體：加強氣勢、韻律和節奏</td></tr>
</table>

1.5 修辭和文化

修辭手法的形成有著深厚的社會文化背景。人們在使用語言的時候，也是在體會、交流、溝通語詞、句式、音韻等語言元素之後的微妙含義，達成共識。而這樣的共識會形成固定的修辭方式流傳下來。

“委婉”和“避諱”就是這樣的修辭手法。“避諱”或“禁忌”語就是指語言中通常避免使用，如果使用了就會對語言交際產生不良後果的詞語。“避諱”或者語言“禁忌”，在很多民族的語言中都有。行為和言語上的禁忌，是原始時代流傳下來的一種方式，目的是調節社會關係，使得社會得以順利有秩序地發展。體現在語言上，秩序就體現在“諱”和“忌”上。比如説，在中國傳統觀念中，對長輩和地位尊貴的人直呼其名是很不恭敬的：長輩去世之後，在墓碑或者供奉的牌位上，長輩的姓和名之間要加一個“諱”字，表示歉意。

在今天的社會，避諱和禁忌又有了許多新的內容和方式，其中“政治正確”是很引人注目的避諱修辭。在逐漸走向民主、開明的社會，公眾的權益得到普遍尊重，官方使用語言、選擇詞彙時，就要考慮到公眾的感受，體現平等、無歧見的原則。例如，以前在中國稱身體殘疾的人為“殘廢”人，現在普遍改用“殘障”人士，又衍生出“視障”“智障”等詞語，避免了“廢”這個有刻板成見和歧視色彩的字。

在教育界，為了體現以正面教育和鼓勵為主的原則，“正面性”詞語取代了“負面性”的詞語，出現在學校的各種場合。在教室的牆壁上，老師會貼上“安靜聽講”或者“尊重別人”的標識，而不是“不許隨便説話”這樣有負面詞語的標識。在學生成績報告和評語中，老師也常常用“該同學在某某方面應該繼續努力，爭取更大的進步”，而不是“該同學在某某方面做得很差，沒有達到要求”。從教學評估的角度來講，“標準化評估”的原則也是要

"給分"而不是"扣分"，就是在學生達到一定標準的時候，從正面的角度"自下而上"地獎賞學生相應的分數，做得越好，得到的分數就越高，而不是從最高分數為起點，發現學生沒有達到標準的時候，"自上而下"地扣減學生的分。相應地，標準化評估的評分標準也都是在使用正面性的詞語，只是在形容詞上做文章，顯示出等級的差別。例如用"出色的掌握""很好的掌握"或者"令人滿意的掌握"，來顯示學生達到的不同水平。

1.6 總結

在這一小節中，我們研討了：

- 修辭是語詞的"遊戲"，是構建語義的必然渠道，也是傳達作者意圖的必要方式。
- 修辭與語境、文體形式和語體相關聯；在不同的交流場合，使用不同的文體，相同的修辭手法會發生不同的作用；和不同的語體相交合，修辭效果也會有變化。
- 修辭是文化行為：不同的語言、不同的交流情境，修辭的側重點不同。

1.7 作業練習

【學習檔案】

搜集有關修辭手法的資料，審視修辭手法如何帶來不同的"表達"效果。提示：在文學和非文學作品中尋找事例，尋找不同的文體或文學形式和交流場合的事例。

2 語言模式化

2.1 官方套語

人類使用語言的交流場合和交流目的大致上是有類別之分的。不同類別的交流，也會促成不同類別的修辭和語體模式。"官方式語言"的模式化最為明顯。

在任何國家和時代，官方文化都起著統領和主導的作用，而官方文化又常常在官方式語言中體現出來。官方式語言指的是官方在傳達政令、宣傳政綱、表彰政績等場合和時機慣用的語言。官方使用的語言本來也是無一定法的，但是在長期的使用過程中，就形成了一個套路，既決定了官方語言風格的走向，也影響到民間對官方語言的印象和接受方式。不過，官方式語言的特點和作用也是隨著時代的發展而產生變化的。由於官方文化的地位和政治制度密切相關，在言論相對自由、大眾傳媒和民間力量作用突出而顯著的時代和社會，官方式語言的模式和作用也會受到質疑和挑戰。這一點我們在講“流行語”的時候還會談到。

官方式語言會出現在不同的交流場合之中。例如在官方人士傳達政令、做政治報告、競選演講、就職發言等的時候，官方式語言就很常見；在官方的“文件”（如中國的“紅頭文件”）以及受官方影響或親近官方的新聞報道或者評論、編者按中，官方式語言也佔有優勢。

官方式語言很明顯的標誌是“政治正確”。由於官方語言涉及的是時事和政治問題，使用者的觀點和傾向、預期中受眾的接受情況各不相同，在政治場合使用的語言不會像在科學場合使用的語言那樣追求精確和客觀。同樣的事件可以有不同的表述方式，目的是達到特定的表達目的。例如在現代社會，“多元文化”是一個很受推崇的詞。雖然一個國家有主流文化佔據優先地位的現象，“多元文化”這個詞還是出現在官方式語言的交流場合，用以提高這個國家和政權在民間和國際社會上的形象。如果一個國家的政府想避免種族之間的不和，就會儘量避免標籤種族特點的詞語，尤其是在歷史上引起種族紛爭的詞語。

在很多情況之下，“政治正確”的詞語也不一定有鮮明的政治內容。上文講到的“視障”“智障”類的詞語，就不是直接為了政治利益服務的。不過，這樣的詞語也讓國家和政權的領導者顯示出自己公平、合理、公正的形象。

在語言和修辭的層面，“政治正確”的詞語常常是精雕細刻、非常講究的，體現出官方人士的態度和立場，讓官方能夠顯示出正面的形象，儘可能避免批評，但是又不會引發沒有必要的爭議。在中國的官方語彙中，“待業”這個詞已經取代了“失業”。“待”就是等待的意思，其中顯現出就業的可能性，充滿了機會和希望，而“失”看不到希望，只有悲觀。“待業”的字面含義和潛在含義，都表現出官方語言在措辭和使用上的精妙之處。

官方式語言也要竭力塑造“親民”的形象。在官方人士的演講中，“人民大眾”“父老鄉親”“同胞兄弟”這類的詞語非常多見。就算是當官方人士要轉達政令的時候，也要儘量顯示出自己是站在民眾的一邊，為民眾的利益而做事。例如，美國總統在公開演講的場合，就常常把“我的美國同胞”掛在嘴邊，顯示出自己為國民利益而服務的光彩形象。在官方色彩鮮明的新聞報道中，“親民”的感覺也非常明顯。在中國，每逢重大會議結束時，領導人“親切”會見與會代表這樣的話語常見於新聞報道中。領導人在講話的時候，也常把“表示親切的問候”放在顯著的位置。

官方的“親民”式語言有各種方式。有的時候，民間使用的詞語和語體也會進入官方的語彙之中，顯示出官方對民間的親和力。近年來，“溫馨提示”四個字在中國隨處可見。從起源來講，“溫馨提示”應該和中央政府提倡人性化的和諧政治有關。本來，“提示”類的詞語體現“建議”和“提醒”的意思，常在民間服務性的場所出現，而“溫馨”兩個字顯得更加親切、有禮貌。在官方場合使用“溫馨提示”，毫無疑問會體現出親民的意味，使得古板而生硬的政令多一些人情味。

不過，官方式語言和民間語言的交流場合是不一樣的，“溫馨提示”使用過多過濫，就會出現問題。本來需要用“通知”“通告”甚至“警示”的方式來傳達的消息，用“溫馨提示”看上去就很可笑。在以前，政令和通告都是以嚴肅認真的語言和語調講出來的。現在，“溫馨提示”甚至出現在政府官員內部有關行為準則的說明中。很顯然，“溫馨提示”四個字已經被濫用，成了“政治正確”的俗語和套話。現在，“溫馨提示”又從官方回流到民間，到處出現，有些“溫馨提示”的內容，是“禁止拍照”“不可進入”，根本沒有“溫馨”可言。

在“親民”性的同時，官方式語言也會顯示出居高臨下的官方位置。“親切接見”“親切慰問”就已經暗含著擁有權勢地位的一方對普通民眾的態度。如果一個新聞報道有領導人“親切關懷”“嘘寒問暖”這樣的詞語，也是在讚揚政治領導人體恤民情的優良之處。在歷史上，有些國家等級制度森嚴，官方和民間處在明顯的管理和順從的地位。雖然進入了民主和平等的時代，但是語言中沉澱著的等級觀念還是常常顯示出來。

官方式語言對官方行為讚許、自我標榜的特點也很明顯。在當今時代，各種社會問題周期出現，惡性事件頻繁發生。在很多情況下，政府部門的責任很難推卸。官方人士如何面對嚴峻的事實，面對民眾的質疑，同時還要維護自己的形象和政治利益，就是很有意思的話題。“避重就輕”，是官方措辭的一個特色。在美國的克林頓總統時代，有一則政治小笑話。克林頓在公眾場合演講，標榜自己就職期間製造了三百多萬個就業機會，頗有沾沾自喜的感覺，不料台下有人說了風涼話：在三百多萬個工作中，我做三個。言外之意是，這些就業機會只是表面文章，不但沒有讓民眾受益，反而讓民眾更是疲於奔命。這是一個絕好的政治諷刺，表明當朝政客總是標榜自己的業績，卻避而不談沒有做好的地方。

在中國，一些地方政府和部門也有類似的官方式的語言表達習慣。在惡性事件發生之後，新聞媒體不是直接正面報道事情的真相和救援展開的具體情況，而是把官員如何關注事態、關心不幸中的人們、不辭辛勞來到現場查看等放在首要位置。在一些新聞報道中，官員到訪事故現場是報道的焦點，也是電視畫面的中心。“趕赴”事故現場或者醫院、“親切慰問”受傷人員、傳達上級領導的“重要指示精神”是經常可以讀到的詞語。在官方媒體的報道中，官員總是“頂著”“酷暑”或是“嚴寒”，到現場查看。這些有描述性的、生動、感情色彩強烈的詞語，和報道的內容相配合，更加突出了地方官員的親民勤政的形象，而公眾關注的具體問題卻沒有真正說出來。現在，中國政府和黨中央都在批評這樣的不良文風，希望各級政府都建立一種求實、為民的文風和領導風格。

在大眾傳媒比較自由的國家，民眾的聲音容易傳播出去，民眾的思考和判斷力也有機會得到自由的發揮，明顯的標榜、崇拜式的語言就沒有那麼大的威力。類似上文中講到的有強烈感情色彩的詞語，民眾也可能用冷靜的眼光來看待。但是官方角度的聲音、政治人物常用的詞語中依然潛藏著很多妙道玄機，不可小看。

官方式語言很容易形成一種“套路”，在官方的場合，說話、寫文章的模式都一樣，而且，這種模式會越來越古板、生硬；在另一方面，因為是來自於官方，還會更加有威力，在民間產生很大的影響。上面講到的突發事件中新聞報道常見的詞語，就是一種“套路”的展示。有些讀者和評論者發現，一些政府公文、工作報告和官員講話之類的文章，常常有驚人的相似之處，甚至出現過“張冠李戴”的可笑現象，即把一個地方的政績放在另一個地方的名下，起因原來是某官員用了講一個地方的內容來說另外一個地方的事，但是忘了更換名字。在互聯網上，也出現了官樣文章“格式”，使用者只要付費登錄，就可以剪剪貼貼，做出自己的文章。用這樣的方式寫文章，張冠李戴的荒唐事自然很難避免。

官方式語言的“套路化”有明顯的作用。套路式的語言雖然看上去空洞而沒有意義，但是久而久之就對受眾產生了影響。有些溢美之詞一旦成了套話，就會潛移默化、深入人心，形成對官員和官方政策光彩奪目的印象，宣傳的作用就由此而來。

官方式語言“套路”化發展到極端，還會脫離內容，完全變成沒有意義的空話。在中國官員的外事活動中，這一點看得最明顯。二十世紀八十年代初，中國某省擬進口日本索尼公司的電子產品，在歡迎日本客商的會議上，省級領導大談中日友誼，講話時間達半個小時之久，而日本商人只是簡短幾句話，實實在在說出希望中國方面會購買索尼公司的產品，講話時間沒有超過五分鐘。中國官方人士到國外訪問，講話也有一套慣例，總是從人民“勤勞善良”、國家“歷史悠久”幾句套話開始，不但沒有新意，而且也可能不夠準確。

在歷史上，中國長期處在封建王朝時期，文化封閉、保守，官本位觀念嚴重，促成了“套路”語言的形成。有些地方政府的官員缺乏思考和評判的能力，唯命是從，覺得按老路走、照別人說過的話說最保險，也是問題的癥結。早在二十世紀四十年代，毛澤東主席就將官樣文章稱為“黨八股”，指出官樣文章的許多弊病。毛主席指的“黨八股”，就是領導人在講話中或者其他語言表達的場合使用假話、空話、套話的現象。毛主席的話指出了語言和文體方面非常值得注意的現象，指出官方式的語言如何產生，發生作用，帶來什麼樣的弊病，值得我們思考。

2.2 流行語

時代在變化，語言的表現方式也隨著時代的發展在發生變化。在交流方式多種多樣、交流渠道方便快捷的今天，語言的表達和交流方式日新月異，在互聯網時代“流行語”或者是“潮語”，是新型的模式化語言。

流行語有明顯的民間色彩。民眾對社會問題的參與意識、對社會問題的批評和對官方的質疑，在流行語中表現得非常明顯。據互聯網的消息，2010 年 10 月在河北大學附近出了一起飛車撞人的車禍，肇事者沒有停車報警，救助傷者，反而說“有本事你們告去，我爸是李剛”，而這位名為“李剛”的人，是當地的公安局副局長。這個消息傳出之後，在互聯網上引起了極大的反響。很多網民把這當作官僚子弟目無法紀、蠻橫無理的惡行，表示了極大的義憤。一時間，“我爸是李剛”成了互聯網絡流行語，網民的憤怒、譴責、嘲弄的情緒在這裏得到鮮明的體現。

對官方效率和誠信度的質疑。2011 年 7 月，中國高鐵甬溫線發生了追尾撞車的重大事故。事故發生後，鐵道部官方新聞人王勇平回答記者提問。當被問到為何要掩埋車頭時，王勇平在做出解釋之後，說出了這樣一句話，“至於你信不信，我反正信了”。官員對原因的解釋受到公眾質疑，而這句話更引起了網民的強烈不滿，“我反正信了”被當作官方不負責任、傲慢無禮的標誌，廣為流傳，成了另一個反叛權威、伸張正義的流行語。鐵道部的記者會在事故之後 26 小時才舉行，加重了公眾對官方辦事效率和誠信的質疑，也使得人們對“我反正信了”如此措辭的反感升級。說出這個流行語的人，據說是行政級別最高的一位，所以又有網友把“我反正信了”當作 2011 年流行語“第一名”，加以諷刺。

關於權威肆行、過分操控、普通民眾權益受到損害的現象的悲憤意識，近年來民間流行的“被”字句型結構，就表示出上述這樣的一個情緒。在這個句型結構中，大學生畢業後找不到工作，但是校方為了提高就業率，美化公眾形象，可以巧妙安排，讓學生變成一個已經找到工作的人。“被就業”就成了“被愚弄”“被利用”的代名詞。慈善捐贈，本來是一個公益事業，向危難中的人們捐贈，是一個發自內心、有理性同時又是量力而行的個人行為。現在有些地方，“募捐”其實成了官方的“捐贈攤派”，官方牽頭，社會上群起而上的“捐贈運動”，也造成一種“不捐贈就沒有愛心”的效應。所以，“被捐贈”變成了流行語，表示出公眾對失去表達和判斷的機會的可悲境況。在一些地方，教師節到來的時候，學校要求小學生繳納“教師節慰問金”，而對外卻說學生和家長是在“自願交納”慰問金。“被自願”也變成了一個流行語，其中體現了強烈的不滿。

流行語也表現了現代人多種多樣的社會心態。這些心態也在直接或間接地表現出對現實問題的不滿和生活的憂慮。“偷菜”是互聯網絡流行的一個遊戲。遊戲的參與者可以開闢“菜園”，自種“蔬菜”，但是“偷”別人種的菜，在遊戲中是允許的。如果不及時收穫自己種的菜，就會被別人偷走。偷菜的遊戲衍生出流行語“偷菜”，表示出都市人生活壓力重重，失意焦慮但是又無可奈何，只能用在現實生活中不允許的方式宣泄不滿，在虛擬世界中得到滿足。

流行語也表示了現代都市人對社會問題無視而冷淡的態度。這種態度和失望而無助、難以有所作為的心態是聯繫在一起的。“做俯臥撐”就是一個有趣的流行語。這個詞看上去莫名其妙，但卻有特別的韻味。“做俯臥撐”的來源有幾種不同的說法，但是網民對它的使用已經有固定的模式，就是事不關己，保持中立，作為局外的旁觀者無所動心的姿態。還有一個諧趣的流行語“打醬油”，也是同樣的意思。

流行語表達了觀念和見解，也表達了情感和特定的心態。像“做俯臥撐”一樣，很多流行語都顯得莫名其妙，把不相關的事情和詞語連在一起，表達一個意想不到的意思。二十世紀九十年代在香港娛樂界形成的“無厘頭”風格，就有同樣的特色。這種心態的突出特點，就是“無意義”，表明後現代社會人們對“理想”“信念”這些觀念性的東西已經不放在心上，對生活的意義、價值和“確定性”已經發生了嚴重的懷疑。反映在語言上，就是詞語、句式的“不確定”性，順手拈來，隨意穿鑿。在另一個方面，流行語也顯示出了強烈不滿、怨憤等情緒。在這種情況下，喜形於色、怒形於色，強烈的情感外露也體現在語言上。在中國的網絡世界，有被稱為“咆哮體”的一種語言風格，明顯的特徵是有許多感歎號，再加上其他鍵盤上的符號，表示一種強烈的莫名其妙的感覺。

流行語的風格、傳播方式和詞語使用方面都有自己的特點。

從社會和文化的層面來講，流行語是民間的語言。流行語的製造者和傳播者是民間人士，表達的也是民間人士的觀點和情感。既然是民間的語言，流行語和官方語言有距離，表達與官方理念和正統文化的區別，甚至反叛官方意識，就是可以理解的了。

流行語是“次文化”的產物，和官方正統的“主流文化”形成對照。總的來說，官方的正統文化對來自民間的東西是持保留態度的。但是有的時候，官方的傳媒也會用民間形成的俗語來求新求變。“給力”這個流行語就曾經出現在中國官方的《人民日報》上，一時間令人耳目一新，造成了轟動效應。

民間性帶來的是“群體效應”。流行語的製造者和傳播者沒有組織，流行語的形成和傳播是在民間以自由的形式進行的。公眾的觀點和情緒在流行語中可以得到最充分體現，但是也難免有偏激和片面的時候。流行語的傳播可能會有很強的情緒化，可能和一個時間的社會熱門話題有密切的關係。“群體效應”會帶來一些不負責任的負面的效果。在引致流行語“我爸是李剛”的事件中，事件的真相其實未必明瞭。在互聯網上，已經有人披露出事故的肇事者並不是那樣粗野無禮，“我爸是李剛”這句話是在什麼場合說的，都有不同的版本。但是在集體情緒的影響下，網民很難判定是非，甚至不願意做出冷靜的判斷。

流行語最明顯的特點，就是快捷的傳播方式和廣泛的傳播範圍。在這個方面，互聯網功不可沒。在互聯網之前的時代，俗語和流行語並非不會出現，但是受到了傳播方式的限制，範圍和影響力都會小很多。互聯網可以在瞬間把一個詞語帶給千萬個人。在互聯網上，又有多種表達和交流的方式：視頻、博客、微博、微信是很顯著的幾種方式，加帖、跟帖都是網民常用的做法。2011 年高鐵事故發生，鐵道部新聞發言人講話的視頻在互聯網上爆出之後，網民的評論就蜂擁而來，嘲弄式的故事、笑話多不勝數，流行語“我反正信了”一夜之間紅遍中國。另外，遊戲這種本來是純娛樂活動也越來越具有傳播觀念和信息的功能。以“偷菜”遊戲為例，不但“偷菜”已經成了流行一時的網絡熱語，而且還有人把“偷菜”對生活的啟示做出總結。一個網絡遊戲已經衍生出流行詞語，進而有了更深一層的社會意義。

現在的流行語中，很多都是在網絡中形成的，和網絡的交流方式有很直接的關係。所謂“咆哮體”，就是常常出現在回帖或者 QQ、MSN、微信等網絡聊天對話中的特別的網絡語體。很多不同類型的“體”也是在網絡文本中形成的。例如所謂的“高鐵體”“淘寶體”“藍精靈體”“私奔體”等，都是在博客或者微博上網友加帖回帖，一來一往，逐漸形成的。

互聯網傳播流行語還有一個獨特的優勢，就是每個網友都有自己加工、改造的權利和機會。這是流行語傳播的強大動力，也使得流行語時變時新，總是充滿活力。例如，在“我爸是李剛”的流行語出現之後，網友根據這個流行語發揮、延伸與編造，很快創造了和“我爸是李剛”類似的多個文本。有人熱心考證一個流行語的來源，其實流行語的來源並不是很重要，重要的是在傳播過程中，網民如何加入自己的理解和再創造。

在修辭方面，戲謔性模仿、調侃、諷刺和“惡搞”，是流行語的顯著特點。“戲謔性模仿”或“戲擬”是一種常見的修辭方式，它的特點是針對某一個詞語或者句式，發現它的特點，同時考究詞語或者句式產生的語境和其他環境因素，在變化了的語境中發掘新的含義，為新的交流目的所用。這樣的修辭手法適合於表達對時代和社會的批判性思考。在其中，作者可以用冷靜審視的態度，發現隱藏在公正合理之下的謬誤和黑暗的角落，也可以帶入強烈的感情色彩，用冷嘲熱諷的態度表達自己的批判和思考。戲謔性模仿也適用於表達不尊重權威和正統文化，乃至玩世不恭的生活態度，有的時候會失去理性，變成了傷害無辜的惡作劇，違反公正平等的社會生活準則。戲謔性模仿的手法發展到強烈的地步，就成了所謂的"惡搞"，就是用模仿的手法，達到極端的嘲諷甚至辱罵的效果。

上面講到的"我反正信了"就有這樣的特點。本來，鐵道部新聞發言人的話似乎是一句草率的缺乏發言人專業水平的話。但是，新聞界和公眾卻發現其中故意推諉、掩飾的意圖。在這樣的情況下就"群起而攻之"，把這句話放在不同的場合下，包括只是趣味和搞笑性的場合，讓人們看到這樣的說法的荒唐之處，最後達到批判和嘲笑的效果。"我爸是李剛"遭受到的惡搞，情況也是如此。在互聯網上，用"我爸是李剛"編寫出來的"段子"非常之多，其中包括寓言故事和古典詩詞的改寫等等。"惡搞"表現出來社會批判意義是很明顯的，但是玩世不恭的做法就顯得無聊而瑣碎。中華人民共和國成立後，國家和政府推出了幾位受人尊敬的英雄，例如雷鋒、董存瑞等，近年來，這幾位英雄也受到了"惡搞"，他們的英雄業績也被編成了搞笑版。這樣的做法就超出了可以接受的底線。

"無厘頭"也是很有特色的修辭風格。上面已經講到，"無厘頭"風格是對正統文化和權威意識的挑戰，但是表現出來的樣子卻是"無意義"，就是"消解"事物、語詞意義，挑戰人們慣常的思考和判斷習慣，讓人們間接地感受到生活意義的缺失。"無厘頭"流行語的特點，就是張冠李戴、非此非彼、不知所云。如果考證來源，有些"無厘頭"的流行語似乎有一些意義，但是在流傳過程中，在約定俗成變為流行語之後，就遠離了原來的意思，變成了莫名其妙的怪異的東西。像"打醬油""做俯臥撐"這樣的流行語，從字面上看，都是莫名其妙的詞語，和想要表達的意思毫不相干，而且表達的意思其實也是含糊不清的。

語法修辭活用。"被"字結構，可以說是流行語句式中非常出色的一個。"被"本來就有被動、受別人控制、無法自主的意思。在強勢弱勢難以達到平衡的社會上，弱勢的人群往往是受控制、缺乏自主的一群，總是"被"的對象。但是，官方或是強勢的一方往往是做出姿態，表示對弱者的體恤和關懷。例如，在宗教觀念中，神關愛世人，世人就可以"領受"神的"恩澤"。類似"被愛""受祝福"的詞語，就顯示出這個現象。但是，在民主和平等的時代，一個社會群體凌駕於另一個社會群體之上的情況已經被看作是不太光彩的事。所以，官方或者強勢的一方用"施予"的方式給予民眾或者弱勢的一方，民眾是否必須領受並且感恩，就受到了質疑。"被動領受"就有了一些負面的含義。這時，關注社會問題的人士就會發現“被”字之後可能會隱藏著的不平等現象。有些“被”現象的背後，可能不是好處和利益，而是被剝奪了自由、話語權和決定權。在中國，“被代表”“被自願”“被就業”這些詞，都是在從一個新的角度來看“代表”“自願”“就業”這些本來代表著社會秩序和進步的詞語，審視進步和社會秩序是在實現的過程中，還是被別人利用達到別的目的。

俗語加入。流行語有民間性，自然就意味著將有很多方言土語加入。流行語“有木有”，意思就是“有沒有”。“木”其實就是山東河南一帶方言中“沒”的發音。流行語“坑爹”也很有俗語的味道，意思是自私自利、出賣朋友。另外，“哥”“妹”這樣的人稱代詞，本來也是在民間俗語中常有的。現在在網絡流行語中，類似“哥”“妹”的詞依然保留了俗語的特點，同樣還是人稱代詞，但是有委婉的修辭特點。

2.3 總結

在這一小節中，我們研討了：

- 在交流過程中，語言會模式化，形成套路，傳達社會群體意識、特定的信息和情感。
- 模式化的語言在讀者和作者之間形成特定的交流模式，溝通之時達到默契。
- 模式化的語言表達具有符號性的意義，可以超出詞語本身，具有更深切普遍的含義。
- 利用詞彙和句法的特點，模式化語言更具有表現力。
- 戲謔性模仿和調侃使語詞的含義反轉、延伸或加強，為模式化語言增加色彩。
- 官方和民間對模式化語言都有自己的使用方式，所使用的模式化語言都在社會上產生影響。

2.4 作業練習

【學習檔案】

“表情包”和“顏文字”也是網絡世界的新產物，和網絡流行語同時存在，而且互相流通、影響。做一份學習檔案，搜集與網絡用語、表情包和顏文字相關的數據，體會和創造、表達之概念探究，以及“文化、身份和社區”與“政治、權力和公平正義”之全球問題之關聯。

第 7 章　文體和交流平台

概念探究	文化　創造　呈現
全球問題	文化、身份和社區　政治、權力和公平正義　科學、技術和環境

媒體和大眾交流

媒體的交流方式，指的是大眾交流媒體用什麼樣的方式表達觀念，傳達情感。大眾交流媒體涵蓋面很大，包括電影、電視、互聯網上的博客、社交網絡等。媒體的交流方式是和交流的內容密切相關的。交流方式會影響到內容的表達。使用不同的交流方式，內容也會有所不同。

在歷史上，人們曾經使用過多種多樣的大眾媒體傳播方式，不同的方式在傳播方法、使用的材料和途徑、傳播的過程、受眾和社會影響等方面都有相同和不同之處。不同媒體特有的交流方式和文本的體裁相互作用，共同構成了大眾媒體語言交流在形式方面的特點。

在這一節我們將要討論如下的問題：大眾傳媒的不同方式、傳媒方式的歷史演變、互聯網給語言交流帶來什麼新的元素。

傳統的大眾傳媒方式

傳媒的交流方式包括不同的交流媒介和渠道。就新聞來講，人們經歷了報紙、廣播、電視和現今的互聯網時代。雖然報紙這樣的交流媒介仍然沒有過時，但是各種新的樣式共存的時代已經到來。在現代社會，交流方式可以說是日新月異。只用“體裁”來描述交流方式的不同已經不夠。新的交流方式和體裁相結合，構成了交流方式多種多樣的局面。

我們從材料、媒介、受眾、操作方式、類別、內容、歷史和現代的發展情況來探討一下幾種主要的媒體交流方式。

1.1 報紙和雜誌

報紙和雜誌是比較古老的一種大眾交流的方式。報紙和雜誌使用的是比較原始的材料和手段，所以在沒有電和電子設備的時代也可以生存並發揮作用。

報紙和雜誌是以文字和圖畫來實現交流的，交流的媒介是文字和圖畫。以文字作為手段來交流，使得報紙雜誌顯得"不簡單"。在教育尚不發達的舊時代，不認識字的人很多。對他們來講，用報紙和雜誌來交流可望而不可即。在這種情況下，報紙和雜誌也成了有社會等級之分的交流方式。一般來說，在等級分明、教育未能普及的社會，報紙和雜誌是在社會中上層使用的媒體交流方式。

紙張、文字和圖畫的媒介決定了報紙和雜誌的操作方式。報紙和雜誌要經過記者寫稿、編輯室編輯、排版、印刷、運送的過程才能到達讀者的手中，周期比較長。而且，由於周期長，耗費時間多，報紙也不可能出得太頻繁，一般來說，一日一份報紙，也就是"日報"，已經是很不錯了。雜誌的周期就會更長，一般來說以"週刊"和"月刊"為主。面對時事新聞瞬息萬變的現實生活，報紙顯然常常會顯得有些"過時"。

但是，報紙和雜誌有自己獨特的優勢。由於是印在紙上，閱讀報紙上的內容可以重複進行，報紙和雜誌傳達消息也就更有效果，很少會出現被遺忘或者不小心被誤讀的時候。中國人俗話講"空口無憑，立字為證"，可以說明報紙和雜誌為什麼有很高的可信度。由於報紙和雜誌的可靠程度高，很長時間以來報紙和雜誌被當作是"信得過"的傳媒方式，甚至是官方發佈消息、傳播政令的重要渠道。中華人民共和國成立後，在很長的時間內，"兩報一刊"（《人民日報》《解放軍報》和《紅旗》雜誌）是政府傳達執政理念和頒佈國家政策的官方渠道，和政府的"文件"幾乎有同樣的權威效力。

因為同樣是印在紙上，報紙和雜誌與各種書面印刷品有天然的聯繫。報紙和雜誌可以是文學的天地。在歷史上，很多有名的文學作品最初就是以報刊連載的形式出現的。報紙和雜誌上常會刊登有水平的各類體裁的文學作品，如人物傳記、報告文學等。在中國的二十世紀七十年代末期，登載於雜誌上的"報告文學"受到社會的廣泛關注。報告文學的內容有相當的時效性，直接觸及嚴峻的社會問題，同時也有很高的文學價值，時代性和藝術性結合，非常出色，而報紙和雜誌也就成了這種內容和形式最好的載體。印在紙上的內容可以長期保存，所以讀者如果把報紙和雜誌保存下來，就是很好的數據積累。

報紙和雜誌有多種類別。有些有鮮明的時效性，出版周期比較短，以日報、週刊為代表。“日報”類報紙一般以新聞和時事問題為核心。雜誌的情況比較複雜，有新聞時事性的雜誌，如一些週刊類的雜誌，時效性很強；也有按照內容分類的雜誌，如時裝類、烹飪類的雜誌。從體裁上來看，新聞時事性的文章有“新聞報道”“時事問題綜述”“時事問題回顧”等樣式，論述性的體裁有“編者按”“社論”等樣式，還有互動交流類的體裁出現，如“讀者來信”專欄。照片和圖畫在報紙和雜誌中佔據重要的地位。照片和文字的配合，更加有助於增強報紙和雜誌的時效性。

在今日世界，報紙並沒有失去生命力。相反，報紙的優勢還明顯地展示出來。免費報紙和雜誌蓬勃興起，是一個新的趨向。免費報紙和雜誌資料豐富，也方便攜帶，在互聯網的時代也不顯得過時。免費迎合了低收入人士的需要，而報紙和雜誌的商業利益也很容易用商業廣告補起來。隨著科學技術的發展，排版和印刷成本下降，印刷質量上升，報紙和雜誌總是能以新的面貌出現，同時也有更多的人可以在報紙和雜誌行業一顯身手。

1.2 廣播和電視

廣播和電視是電子時代的產品。廣播和電視靠電波來傳播聲音和圖像，在媒體傳播方式上曾經引起了一次大的革命。

廣播和電視傳播的內容是最容易被接受的，所以適合各種人群的接受水平。就算是沒有閱讀能力的人也可以接收到視聽信息，雖然接收的程度有所不同。但是，廣播和電視信息又是最昂貴的，因為需要有接收器才可以實現。在廣播和電視剛出現的時候，收音機和電視機只有極少數人可以買得起，似乎又和普通人沒有關係。廣播和電視之“昂貴”，也意味著能辦得起廣播和電視的只有實力雄厚的團體。在很多國家，政府會動用財政收入來辦電視和報紙，有錢的商業團體也有足夠的力量來開辦廣播電台和電視台。所以說，廣播和電視受官方和實力集團掌控的機會就更多。

廣播和電視的傳播方式幾乎是瞬間完成的。從時效性的角度來講，廣播和電視可以做得非常出色。現在，“小時新聞”已經是很常見的事。從這點來看，廣播和電視比報紙和雜誌有明顯的優勢。在操作方式的層面，廣播和電視傳播的路徑要比報紙和雜誌短，這就大大增加了廣播和電視新聞的時效性。

從傳播渠道和需要動用的感官上講，廣播和電視有所不同，因此廣播和電視內容、接受的具體情況和接受者對象也有不同。電視需要人用眼睛看，用耳朵聽，雖然有聲像並茂的生動效果，但是會受到時間和地點的限制，並不是那麼方便。而電台廣播只需要耳朵聽就可以了。人們可以在做別的事的同時聽廣播，"一心二用"。現在人們開車出行的越來越多，在開車的時候聽收音機的廣播，是很常見、很容易辦到的事。

但是，因為廣播和電視是訴諸視聽的"時間性"的媒體方式，它們的缺點也不可避免。在讀報紙的時候，如果忘了前面的內容，可以回頭多看幾遍，但是在看電視聽廣播的時候，受眾沒有機會回頭。在這樣的情況下，廣播和電視媒體帶來的差錯就可能多一些。

廣播和電視的種類比起報紙和雜誌來說要少，這與廣播和電視運作成本高很有關係。一般來說，有些廣播和電視頻道以新聞時事性內容為主，有些是綜合性的，在不同的時間段播放不同類型的節目。政府組織和有實力的商業組織辦的廣播電視台往往是多頻道的，如中國中央電視台和各地的電視台。多頻道的電視台同時播放不同類型的節目，跨越新聞、財經、體育等多項內容，效應和影響力更加強大。廣播和電視台也可以播出有深度內容的節目，如人物專訪、大眾訪談、社會現象追蹤、歷史回顧等。

電視劇是電視媒體引人注目的一個節目內容。在電視未普及之前，廣播劇也曾經是受人歡迎的節目。從體裁樣式上來看，電視劇是藝術類的，和戲劇表演有直接的關係。電視劇一般是多集系列劇，分段播出，在內容上有很大的容量，同時在一段時間之內吸引觀眾，有很好的市場效果。電視劇的內容和主題多種多樣，有的以娛樂性為主，有的主要是表現一般的家庭倫理問題，但是大部分都和熱門的時事和歷史問題關聯，在有些國家和地區，還是政治傾向、官方意圖的"現身"。在這一點上，電視劇和電影顯示出不同。

在今天的世界，廣播和電視沒有失去生命力。廣播雖然比電視古老，但是總能以新的方式呈現在受眾面前。廣播的適應力比電視強，能隨著技術的發展隨時調整自己傳播方式。隨著電話的發達，尤其是手提電話的流行，廣播電台和聽眾的空中聯機變得非常容易做到，聽眾和主持人的互動成了廣播電台的最大亮點。廣播的"瞬時性"也有了新的作用。例如，在很多城市都有了"交通電台"，以報告本地的交通狀況為主；常規的新聞台、音樂台也常常插播交通狀況的消息，這就使得電台的信息性作用得到極大的提升。2012 年 3 月份的一天，北京街頭出現了交通廣播協助救人的動人場面。交通電台的廣播準確報道出了載有急症病人正在趕往醫院的私家車的方位和特徵，司機聽眾紛紛讓路，使得這輛車在交通繁忙的時段和路面行駛順暢，及時趕到醫院。

像報紙一樣，科學技術的進步使得電台和電視節目的接收成本大幅度降低。電台和電視節目更容易讓普通人使用，電台和電視節目的內容更多地進入“尋常百姓家”。以中國大陸為例，在二十世紀六十年代，收音機只是極少數家庭的高檔物品，電視機在八十年代才逐漸進入普通人的消費範圍。現在，收音機和電視機的價錢都便宜到微不足道的地步，而且都有了便攜版，有了相當的“流動性”，廣播和電視節目的收聽收視度大大提高。收音機和電視機常常和手機連為一體，沒有廣播和電視的生活似乎變成了不可能的事。

2 互聯網和移動媒體

網絡科技帶來了互聯網媒體的發展。互聯網給大眾傳播帶來的變化，被稱為是二十世紀給人類生活帶來重大影響的一個變化。作為一種新型的大眾交流方式，互聯網涉及到科學技術發展的多個層面。在語言和文學課程中，我們應該關心的是互聯網作為大眾交流的媒體有什麼樣的特點。

2.1 互聯網使用者

想進入互聯網絡，必須有電腦。到現在為止，電腦也還不是一樣很便宜的東西，所以，互聯網媒體的用戶受到了限制。互聯網絡也受到接線條件的限制，在網絡覆蓋範圍之外的地方，使用互聯網媒體也是不可能的。所以說，從受眾的層面來講，互聯網局限在一定範圍的受眾之內，只能是有經濟能力消費電腦和承擔網絡連接費用的人士。

但是，一旦進入互聯網，大部分信息就是免費的，或者花用很少的費用就可以得到。總體上來說，互聯網上得到的信息數量很多，上網還是“物有所值”的。在電腦和網絡技術日趨發達的今天，電腦和互聯網進入越來越多尋常百姓的生活中。一個好的網頁每天都有幾萬、甚至幾十萬人次瀏覽，不是什麼奇怪的事。在訪客人群中，自然有來自廣大社會階層的人士。

2.2 交流方式

在互聯網上，傳統的傳媒方式的優點都可以體現出來。在以前的時代，報紙只能用文字和靜止圖畫來傳播信息，而廣播和電視只能在聲音和圖像上做文章，雖然在電視上可以有一些文字，但只是輔助性的。互聯網有紙質媒體的特點，可以登載大量的文字和圖片內容；互聯網也有廣播和電視媒體的特點，可以加載聲音和動態圖像。互聯網的信息傳播真正達到了“多媒體”，而寬帶網絡使得多媒體傳播更加順暢，大流量的聲像信息也很容易在網上傳播。在一個平台上實現多媒體交流，是互聯網的突出特點。

互聯網的信息傳播方式和傳統的媒體有很大的不同。在這裏，“超文本標記語言”（html）起到了突出的作用。超文本標記語言是一種可以用來創建文件的標記語言。互聯網用戶可以點擊一個標誌性的詞語，打開相關的鏈接，造訪另外一個文件或者多媒體頁面。“超文本”是對以往傳媒方式的一個大張旗鼓的挑戰。利用互聯網上的“超鏈接”，一個旅遊景點介紹可以連接到民間傳說、文學作品，也可以連接到政府信息、商業廣告；一個博客文章本來只是個人感受和見解的表達，但是可以“超鏈接”到統計數字和權威評論。互聯網上的文本出現錯綜複雜、撲朔迷離的狀況。傳統的傳播方式的概念似乎已經失去了意義。超文本標誌性語言也給新體裁的出現提供了無限的機會。在歷史上，體裁的種類並沒有很多，而且形成固定樣式、流行的時間也比較長。但是，在交流手段現代化的今天，體裁和交流樣式可以說是日新月異。

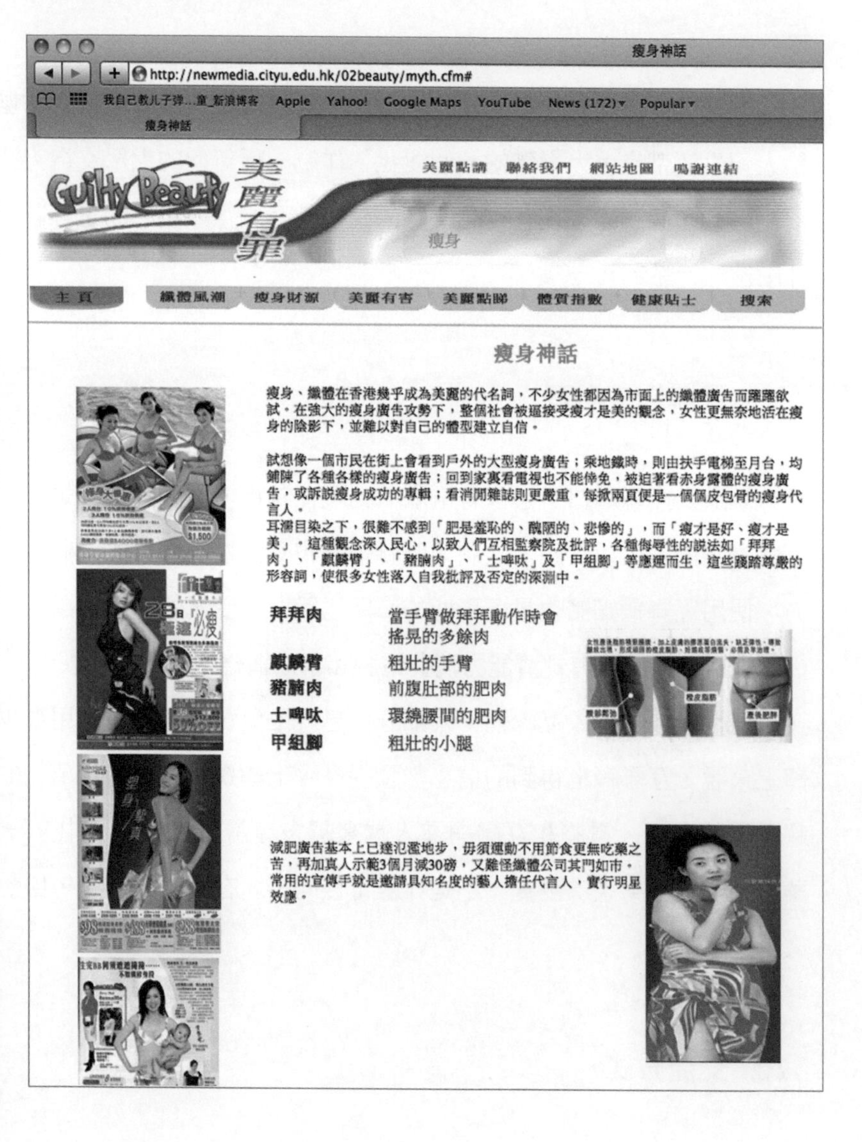

我們來討論網站“美麗有罪”[29]，來看觀點和傾向性是如何在網站的平台上呈現出來的。

網站的主頁就已經有非常醒目的標語口號式的內容：“現代女性看似獨立，但往往失去了對身體的自主權！任由減肥 / 減肥消費品擺布，瘦即是美？？本網站鼓勵女性反思自我的價值，在社會賦予所謂美的標準外，探尋美的多元意義，敢於向‘標準’說‘不’！”這個網站的交流目的是宣傳、勸喻式的，按照傳統的題材分類思路，這個網站應該和“論說”“宣傳”類體裁接近。

但是，互聯網的超文本鏈接功能，使得這個網站“包羅萬有”。在表達觀點的同時，網站又可以提供信息、講述故事、同時輔以視聽材料，這樣一來，受眾似乎不用離開這個網站，就可以得到所有應該得到的東西，包括信息和見解。在每一個網頁的下端，都可以看到一個內容詳細的菜單，其中包括“纖體風潮、減肥餐單、減肥產品、減肥神話、減肥財源、美麗有害、飲食失調、三寸金蓮、束腰纖體、美麗點睇、體質指數、不示弱女人、‘不瘦不行？’有話要說、健康貼士”等內容，點擊其中一個，就可以鏈接到有相關內容的頁面。

在這些頁面中，按照內容講，有對減肥問題的討論，觀點明確（“纖體風潮”），有對專業術語的解釋（“體質指數”），有信息性內容（“激瘦女星”的體質情況），同時注有數據源（“體質指數”），有對減肥菜單和減肥藥物的害處的分析和專家評點（“減肥餐單”“減肥產品”），有新聞報道鏈接（“美麗有害”），有社會文化心理、語言和語境的分析（“減肥神話”），有健康飲食和生活方式的建議，同時又鏈接到社會上志願機構的公益廣告（“健康貼士”），有人物自述，講舊時代纏足的危害（“三寸金蓮”），有公眾見解和公眾意見表達欄（“美麗點睇”“美麗點講”）。從各個網頁中的文本的體裁來講，有時事評論、社會分析、情況介紹、手冊導引、個人自述、廣告推廣、互動空間等。從表達方式和角度來講，有文字、照片、圖畫、視頻、網友張貼見解的互動空間，有第三人稱的客觀分析評論，有主觀的情緒化的觀點表達，也有第一人稱的個人經歷自述。最後，“搜索”“聯絡我們”和“網站地圖”又給了受眾最直接和方便的途徑瀏覽網頁，得到儘可能充分的內容信息。

藉助超文本鏈接的功能，互聯網頁的作者和設計者有極大的自由空間，突破傳統體裁格式的限制，在一個網頁上加上種類雜陳、角度多變的文本，建立一個強大的網站“王國”。對網站使用者來講，一旦進入這個網站，似乎就沒有必要離開，也沒有可能離開：有多個超文本鏈接的網頁好像就是一個圖書館甚至博物館，毋需離開就可以得到所有信息。網站的設計者用一個無形的網把使用者罩起來，讓使用者失去了很多思考和判斷的空間，在不知不覺

29 “美麗有罪”，http://newmedia.cityu.edu.hk/02beauty/myth.cfm#，2012 年 8 月 15 日瀏覽。

中接受網站中呈現出的觀點。

使用互聯網的人對“按此”兩個字應該是非常熟悉的。沒有什麼事比用鼠標輕輕地點擊鏈接更容易了。超文本鏈接在技術上可以做得精巧、方便之極：在一個段落中，只要點擊有超文本鏈接的字或者詞組，就會跳到另外一個好像不相關但又是作者刻意想讓你知道的內容。作者和設計者不露聲色，就可以控制你閱讀和思考的過程和走向。有的時候，閱讀者還可以看到“按此”二字，提醒你超文本鏈接將會把你帶到另外一個地方；更多的時候，鏈接直接放在文本或符號按鈕上，讓你點擊得更加順暢，更加“無聲無息”，不知不覺中，接受影響的機會又增加了很多。互聯網的超文本鏈接好像提供了解決問題的“萬應良藥”，但是在同時，“一家之言”的專斷現象也會出現，受眾自己的思考和判斷也會受到干擾和影響。

2.3 互動交流

最初，互聯網上的信息傳播是單向的，以信息提供者上傳信息，接受者被動接受為主。隨著互聯網技術的演進，雙向互通的交流方式佔據了主要地位。雖然超文本鏈接給了網頁創造者許多表現自己的空間，但是在互聯網的平台上，雙向互動交流越來越成了大趨勢。

電子郵件是網絡用戶最喜歡使用的一樣功能。在互聯網發展的較早的時期，電子郵件就已經顯示出強大的優勢。信件往來本來就是人際交往的一個很重要的內容。電子信件往來速度之快，幾乎到了瞬間的地步，使得人們對“通信”概念的認知也有很大的變化。發展到後來，電子郵件還可以附載照片、賀年卡，功能更加全面，而且向多媒體的方向發展，這也顯示出超越紙質書信的絕對優勢。電子郵件可以輕而易舉地做到“轉發”“群發”，這也是紙質書信很難做到的事。電子郵件使得人與人之間的交流和溝通進入了一個新的時代。

現在，互聯網上更方便的交流功能有取代電子郵件的態勢。類似 Facebook（中文譯作“臉書”“面書”或“面子書”）這樣社交網站已經越過了單純交流個人書信的層面，把大規模的“社交”當作主要的功能，取代了以往的郵件來往。社交網站發揮了電子郵件群發、轉發功能的優勢，但是更加直接地介入了人們的交流活動。網友不需要收發電子郵件，就可以互相聯絡。聯絡的內容可以是比較正式的信件，更多的是隻言片語，實時心情的表現。聯絡的範圍以社交圈子為主，不再像電子郵件那樣局限於個人之間。一個人可以有不同的社交圈子，這使得互動交流變得更加豐富多彩，更有活力、親和力，更能容納個性特徵的需求。圈子內的朋友之間，交流總是處於能動的狀態，朋友之間可以用“讚”“評論”的方式，來組成動態的交流小區。圈子內的朋友對你的評論如果有跟進，你也會知道，使得交流可以像滾雪球一樣無休止地繼續下去。可以說，社交網絡把網絡交流功能發展到嶄新的階段。

“博客”（中文也音譯作“部落格”，也有取其義稱之為“網誌”）也是互聯網時代引人注目的一個新現象。簡單來說，博客就是互聯網友的日誌或者日記，但是和傳統的日記不同，博客的讀者可以是大量的網友，所以博客的內容不再有個人私密化的色彩，同時也加入了更加“正式”的話題。博客展示出的是博主的所思所想，大到世界大事，小到個人瑣碎，博客的閱讀者可以留下自己的評論，可以和博主親密交流，也可以是禮節性的拜訪，而無論如何，博主和訪客都會意識到有更多的訪客存在，交流是在更大的範圍之內進行。而微信朋友圈是更進一步的發展。

互聯網頁給使用者提供了反饋和交流的機會。在“討論區”，瀏覽者可以對瀏覽的內容發表評論，瀏覽者之間也可以交流看法，彼此應和，或是相互爭論。例如，在“優酷”這樣的視頻網站上，上載的視頻會受到眾多網友的評論，網友之間還可以互相交流，形成上載者、瀏覽者共時態交流互動的態勢。對紙質媒體來說，這種互動是很難做得到的。

互聯網的搜索引擎給上網瀏覽的人士提供了很多自由的空間。使用者輸入關鍵詞語，就可以找到自己想要的內容。雖然內容龐雜，但是總體上來講，搜索的過程是一個使用者自主的過程。雖然說，互聯網頁設計的超文本鏈接會限制使用者的思路，但是使用者也有很多自主的餘地。而且，隨著教育程度的提高，人們對互聯網媒體特點的認識也在加深，受網站操控的機會也會減少很多。

“博客圈”也是一個很值得我們關注的現象。有同樣內容特點的博客可以組成一個群組，或者是一個圈子，在圈子內部發表博文，更加集中地討論自己關心的問題。博客圈有社交網站的特點，同時內容又更加全面和具體。博客圈的存在，更說明互聯網的使用者在互動交流的過程中有很大的選擇的餘地。“簡易供稿”或者“簡易信息聚合”（RSS）的技術也體現了互聯網使用者的自由度。網絡用戶可以藉助特定的軟件，不用去瀏覽網站頁面，就可以閱讀支持 RSS 輸出的網站內容。網絡用戶可以用“訂閱”的方式，選擇自己關注的網站，及時知曉網站內容的更新。在這種情況下，網絡使用者的主動性又增加了一層。

在互動交流的意義上，互聯網上的百科全書也算是卓有成效。“在線百科全書”是一個非常了不起的創舉。在以往，百科全書是有相當的專業性和權威性的出版物，以資料性為優勢，只有專業知識非常紮實的人士才有可能參與詞條編寫，一般來說，只有在知識界有地位和影響力的出版機構才有“資格”有膽量出版百科全書類的書籍。在互聯網的時代，“維基百科”“百度百科”等在線百科全書紛紛出現，作者不再是所謂的“專業人士”，而可以是任何互聯網的用戶，同時，任何人也可以編輯已有的詞條。這種史無前例的做法挑戰了人們對知識權威的看法，同時也把互動交流提到了更高的層面。在互聯網的時代，互動交流不只是社交性的，還可以進入更高的知識領域。

2.4 大眾參與

互聯網的傳播方式有突出的特點。在傳播和交流活動中，互聯網的特點使得“大眾參與”不再是夢想。

從技術上來講，每一個互聯網的使用者都有權利和機會在網上發表自己的觀點和見解。以博客為例，只要開設一個賬戶，每個人都會成為博主。雖然博主受到關注的機會未必均等，會受到管理者揀選，但是權威和等級畢竟變得不是很重要，平民的聲音更容易被聽到，甚至更容易會引起反響。

互聯網的交流平台日趨擴大，對其他交流方式的影響不可忽略。現在，在電視新聞報道中，互聯網友發佈的文字或視頻消息常常被引來作為第一手資料，網友的觀點也常出現在顯著地位，電視台這樣的“主流”媒體根據這樣的情況寫成自己的報道。看上去，互聯網成了真正的新聞媒體，站在新聞報道的前沿，而電視這樣的媒體反而退居其後，只是對在網上已經傳開的事做“二手”報道。在很多的情況下，網民爆出的文字或者視頻新聞來得更快，引發的連鎖效應在很短的時間之內就能夠遍佈全球，這是電視、報紙這樣的媒體無法做到的。

網民啟動的新聞報道已經成了一個“自給自足”的整體：跟進報道、深入觀察、分析評論等等都可以在網絡的空間中採用各種方式迅速展開。雖然沒有組織，但是網民主導的媒體現象已經產生了相當顯著的效果，電視台也常常引用互聯網的民意調查來作為數據。很明顯，在互聯網時代，大眾傳播媒體已經不是一個由少數人主導的或者是純粹官方的東西。媒體傳播的內容也不是由少數人所控制。“大眾參與”的時代已經到來。

大眾參與也意味著平等的機會和平等的“話語權”。除了政府可以出於政治的原因做一些限制性的行為（下文將談到）外，互聯網受到的控制和約束不是很多，也很難做到。官方的、強勢的媒體所能做到的，民間的、弱勢的網民也能做到。官方的聲音並不會比民間的更有機會傳播出去，相反，網民可以有意去選擇不是那麼官方，但是卻表達自己聲音的網站，用“訂閱”或者“簡易供稿”的方式鎖定。官方和強勢的媒體篩選的機會已經微之甚微。

最近在中國，官方人士對網絡民意關注的程度越來越深，很多政府官員或機構註冊了自己的實名微博或微信公眾號，加入網友的行列，從而讓自己的聲音更容易被聽到。還有很多政府官員或者政府部門在微博空間“潛水”，想得到更多民意方面的信息。這些都顯示出，大眾傳媒中的民間力量已經足以和官方的力量取得平衡。

2.5 網絡的控制和管理

互聯網的大眾參與程度越高，自由度越高，監督和管理就顯得越重要。在這裏，政府的作用無法取代。互聯網所要經歷的檢查和限制與其他類型的媒體所要經歷的類似。同時，出於商業和工作的原因，私人機構也可以在互聯網上實施限制和監控。“自由”的網絡空間會受到限制，是必然的。在技術上，網絡的限制和監管可以做得到，過濾信息、刪除內容或關閉網站，是控制和管理的主要做法。但是，比起對紙質媒體和廣播電視媒體的監管，互聯網的監管要難很多。

每個國家的政治制度不同，主流宗教信仰和國家的宗教政策不同，對媒體上有關政治和宗教內容的監管和限制就會有不同的情況。一方面，國家要防止對政權不利、有違主流宗教觀念的報道和相關言論在國內的互聯網上出現，另一方面，也要限制國民訪問有類似內容的境外互聯網站，防止不利因素傳入。當然，在這個方面，不同的國家和政府的標準和做法有很大的差異。有個別的國家只是允許國民訪問國內由政府開設的網站，其他網站則一律不向普通民眾開放。很多國家都對網絡內容做了嚴格的監控，防止暴力、色情的內容對民眾產生危害。在這方面，各國的做法比較一致。在自由開放的空間，網絡世界的知識產權問題也非常嚴重。很多國家的政府都做出了相當的努力，監控在網絡上侵犯知識產權的惡行。

由於互聯網的民間性強，互聯網上的內容呈現出多姿多彩的樣式。網頁的內容出自各種觀念和角度，高技術手段使得各種觀念和角度的表達成為可能，有的時候出現了很複雜的情況。轟動一時的“維基解密”網站即是如此。“解密”的做法是目無法紀、危害世界和平與平民安全，還是揭露黑幕、挑戰強國霸權，仍是一個在爭議中的問題。實施解密的人士運用技術的力量達到目的，讓世界上一些強國難堪，在某種程度上體現了網絡世界強大的民間力量。這樣的舉動是不是應該在監控和處罰之列，在國際社會沒有一定的說法。

網絡傳媒的力量相當大，傳播的範圍也很廣，引起了國家和政府的高度關注。很多監管和控制的措施也就由此而來。2011 年，在中東地區，對政府不滿的人士就主要是通過微博的方式互相聯繫，掀起一場反政府運動的。

2.6 總結

在這一章，我們研討了：

- 對媒體而言，材料、媒介、受眾、操作方式、類別、內容等對交流效果都起到重要的作用。時效性、官方或商業色彩、與受眾互動交流等因素會影響媒體的社會地位。
- 不同媒體各有特點，可以在歷史的演變中保留下來，並依然保持優勢，形成媒體世界的“生態平衡”。舊式的媒體可以“與時俱進”，利用新的發行平台和傳播途徑。
- 互聯網體現出交流的雙向互動性，社交網站是信息傳播和社交活動同時進行的平台。
- 大眾參與和民間性增加了互聯網的社會力量，互聯網的民間性和官方主流傳媒形成抗衡。
- 做一個負責任的互聯網使用者，是當今世界公民的責任。

2.7 作業練習

【個人口頭報告】

結合本章的內容，思考全球問題“政治、權力和公平正義”或者“科學、技術和環境”，同時考慮到“文化”“創造”和“呈現”概念探究點，準備一份個人口頭報告。可以選擇下面的話題：

- 互聯網如何體現作者意圖和使用者的主動性？
- 互聯網如何體現民間的力量？
- 社交網絡為什麼有強大的影響力？
- 官方的監控和管制為什麼重要？如何發生作用？

第四部分　時間和空間

語言和文學作品是人類的創作行為，都是在確定的時間和空間之內完成的。同時，作品也呈現那個時間和空間的特點，因為作者是生活在特定時間和地域的人，他的作品一定會留下那個時間和空間的印記。不過，如果沒有閱讀，一個作品就沒有完結。閱讀者所處的時間和空間同樣重要。在不同時代的讀者眼裏，一部作品所呈現的意義會很不一樣。

人類文明發展經歷了一個漫長的過程，而且這個過程還在延續中。世界之大，地域之廣，不同民族、文化區域的人群都在為人類文明創造財富。留下豐繁多樣的語言和文學作品。當今社會通訊發達，不同人群之間的交往越來越頻密。在這樣的情況下，時間和空間的距離變得越來越短。同時，交往的意義也日趨明顯，交往的重要性也更加不可忽視。曾幾何時，閱讀用另外一種語言完成的作品是非常艱難的事：一個人必須付出艱辛的努力，學習那種陌生的語言，才可能成就這樣的事。作為一個普通的讀者，也只能依賴那些付出艱辛勞動的人，才有機會讀到來自世界不同角落的文學作品。在今天的社會，跨語言閱讀是件輕而易舉的事。在高技術的輔助之下，翻譯不再是某些人的專屬，人工智能已經把翻譯平民化、大眾化了。

語言和文學作品總是有跨時代的價值。有些作品的意義是在作者逝世之後才被人們認可的，這就說明人類精神產品的價值不是一時一世的，而是跨越時代、經久不息的。文學創作凝聚了人類智慧和情感，自然有超時代、跨地域的體悟和洞察；天才的創作者成就的功業不被同時代人所理解，是常發生的事。藝術作品如同數學，現世的功效不是衡量價值的標準，也不能只是用今天人們的評判論其短長。同樣的道理，今天紅極一時的作品，也許只是嘩眾取寵的炒作，或者是為了迎合政治需要的應景之作，生命非常短暫。

既然作品有跨越時代的意義，就應該在歷史進程中留下自己的痕跡。從古到今，人們都把書面文字表達當作至關重要的東西，無論是從正面角度還是負面角度來看，都是如此。歷史上君王為了標榜自己的功業，指派御用作家著文修史，也有統治者設置"文字獄"，打壓異見作家，消除不同聲音。文章總是站在思考探索的前沿，無論是訴諸藝術現象的文學作品，還是直面現實的非文學文本。有時候，有些作品被冠以"莫須有"的罪名受到主流文化和官方的責難，這更說明文字之影響力如何巨大，也說明文字產品有廣泛的涵蓋面，給人們留下無盡的解釋空間。從寫作和接受層面來講，古今中外無數作家以干預生活為己任，積極入世，在讀者之中產生強烈的共鳴。

蓋文章，經國之大業，不朽之盛事。

——曹丕《典論．論文》

你就是那位引發了一場大戰的小婦人。

——美國前總統林肯對《湯姆大叔的小屋》的作者斯托夫人說

概念層面縱深拓展：

- **身份：**一個人如何確認自己的身份？環境和境遇會不會改變一個人的身份意識？在創作和接受的過程中，作者和讀者的身份認同是否總是在流動變化之中？作家如何在現實生活和理想世界之間，思考身份問題？
- **文化：**文化的範圍如何劃定？不同文化壁壘森嚴，還是在溝通交流？在歷史進程中，文化特質是固定的，還是總有舊的特質流失，新的特質加入？
- **創造：**一個時代的創新語言形式，在另一個時代是否會變為陳規俗套？對一些人沒有價值的作品，會不會是另外一些人靈感的源泉？同樣一個創意之作，會不會一些人感到有無窮的趣味，但另外一些人卻無動於衷？文學的藝術價值跨越時空，甚至時間越久遠越有價值？
- **交流：**跨越時空的交流有什麼意義？我們是否可以洞悉古人在作品裏想要表達什麼？有沒有必要這樣做？跨語言的溝通是否有可能實現？閱讀用另外一種語言寫就的作品，能不能體會到其中的真意？
- **觀點：**在全人類的文學作品中，有沒有一個“永恆的主題”？不同時間地域的作家是否會關注同樣的問題，而且有類似的看法？ 同樣的時空區域，人們是否有同樣的觀念？在不同的時空區域，不同觀念是否可以共存？
- **轉化：**處在不同時間和空間的人，有沒有可能用語言來交流？生活環境不同，是不是會造成阻礙，使得語言文字信息無法傳達給另外一個時代和地方的人？文學是不是有獨特的力量，觸及人類的共性，成為轉化信息的橋樑？
- **呈現：**同樣的內容和題材，是否可以用不同的方式呈現出來？呈現方式如何與社會環境、作者的品味、面對的讀者受眾和交流目的發生關聯？

我們把這個探究領域分為三個章節來講：第 8 章“本土與全球”，重點討論文學作品如何具有鮮明的地域特點，同時跨越地域又能成為全球共享的藝術財富；第 9 章“時空視野”，重點討論文學和非文學的作品如何開拓有歷史意義的話題，跨越時間和空間的閱讀接受會出現哪些複雜的情況；第 10 章“跨越時空”，重點討論文本再創作、跨越時空題材之再現如何帶來藝術魅力。

第 8 章　本土與全球

1　余華的《活著》和莫言的《生死疲勞》

概念探究	創造　呈現
全球問題	藝術、創造和想象　科學、技術和環境

1.1 閱讀余華《活著》和莫言《生死疲勞》，思考問題

❶ 文學作品會觸及哪些全人類共性和“全球問題”，引發跨越時空的共鳴？

❷ 什麼是一個民族的“生存體驗”？生存體驗如何昇華為文學作品素材？

❸ 文學形式如何體現文學的地域特點，呈現本土特色？

❹ 文學作品的地域特點和國際性，如何得到完美的結合？

活著（節選）

余華

那麼過了一陣後，只剩一個聲音在嗚咽了，聲音低得像蚊蟲在叫，輕輕地在我臉上飛來飛去，……周圍靜的什麼聲響都沒有，只有這樣一個聲音，長久地在那轉來轉去。……天亮時，什麼聲音也沒有了，…… 昨天還在喊叫的幾千傷號全死了，橫七豎八地躺在那裏，一動不動，上面蓋了一層薄薄的雪花。

……

"春生，你要活著。"

春生點了點頭，家珍在裏面哭了，她說：

"你還欠我們一條命，你就拿自己的命來還吧。"

春生站了一會說：

"我知道了。"

我把春生送到村口，春生讓我站住，別送了，我就站在村口，看著春生走去，春生都被打瘸了，他低著頭走得很吃力。我又放心不下，對他喊：

"春生，你要答應我活著。"

春生走了幾步回過頭來說：

"我答應你。"

春生後來還是沒有答應我，一個多月後，我聽說城裏的劉縣長上吊死了。一個人命再大，要是自己想死，那就怎麼也活不了。我把這話對家珍說了，家珍聽後難受了一天，到了夜裏她說：

"其實有慶的死不能怪春生。"

……[30]

《活著》是中國當代作家余華的代表作。小說的名字是"活著"，但是寫的卻是一連串"死亡"的故事。小說的主人公福貴本來是一個紈絝子弟，年輕時候性情頑劣，嫖賭成性，輸光家產，父親去世，才開始珍惜家庭親情。福貴被國民黨軍隊抓去做壯丁，目睹了戰場上的恐怖和血腥。幾年後回到家中，母親亡故，福貴更覺得生命的珍貴。但福貴在之後的生活中，卻見證了更多的死亡：賭博作弊贏了福貴家產的龍二在土改中被作為地主槍斃，兒子有慶為老師獻血被抽血過多而死，患難之交春生被文化大革命中的造反派毒打含冤而死，女兒鳳霞在醫院生產出血過多而死，妻子家珍勞累過度加上身患重病而死，女婿二喜在建築工地被意外砸死，外孫苦根吃煮豆子過多而撐死。最後，孤身老人的福貴在集市買了一頭即將被宰殺的老牛，和老牛相依為命。

福貴的故事有相當的社會和歷史容量，跨越了中國社會幾十年的歷史。不過，作者余華專注在生命和死亡的話題上，使得小說在時代的跨度之外加入了哲理的高度和深度。世事變化紛繁複雜，但作者從中理出了一個清晰的脈絡：一個人如何看待生命的意義，如何接受死

---

30 余華：《活著》，台北：麥田出版，1994 年。

亡的挑戰。正因為如此，小說具有跨越時代和地域空間的意義，涉及全人類的共同體驗，在這個層面上引導不同背景的人們做出同樣的思考。這也是《活著》贏得了世界聲譽的原因。

在小說中，作者有多次對死亡的描寫。福貴在戰場目睹傷兵瀕臨死亡，聽到他們痛苦的呻吟。在生命將息的時刻，"只剩一個聲音在嗚咽了，聲音低得像蚊蟲在叫"。作者捕捉到人物最細微的感觸：在福貴心中，生命之脆弱，如蚊蟲發出的聲音，而這些可憐的生命又如此留戀這個世界，發出的嗚咽聲"長久地在那轉來轉去"，不願離去。而最終，這些生命都離開了這個世界，身體已經冰涼，"上面蓋了一層薄薄的雪花"。在小說其他地方，余華也常常寫到死亡的情形。作者善於用細膩的筆法，描寫死亡的過程。家珍死的時候，"她的手臂是一截一截的涼下去"，"胸口的熱氣像是從我手指縫裏一點一點漏了出來"。作者自己觀察之精細，小說中人物體會之真切，讀者和死亡的距離也在無形中拉近了許多，造成非常震撼的閱讀效果。作者還善於用景物描寫烘托氣氛，在描寫死亡的時候，多處使用雪來營造冰冷肅殺的氣氛，和死亡相呼應。鳳霞死的時候是一個大雪天，"街上全是雪，人都見不到，西北風呼呼吹來，雪花打在我們臉上，像是沙子一樣"，二喜背著鳳霞的屍體回到家中，"那時還下著雪，鳳霞身上像是蓋了棉花似的差不多全白了"。這裏對雪的描寫和上文中福貴在戰場上看到死去的傷兵時情形非常相似，也達到了同樣的表現效果。

展示死亡的同時，作者也通過人物的故事表達對生死問題的思考。福貴在戰場上見到無數人死去，開始悟到生之不易，體會到生命的珍貴，"活著"由此成為福貴的人生執念，成了全書的主線。龍二詐取了福貴的家產，但最後卻成了福貴的"替罪羊"，由此福貴更感覺到世事無常，禍福旦夕，有活下去的機會，一定不能放棄。此後，福貴每失去一位親人，活下去的意願就更加強烈，在這裏，對福貴來說，生命已經不是動物的求生本能，而是一種理念和堅持。小說中雖然有眾多的災難和死亡，但總是有一種"生"的力量呈現出來。"大躍進"的政治狂熱和隨之而來的饑荒讓人們失去理智和情感，但有慶還是惦記著自己養大的羊，不忍心看見羊被殺死。有慶對生命的體恤和珍愛，是"活著"的最佳批注。雖然家中親人全部離去，死亡對福貴的打擊已經無可復加，但福貴還是盡自己所能，保護了一頭將被屠殺的老牛。福貴的舉動似乎是要和死亡做最後的對抗，扭轉局面，展示生命的力量。小說寫到的生死博弈，已經不是個人的感受和一個家庭的經歷，而是全人類都會感受到的共同的人生境遇。《活著》吸引跨越國界的讀者，歷久不衰，原因在此。

小說對春生之死前後的描寫非常耐人尋味。春生和福貴從戰場逃出，同為劫後餘生，本來應該對生與死有同樣的認知，但福貴比春生更多了一些坎坷，而春生則有一段位高權重、地位顯赫的日子，對死亡和災難的切膚之痛感受不如福貴，所以面對痛苦的承受力和對生命的執著也無法和福貴相比。在文化大革命中，春生遭受虐打，痛不欲生，但福貴和家珍勸春生一定“要活著”。家珍用有慶來勸說春生，應該是最能觸動人心的地方。有慶是因為給春生的夫人輸血而死的，家珍對春生應該滿懷怨恨，但家珍不但不計前嫌，為了解救絕望中的春生，她還不惜揭開自己內心的傷痛，對春生說，“你還欠我們一條命，你就拿自己的命來還吧”，這是對春生的警示，讓春生知道活著是對逝者的尊重，每個人都應該對自己的生命負責任，不可隨便放棄。春生到最後還是沒有履行諾言，用自殺的方式了結了生命。從春生的角度來講，肉體和精神上的痛苦已經不可忍受，自殺是一種解脫；但從福貴和家珍“活著”的執念來看，自殺永遠不可接受。福貴依然認為，“一個人命再大，要是自己想死，那就怎麼也活不了”，春生縱然有萬端痛苦，也沒有任何理由輕生；活下去是無條件的選擇。家珍對春生的死難過多日，最後還是說“其實有慶的死不能怪春生”。這種寬容和體諒的背後是家珍的悲憫情懷，更有家珍對生命的尊重：無論是自己的兒子還是間接導致兒子死亡的春生，都是一個難得的生命，都應該努力存活下去，失去時都是不幸。

《活著》關注的是人生的終極問題。也是因為這個原因，小說獲得了跨越國家和民族的深遠意義。作者余華被認為是中國當代的先鋒派作家，他的小說的確不是以寫實為主，而是從新的視角觀察人生，用對人生獨到的理解和思考去處理生活素材，加入藝術創造。小說篇幅不算很長，卻寫到十個人物死亡的故事，成了一個“死亡系列”，看上去有些超乎常理。小說對死亡的描寫，有時候有足夠的細節真實，可以說有寫實色彩，但更多時候，作者把死亡放在怪異扭曲的生活情境之中，用重筆墨和粗線條直接呈現死亡的絕境。在小說的後部分，死亡來得更加頻繁，更加快捷，二喜和苦根的死，小說幾乎是一筆帶過，在細節上沒有任何雕琢，有鮮明的漫畫性的表達效果。作者故意拉開小說和現實生活的距離，用近乎寓言的形式製造陌生化的效果，引導讀者離開現實生活環境，思考更加抽象的全人類共同的問題。

生死疲勞　第一部　驢折騰

莫言

第一章　受酷刑喊冤閻羅殿　遭欺瞞轉世白蹄驢（節選）

我的故事，從1950年1月1日講起。在此之前兩年多的時間裏，我在陰曹地府裏受盡了人間難以想象的酷刑。每次提審，我都會鳴冤叫屈。我的聲音悲壯淒涼，傳播到閻羅大殿的每個角落，激發出重重迭迭的回聲。我身受酷刑而絕不改悔，掙得了一個硬漢子的名聲。我知道許多鬼卒對我暗中欽佩，我也知道閻王老子對我不勝厭煩。為了讓我認罪服輸，他們使出了地獄酷刑中最歹毒的一招，將我扔到沸騰的油鍋裏，翻來覆去，像炸雞一樣炸了半個時辰，痛苦之狀，難以言表。鬼卒還用叉子把我叉起來，高高舉著，一步步走上通往大殿的台階。兩邊的鬼卒嘬口吹哨，如同成群的吸血蝙蝠鳴叫。我的身體滴油淅瀝，落在台階上，冒出一簇簇黃煙……[31]

莫言的文學創作在近年來引起很大的關注。莫言獲得諾貝爾文學獎，也說明他的文學創作在國際範圍內也得到了認可。莫言的小說如何體現中國地域文化特點，同時體現國際性和跨文化特色，是一個很有價值的話題。

莫言小說寫的都是發生在中國大陸的事，作者以自己的家鄉為原型，假托“高密東北鄉”來書寫小說中的故事，展示時代畫面和人物形象。小說的場景描寫、風土人情都有濃重的中國文化色彩，小說的內容也都有真實的時代和社會背景。莫言的小說根植於中國地域文化和社會背景，應該是無可置疑的。莫言小說的主題，也關切到中國歷史和現實生活中的重大事件，如抗日戰爭、土地改革運動、計劃生育政策直到改革開放政策實施後的今天。閱讀莫言的小說，可以對中國社會近百年的歷史有一個了解；反過來講，如果沒有相應的中國歷史知識，閱讀莫言的小說也會有一些困難。時代和社會的標誌使得莫言成為有鮮明地域特色的作家。

小說《生死疲勞》開篇，寫到的是中國大陸二十世紀五十年代初土地改革時期發生的事。第一人稱主人公地主西門鬧在土改中被槍斃，下到地獄，閻王逼他悔改，使盡各種招數，嚴刑折磨，但是他毫無悔意，相反總是鳴冤叫屈，結果是遭受更重的刑罰。土地改革是牽動人心的重大歷史事件，作者以藝術的形式再現當時的情境，使用了中國民間和佛教傳說中陰曹地府、閻羅獄卒的內容線索來構架小說，編織人物的故事。在閱讀過程中，讀者能體會到濃濃的中國文化韻味，同時又有強烈的時代和現實感。作者選取了全新的角度寫陰曹地府的故事，一反民俗傳統中道德的訓誡，而是把西門鬧寫成一個冤死的鬼，突出他不畏強權，不屈不撓的一面，而閻王也對他奈何不得，末了對他“不勝厭煩”，而陰間的鬼卒也對他“暗中欽佩”。閻王只能“使出了地獄酷刑中最歹毒的一招”，想方設法讓他屈服。這些生動的心理描寫和戲劇性的情緒變化，把古老的民俗故事和宗教傳說修飾一新。西門鬧冤死的原因，是土改運動時期的政治狂熱和人之惡性的無限膨脹。在此，民俗故事中的人情世態、宗教傳說中的訓誡和當今現實世界的政治風雲、人事滄桑非常自然地結合在一起。

不過，莫言的小說關注的問題不限於中國社會，小說在呈現文化和地域特色的同時，也

31 莫言：《生死疲勞》，北京：作家出版社 ，2006 年。

不忘把中國發生的事和對人性的思考聯繫起來，使小說具有跨越空間的意義。土地改革是發生在中國土地上的重大事件，其中有具體的政治和經濟原因，更摻雜著人性善惡美醜的多個方面。如作者所說，“人類的生存和發展”是他更為關注的焦點。在小說中，主人公經歷了驢、牛、豬、狗、猴幾種動物的生死輪迴，最後歸到人身，看似荒誕的故事背後中國社會數十年的政治運動和社會變化，更有作者對人性和人的生存價值的思考。

> 我在院子裏——姑且算做院子吧——直立起來，前蹄搭在了一根鋤柄粗細的杏樹杈上。通過這一番偵探試驗，我心中有了底數。這間看起來——對一般的豬來說是堅固牢靠的華舍，對我來說，簡直是紙糊成的玩具，我用不了半點鐘，就能將它夷為平地。當然我沒有那麼愚蠢，在時機沒有到來之前，我不會自毀居所。我不但不毀它，我還要好好愛護它。我要保持衛生，保持整潔，定點大小便，克制鼻子發癢想拱翻一切的欲望，給人們留下最為美好的印象。要做霸王，先做良民。我是一頭博古通今的豬，漢朝的王莽就是我的榜樣。[32]

人的生存空間、人的地位和尊嚴、人性的價值和理性思考的權利，是作者想要傳達和呈現在作品中的。人為什麼會死，為什麼會轉世為動物，而動物的生存空間和機會與人類又有什麼交集，這些超現實的構想給作者提供了極好的機會，展現他的藝術世界和思考。西門鬧雖然變成動物，但他總還是認為自己是人，總是在眷戀著人生，他不忘自己在人世的冤屈，控訴閻王不公，希望得到體面和尊嚴。就算是轉世為動物，西門鬧都是各類動物中的出類拔萃者。變身為豬的西門鬧最初極為沮喪，不願意與骯髒的豬類為伍，甚至最初以絕食來抗議，自認為具有高貴的人性。雖然不得已委屈於豬身，但西門鬧是豬中的佼佼者：他體能出眾，被選為種豬；他鄙視同類中的骯髒猥瑣者，保持乾淨衛生的生活習慣和居住環境。西門鬧甚至生出幻想，身為豬之精英，如何會創造奇跡，出人頭地。西門鬧更保留了人類的智慧，他依然通達人語，雖沒有機會展示，但還是找機會聽人讀報紙，熟知天下大事。他自視極高，尋常人類不在他的話下；他更是冷眼看人生，對文化大革命時代人們荒唐可笑的舉動嗤之以鼻。在作者的筆下，生死無常是命運不幸的安排，但並不可以消磨人的意願和期望。

孟婆的“忘魂湯”在小說中有異乎尋常的意義。按照陰曹地府的傳說，轉世投身之時，孟婆要為來世的新生灌忘魂湯，為的是讓新生忘掉前世的事。在西門鬧轉世為驢的那次，孟

---

32 莫言：《生死疲勞》，第三部《豬撒歡》，第二十三章“豬十六喬遷安樂窩　刁小三誤食酒饅頭”，北京：作家出版社，2006 年。

婆向他送上“就會把所有的痛苦煩惱和仇恨忘記”的忘魂湯。雖然閻王對西門鬧案子曲直是非心中也明白，但是為了不要讓閻王殿“徹底亂了套”，也是在告誡西門鬧“陳年舊賬，早已一筆勾銷”，勸他“忘記這些不愉快的往事，去享受幸福的生活”。然而，對西門鬧而言，忘掉前世是他萬萬不願做的事。西門鬧覺得孟婆不懷好意，拒絕喝湯；“陳年的記憶”死死纏繞著他，他要記住自己的冤屈，向閻王申訴，希望能得到公平的判決。在身為牲畜的歲月，西門鬧總是記著當年做人的時光，和自己人世間的家人在一起時，對家人有深深的眷戀；西門鬧總是努力回憶和家人有關的事，有時忘掉了一些，他會非常苦惱，但無奈的是，當年人世間的回憶是在慢慢消退。“忘魂湯”是一個意味深長的隱喻。作者刻意突出主人公不願意忘掉過去的性格特點，意欲表達人性中一種強韌、對是非曲直的思考和評判、回憶和追求美好生活的權利、對黑暗和醜惡切齒痛恨不依不饒的執著。在作者看來，這些都是人性中彌足珍貴但最難維持的成分。對一個普通的小人物來講，隨遇而安、隨波逐流是人生的常態，不願去回顧和質疑過去，也沒有勇氣去面對和挑戰今天及將來。想方設法讓西門鬧忘掉過去的閻王和孟婆，正是充當著這樣的角色。他們是體制的建構者和維護者，自然不願意人們去糾纏過去不開心的事，更不願意見到像西門鬧這樣只認死理的“鬧”者。如閻王所勸說的，享受當下的幸福生活才是聰明人該做的事。借用“遺忘”和“記憶”的對比，作者探及深刻的人生問題，在不同的文化和地域環境都會遇到的生存境遇和人的選擇，在全球讀者之間喚起了共鳴。

> 我有野心把高密東北鄉當作中國的縮影，我還希望通過我對故鄉的描述，讓人們聯想到人類的生存和發展。
>
> —— 莫言，獲 2011 年茅盾文學獎後

小說的題目《生死疲勞》也顯示出作者所關注的已經不只是現實世界人事紛擾，作者想要引導讀者進入宗教和哲學層面的思考：面對苦難和死亡，生命如何脆弱，生死輪迴如何被稱作生命的常態，以及在痛苦和折磨之時人如何可以堅韌頑強，在困境中求生。另一方面，作者所表現的不是苟且偷生，委曲求存。和《活著》中的徐福貴有所不同，西門鬧不是在一般意義上“活著”，而是在努力活出價值和意義。

莫言的小說體現了中國特色，又具有明顯的異域文學色彩。本土和國際特色在小說中奇妙地組合在一起。讀者可以感受到跨地域和時間的文學創作會產生如何之效果。

從語言上講，莫言的小說的語言個人風格鮮明，根植於人們的日常生活，有濃烈的鄉土

氣息，同時極具活力，俗語使用放浪恣肆，不拘一格，措辭精準到位，中文的特點和神奇韻味盡顯其中，但另一方面，莫言小說中的句式非常西方化，如長句複句出現頻繁，大段景物描寫和細節勾畫也更接近歐美小說的特點："我的聲音悲壯淒涼，傳播到閻羅大殿的每個角落，激發出重重迭迭的回聲"，"我的身體滴油淅瀝，落在台階上，冒出一簇簇黃煙。"

從小說篇章佈局和敘事角度來講，《生死疲勞》借用了中國章回小說常用的命名方式，章節標題具有中國明清小說的特點，如第一章"受酷刑喊冤閻羅殿　遭欺瞞轉世白蹄驢"。但在小說正文中卻是另外一番景色。作者沒有按照章回小說的套路去寫，而是跨越時空，採用不同敘述角度展開篇章，章回小說的標題只是一個點綴和框架，小說的內容正文更具有歐美現代小說的鋪排方式。在莫言的小說中，過去的文學傳統和現代寫作手法共存，本土和國外文學的特點交合，而且有時相互容納，在更多的情況下無法協調。作者故意製造這種不和諧和"陌生化"的效果，讓讀者關注到"本土"和"國際"相遇的時候出現的斑駁陸離的現象，從而品味在跨越時空的境界文學創作如何更具魅力。

對人類生存狀況共同的關注造就了現實和魔幻在文學作品中的奇妙組合，"魔幻現實主義"為莫言文學創作的國際化搭建了橋樑。書寫"魔幻現實"是歐美文學的一個傳統，從奧地利作家法蘭茲·卡夫卡到哥倫比亞作家加西亞·馬爾克斯，這個傳統有線索可循，這些作家對世界和人生有獨特的認知和藝術化的表達方式。莫言最初接觸馬爾克斯的《百年孤獨》時，感到極大的震撼，感歎居然可以用這樣的方法來寫小說。這也說明在心底深處，莫言和魔幻現實主義的傳統有很深的共識。受到馬爾克斯小說的影響，莫言也開始在"高密東北鄉"探尋魔幻現實的蹤影，如同馬爾克斯筆下的馬孔多鎮，在高密東北鄉，現實和幻境共存，充滿奇幻的色彩。莫言善於用民間傳說的的棱鏡來解析現實；在他的小說中，民間傳說本來就是歷史和過去生活的一部分，而現實和虛幻的神奇結合，魔幻和現實不可分離，是人類生活的常態。用藝術的手法展示出魔幻現實，是文學創作的一個入手點。有文學批評家認為，《百年孤獨》中的馬孔多本身就有奇幻的色彩，甚至認為《百年孤獨》並不是什麼"魔幻現實主義"的小說，只是當地現實生活的寫照。在莫言心目中，高密東北鄉猶如《百年孤獨》中的小鎮馬孔多，也是一個充滿神奇色彩的地方。莫言深刻領會和把握到書寫魔幻現實的"國際語言"，使得他的作品有跨越時空的魅力。

> 詩是全人類共有的。……世界文學的時代就在眼前，我們每個人都應該促成其早日到來。
>
> ——歌德

1.2 延伸閱讀和思考

閱讀下面對莫言的兩篇評論，根據你對莫言小說的理解，思考問題：

❶ 個人表達、本土意識和人類普世價值，分別有什麼含義？是否可以兼容？

❷ 作家的個人天賦和創造力，在寫作中起到什麼作用？

從莫言得獎看普世價值與中國特色（節選）

劉康

諾貝爾文學獎雖然是西方的獎項，但作為一個世界級的文學獎，它的標準就是作品應關心人類命運。而莫言的作品，則恰恰很好地體現出了對文學本身及人類共同命運的關懷。諾貝爾獎委員會解釋莫言的獲獎原因時表示，莫言“用魔幻般的現實主義將民間故事、歷史和現代融為一體”。莫言的文字讀起來很“中國”很“鄉土”，常常把“高密東北鄉”作為文學形象的地域。但毫無疑問，莫言的寫作手法、思考角度是非常西化的，他受拉丁美洲的魔幻現實主義文學影響很大，受諾貝爾文學獎獲得者、哥倫比亞作家馬爾克斯《百年孤獨》的影響尤甚。他的作品寫的是中國人和中國故事，所透出來的是通過西方話語過濾的普世價值。[33]

《莫言創作的世界性與人類性》（節選）

胡良桂

莫言的小說創作，在觀照乃至強化中國農民強大的生命力、創造力，以及農民的苦難、農民的追求中，在植根中國的土地上，寫出中國農民的神髓、寫出中國20世紀的苦難而輝煌的進程中，彰顯了人類的共性，構成世界歷史的有機組成部分。那頑強的英雄主義，苦難的理想主義，既是人的最基本的生存本能，又贏得了世界的眼光。他的創作方法雖然深受福克納、馬爾克斯、川端康成的影響，但他卻是在開發本土資源與民間資源上，顯示出了他獨特的創作個性與稟賦，因而使他的小說具有了世界性與人類性。[34]

---

33 劉康：《從莫言得獎看普世價值與中國特色》，《聯合早報》（2012年10月13日），https://www.zaobao.com/forum/expert/liu-kang/story20121013-56651，2019年8月9日瀏覽。

34 胡良桂：《莫言創作的世界性與人類性》，《求索》（2015年第8期）。

1.3 總結

在這一小節中，我們研討了：

- 人類生存的普遍問題是連接不同時代和地域之文學作品的橋樑。
- 關注人類的情感能觸及讀者的靈魂；喚起同理心可以使藝術創作走向世界。
- 藝術風格可以跨越國界，可以成為人類的共同語言。
- 模仿借鑒之時依然可以加入創意，個人藝術體驗由此走向國際共享。

1.4 作業練習

（1）【學習檔案】

普遍認為，余華是“超現實主義”作家，莫言是“魔幻現實主義”作家，同時使用了“意識流”的表現手法。搜集有關這些文學流派和寫作手法的資料，在兩位作者的作品找出具體的事例，體會“創造”和“呈現”兩個概念在其中的情況，思考與全球話題“藝術、創造和想象”的關聯。

（2）【論文】

以余華和莫言的小説創作為例，就如下的論文題展開討論。

- 成功的文學作品總是在描寫社會現象的同時，體現對人類重大問題的關注。
- 超現實的細節描寫更能展現人類生活的真實。

2 胡塞尼的《追風箏的人》

概念探究	文化　觀點
全球問題	信仰、價值觀和教育　政治、權力和公平正義

巧妙、驚人的情節交錯，讓這部小說值得矚目，這不僅是一部政治史詩，也是一個關於童年選擇如何影響我們成年生活的極度貼近人性的故事。⋯⋯這些內容締造了一部完整的文學作品，將這個過去不引人注意、在新千年卻成為全球政治焦點的國家的文化呈現在世人面前。同時兼具時代感與高度文學質感，極為難能可貴。

——《出版商週刊》評論[35]

2.1 閱讀胡塞尼《追風箏的人》，思考問題

❶ 特定時代和地域的社會狀況，如何能展示全人類普世的價值？

❷ 文學如何介入人生，對促進社會走向公平和正義起到作用？

❸ 文學如何能夠觸及人的靈魂？藝術表現手法在其中的作用如何？

文學作品中總是產生於特定的時代，有鮮明的時代印記，但具有跨時代意義的文學作品也是存在的。美籍阿富汗裔作家胡塞尼的《追風箏的人》[36]就是其中的一例。小說《追風箏的人》引起強烈的社會反響。無論是在美國還是在世界其他國家，無論是英語讀者還是其他語言的讀者，都體會到這部小說強烈的震撼感。如果說文學可以是跨時代的話，這一部作品可以說是當之無愧。

35 卡勒德·胡塞尼（Khaled Hosseini），李繼宏譯：《追風箏的人》（*The Kite Runner*），上海：上海人民出版社，2006 年。

36 同注 35。

小說寫的是當今世界發生的事。小說發生在阿富汗，一個飽經戰火蹂躪、外族欺凌的國度。在當今國際環境中，阿富汗是戰亂、恐怖、暴力、貧困的代名詞。有關阿富汗的負面新聞充斥於各種媒體，在任何國家都可以看到。發生在阿富汗的事，已經引起了國際社會的普遍關注。小說產生了國際影響，也是在情理之中的。

《追風箏的人》有鮮明的地域特徵和時代印記。小說中的故事在真實的地域環境中和時代歷史背景下展開。小說寫的是發生在阿富汗的事，故事又延展到美國和巴基斯坦，時間從二十世紀七十年代開始，跨越到二十一世紀初，人物的經歷和發生的故事，都有明確具體的時空方位。時代感是作品的顯著特點。在這幾十年中，阿富汗經歷了國內政變、蘇聯入侵、恐怖組織塔利班橫行等，小說中的人物有幸福和歡樂的過去，更遭遇過顛沛流離、痛苦和死亡。

雖然小說有鮮明的時代和地域特徵，小說中寫到的其實是今天人類社會所共同經歷的。小說《追風箏的人》是當今世界的縮影。國際社會發生的各種不幸事件，各種不平等的生存狀況，大都可以在小說中找到痕跡。小說能在不同種族、不同社會背景的人心目中引發強烈震撼。原因就在於此。不僅如此，小說還涉及有關人性的永恆話題。小說展現了人性的灰暗的一面，諸如自私、懦弱和歧視，同時也寫到懺悔和自我救贖的強烈意願。這樣的心理狀態在每個人的心中都會有，無論他生活在什麼樣的國度和社會環境之中。小說的感染力也來自於對人性的深刻的剖析。所以說，小說最有魅力的地方。就在於他既有明顯的時代標誌，又能引發跨時代的思考。這些特點使得《追風箏的人》成了當今世界引人注目的一部文學佳作。

小說是個人的藝術創作，同時也是時代的產品。任何文學作品都是作者個人內心生活的流露。雖然時代和社會意義可以成為作者的寫作動力，但是在動筆的那一時刻，作者第一想到的還是自身的經歷和感受。胡塞尼自己就曾說過："意識中的讀者只是我自己。"從這裏我們可以領悟到，個人和時代總是息息相通的。一個成功的作家總是情發於中，而推及整個社會。一個好的文學作品沒有時間和地域界限，同時也可以打破個人與時代社會環境之間的壁壘。

小說主要人物充分體現了小說的特點。

第一人稱主人公阿米爾是一位非常複雜的人物。阿米爾和僕人哈桑一同長大，又是玩伴，阿米爾對哈桑的友情也不是沒有感受，但是他自私而懦弱，而且有根深蒂固的種族觀念。在阿米爾看來，哈桑只是一個劣等種族僕人，可以隨便受他差遣，供他戲弄。當哈桑為了他而遭遇強暴的時候，阿米爾並沒有挺身而出保護他，相反還自我安慰說，哈桑不過是一個卑賤的哈拉扎人而已。小說用了精細的描寫手法，窺探阿米爾人物的內心，讓每一個讀者都看到人類內心有多少陰暗的角落，就算是受了很好的教育，生活在富足的家庭環境中，這種深藏在心中的歧見，都無法消除。在當今世界，人們總是把平等、自由、博愛和救助貧困放在嘴邊，但是在生活中，又有多少漂亮的口號可以變成現實。阿米爾是一面鏡子，每一個讀者都可以在這個人物形象的面前來審視自己。

“謊言”是小說描寫的一個焦點。阿米爾少年時代是在謊言中度過的。阿米爾的謊言是一種逃避，是怯懦自私的體現。雖然目睹阿塞夫的暴行，面對哈桑，阿米爾還裝作一無所知。當他感到哈桑的忠誠無私、真誠而毫無欺詐的時候，知道哈桑無論承受多大的屈辱都在默默忍受的時候，阿米爾內心的自責感難以承受，謊言就成了他最後的掩飾。當他發現謊言的掩飾似乎每每奏效，心態越加扭曲，變本加厲，增加了撒謊的力度和範圍，最終，謊言成了他誣陷哈桑的邪惡的武器。然而，阿米爾的內心並沒有得到少許寬慰，尤其是當他感覺到哈桑並沒有相信他的謊言，只是容忍和接受他的時候。哈桑友愛的忠誠讓阿米爾感到莫大的壓力，並未稍有緩解，最終引導走上救贖的道路。在現代社會的語境中，阿米爾的謊言似乎都能找到對應。

阿米爾之後的大半生，都被一種強烈的自責之心所纏繞。從美國回到阿富汗之後，阿米爾救出了受強暴蹂躪的哈桑的兒子索拉博，最終把他帶回到美國。阿米爾複雜的心路歷程和他最後強烈的救贖的願望和行動，是小說著意展示的一個內容，也是當今人類面臨的一個重要的抉擇。人類的理性和良知並不應只是掛在口頭上。人們需要從迷茫中覺醒過來，採取行動，不要再彷徨和觀望，不要再被內心深處的一些私心所纏繞。阿米爾能果斷地做出這樣的行動，讓很多人看到只要付出努力，自我救贖是有希望的。從這個意義上來看，小說有警世和勵志的作用。小說寫到了當今社會不可迴避的問題，同時又列出解決問題的方案，從而引發跨時代的迴響。

從阿富汗到美國又回到了阿富汗，阿米爾的經歷有標誌性的意義。從一個災難深重的東亞國家去到和平富足的西方國家，阿米爾的經歷可以說有強烈的代表性。小說借用這樣的情節佈局和內容涵蓋面告訴讀者，阿富汗人的內心歷程不止是阿富汗人的，是全世界每個人都會經歷和感受到的。小說的國際意義由此彰顯。

小說主要人物哈桑的經歷，濃縮了當今世界，最陰暗和醜惡的一面。在殘酷的社會環境下，哈桑飽受歧視和暴力的蹂躪。小說最能撥動人心弦的，是哈桑和阿米爾的關係。哈桑和阿米爾雖然是僕人和主人的關係，但從小在一起玩耍，應該可以建立出彼此相互的友情。然而，種族的距離把兩個人無情地分開。在主人阿米爾看來，哈桑是一個下等人；哈桑自己雖然把阿米爾當作至親，但在沒有得到友情的回報之時，哈桑沒有怨艾，還是為阿米爾默默地付出。“為你，千千萬萬遍。”出自哈桑的口中，也貫徹在他的行動中。

對哈桑的描寫寄托了作者對平等和友愛的呼喚。雖然阿米爾沒有將心比心，回報哈桑，哈桑對善良和友情依然有無限的期待。當阿米爾問哈桑，如果他讓哈桑去吃泥巴，哈桑會不會去做，哈桑說會的，但緊接著反問阿米爾：“不過我懷疑，你是否會讓我這麼做。你會嗎，阿米爾少爺？”小說安排了這樣一段對話。一方面是為了展示哈桑的純善純美，另一方面和阿米爾形成強烈的對照，同時向今天社會的人發出質問：善良和友愛是不是每個人都能做得到，當得到他人恩賜之時，是不是應該用同樣的方式回報對方。哈桑這個人物的魅力，就在於此。

對哈桑的描寫也體現了作者的良苦用心。哈桑是一個勇敢的孩子，為了忠誠和友愛會做出任何事情。但是在強大的種族觀念面前，他並沒有力量與這個社會抗爭。面對惡棍阿塞夫的威脅，他一方面談吐鎮定，但另一方面內心又充滿了恐懼。

> 哈桑聳聳肩。在外人看來，他鎮定自若，但哈桑的臉是我從小就看慣了的，我清楚它所有細微的變化，他臉上任何一絲顫動都躲不過我的眼睛。我看得出他很害怕，非常害怕。

描寫哈桑的恐懼也是在暗示他將要付出極大的代價。果然，為了保護阿米爾，哈桑遭到阿塞夫的強暴。作者故意寫到阿米爾對哈桑的觀察，他非常清楚哈桑內心的恐懼，但是卻毫無作為。後來哈桑受到侵犯的時候，阿米爾只是袖手旁觀，甚至給自己的怯懦找到借口。小說用對比的手法，增加了人物形象的主題含量。當今社會的人們更熟悉的是那些純美至善的社會下層人士，他們勇敢和無私奉獻，但是他們內心的隱曲和孤立無援的處境，人們卻很少關注到。小說展示另外一個維度，誘發讀者深思。

小說中的次要人物構成多維度的比較的參照。在阿塞夫強暴哈桑的時候，他的兩位同夥不無疑慮，但是當阿塞夫提醒他們哈桑不過是一個低賤哈扎拉人，二人“如釋重負”。同樣地，阿米爾也經過短暫的內心糾結，但想到哈桑是哈扎拉人，他也得到解脫。小說讓我們看到，善良和邪惡之間的距離如此之小，成為邪惡的幫凶如此容易，同時又不會有很多內心的歉疚。種族身份差異可以作為“萬應良藥”，從中可以找出足夠的借口來寬慰自己。

小說雖然安排了一個大團圓的結局，阿米爾救出了哈桑的兒子索拉博，把他平安的帶到了美國，但是路途中依然經歷過挫折。索拉博歷經磨難，已經失去了內心的平衡，變成了一個封閉自我與外界隔離的孩子。小說如此安排人物的命運，似乎要提醒讀者，救贖自我並不是一條坦途，而且是否能達到目的地，每個人都應該不停地提醒自己。雖然索拉博最後露出了笑容，但是內心深處的傷疤已然無法消除。作者似乎在暗示，道義的責任和擔當刻不容緩，世界並非光輝燦爛，過去的痛苦並沒有完結，世人要繼續做出努力。

敘述視角的選擇為小說的成功增加了籌碼。阿米爾是小說中的一個人物，同時是第一人稱敘述者，也是小說中諸多事件的經歷者和目睹者。作為讀者，我們可以體會到阿米爾的內心曲折。當惡棍阿塞夫質問阿米爾為什麼把哈桑當作朋友時，阿米爾有如此內心活動：

> 可是他並非我的朋友！我幾乎衝口說出。我真的想過這個問題嗎？當然沒有，我沒有想過。我對哈桑很好，就像對待朋友，甚至還要更好，像是兄弟。但如果這樣的話，那麼何以每逢爸爸的朋友帶著他們的孩子來拜訪，我玩遊戲的時候從來沒喊上哈桑？為什麼我只有在身邊沒有其他人的時候才和哈桑玩耍？

讀者也可以感受到第一人稱主人公“我”對童年內心活動的自我反省，以及作者作為第三者的評價，從作者的視角看到整個社會的情況：

> 他（哈桑）稱呼阿塞夫為少爺，有個念頭在我腦裏一閃而過：帶著這種根深蒂固的意識，生活在一個等級分明的地方，究竟是什麼滋味？

讀者可以體會到阿米爾的自私和膽怯，也可以感受和觀察到社會的動蕩、暴力和殘酷。小說的成功之處，就在於能把讀者帶進小說世界、人物內心之中，但是又給讀者機會置身其外，冷靜客觀地觀察人世間發生的事。

在編排視角之時，小說的佈局非常精巧。阿米爾內心不解，既然哈桑是朋友，為什麼自己從來沒有喊上哈桑和別的孩子玩。而同樣的話題和觀察，也出自阿塞夫的口中。所不同的是，阿米爾的困惑，變成了阿塞夫的定論，阿塞夫用反問的口吻，嘲笑哈桑對阿米爾的忠誠是愚蠢的行為。

> “對他來說，你什麼都不是，只是一隻醜陋的寵物。一種他無聊的時候可以玩的東西，一種他發怒的時候可以踢開的東西。別欺騙自己了，別以為你意味著更多。”

惡人和所謂善良的人，距離居然如此之小。友情變得如此不堪一擊，甚至成了一個笑柄。當哈桑面對阿塞夫的質問依然紅著臉說“阿米爾少爺跟我是朋友”時，小說的諷刺意味達到極致。小說展示出來的情境如此殘酷，赤裸裸地逼真，令人窒息，讀者可以感受到一份嘲笑和戲弄，不是針對哈桑，而是指向冠冕堂皇，言必友愛善良，但無視嚴酷的現實，也不願做出實質性的努力的人。如此前後對應必定會引發讀者捫心自問。

作者胡塞尼得到國際社會的肯定。在國際社會和人們的心目中，胡塞尼已經不是一個普通的文學家，而是時代的聲音的傳達者。胡塞尼獲得了聯合國的人道主義獎，並受邀擔任聯合國難民署親善大使。這些都說明，《追風箏的人》的意義已經遠遠超出了文學藝術的範圍。我們通常認為小說是文學藝術的一種形式，小說和時代與社會總會有一些距離。但是讀過《追風箏的人》之後，每一個讀者都會有新的感受。《追風箏的人》是時代的見證，閱讀作品的每一個人都會從中發現時代痕跡，有非常強烈的時代參與感。

2.2 延伸閱讀和思考

閱讀下文《追風箏的人》作者胡塞尼的自述，思考問題：

❶ 作者講到的人類普遍的體驗，對文學寫作有何重要意義？

❷ 文學作品如何能產生重大的社會影響？

> 這本書自出版之後在全世界範圍內備受歡迎，你們能想象得到我有多麼吃驚。……很多人想捐錢給阿富汗人。有些人甚至還告訴我，他們想收養阿富汗孤兒。在這些信中，我看到小說作品獨有的聯結人們的力量，我還看到了人類的體驗有多麼普遍：羞恥、負疚、後悔、愛情、友誼、寬宥和贖罪。
>
> ——卡勒德·胡塞尼《追風箏的人》前言[37]

2.3 總結

在這一小節中，我們研討了：

- 文學是人類社會生活的一部分。優秀作家總是肩負著社會責任感，展現個人對道德完善的追求。

37 同注 35。

- 國際社會關注的重大問題，牽動現實和歷史的諸多方面，是文學作品的最佳題材。
- 勇於面對現實，反省自身，是藝術家的勇氣，也是全人類的共識和良知。
- 小說是藝術作品，也是觀念的的表達。
- 作家的國際聲譽和小說的生命力，在於介入敏感的全球問題。

2.4 作業練習

(1)【學習檔案】

《追風箏的人》有鮮明的時代印記。請準備做一份學習檔案：一、在小説中找到有關時間、地點和發生的事件的細節；二、在歷史記錄中搜尋相應的資料，發現其中的聯繫和帶出的意義（例如小説中寫到的某一件事，在歷史文獻中確有記載，但作者有自己取捨和重新編排）。在準備過程中，關注“文化”“觀點”之概念探究點，體會全球問題“信仰、價值觀和教育”與“政治、權力和公平正義”在其中的意義。

(2)【論文】

基於《追風箏的人》，就如下的論文題展開討論：

- 有社會責任感的作家總是在創作中追求社會正義。
- 人物的反思和自省，會增加小説的藝術魅力。

第 9 章　時空視野

❶ 小舞台大世界：老舍的《茶館》

概念探究	文化　轉化
全球問題	政治、權力和公平正義　藝術、創造和想象

1.1 閱讀老舍《茶館》[38] 第二幕，思考問題

節選一

❶ 時代的痕跡在劇中為什麼很重要？起到什麼作用？

❷ 作者展示時代的痕跡時，如何顯示自己的觀點和情感取向？

❸ 通過觀賞戲劇作品，觀眾如何理解一個時代和文化的特色？

時間：與前幕相隔十餘年，現在是袁世凱死後，帝國主義指使中國軍閥進行割據，時時發動內戰的時候。初夏，上午。地點：同前幕。

〔幕起：北京城內的大茶館已先後相繼關了門。“裕泰”是碩果僅存的一家了，可是為避免被淘汰，它已改變了樣子與作風。現在，它的前部仍然賣茶，後部卻改成了公寓。前部只賣茶和瓜子什麼的；“爛肉麵”等等已成為歷史名詞。廚房挪到後面去，專

38 老舍：《茶館》，北京：人民文學出版社，1994 年。

包公寓住客的伙食。茶座也大加改良：一律是小桌與藤椅，桌上鋪著淺綠桌布。牆上的“醉八仙”大畫，連財神龕，均已撤去，代以時裝美人——外國公司的廣告畫。“莫談國事”的紙條可是保存了下來，而且字寫的更大。王利發真像個“聖之時者也”，不但沒使“裕泰”滅亡，而且使它有了新的發展。

〔因為修理門面，茶館停了幾天營業，預備明天開張。王淑芬正和李三忙著佈置，把桌椅移了又移，擺了又擺，以期盡善盡美。〕

〔王淑芬梳時興的圓髻，而李三卻還帶著小辮兒。〕

《茶館》是中國戲劇史上的傑作。劇作最出色的地方，就是把鮮明的時代特徵用藝術形象的方式展示出來。

選段是《茶館》第二幕的開始。作者對裕泰茶館外觀作了詳盡的介紹，裝修、佈置、家具、飾物，面面俱到，茶館的經營項目、賣的食品，乃至人的打扮樣貌，也在介紹之列。短短幾行，卻帶出呼之欲出的感覺。不過，在介紹的時候，作者已經給所介紹的對象貼上時代的標籤。作者的介紹不以面面俱到為目的，而是有所取捨；重點介紹的，是新舊交替的現象，如舊日廚房如今主要包辦住客伙食，“茶座”改成“小桌與藤椅”，“醉八仙”畫改成“時裝美人”廣告招貼。

在戲劇中，劇場介紹往往都不是純“客觀”的，都是加入了劇作者的感情色彩和評判的。“‘爛肉麵’等等已成為歷史名詞”，表達了作者的遺憾之情，裕泰“碩果僅存”、王利發像個“聖之時者也”、茶館有了“新的發展”這些說法，又暗含了調侃和揶揄。就連人物服飾介紹“王淑芬梳時興的圓髻，而李三卻還帶著小辮兒”中的“時興”和“卻”，也隱含著評論，讓讀者感受到茶館的變化並非出於自願，王利發夫妻和李三只是窮於應付，難免藏頭露尾，窘態百出，而變化中的茶館呈現出新舊交雜、無所適從的可笑境況。顯然，在介紹劇場的時候，作者不是漫無邊際，毫無目的，而是有所側重，即側重茶館的前後變化。這也是劇作者創作意圖的準確體現。

作者在講變化的時候，特意指出一樣不變的東西，就是“莫談國事”的紙條。紙條的內容保留下來，而且字越來越大。變中的不變，不變中的變，讓讀者感覺到政治氣氛的高壓和恐怖。作者沒有多講四個大字背後的含義，但是讀者和觀眾應該有足夠的想象和思考能力，發現其中的原因。

劇情介紹的妙處，也在於引出下文的表演。開幕的第一場戲，就是王淑芬和李三的對話。王淑芬看不慣李三的小辮兒，但李三更是滿心牢騷，對“改良”以來的變化沒有好感，覺得留小辮兒也未嘗不可。可見，開始時的劇情介紹和開場的表演，有很好的前後配合。“改良”帶來的新潮局面看上去很不錯，但是卻有處處不如人意的地方。茶館全劇的基調也在於此：社會動蕩，民不聊生，王利發苦心經營，求得生存，但最終一無所獲。

節選二

❶ 劇中人物的對話如何造成戲劇性的情境？時代的特色如何在戲劇性情境中呈現出來？

❷ 人物性格如何在精煉的語言和操作中表現出來？作者如何在人物對話中含蘊褒貶？

❸ 觀眾如何能在觀賞戲劇表演的時候把摸到時代的脈搏？

［唐鐵嘴進來，還是那麼瘦，那麼髒，可是穿著綢子夾袍。］

唐鐵嘴：王掌櫃！我來給你道喜！

王利發：（還生著氣）喲！唐先生？我可不再白送茶喝！（打量，有了笑容）你混的不錯呀！穿上綢子啦！

唐鐵嘴：比從前好了一點！我感謝這個年月！

王利發：這個年月還值得感謝！聽著有點不搭調！

唐鐵嘴：年頭越亂，我的生意越好。這年月，誰活著誰死都碰運氣，怎能不多算算命、相相面呢？你說對不對？

王利發：Yes，（原注：“Yes”即“對”的意思。）也有這麼一說！

唐鐵嘴：聽說後面改了公寓，租給我一間屋子，好不好？

王利發：唐先生，你那點嗜好，在我這兒恐怕……

唐鐵嘴：我已經不吃大煙了！

王利發：真的？你可真要發財了！

唐鐵嘴：我改抽“白麵兒”啦。（指牆上的香煙廣告）你看，哈德門煙是又長又鬆，（掏出煙來表演）一頓就空出一大塊，正好放“白麵兒”。大英帝國的煙，日本的“白麵兒”，兩個強國侍候著我一個人，這點福氣還小嗎？

王利發：福氣不小！不小！可是，我這兒已經住滿了人，什麼時候有了空房，我準給你留著！

這是《茶館》的一個經典段落，戲劇性效果非常明顯，同時也更加突出體現了劇作的時代特點。選段中人物對話充滿戲劇效果，最精彩的地方是王利發和唐鐵嘴有關“吃大煙”和抽“白麵兒”的對話。唐鐵嘴有抽大煙的習慣，王利發心生厭惡，從來不喜歡他。當唐鐵嘴說他已經不抽大煙了，王利發還在疑惑中時，唐鐵嘴丟出了包袱，說他現在“改抽‘白麵兒’啦”。這段對話顯然借用了相聲的語言技巧，先設置懸念，引出疑問和好奇心，然後說出真相，讓人在笑聲中有所感悟。

在戲劇效果的背後，作品的時代特點也清晰地呈現出來。唐鐵嘴靠相面混飯吃，好吃懶做，寡廉鮮恥，在上一幕中是一個流浪漢的形象。而在第二幕中，唐鐵嘴一出場就變了樣子，衣著變得高檔了，打卦算命居然做成了大生意，有了招牌，正琢磨租房子。大煙換成白麵兒，更加時尚，說明社會地位也提高了。相比之下，王利發的日子一天不如一天。曾經高朋滿座的裕泰大茶館，在兵荒馬亂中風雨飄搖，他本人也深受惡人的欺凌和羞辱。戲劇性的對話顯示出一個荒誕的時代。短短隻言片語，劇作就把時代的變化呈現在觀眾面前。

和第二幕開始時一樣，作者依然用人物介紹來標注人物的特點。唐鐵嘴剛出場的時候，作者已經給他定下了基調：從前又髒又臭的流浪漢，變成了穿綢子夾袍的有身份的人。作者也善於用人物語言展示時代的變化。王利發是北京土生土長的生意人，信奉老祖宗傳下來的規矩。但在這個正值變化的時代，他也顯得無所適從。王利發居然脫口而出說了英語，一方面讓我們看到他圓滑機智，想要適應時代的變化而生存，但另一方面卻疲於奔命。在一個災難的時代，無論做出什麼努力都無濟於事。王利發和唐鐵嘴的對話難免談到那個“年月”。生逢亂世的王利發深受其害，但唐鐵嘴卻如魚得水，越混越好。唐鐵嘴說要“感謝這個年月”，而王利發卻叫苦不迭，富有時代意義的戲劇衝突體現在對話中。

兩個人物的性格特徵，也充分體現了時代的特點。王利發處事圓滑，從不得罪人。雖然對唐鐵嘴充滿鄙視，卻絲毫沒有直接表露出來，嘴上還是說：“什麼時候有了空房，我準給你留著！”相比之下，唐鐵嘴則傲慢無禮，得寸進尺。作者用人物性格的對比展示出一個顛倒黑白的時代人物的命運。

《茶館》中人物的時代特徵非常鮮明。用漫畫式的手法塑造人物形象，是不是很好的表現手法？將人物寫成時代的標識，會不會削弱人物形象的藝術價值？對一個藝術家來說，這些都是很嚴峻的問題。老舍成功地接受了這個挑戰，在體現人物時代性的同時，把每一個人物都塑造得豐滿而有血有肉。這也是《茶館》的藝術生命經久不衰的原因。

文學作品往往是時代和社會的反映，但不是所有的作品都有宏大的時代和歷史背景。《茶館》的成功得益於所描寫的獨特的時代和它所要呈現的時代歷史面貌。有這樣的時代，

《茶館》才有生存和成功的土壤，作者的時代意識才呈現得那樣自然，時代意識和藝術形象的結合才顯得那麼完整而無間。

1.2 延伸閱讀和思考

文學作品是否總是在體現時代和社會意義？選取一位自己熟悉的作家，研討其創作過程或者具體作品，思考時代特徵與藝術特色、個人經歷和歷史主題的聯繫。

作家和作品建議：白先勇《冬夜》（載於《台北人》）、賈平凹《祭父》。

1.3 總結

在這一小節中，我們研討了：

- 作品中人物的個人經歷和生活瑣事總是和歷史重大主題發生聯繫。
- 時代特徵可以在文學形象中得到最好的描述，同時可以增加文學的藝術價值和魅力。
- 在欣賞文學藝術作品時，文學形象、想象誇張的手法會把讀者帶入新的時空領域，在審美愉悅中達到對社會人生的認知。

1.4 作業練習

【論文】

在上面兩段選文中任選一段，和白先勇的《冬夜》或者賈平凹的《祭父》做比較，完成如下論文寫作。（可使用《冬夜》或《祭父》中的一個節選，不必使用全篇）

論文題：有人認為文學是認識社會的最佳途徑。用兩部作品的事例展開討論。

❷ "活化"歷史：余秋雨的《都江堰》

概念探究	創造　呈現
全球問題	藝術、創造和想象　科學、技術和環境

2.1 閱讀余秋雨《都江堰》，思考問題

❶ 沒有生命力的土木建築，為什麼會有人格特徵？

❷ 對歷史建築的描述，如何與現實世界的人生問題相互呼應？

❸ 文本如何呈現時空意識？時空意識如何帶出藝術魅力？

都江堰（節選）

余秋雨

我以為，中國歷史上最激動人心的工程不是長城，而是都江堰。

長城當然也非常偉大，不管孟姜女們如何痛哭流涕，站遠了看，這個苦難的民族竟用人力在野山荒漠間修了一條萬里屏障，為我們生存的星球留下了一種人類意志力的驕傲。長城到了八達嶺一帶已經沒有什麼味道，而在甘肅、陝西、山西、內蒙一帶，勁厲的寒風在時斷時續的頹壁殘垣間呼嘯，淡淡的夕照、荒涼的曠野溶成一氣，讓人全身心地投入對歷史、對歲月、對民族的巨大驚悸，感覺就深厚得多了。

……[39]

在當代中國文壇，余秋雨可以說是一位獨樹一幟的文學大家。他的散文有山川形勝的描繪，有遊記的特點；有歷史古蹟的探尋，又像是在記錄歷史；有人生哲理的思考，像是哲理小品文；又有生動的形象描寫和奇崛揮灑的想象，又是典型的文學作品。《文化苦旅》中的《都江堰》一文就有這樣的特點。

39 余秋雨：《都江堰》，選自《文化苦旅》，上海：東方出版中心，2001 年。

用文字來“活化”歷史陳跡，是余秋雨散文的突出特點。以這樣的方式，作者可以跨越時空，回到久遠的過去緬懷前人舊事，又可以回到今天，思考和探索過去的事在今天世界的意義。在文章的一開始，作者就明確表達了自己的觀點：“中國歷史上最激動人心的工程不是長城，而是都江堰”。從措辭上來看，作者是要展開討論，甚至是針對一種人們慣常的見解進行辯論。然而，“激動人心”四個字，就顯露出了不同：文章不是要在論證建築史上長城和都江堰孰優孰劣，哪個更是人間奇跡，而是要看哪個更能觸動人們的心，哪個和人們的生活更加息息相關。

文章雖然是在談古論今，但是“情”依然佔據顯著的分量。作者的重點並不是介紹都江堰和長城的歷史作用與建築方面的成就，而是在發掘歷史建築背後可能引發的情感。在作者的筆下，都江堰是一位默默付出、不求回報、不計聲名、造福百世的“母親”，相比之下，長城高大而威嚴，名聲顯赫，但是已經是舊日的陳跡，現代人很難會享受到它的恩澤。文章在談論歷史的時候，又不忘回到今天的社會。在文章的後半部分，作者用了大量筆墨講都江堰設計師李冰的故事。都江堰的品格和這位出身微賤卻不圖虛名、腳踏實地、以民生為本的官員何其相似。作者借古諷今，在對都江堰和李冰的讚揚之中表達對現實政局和官場的評價。

精妙的文筆為思考增加了色彩。余秋雨是文筆大家，在談及貌似古老而沉悶的歷史建築的時候，注入了靈動的文字。文章的第二段引入了大量的形象描繪：從傳說故事中的孟姜女，到“痛哭流涕”“野山荒漠”“頹壁殘垣”“淡淡的夕照”“荒涼的曠野”這些有濃重色調的文學描寫，抒情的成分已經撲面而來。從另一個方面來講，“八達嶺”“甘肅、陝西、山西、內蒙”這樣的專用名稱，仍然提醒讀者這是一篇要記錄真實、考據史料的文章。不同描繪、陳述的交匯，多種語言風格和措辭的平衡，使文章呈現出色彩斑駁的韻致，歷史的縱深在今人的視野中，散發著現代的氣息。

作者也沒有陷入史料堆砌和記錄之中。在講到秦始皇、諸葛亮、劉備等歷史顯赫人物的時候，在講到四川平原、抗日戰爭這些地理、歷史概念的時候，作者時時不忘將描寫和評述形象化、人格化。講到都江堰的水如何給人們帶來福祉和便利，作者選用的詞語是“輸送汩汩清流”“提供庇護和濡養”。作者善於體會物質世界的特徵，把情感的表達與精細而傳神的描繪結合起來：長城“突兀在外”，既符合長城外形特徵，又暗含了對長城的評價：長城過於張揚、倨傲；都江堰“細細浸潤、節節延伸”，既描繪了河流的曲折迴轉、綿延不絕的形態，“浸潤”和上文中的“濡養”又相呼應。

在修辭方面，作者更用到“灌溉了中華民族”這樣的詞語，誇張、借代顯而易見。文章第五段中的擬人法和比喻法也用得很精到：長城“擺出一副老資格等待人們的修繕”，但都江堰卻“卑處一隅”，其實長城還只是都江堰的“後輩”；都江堰“像一位絕不炫耀、毫無所求的鄉間母親”。文章也用精妙的修飾詞語增加藝術意味，“穩穩當當”“實實在在”就是實例。就算是對歷史地理問題做出評價，例如在比較長城和都江堰的不同的時候，作者也沒有用生硬古板的詞語，而是用了“遼闊的空間”和“邈遠的時間”這樣的表達。文學描寫和史實記述、地理介紹交合如契。

2.2 延伸閱讀和思考

溫習《都江堰》的寫作特點，閱讀西西的《店舖》，體會兩篇文章相類似的地方。

店舖（節選）

西西

那些古老而有趣的店舖，充滿傳奇的色彩，我們決定去看看它們。我們步過那些寬闊的玻璃窗櫥，裏面有光線柔和協調的照明，以及季節使它們不斷變更的陳設。然後，我們轉入曲折的小巷，在陌生但感覺親切的樓房底下到處找尋。

……

當大街上林立著百貨公司和超級市場，我們會從巨大玻璃的反映中看見一些古老而有趣、充滿民族色彩的店舖在逐漸消隱。那麼多的店：涼茶舖、雜貨店、理髮店、茶樓、舊書攤、棺材店、彈棉花的繡莊、切麵條的小食館、豆漿舖子，每一間店都是一個故事。這些店，只要細心去看，可以消磨許多個愉快的下午。如果有時間，我們希望能夠到每一條橫街去逛，就看每一間店，店內的每一個角落以及角落裏的每隻小碗，甚至碗上的一抹灰塵。灰塵也值得細心觀看。正如一位拉丁美洲的小說家這樣說過：萬物自有生命，只消喚醒它們的靈魂。[40]

2.3 總結

在這一小節中，我們研討了：

---

40 西西：《店舖》，“中學語文課文集”，https://sites.google.com/site/secchiart/zhong-si-wu/25-dian-pu---xi-xi，2019 年 8 月 9 日瀏覽。

- 創造總是基於客觀現實，但是又必須超脫於現實，進入想象中的時間和空間。
- 文學可以化平凡為神奇，為無生命之物注入藝術活力，把過去的歷史帶回到今天，在自然和人文之間建立橋樑。
- 藝術總是在關注社會問題，總是有價值評判，總是想要介入社會和人生話題。

2.4 作業練習

【文本分析】

分析西西《店舖》。

引導題：語言使用如何體現作者的寫作意圖？

3 時空視野：《突圍》的啟示

概念探究	觀點　呈現
全球問題	文化、身份和社區　政治、權力和公平正義

3.1 觀賞賈代騰飛《突圍》[41] 中的照片，思考問題

❶ 文本如何可以提供線索，讓讀者思考在不同時間和空間發生的事？

❷ 如何選取恰當的角度，發現常人忽略或極少關注的生活真實？

❸ 作家如何發揮藝術創造力，在個人生活瑣事中發掘時代和社會意義？

❹ 作家如何把握尺度，利用特定的風格和語調呈現生活細節的不同意蘊？

41 賈代騰飛：《突圍》，北京：中國攝影出版社，2017 年。

不要讓你的照片錯過這個時代（代自序）

賈代騰飛

對於拿相機的人來說，拍什麼，怎麼拍，就是莎士比亞寫下的 to be or not to be。就像有人喜歡記錄時代變遷，有人偏愛搜集小情緒，有人沉湎於飛禽走獸花花草草，既然我們選擇相機作為與世界對話的方式，就有屬於自己獨特的觀看之道，自然便沒有高低之分，雅俗之說。問題只是：你是否叩問過內心，那些照片真就發自肺腑喜歡，裏面可含有你對周遭的關照？

……

時間和人，組成了世間的一切故事。[42]

《突圍》是中國攝影家賈代騰飛的一部富有創意的作品集。攝影集的各個章節都關切到時代生活的一些重要的內容和場面。如作者在自序中所說，“不要讓你的照片錯過這個時代”，因為照片是為了記錄人世間的故事，同時更是為了表達對周圍世界的關注。藝術作品如何在不同的時空之間搭建橋樑，如何彌合時空距離，使得不同的作品能夠互相映照，作者和讀者得以相互交流，《突圍》是一個很好的範本。

作者善於選取恰當的角度，發現常人忽略或極少關注的生活真實。在現實生活中，每個人都在自己的小環境中生活和工作，外面世界發生什麼事，有意無意之間經常被忽略，處在社會下層的人士更是被邊緣化。賈代騰飛把自己的目光放在社會下層人物，追蹤他們的生活軌跡，記錄他們中間發生的事，將那個不熟悉的生活空間帶到聚光燈下，同時用藝術的形式展示給更多的人。在賈代騰飛的作品中，有街頭少年、普通市民、老年軍人、進城務工的農民、留守鄉村的兒童。他們每個人講述的故事，都是在主流媒體中不多見的。

作者把聚焦點放到在城市打工謀生的一代農村青年身上，以“流水線上的愛情”為線索，記錄他們生活的甘苦。這是一個別具匠心的嘗試。農民進城工作和生活，變化跨度之大，可想而知。作者慧眼獨具，要在這個群體中找到切入點。在作者看來，這些“農二代”走的是父輩走過的道路，由此城鄉之間的差距，社會地位的固化已經顯示出來。愛情和婚姻是人生的大事，而在不同時空領域，對愛情婚姻的理解卻有天壤之別。作者想要探究和表現的，是愛情婚姻這個“恆久的命題”如何在時空的糾葛之中呈現出不同的狀況。用照相機的鏡頭，作者想要展示這些被看作是進城打工者的一群人也有對愛情的追求、對美好婚姻生活的嚮往。

---

42 同注 41。

圖一（賈代騰飛先生提供）　　圖二（賈代騰飛先生提供）

圖一的主人公是一對恩愛夫妻，都在工廠工作，孩子已經兩歲。他們遲到的婚紗照可謂意味深長。照片的場景顯然是工廠的工作環境，主人公的腳下是工廠的產品。在暗淡的背景之下，光線打在人物和他們腳下的產品上，突顯出彼此的關係。雖說是婚紗照，但我們看到女主人的上身加了一件外套。因為時值冬季，工廠車間很冷。這個婚紗照可以說有頗多“缺憾”：沒有豪華佈景作裝飾，沒有秀美的風光為陪襯，連婚紗本身都穿得不夠標準，婚紗外面居然加了一件外套，因此構圖也不夠協調，甚至有些古怪，引人發笑。觀賞者多少會有一種“另類”的感受，而這種感受讓讀者跨越不同地域空間，認識到不熟悉的人物，了解他們的生活和處境。

《突圍》攝影集的另外一個章節，是“戰友等你六十年”。圖二畫面中的老人是中國抗美援朝戰爭中的一位老兵，是瀋陽抗美援朝烈士陵園的工作人員。2014 年 3 月，韓國政府將部分中國軍人的遺骸運送回國，安葬於烈士陵園。在靈車通過的時刻，攝影師抓拍到了這個特寫鏡頭。賈代騰飛回憶，他原本不知道老人的身世和經歷，只是憑借職業的判斷，感覺到這位從一早就在路邊等候的老人一定有很多故事。他抱著賭一下的想法，沒有在規定好了的記者採訪區拍攝標準畫面，而是特意關注這位老人[43]。果然，攝影師的鏡頭捕獲到一個最為珍貴的瞬間：老人挺直身軀，向當年獻身疆場的烈士致意，老人佈滿歲月滄桑的面容和凝重的神情，顯示出他性格的堅毅和對逝者的哀痛。在隨後的採訪中，攝影師了解到老人更多的經歷，印證了他的專業判斷。這幅攝影作品和背後採訪的故事，更說明藝術家的觀察和角度何等重要，藝術家如何能在日常生活中尋找到歷史的痕跡，將不會引人注目的普通人引入受眾的視野，讓大家感受到在不同地方發生的事，誘發對社會和人生的跨時空思考。從創造的角

43 “螢火演講：用照片講述生老病死：賈代騰飛眼中的這個時代”，http://www.sohu.com/a/302879639-171048，2019 年 6 月 12 日瀏覽。

度來講，“職業的判斷”也是攝影師天分和專業能力的體現。一個成功的藝術家，總是具有超常的直覺和判斷力，善於在細微之處發現不尋常的價值和意義。

圖三（賈代騰飛先生提供）

藝術家不只是讓我們看到原本不熟悉的人和事，更能體會到人性的魅力。在為農民工夫婦補拍攝婚紗照時，攝影師曾提出可以到影樓或戶外拍照，因為那裏有標準的設置和優美的風景，也可以在他們的工作環境拍照。當絕大多數人都選擇了工作場所時，攝影師被深深地打動了，他感受到這些年輕人對生活的自信和執著。從這一點來看，圖一可以給我們帶來不同的觀賞感受。如上所述，這幅照片有不協調之處，和標準的婚紗照有距離，但加了外套的婚紗更能展現他們的生活處境，以及他們面對人生的平常心和自信。與故作姿態、千篇一律的“標準”婚紗照相比，這幅更能展示出人性的厚度和光彩。從視覺效果上講，粉紫色的外套在清冷的背景之上增添了一分鮮亮，更映襯出夫妻恩愛，點明了愛情的主題。

在“流水線上的愛情”一節中，圖三也非常出彩。畫面中的夫妻也有一幅婚紗照，但這幅全家福更打動人心。和婚紗照一樣，全家福也是攝影作品中的一個類別，拍攝全家福也很講究環境和佈局，體現主人的生活情趣，更要展示家庭的幸福完美。在畫面中，全家三人正面端坐，擺出姿勢，顯然是全家福的標準樣式。然而，攝影師在選取場景和環境時卻別具匠心。我們看到的是一個老舊的房間，牆壁已褪色；房間兩面有窗，佈局似乎也不夠規範。但紗幕讓人有非同尋常的感覺。紗幕從屋頂垂下，佔據畫面大部分空間。紗幕帶出的輕柔、嫻雅的感覺，和老舊的房間形成反差，而反差給觀者帶來的應該是一種欽慕和感歎：家居生活雖然簡陋，但主人依然做出努力，讓生活充滿情趣和品味。劉禹錫筆下“斯是陋室，惟吾德馨”（劉禹錫《陋室銘》）的境界，在此可以顯示出來。蚊帳和紗幕材質類似，格調相互呼應。蚊帳粉紫色的框架又給畫面增加了溫馨的暖色，和兒子 T 恤的顏色相映。回看主人的神情，寧靜安詳，沒有故作笑容，也沒有一絲哀愁。對生活的信心、對體面和尊嚴的一份堅持，盡顯其中。“婚紗”和“紗帳”的質地與觀賞效果類似，前後出現，相互關聯，可謂意味深長：如果說婚紗代表了社會習俗，紗帳更多的是個人品味。畫面中紗帳鋪天蓋地，看上去有點誇張，但這正是攝影師刻意追求的表達效果。

表現普通人的生活，自然會觸及到社會話題。在這裏，觀點和角度也會體現在作品的風格上。雖然生活有不如意之處，有諸多遺憾和傷痛，但用何種襟懷去接納，用何種態度去應對，人們可以有不同的選擇。賈代騰飛雖然展示出生活的灰暗面，但他善於把這些細節放在更廣泛的地域空間、更深遠的時間跨度，探究其中不同的意義和哲理。藝術作品總是可以和生活保持距離，藝術的美會讓人對生活現實有不同的體會。在賈代騰飛的攝影作品中，疾病、痛苦和死亡是常見的題材。但藝術家運用光線、構圖等專業技巧，讓觀賞者看到現實生活的藝術折射，在藝術表達和生活真實之間達到平衡。視覺藝術有其獨特的優勢，能在同一個瞬間展示多個時間和空間發生的事，能借用各種細節誘發觀賞者跨越時空聯想。同時，雖然有簡單的文字配圖，但照片本身就是完整的作品，當沒有文字干擾的時候，圖片會給觀賞者留下更多的探究機會。攝影藝術家賈代騰飛得其真諦，成就卓著。

3.2 延伸觀賞和思考

觀賞法國攝影藝術家 JR 的作品，了解他的創作經歷和藝術理念，和賈代騰飛的《突圍》做比較分析。

作者介紹：JR 是一位法國攝影藝術家。他擅長拍攝人物肖像特寫，然後製作成巨幅照片，張貼在建築物上。JR 照片的主人公多為普通百姓，他更有意識地將社會熱點甚至敏感的話題用照片的形式展現出來，公諸世人。體恤社會邊緣群體、宣揚種族和諧，是 JR 作品中常見的主題。用他自己的話來說，他的作品是為了“讓不同的人交流溝通”[44]。他的名作“面對面，以色列和巴勒斯坦——雙胞胎的肖像”（2007 年）拍攝的是兩位出租車司機，他們分別是以色列和巴勒斯坦人，張貼在巴以隔離牆的兩側。從外表上，人們很難辨認他們的民族身份。JR 以此提醒人們，結束敵對狀態、和睦相處完全可以做到。

3.3 總結

在這一小節中，我們研討了：

- 關注社會邊緣群體，是藝術家的道義責任。
- 藝術家具有超常的直覺和判斷力，善於在平凡細微之處發現不尋常的意義。

44 “Ideas worth spreading”, https://www.ted.com/talks/jr_undocumented_lives_inside_out/transcript, 2019 年 8 月 9 日瀏覽。

- 藝術家把分散的生活場景聚合在一起，發掘跨越時代和空間的共同話題。
- 藝術家的觀點和視野會影響到作品的切入角度和表現風格。
- 藝術作品增進人與人之間的彼此了解，是跨時空溝通的橋樑。
- 藝術作品總是可以和生活保持距離，藝術的表達會讓人們對現實有不同的感受和體會。
- 觀賞者看到現實生活的藝術折射，在藝術表達和生活真實之間達到平衡。
- 虛構的藝術和真實生活同樣處在不同的空間區域；有品味和洞察力的觀賞者能發現彼此的區別和關聯，洞察其中奧秘。

3.4 作業練習

【個人口頭報告】

結合選文內容，體會社會價值取向、身份和跨社群交流、藝術表達方式出現的狀況，思考全球問題“文化、身份和社區”或“政治、權力和公平正義”，同時考慮到“觀點”和“呈現”兩個概念探究點，準備一份個人口頭報告。

4 新聞訪談：個人和時代

概念探究	身份　交流
全球問題	文化、身份和社區　信仰、價值觀和教育

4.1 閱讀《【見證】賈樟柯：它是我的時代，一直在吸引我》，思考問題

❶ 文章發表在哪裏？文章發表的平台和場合與文章的內容有什麼關係？

❷ 文章為什麼用“它是我的時代，一直在吸引我”為題目？

❸ 文章的意圖何在？在寫賈樟柯經歷的同時，文章想要說明什麼？

❹ 文章的交流目的，會如何影響表現手法？

《中國之聲》新聞縱橫

【見證】賈樟柯：它是我的時代，一直在吸引我（節選）

2018-07-04 07:16:00　來源：央廣網

央廣網北京7月4日消息（記者郭靜 白傑戈 岳旭輝）據中國之聲《新聞縱橫》報道，賈樟柯，1970年生於山西汾陽，1993年入讀北京電影學院文學系。1995年開始電影編導工作至今，多次在威尼斯、戛納、柏林等國際電影節獲獎，被視作中國"第六代"導演的代表人物之一。在職業生涯起起落落間，他的作品一直著力展現社會變遷中不同個體的命運和情感，被認為是"理解中國的一種特殊方式"。

"你要說'見證者'，我確實比較合適，因為改革開放（開始那年）我8歲，到現在40年，我48歲，貫穿了我整個成長過程。作為一個中國人，確實是在這個變革中生活的……"賈樟柯說。

……[45]

一篇文章總是在一定的時代和社會環境下寫出來的。無論內容如何，時代和社會環境的影子一定會存留下來。有些時候，時代色彩會在文本中留下鮮明的印記。

我們先來看文章的作者和發表的平台。文章是一篇採訪，登載於中國中央電視台的官方網站，時間是中國改革開放政策實施三十年之後的2018年。中央電視台是中國的官方新聞機構。在這個特定的時期，電視台在新聞報道中展示改革開放政策給社會帶來的正面積極的變化。

文體形式與內容的選擇和交流目的有莫大的關係。文章基於人物專訪，本來在電台播出，後來加工為文字稿。人物專訪的形式最接近人物的真實存在，聽眾或讀者更有親歷感。採訪對象是影視界名人導演賈樟柯，有關他的節目自然會引起很多的關注；名人的故事也會更有說服力，讓人們對改革開放的功績有更深切的感受，加上訪談給受訪者直接講話的機會，文章的交流目的實現也更為順暢。

一篇人物訪談要訴諸形象才能成功。雖然文章有明確的交流目的，但是個人生活的細節

45 張瀟禕：《【見證】賈樟柯：它是我的時代，一直在吸引我》，央廣網（2018年7月4日），http://china.cnr.cn/yaowen/20180704/t20180704_524290367.shtml，2019年8月9日瀏覽。

依然真切可感。訪談從個人生活入手，寫到很多瑣碎的小事，受訪者賈樟柯的童年少年經歷呼之欲出。作為電台訪談節目，當賈樟柯親自講述自己童年少年的生活，娓娓道來，聽眾更有一份真切的感受。在講到小學一年級難忘的飢餓感時，無論是否有同樣的經歷，聽眾都會有如臨其境的感覺。

不過，訪談的目的不僅是講個人的故事，而是讓聽眾感受到環境會給個人帶來什麼正面的變化。個人生活細節不是獨立存在的。在講到飢餓感的時候，聽眾很容易會察覺到，訪談的重點是"這種感覺到 80 年代初很快就消失了"。改革開放給中國帶來了變化，飢餓變成了過去的回憶。講到洗衣機的時候，突出的是如"科幻電影"一樣"遙不可及"的對象，在三四年之間就"鋪天蓋地"。媽媽手洗衣服的辛苦在改革新潮中不復存在。

第一人稱在訪談中使用最為有效。訪談借用賈樟柯第一人稱講述命題："它是我的時代，一直在吸引我"，傳達的信息更加準確無誤。而"沒有市場經濟，就沒有我們這些導演"更是一個明確的判斷。文章給受眾帶來強烈的時代意識。而且，當時代意識體現在人物故事敘述、鮮明的細節刻畫之時，時代意識更加鮮明，表達效果更加充滿魅力。在文章中，"市場經濟""變革""成功人的夢想"這一類的詞語和受訪者的個人經歷時時相隨，個人和時代的密切關聯無可非議。

不過，一篇文章是否帶有時空印記，在不同的時代和地域會有所不同。在當今中國的政治環境之下，無論從官方還是從個人的角度來看，個人和社會大環境都有更加密切的關聯。在歷史上，每當時代發生巨變，個人經歷的時代意義就總是被突顯出來。不過，如果是在一個相對平靜的時代，人們的生活也不會那樣激情洋溢，時代的痕跡也會較為模糊。在一個官方政治色彩不是非常強烈的地方，官方的宣傳推廣、表彰政績也不會成為主流。類似賈樟柯這樣的演藝界人士，通常會遠離官方媒體以顯示自己的特點，他們個人的經歷也會和社會大潮隔開一段距離。

4.2 延伸閱讀和思考

閱讀《LGBT 過時了，SOGI 來了！》，討論：

❶ 價值觀和好惡評判是否具有文化特點和地域特徵，是否可以顯現出時代的發展變化？

❷ 交流平台和場合如何會影響到內容、觀點和情感以及角度、措辭和語氣？

LGBT 過時了，SOGI 來了！（節選）

閆肖鋒

本文首發於總第 875 期《中國新聞週刊》

“你知道嗎，你本來可以是女孩的。”老師對一位男同學說。孩子回家一說，家長立馬炸了：“這不是明擺著誘導我家孩子嗎？！”這是我從一位加拿大華人家長那裏聽來的故事。

……

這讓我感到，這些孩子們對於“多性別認同”可能還懵懵懂懂，但對平等意識卻是一清二楚的。所以，今後咱們送孩子留學，什麼名校什麼排名不論，你先足夠 open 再說吧。[46]

4.3 總結

在這一小節中，我們研討了：

- 文本的交流平台也是一種空間，在不同的平台之上，文本可以展示不同空間的內容和主題，適應不同的交流目的。
- 個人身份意識和價值評判與時代和社會的大趨勢密切相關，文本中的個人表達總是呈現在時代社會的大環境中才有意義。
- 網絡新媒體有獨特的交流方式和語言特點，可以更自由地表達不同理念和情感。

4.4 作業練習

【文本分析】

分析《LGBT 過時了，SOGI 來了！》。

引導題：作者的價值取向如何在特定的交流平台上呈現出來？

46 閆肖鋒：《LGBT 過時了，SOGI 來了！》，https://mp.weixin.qq.com/s/0SvYkYXJOjM7sayoyEaT3w，2019 年 8 月 9 日瀏覽。

第 10 章　跨越時空

1　文本再創造：從《木蘭辭》到《花木蘭》

《木蘭辭》是中國南北朝時期的一首敘事民歌，記敘了女子花木蘭為了代父從軍，女扮男裝，最終建立功業，凱旋而歸，皇帝冊封官職，花木蘭不求功名，謝官回鄉，重著女兒裝，回到以前的生活的經歷。《木蘭辭》充滿傳奇色彩，在中國民間廣為流傳。

木蘭辭

唧唧復唧唧，木蘭當戶織。不聞機杼聲，惟聞女歎息。問女何所思，問女何所憶。女亦無所思，女亦無所憶。昨夜見軍帖，可汗大點兵，軍書十二卷，卷卷有爺名。阿爺無大兒，木蘭無長兄，願為市鞍馬，從此替爺征。東市買駿馬，西市買鞍韉，南市買轡頭，北市買長鞭。旦辭爺娘去，暮宿黃河邊，不聞爺娘喚女聲，但聞黃河流水鳴濺濺。旦辭黃河去，暮至黑山頭，不聞爺娘喚女聲，但聞燕山胡騎鳴啾啾。萬里赴戎機，關山度若飛。朔氣傳金柝，寒光照鐵衣。將軍百戰死，壯士十年歸。歸來見天子，天子坐明堂。策勳十二轉，賞賜百千強。可汗問所欲，木蘭不用尚書郎，願馳千里足，送兒還故鄉。爺娘聞女來，出郭相扶將；阿姊聞妹來，當戶理紅妝；小弟聞姊來，磨刀霍霍向豬羊。開我東閣門，坐我西閣床，脫我戰時袍，著我舊時裳。當窗理雲鬢，對鏡帖花黃。出門看火伴，火伴皆驚忙：同行十二年，不知木蘭是女郎。雄兔腳撲朔，雌兔眼迷離；雙兔傍地走，安能辨我是雄雌？

1998 年，美國好萊塢推出動畫片《花木蘭》（*Mulan*）。影片基於《木蘭辭》中的故事線索，但從西方文化和現代社會意識的視角出發，加入了新的內容，同時也使用了新的手法。從《木蘭辭》到《花木蘭》，是一個跨時空的文化和文學現象，很有趣，同時也值得探討。

1.1 研讀《木蘭辭》，觀賞電影《花木蘭》，思考問題

❶ 從《木蘭辭》到《花木蘭》，花木蘭的故事發生了什麼變化？

❷ 時過境遷，人們是否應該對故事原型重新解讀，再創造？

❸ 民歌傳誦、文人書寫、商業運作之不同因素，如何會影響到作品的內容和表現手法？

從電影《花木蘭》看中西文化差異（節選）

Noodles

美國迪士尼動畫電影《花木蘭》中對花木蘭和整個英雄事跡進行了另外一種詮釋，以西方人的視角。

《木蘭辭》中突出的是中華文化一直推崇的"孝"，"百善孝為先"的觀念使花放棄女性的身份，扮演一名保家衛國的熱血男兒。而電影《花木蘭》中，除為了解救困境中的父親外，更加突出的是花自我意識，這是一種西方的觀念。[47]

《花木蘭》動畫片觀後感（節選）

中國人是非常推崇花木蘭的英雄實事跡的，有趣的是在中國花木蘭沒有延續自己抗擊匈奴的符號意義，卻成了最古典式的女性主義。

……

好萊塢的一大好處就是把花木蘭真正"女性化"了，無論是小朋友還是世界範圍內

47 Noodles：《從電影〈花木蘭〉看中西文化差異》，"豆瓣電影"，https://movie.douban.com/review/9359804/，2019年8月9日瀏覽。

的大齡觀眾門（按：們）都覺得親切可人，可見感情戲是美國好萊塢不可或缺的一個組成部分，個中反映出美國派對人性的態度：每個人都是充滿了感情的——無論她是不是英雄。

導演只是托了中國故事的衣缽向全世界的小朋友獻上他們一貫的大禮——享受愉快的電影過程，我想，再學究的老先生都不會和這部動畫片過意不去，它實在是太討巧了，小朋友們喜歡，還能怎麼樣呢？真的不是給上了年齡的人準備的。

……

從販賣中國魅力的角度來說，美國人確實給我們打開了一扇窗戶——我們怎樣去表達我的的（按：刪“的”）典藏並被人喜歡呢？…… 這是一個淺閱讀的時代，逗大家開心就好，……

……

這就是把經典交給迪斯尼的好處，他門（按：們）有各種各樣的方法來闡釋一古老的故事，他們建立起了一個和中國完全不同的木蘭世界，或許，這個版本比我們的更出名，……[48]

《木蘭辭》和《花木蘭》都是膾炙人口的藝術作品。雖然前後承襲，但不是簡單的模仿和複製。兩部作品的內容有相同之處，也有很大的不同。

在原作《木蘭辭》中，“替父充軍”是故事的的主要內容。“阿爺無大兒，木蘭無長兄，願為市鞍馬，從此替爺征”是木蘭出征的動機，展示出她擔當責任，為父親和國家分憂。出征之後，“爺娘”的呼喚聲表示木蘭對父母無時無刻的牽掛。戰事結束，木蘭“願馳千里足，送兒還故鄉”，回到父母親人的身邊是木蘭的願望。電影《花木蘭》中繼承了這條主線。木蘭時時把家族的榮譽放在心中。電影也增加了木須這個可愛的形象，他是家族祖先派來保佑木蘭的，這體現了中國文化中難捨的親情、強烈的家族意識。

不過，電影和原作中的木蘭已經有很大的區別。在原作中，木蘭雖然也是有強烈的責任心，但看上去是比較被動的，她本來是一個當戶織紡的女子，像很多別的女孩子一樣，只是戰事突發，擔心父親無力出征，才想到要擔當這一份責任。回家之後，木蘭“當窗理雲鬢，對鏡帖花黃”，完全回到了過去的樣子。而電影中的木蘭不只是一個承擔家庭責任的家族成員，更是一位張揚個性的女子。在電影中，木蘭從來就不是一個標準的“乖乖女”，雖然她

48 佚名：《〈花木蘭〉動畫片觀後感》，“百度知道”，https://zhidao.baidu.com/question/94982137.html?qbl=relate_question_0&word=%A1%B6%BB%A8%C4%BE%CCm%A1%B7%EB%8A%D3%B0%D3%B0%D4u，2019 年 8 月 9 日瀏覽。

也聽父母的話，努力按照女孩子的規矩做事，但總是做得不到位，還出了不少笑話。另一方面，她卻頑皮好動，更像一個男孩子，騎馬很拿手，這為後來她從軍參戰埋下伏筆。電影更加突出了木蘭積極主動的參戰的意識。木蘭從軍，其實是她性格的必然結局。由此可見，在原作傳達的傳統忠孝主題之上，電影更添加了女性自強和個性獨立的意識。

在個人功名和家族義務之間，在完成使命、承擔責任和追求個人理想之間，電影和原作中的木蘭也有不同的取捨。原作中的木蘭只是想要回到父母身邊，"脫我戰時袍，著我舊時裳"，而電影中卻增加了一份愛情故事：木蘭和李翔相愛，最終結為連理。這個西方式現代化的結局顯然走的是英雄美女、王子公主的故事套路，看上去確實比較突兀，但突顯了追求個人幸福的意義。在電影中，皇帝的角色不只是增加了很多色彩，也有了些變化。皇帝不再是高高在上的君王，也是一位充滿人情味的長者；他不只是履行封爵行賞的職責，也提醒李翔不要錯過像木蘭這樣的好女孩，話語中充滿了幽默和溫情。

原作《木蘭辭》和電影改編《花木蘭》出自不同的語境，內容當然會有很大的不同。在不同的時空之中，人們可以對故事原型做出自己的詮釋和再創造。作為西方社會電影藝術的中心，好萊塢製作集中體現了西方文化習俗、價值觀念、審美習慣和藝術傳承，這些都會在改寫和再創造中留下痕跡。從價值觀念來講，個人價值、個人英雄主義乃至性別平等的意識，都是現在好萊塢文化所推崇和熱衷傳達的。在花木蘭的原版故事中，這些特點顯然不具備或者絲毫不明顯。不過，從另一個角度來看，跨時空的價值觀念依然存在。女性的能力和價值，是古今中外的文學作品中都涉及到的。《木蘭辭》的故事之所以有經久不衰的生命力，也說明即使是在一千多年來封閉的中國社會，人們也有一種強烈的期望去肯定和張揚女性的力量。在這個意義上，人類共同的價值觀念孕育出相同的文學母題和跨文學的文學經典。雖然處理略有差異，依然可以產生跨時空的共鳴。

時空不同，也體現在寫作手法、交流手段和受眾所向不同。

作品的語言風格已經留下歲月的痕跡。我們現在可以讀到的《木蘭辭》，本來已經是民間傳唱和文人寫作的結合體。在詩中，有很多口語式的文字，如"問女何所思，問女何所憶。女亦無所思，女亦無所憶"，有濃郁的民俗文學色彩。另一方面，類似"萬里赴戎機，關山度若飛。朔氣傳金柝，寒光照鐵衣"這樣的詩句，卻有非常鮮明的文人寫作的痕跡，在《木蘭辭》全文中，這樣的用詞工整、意境考究的詩句，看上去和民歌的基調也不太合拍。可見，在歷史的長河中，閱讀、寫作已經是一個不可分割的整體，每個人都有機會留下自己的印記。

電影是現代的藝術表達形式。用電影的形式傳達同樣的內容和主題，顯然會有顯著的特點。首先，電影時間長，在內容方面可以有更多的容納。電影表現形式多樣，可以從不同的側面描寫人物性格，呈現逼真的細節。其次，在當今時代，電影和商業行為不可分開。如何迎合觀眾的口味，既能在美國本土打開票房市場，也能受到故事原型所在地中國觀眾的認可，《花木蘭》的製作和導演顯然費了一點心思。在電影中，我們時時可以看到"中國元素"，人物的容貌、服飾、周邊環境、器物用具，乃至禮俗，都可以品嚐到中國味。但是，我們又能感覺到這些中國元素都經過西方視角處理和過濾，其中滲透著濃厚的好萊塢電影風格。電影中的形象諸如木須、蟋蟀，也是移植了西方童話形象設定的一些模式，在中國文學中並無先例。

受眾也會影響到作品的內容，如何鎖定受眾，迎合和影響受眾的需求，也是很有講究的。在歷史上，木蘭的故事本源於民歌，木蘭是民間文學傳唱的女豪傑，體現民眾樸素的願望，以及對奇情故事曲折多變的熱衷。"出門看火伴，火伴皆驚忙：同行十二年，不知木蘭是女郎"應該是《木蘭辭》的一個小高潮，故事情節生動、起伏，非常有可讀性。經過文人加工之後，木蘭的故事慢慢加入了家庭倫理觀念。在現在中國，《木蘭辭》是中小學教材中必備篇目，除了語言優美、文白夾雜、具有文學價值之外，木蘭的故事可以用來教育少年兒童如何孝敬父母，樹立志向。而在好萊塢的《花木蘭》中，木蘭的設計者更多是為了追求娛樂效果，搞笑噱頭比比皆是，場面也儘量做得誇張而具有視覺衝擊力，中國傳統文化中嚴肅認真的一面被沖淡和消解，取而代之的是流行文化中的幽默風趣。

電影《花木蘭》劇情介紹

出身於古老中國家庭的花木蘭，自小便是個聰明伶俐，志氣高昂的女孩，雖然她一心一意想要父母為她這個女兒感到驕傲，但似乎常常弄巧成拙，令她自己傷心不已。當她得知年邁的父親將被徵召入伍，以對抗日漸入侵的匈奴時，花木蘭不禁為父親的安危感到憂心，突生的勇氣促使木蘭決定告別家鄉，女扮男裝"代父從軍"，就像是得到祖先們的庇蔭般，由被排斥到接受，就在花木蘭的軍人生活漸入佳境時，她女扮男裝的身份被揭穿了，她與木須被拋棄在冰天雪地的邊疆，即使在如此惡劣的情勢之下，木蘭都沒有放棄對抗挫折的勇氣，但是原想要為家人帶來驕傲的花木蘭，要如何回到中原，並證明自己的一片心意？而瞞騙父母出征，欺騙長官從軍的欺君之罪，又要會讓花木蘭如何面對自己的家人呢？[49]

49 電影《花木蘭》劇情介紹，http://www.1905.com/mdb/film/1925540/scenario/，2019 年 8 月 9 日瀏覽。

語文教學設計《木蘭辭》（節選）

德育滲透點：培養學生的愛國主義情操。學習古代勞動人民保家衛國的熱情。

教學重點：講析木蘭的形象為什麼千百年來受到人們的喜愛，以致家喻戶曉？這一點主要通過講清木蘭替父從軍的“孝”和保家衛國的“忠”。兩種精神讓學生體會。[50]

1.2 作業練習

【口頭陳述】

尋找《木蘭辭》衍生的、或者和《木蘭辭》有關的非文學作品，例如電影、電視劇、漫畫、歌曲等，選擇一個全球問題“文化、身份和社區”或者“藝術、創造和想象”，準備一個口頭陳述。

要求：口頭陳述必須體現《木蘭辭》原作和相關其他作品的關聯，在兩者之間做出比較。

思考導引

文化、身份和社區：

- 文化身份意識是固定的，還是常常在變動之中？
- 理解舊時代的文學作品，是否必須按照一定的格式？
- 對舊時代文學作品的詮釋，是否必須符合一定的道德和功利目的？
- 在何種程度上，人們可以跨越前人的限制，對前人的文學和作品做出自己的詮釋和再創造？
- 文學和文化遺產是全人類的，還是只能為一種文化所獨有？
- 受眾群體是固定的，還是可以根據目的和需要做出選擇？

藝術、創造和想象：

- 文學和非文學的表現手法各有什麼特點？
- 文學和非文學的表現手法有沒有優劣之分？

50 語文教學設計《木蘭辭》，https://wenku.baidu.com/view/47cc3099172ded630b1cb67b.html，2019 年 8 月 9 日瀏覽。

- 時間推移，社會環境發生變化，會如何影響到表現手法的選擇和更新？
- 如果選擇不同的受眾，是不是就應該使用不同的表現手法？

2 藝術和人生：龍應台的《如果》

概念探究	創造　轉化
全球問題	信仰、價值觀和教育　藝術、創造和想象

2.1 閱讀龍應台《如果》，思考問題

❶ 不同時間和空間交錯重迭，在現實生活中沒有可能，但在藝術中可以實現。作者如何設計跨越時空的故事情節，引導讀者進入不同的情境？

❷ 選用恰當的詞語可以起到畫龍點睛的效果。文章中的詞語如何有助於呈現主題和作者的思考？

如果（節選）

龍應台

……

我不敢看他，因為即使是眼角餘光瞥見他頹然的背影，我都無法遏止地想起自己的父親。父親離開三年了，我在想，如果，如果再給我一次機會，僅僅是一次機會，讓我再度陪他返鄉——我會做什麼？

我會陪著他坐飛機，一路牽著他瘦弱的手。我會一路聽他說話，不厭煩。……

……

當飛機“砰”一聲觸到了長沙的土地，當飛機還在滑行，我會轉過身來，親吻他的額頭——連他的額頭都布滿了老人黑斑，我會親吻他的額頭，用我此生最溫柔的聲音，附在他耳邊跟他說：

"爸爸，你到家了。"

"砰"的一聲，飛機真的著陸了，這是香港赤鱲角機場。我的報紙，在降落的傾斜中散落一地。機艙仍在滑行，左前方那位老伯伯突然顫巍巍站了起來，我聽見空服員惱怒而凌厲的聲音："坐下，坐下，你坐下！還沒到你急什麼！" [51]

《如果》寫到的是一個跨越時空的故事。故事展開的時代背景，是台灣和中國大陸來往斷絕多年之後，台灣老兵終於獲得機會回到家鄉探望的一段歷史。

作者在旅行中遇到的一位神情呆滯、步履蹣跚的老伯。從外形上看，這位老伯為軍人出身，像是要踏上回家的路，回到闊別多年的遠在中國大陸的故鄉。看到這一位老伯，作者不由得想起了自己的父親。想到父親和老伯同樣的經歷。回想到自己沒有體貼和關心父親，作者心中無限愧疚。在飛行途中，她開始構想如果有機會，她一定彌補以前的過失。但正在這個時候飛機降落了。作者回到現實生活中，剛才一番對將來的構想就此結束。

文章寫到了過去、現在和將來，而文章的精彩之處，就是模糊了這三個時間的界限。作者這樣做用心良苦。作者用"如果"為文章命名，意圖也在於此。"如果"說的是一種可能性，意味著一種可能發生但未必一定要發生的事，或者說是想象期待中要發生的事，但在實際生活中只是一片泡影。把文章橫向切開，會看到過去、現在和將來的故事如此展開：

過去沒有發生的事，造成深深的遺憾。"我"的父親歷經戰亂，經歷波折，想對自己的女兒講述自己的故事，但"我"沒有在意，不去理會。見到眼前孤獨的老人，"我"想到了以前被遺忘冷落的父親，內心充滿愧疚。

現在的"我"想要彌補這個遺憾。看到這位老伯，"我"心中有一份衝動，要彌補自己的過失。在想象中，老伯化身為父親，眼前老伯的一舉一動都有當年父親的影子。老伯的形象和父親的故事交迭，恍惚中，"我"像是在機艙內外幫助眼前的老伯，又像是在回想過去，如果有機會我如何用另一種方式對待父親。但現在的"我"只是在設想我可能會做這樣或那樣的事去幫助老伯，沒有真正去做。更明顯的是，機艙內所有的人都沒有幫助老伯的意願，反而覺得他礙手礙腳，給大家帶來不便。"我"和機艙眾人沒有分別。

現在做不到的，將來也沒有機會。飛機落地，所有的設想和期望只是幻夢，"如果"只是假設，如果的事永遠不會發生，我也不"會"、也不需要做任何事。

在文章中，過去、現在和將來並不是這麼分明。作者用了虛實相間的手法，將三個時間

51 龍應台：《如果》，選自《目送》，香港：天地圖書，2008 年。

連在一起。按理說，過去、現在和將來三個不同的時間段應該是前後銜接的，但是在文中卻是疊加在一起，並行發展。例如，當“我”說到“我”會扶著老人過安全檢查時，讀者可以理解為“我”打算再次和父親旅行時這樣做，可以理解為“我”打算下機之後為老伯這樣做，也可以理解為下機之後過安檢之時，親眼看到老人得不到幫助反而受人冷落，“我”只是旁觀。第一種解釋是比較“實”的，確實可能是“我”心中所想，第二種就有一點在“虛實之間”的意味，因為在文中沒有說到，而第三種是最“虛”的。然而從全文主題來看，最後一種理解是最合理的。雖然當時飛機還沒有落地，這種解釋不符合時間的順序，但是這種解釋更加呈現了“我”只是空想卻沒有作為。

文中兩次寫到飛機著陸，意味深長。飛機著陸長沙，是我的想象和期待，是“我”了結陪同父親回家鄉的心願，令人欣慰。但是當讀者讀到第二次“飛機真的著陸”了的時候，不免會有不適感。伴隨著“空服員惱怒而凌厲的聲音”，第二次著陸的感覺並不美好，但第二次著陸卻是“真的”。兩次著陸連在一起，讓讀者感受到理想如何脆弱虛幻，現實如何地冷酷。

和文章的主題相配合，文章的結構規劃也呼應這個時間框架。文章主體線索落在文中寫到的“如果……我會”，還有後面隱含的“既然……也就”。具體來說就是：如果有機會，我會關心和體諒老人家；但是既然沒有機會，也就不必做了。文章結尾的精彩之處，就是點明了“既然”和“也就”，呼應前面的“如果”和“我會”。飛機砰然落地，加上空服員對老人“惱怒而凌厲的聲音”，打破一個幻夢，帶出諷刺和批判的意味。

文章中的“我”其實不只是一個人，而是一代人的集合體。表面上，我和乘客、空服員不同，對老一輩有很多同情和關愛。但是實際上，我和他們沒有兩樣。他們沒有做到的，“我”也完全做不到。作者在這裏又展開了一個跨時空的思考：這一代人如何自負而自私，老一輩人無法得到他們絲毫關愛和體諒，只有孤獨終老。

作者寫出在不同時間和空間發生的事情，藉此引導讀者理解另一個時代，介入生活，呈現對本地和全球性問題的關注和思考。

2.2 延伸閱讀和思考

閱讀白先勇《金大班的最後一夜》。在小說中，作者會在一個段落中引入不同事件發生的事，用不同身份的人從不同角度講話，使用不同的語氣，造成時空穿插的效果。仔細閱讀小說節選，用下面的問題為線索，分析小說。

❶ 在小說選段中，能分辨出幾個不同的時間和場景，能聽到幾個不同的聲音？

❷ 小說選段講了幾個人的故事？彼此有什麼關聯？有幾種不同的語氣和角度在其中？

❸ 小說中的人稱有哪些變化？作者使用了哪些不同的敘事角度？效果如何？

❹ 跨越現實世界和心理空間的時候，小說有哪些留空之處，讓讀者在閱讀的過程中補齊？

作品和選段介紹：《金大班的最後一夜》選自白先勇的短篇小說集《台北人》。故事發生在台北的一間舞廳，主人公金兆麗是舞廳的領班。二十多年前，金兆麗在上海做舞女時，結識官家公子月如，二人發生戀情，金兆麗懷孕。但由於社會地位懸殊，月如的父親強迫二人離散，媽媽也勸她墮胎，說她身為舞女，帶一個沒有父親的孩子無法生存。金兆麗不忍，想留下自己的骨肉，但是媽媽暗中設計，把她的孩子打了下來。多年之後，作為舞場大班的金兆麗自己也目睹了類似的事。她一手培養起來的舞女朱鳳和一位香港公子相戀而懷孕，也面臨同樣的抉擇。金大班用嚴辭斥責羞辱朱鳳，讓朱鳳墮胎，但朱鳳執意不允。此時，金兆麗不由自主地想到了自己的過去。

金大班的最後一夜（節選）

白先勇

……

金大班暗暗歎息道，要是這個小婊子真的愛上了那個小王八，那就沒法了。這起還沒嘗過人生三昧的小娼婦們，憑你說爛了舌頭，她們未必聽得入耳。連她自己那一次呢，她替月如懷了孕，姆媽和阿哥一個人揪住她一隻膀子，要把她扛出去打胎。她捧住肚子滿地打滾，對他們搶天呼地的哭道：要除掉她肚子裏那塊肉嗎？除非先拿條繩子來把她勒死。姆媽好狠心，到底在麵裏暗下了一把藥，把個已經成了形的男胎給打了下來。

……

"拿去吧，"金大班把右手無名指上一隻一克拉半的火油大鑽戒卸了下來，擲到了朱鳳懷裏，"值得五百美金，夠你和你肚子裏那個小孽種過個一年半載的了。生了下來，你也不必回到這個地方來。這口飯，不是你吃得下的。"[52]

52 白先勇：《金大班的最後一夜》，選自《台北人》，台北：爾雅叢書，2008 年。

2.3 總結

在這一小節中，我們研討了：

- 在時空穿插之中，創作和接受者可以更清晰地審視自己和他人，對社會和人生會有更深切的洞察。
- 在創作中展示跨時空的意識，會給作品增加奇幻的色彩，給藝術形象增加魅力。
- 修辭手法的使用和詞語的精細選擇，有助於展示藝術形象的細微之處，呈現多層次多面向的意蘊。

2.4 作業練習

【論文】

根據上面《如果》和《金大班的最後一夜》兩段選文，就如下的論文題展開討論。

論文題：時空交錯的表現手法如何有助於強化文學作品的主題？

3 人生品味：老樹畫境

概念探究	文化　呈現
全球問題	文化、身份和社區　藝術、創造和想象

老樹的詩內容豐富，視角獨特，形式自由，既有傳統文人士大夫的高雅情趣，又有市民群眾的喜怒哀樂；語言通俗，不講套話、空話、假話，成功地將傳統精英文化中佛儒道三家的主體精神和市民階層的衣食住行結合起來，進而引發人們的情感共鳴。[53]

53 冉耀斌：《"老樹畫畫"走紅的文化現象探析》，光明網（2018 年 10 月 30 日），http://wenyi.gmw.cn/2018-10/31/content_31809032.htm，2019 年 8 月 9 日瀏覽。

3.1 觀賞老樹畫作《週末心情複雜》和《當年備戰備荒》，思考問題

❶ 畫作描繪出哪些人的生活情景？他們身處什麼時代，在哪裏生活？

❷ 哪些舊時代的元素（內容和技巧），可以在畫中看出來？新時代的特點又有哪些？

❸ 畫作是不是描繪出不同地方發生的事？

❹ 畫家如何做出跨越時空的思考？這樣的思考有什麼意義？

有人說，繪畫藝術是超越時空的；面對同樣一幅畫作，任何時代和文化背景的人都能有所感受，甚至產生共鳴。雖然如此，繪畫藝術的語言、內容和主題呈現依然有特定時代和地緣的特點，而藝術家在時空領域之內穿梭來往，藝術想象和創造力由此得到發揮。老樹是一位很有特色的畫家。他的畫作形式近似漫畫，內容多為生活情趣，人生感喟，如同小品散文。從畫技筆法而言，老樹多用水墨畫技法，畫境典雅。畫作常配詩，更讓人感覺到是中國畫的傳統風韻。

畫家對藝術形式的探索體現出他的時空意識。老樹鍾情水墨畫，但是畫作的構圖卻突破了傳統水墨畫的慣用法。在《週末心情複雜》這幅畫中，人伏在大鳥身上飛行，有漫畫中常見的諧趣和隨意性。老樹的畫有鮮明時代痕跡，也展示了畫家跨時空的思考。“大鳥”的形象很可能來自莊子《逍遙遊》中的鯤鵬，而“御大鳥以赴遠”同樣來自《逍遙遊》中“御風而行”的神奇境界。如果說“御大鳥”在古代還是幻想中的事，在今天航空時代已經完全成為現

《週末心情複雜》（老樹先生提供）

《當年備戰備荒》（老樹先生提供）

實。老樹的畫中有古代傳說，同時也有現代生活實景，從古人的幻想引出現在人的生活，好像是在不經意之間，過渡非常自然。更有意義的是，畫家在探究現在生活和過去的不同，古人浪漫無羈的幻想和如今人類局促的生存狀況的差異。“御大鳥以赴遠”古人和今人都有，但“週一還上班”卻是在今天社會才可能發生的事。時間的距離構成反差，在詼諧幽默之中，畫作帶入了現代人生活受到拘束、缺乏自由空間的悲愴和無奈。

老樹的詼諧中有許多生活睿智，這種睿智有很多歷史的積澱。在《當年備戰備荒》這幅畫中，“備戰備荒”的說法為中國文化大革命時代人們所熟知，是當時至高無上的政治理念。但時過境遷之後，這個說法已經失去政治上的威嚴，而老樹把它拿來表達一種“小確幸”式的生活智慧。一個正經嚴肅的關乎國計民生的政治口號變成了小市民的生存技巧，這個反差體現了作者的獨到思考。畫中形象是一隻老鼠，外形讓人聯想到一位足智多謀的長者，而詩中的“經驗一定牢記，此生真是無常”又提示這位老者飽經風霜的過去。畫作體現了歷史的縱深感。

上述作品畫面構圖精彩，色彩設計考究。老鼠長者背對觀者，眼睛微合，儀態沉著冷靜，既不張揚浮誇，又胸有成竹，顯示出家長風範；配詩字形特點鮮明，無法歸到一個“規範”的字體之列，但是質樸而古拙，愚鈍中帶出智能，顯示出頑強和自信。老樹配詩的字體大多如此，形成老樹畫風的一個鮮明特點。老樹描畫現今時代的事，都市人的生活又是他的主要題材，但他故意要帶出一點鄉野之風，有意和都市生活保持一定距離，這個空間分寸的把握可以說是恰如其分，準確而有效地顯示出作者的意圖，而老樹的畫作之所以受到歡迎，中老年人士對老樹畫韻心領神會，原因在此。

3.2 延伸觀賞和思考

觀賞豐子愷的《都市奇觀》[54]，根據畫面內容、構圖佈局和文字，分析作者如何展現自己對時空變化的思考。

3.3 總結

在這一小節中，我們研討了：

- 文本展示出的時代畫面，會增加對那個時代和社會的認知。
- 文本展示不同時代和地域發生的事，更有歷史的縱深感，更有藝術魅力。
- 詼諧幽默的情調更適合表達對歷史的感慨，彰顯藝術情趣和品味。
- 借用過去的題材、語彙，從現今時代的角度加以體會，更可以傳達人生智慧。
- 跨越時空的藝術構思，有助於表達從現實環境到理想世界的昇華。

3.4 作業練習

【學習檔案】

搜集富有生活情趣的視覺文本，如漫畫、張貼、廣告等，歸類收入數據文件中，並加入自己的簡短評語。

要求：體會想象和藝術創造如何展示人生品味和和藝術情趣，重點思考和“文化”“呈現”之概念的關聯。

54 https://chinadigitaltimes.net/chinese/2012/10/ 奇聞錄 - 子愷漫畫：都市奇觀 /#，2019 年 9 月 3 日瀏覽。

第五部分　互文性：文本連接

寫作是一個交流的過程，有一個歷史傳承。前人寫過的作品形成後人的規範和模本，而後人又對前人的實踐做出修正更新。大到文學體裁，小到字詞使用，都是這個道理。同時，異邦他鄉的作品也會給作者靈感，雖然相距海角天涯，表達思想抒發情感的模式會有深切的共鳴。

寫作規範沒有優劣之說，只有在變化中呈現出不同的樣式，藝術創造的魅力由此而來。不過，依然有經典之作流傳久遠，經典之作體味到人類的普遍關注點，把握到語言藝術表達的精粹之處。雖然後人有不同解釋和再創造，但被認可的價值依然會存留後世，成為人類藝術殿堂中之珍藏。

作者和前人的交流溝通，不只是在形式上，同樣也在主題、內容層面。在歷史的長流中，在不同地域人群交流日趨頻繁之時，人類社會普遍關心的問題更加明顯。對同樣的話題，不同作家都會有自己的切入點，但也都會對前人的觀點做出直接間接的回應。每個作家都是在用已有的思路框架和概念體系審視當下的世界，思考新的問題。文學家也好像是歷史學家，在歷史長流中找尋自己的位置。

> 歷史是歷史學家跟他的事實之間，不斷交互作用的過程，是現在跟過去之間，永無止境的對話！
>
> ——歷史學家愛德華．卡耳[55]

我們來重溫一下探究領域和概念相遇之時會出現哪些思考點：

探究領域：互文性：文本連接

概念：身份、文化、創造、交流、觀點、轉化、呈現

概念層面縱深拓展：

- **身份**：語言文字表達人們對世界的認識，還是語言文字改變了人們對世界的認識，塑造和引導人們的思考？文體風格是作者個性的體現，還是每個作家都可以拿來用的程序套路？
- **文化**：什麼是文學作品的核心，內容還是形式？同樣的內容和主題，是否可以用不同的形式表達？形式是否有意義？形式本身是否也可以傳達觀念和情感？

---

55 愛德華．卡耳：《何謂歷史》，台北：五南出版，2013 年。

- 創造：在寫作的時候，借鑒前人寫作經驗或是原創，哪個會更多？作家如何在借鑒中創新？脫離傳統的獨創有沒有可能？前人的寫作對後人的影響是否只是在文體形式上？“經典”在文學史上有什麼意義和作用？
- 交流：今人和古人如何“對話”？文體形式和語言風格在對話中起到什麼作用？使用相同或類似的形式、風格如何有助於傳達相同的觀念和情感？作者如何對形式和風格做出修正，以表達不同的東西？
- 觀點：作者的觀點以及作品的內容，會不會影響到對文體形式的選擇？語言表達方式、文學潮流前後更替的時候，人們的觀點起到什麼作用？語言文學形式的因襲傳承，是自然而然的，還是人為促成的，或受到人為的阻攔？
- 轉化：不同文體形式是涇渭分明的，還是相互關聯的，或總是在相互滲透影響之過程中？不同的作品是否可以拿來作比較？比較探究可以開拓視野，增長見識，還是會造成混亂？比較是否可以達至全新的認識？讀者讀到的信息和作者想要表達的是否一致？讀者閱讀的過程，是否也是轉化的過程？
- 呈現：用不同的文體形式寫作，現實世界會不會呈現出不同的樣子？不同的呈現方式，是否可以用來達到不同的交流目的？

我們把這個探究領域分為三個章節來講：第 11 章“傳承和創新”、第 12 章“文學系列”、第 13 章“多元模式”。

第 11 章 傳承和創新

❶ 古文新意：陶淵明的《桃花源記》和龍應台的《薄扶林》

概念探究	創造　轉化
全球問題	政治、權力和公平正義　藝術、創造和想象

1.1 閱讀陶淵明《桃花源記》和龍應台《薄扶林》，思考問題

❶《桃花源記》和《薄扶林》在內容和形式上有哪些相似之處？

❷ 現代的作者想要從古文中得到什麼？為什麼要這麼做？

❸ 兩部作品在內容和形式方面有無相似之處？相似之處會帶出什麼樣的欣賞效果？

❹ "經典" 在文學史上有什麼意義？"典故" 對創作起到什麼作用？

桃花源記

陶淵明

晉太元中，武陵人捕魚為業。緣溪行，忘路之遠近。忽逢桃花林，夾岸數百步，中無雜樹，芳草鮮美，落英繽紛，漁人甚異之，復前行，欲窮其林。

林盡水源，便得一山，山有小口，彷佛若有光。便捨船，從口入。初極狹，才通人。復行數十步，豁然開朗。土地平曠，屋舍儼然，有良田美池桑竹之屬。阡陌交通，雞犬相聞。其中往來種作，男女衣著，悉如外人。黃髮垂髫，並怡然自樂。

見漁人，乃大驚，問所從來。具答之。便要還家，設酒殺雞作食。村中聞有此人，咸來問訊。自云先世避秦時亂，率妻子邑人來此絕境，不復出焉，遂與外人間隔。問今是何世，乃不知有漢，無論魏晉。此人一一為具言所聞，皆歎惋。餘人各復延至其家，皆出酒食。停數日，辭去。此中人語云："不足為外人道也。"

既出，得其船，便扶向路，處處志之。及郡下，詣太守，說如此。太守即遣人隨其往，尋向所志，遂迷，不復得路。

南陽劉子驥，高尚士也，聞之，欣然規往。未果，尋病終，後遂無問津者。[56]

薄扶林（節選）

龍應台

……

裏頭住人嗎？

我敲門，一陣窸窸窣窣，最裏面一層木門打開了，她就隔著紗窗門，小心地探頭看。紗窗破了一個洞，剛好襯出她額頭上的白髮和皺紋。

看見我，她張開嘴笑了。問她幾歲，她搖頭，"太老了，不記得了。"問她"這鐵皮屋哪時建的"，她笑得一派天真，"太老了，不記得了。"……

……

坡勢陡峭，鐵皮屋和水泥矮房參差層迭。百日紅開在牆角，花貓躺在石階上，廢棄的園子裏牽牛花怒放，粉蝶就鬧了開來。太陽對準僅容一人行走的窄巷射出一道曲折的光線，割開斑駁的屋影。

山村簡陋，可是溝渠乾淨。小徑無路，可是石階齊整。屋宇狹隘，然而顏色繽紛。漆成水藍、粉紅、鵝黃、雪白的小屋，錯落有致。放學時刻，孩童的嬉戲聲、跳躍聲在巷弄間響起。成人在小店門口大口喝茶、大聲"傾偈"。……

……[57]

《桃花源記》寫的是東晉時期武陵郡一個打魚人神奇的經歷。一天，漁人行船忽遇一片桃花林，而林子的盡頭有一個美麗的村莊，村民往來耕作，安適而愉快。村民看到漁人也感到

56 陶淵明：《桃花源記》，選自《陶淵明集》，北京：中華書局，1979 年。
57 龍應台：《薄扶林》，選自《目送》，香港：天地圖書，2008 年。

奇怪，問他是從何而來，而且告訴他，他們的祖先為了躲避秦時的戰亂，來到這個與世隔絕的地方，不知道外面的世界已經改朝換代多次了。漁人受到村民款待，告辭返回，沿路做了標記，回去報告給太守。但當太守派人返回找尋時，卻再也找不到那一片桃花林。

《薄扶林》寫的是現代香港的事。作者走訪香港島的一個偏僻的村落薄扶林村，見到古老的村屋、齊整乾淨的街巷、歡快閒適的村民和忘掉年紀的老人。作者想到薄扶林的過去，原來薄扶林村的原住民是為了躲避清朝初年的大屠殺，才來到這片平和寧靜的土地。作者感慨薄扶林村民的經歷，為他們的幸運而欣慰。

在內容上，兩篇文章有明顯的相似之處。兩篇文章寫的都是躲避戰亂，逃到一方平靜的土地，自謀生存的人。《薄扶林》村民是康熙年間“三藩之亂”屠刀之下的倖存者，桃花源先祖也是“避秦時亂，率妻子邑人來此絕境”。兩篇文章中的人都不知世事：《薄扶林》中的老媽媽已經忘掉了過去，不停地說“太老了，不記得了”。而《桃花源記》中的村民“不知有漢，無論魏晉”，與時代的變遷隔開很大的距離。兩篇文章的人沒有富貴榮華，只是躬耕務工的平民百姓，但生活自足而幸福，“黃髮垂髫，並怡然自樂”“孩童的嬉戲聲、跳躍聲在巷弄間響起。成人在小店門口大口喝茶、大聲‘傾偈’。雜貨店的老闆在和老顧客說笑”。兩篇文章中的人都淳樸善良，熱情好客，“餘人各復延至其家，皆出酒食”，“忘了年齡的老媽媽笑著跟我揮手道別”，沒有受到世俗功利的污染，保留了上古遺風。

文章的景物描寫也非常相似，渲染了同樣的環境氛圍。武陵人初到桃花源，只見“山有小口，彷彿若有光。……復行數十步，豁然開朗”，薄扶林村“太陽對準僅容一人行走的窄巷射出一道曲折的光線，割開斑駁的屋影”；桃花源“土地平曠，屋舍儼然”，薄扶林村“鐵皮屋和水泥矮房參差層迭”，鐵皮屋的主人“一絲不苟地把它漆成藍色，看起來就像個藝術家絞盡心力的前衛作品”，薄扶林村“山村簡陋，可是溝渠乾淨。小徑無路，可是石階齊整”；桃花源“有良田美池桑竹之屬。阡陌交通，雞犬相聞”，在薄扶林，“百日紅開在牆角，花貓躺在石階上，廢棄的園子裏牽牛花怒放，粉蝶就鬧了開來”。

桃花源和薄扶林之名也頗值得品味。《桃花源記》中，桃林“夾岸數百步，中無雜樹，芳草鮮美，落英繽紛”，由此武陵人被引入令人神往的“桃花之源”；而當來自南粵的避難者到了一片孤島，“瞥見很多鳧鳥棲息，因此稱這山凹處為薄鳧林”，“薄扶林”之名由此而來。美麗平和的自然環境，是桃花源和薄扶林的共同特點。

兩篇文章不只在內容上相近，在具體細節描寫上，《薄扶林》顯然從《桃花源記》中得到了靈感，類似之處屬有意為之。兩篇文章都是反思人類社會的不幸和災難，憧憬遠離塵囂的生活環境、怡然自得的人生境界。

不過，文章的觀察角度和結尾的處理卻有不同。桃花源的故事奇幻莫測，虛無縹緲。文章觸及朝代更迭之歷史和社會狀況，但只是寄托了對美好生活的期待和理想，未能或者不願和現實世界有所聯繫。而《薄扶林》中寫到的卻有明確的現實氣息。桃花源人口稱，他們的生活"不足為外人道也"，武陵人再訪桃花源，已不復得，好像桃花源村人故意隱藏自己，不願受到現世紛擾；而《薄扶林》的作者聯想到 1994 年盧旺達大屠殺，繼而聯想到現今香港文化保育，直逼現實世界人生狀況。當作者寫到，來自南粵的難民"尋找一個距離屠殺現場最遠、距離恐怖政權最遠的孤島"時，讀者又可以體會到歷史的沉重和悲涼。屠殺和恐怖，在人類歷史上不斷重演。讀者可以感受到，薄扶林人有幸逃避的，不只是三百多年前的大屠殺，也有在那之後多次難以言說的磨難。"我沒想到，薄扶林村，在什麼都以'拆'為目標的香港，350 年後，竟然還好端端地立在這山坳處"，是在讚許香港政府文化保育卓有成效，或者在認可香港平和寬容的社會環境，都是在把薄扶林的故事和現實世界聯繫起來，引導讀者關注社會問題。

運用"典故"是中外文學的傳統。文學作品一旦問世，就成了後代作家共同的財產。過去的作家留下的文字，一旦得到世人普遍認可，就可以作為相對固定的寫作模式、行文措辭的慣例存留下來，為後代人重複使用。文學典故是連接過去和現在的橋樑，受同一個文學傳統滋養的作家和讀者，會在典故中達到共識；每一個作家都可以從中汲取營養，激發自己的創造力；作者的意念和寫作動機，可以通過所使用的典故更有效地傳達給讀者。

《桃花源記》也不完全是作者陶淵明的原創。桃花源之"雞犬相聞"，原本出自老子《道德經》中的"雞犬之聲相聞，民至老死不相往來"。老子[58]倡導的，是除卻人事往來、摒棄利益紛爭的社會觀念和生活方式。陶淵明深得其意，在《桃花源記》中以故事性的方式形象化地展現出桃花源與世無爭的理想場景。相似地，龍應台也在《道德經》和《桃花源記》中得到啟發，從而記敘薄扶林遊歷，寄托自己的人生慨歎和社會理想。由此可見，文學寫作往往不是個人的行為，而是古今的交流和跨時空的溝通。

58 老子，春秋時期哲學家，《道德經》為其代表作。

1.2 延伸閱讀和思考

結合《桃花源記》和《薄扶林》的比較分析，閱讀郁達夫《故都的秋》和王維中《霾是故鄉濃》，思考兩篇文章有哪些異同之處。從時代語境、交流目的和語言風格多方面來看。

故都的秋（節選）

郁達夫

秋天，無論在什麼地方的秋天，總是好的；可是啊，北國的秋，卻特別地來得清，來得靜，來得悲涼。我的不遠千里，要從杭州趕上青島，更要從青島趕上北平來的理由，也不過想飽嘗一嘗這“秋”，這故都的秋味。

江南，秋當然也是有的，但草木凋得慢，空氣來得潤，天的顏色顯得淡，並且又時常多雨而少風；一個人夾在蘇州上海杭州，或廈門香港廣州的市民中間，混混沌沌地過去，只能感到一點點清涼，秋的味，秋的色，秋的意境與姿態，總看不飽，嘗不透，賞玩不到十足。秋並不是名花，也並不是美酒，那一種半開、半醉的狀態，在領略秋的過程上，是不合適的。

不逢北國之秋，已將近十餘年了。在南方每年到了秋天，總要想起陶然亭的蘆花，釣魚台的柳影，西山的蟲唱，玉泉的夜月，潭柘寺的鐘聲。在北平即使不出門去吧，就是在皇城人海之中，租人家一椽破屋來住著，早晨起來，泡一碗濃茶，向院子一坐，你也能看得到很高很高的碧綠的天色，聽得到青天下馴鴿的飛聲。從槐樹葉底，朝東細數著一絲一絲漏下來的日光，或在破壁腰中，靜對著像喇叭似的牽牛花（朝榮）的藍朵，自然而然地也能夠感覺到十分的秋意。說到了牽牛花，我以為以藍色或白色者為佳，紫黑色次之，淡紅色最下。最好，還要在牽牛花底，叫長著幾根疏疏落落的尖細且長的秋草，使作陪襯。

……

南國之秋，當然也是有它的特異的地方的，比如廿四橋的明月，錢塘江的秋潮，普陀山的涼霧，荔枝灣的殘荷等等，可是色彩不濃，回味不永。比起北國的秋來，正像是黃酒之與白乾，稀飯之與饃饃，鱸魚之與大蟹，黃犬之與駱駝。

秋天，這北國的秋天，若留得住的話，我願把壽命的三分之二折去，換得一個三分之一的零頭。

一九三四年八月在北平[59]

---

59 郁達夫：《故都的秋》，昆明：雲南人民出版社，2016 年。

霾是故鄉濃（節選）

王維中

深冬季節，我在海南耽擱了幾日，總有些若有所失的惆悵。今夜山雨初歇，月華如晝，我忽然懷念起故鄉的霾了。

……

海南也有迷迷茫茫的日子，那只是霧。如紗之輕，如煙之淡，像江南人的軟語，好聽但失之於膩而輕薄。尤其秋冬季節，在海南住久了便有諸多不適，總覺得自己與青山綠水的疏離。偶爾站在馬路中間汽車最密集處，深深吸幾口，心裏頓時泛起淡淡的鄉愁。

露從今夜白，霾是故鄉濃。我這就收拾行李回故鄉去，趁著這最好的季節，一解霾愁。

2015 年元旦寫於海口[60]

1.3 總結

在這一小節中，我們研討了：

- 文學寫作總是在傳統和現在的交流之中。後代的作家要接受前人的傳統，開創新的創作領域。後代作家不會拘泥於傳統，或沿襲舊有的思路，或反其義而用之；或直言其事，或隱含褒貶，借古諷今，文學寫作總會有無限的新創意。
- 在同一個文學傳統之中，經典作品的再創造成了聯繫作者和讀者、過去和現在的橋樑。深入理解文學傳統有助於讀者理解今天的作品；在過去和現在的對話中，讀者才能體會作品的含義。
- 對傳統的繼承可以是在內容層面，也可以在文體形式、語言風格層面：古今文學家可以有一脈相承的社會理念，亦可以有同樣的審美趣味、語言特點。古代經典、文學典故、文學意象、詞語規範等都會形成傳統，相沿互動，貫穿過去現在。

60 王維中：《霾是故鄉濃》，“文學城海外博客”，地球人傳媒（2016 年 10 月 27 日），http://www.wenxuecity.com/blog/201701/24917/11025.html，2019 年 8 月 9 日瀏覽。

1.4 作業練習

【論文】

“借鑒別的作品會給文學創作帶來無限的活力”。根據《故都的秋》和《霾是故鄉濃》，就這個說法展開討論。

2 網絡世界：新媒體

概念探究	身份　呈現
全球問題	政治、權力和公平正義　科學、技術和環境

2.1 閱讀截圖《漂亮小護士被全城“攔截”》[61]，思考問題

❶ 這個文本出自哪個機構？出現在什麼交流平台？

❷ 這個標題給你什麼感覺？標題如何有助於你理解文本的內容？

❸ 媒體的交流平台和交流目的如何影響到媒體的表達方式和措辭？

❹ 媒體的交流模式有了哪些變化？新媒體的交流模式和舊式的有哪些相同和不同之處？

微信公眾號是近年來興起的媒體形式。以往，電子媒體主要是以互聯網的形式出現，使用電腦作為工具。如今，流動通訊技術突飛猛進，智能手機成了人們主要的交流工具和獲取信息的來源。微信公眾號作為新媒體形式應運而生。

截圖來自《人民日報》微信公眾號（文章轉載自《錢江晚報》微信公眾號）。文章的內容是護士顏媚在下班途中遇到一位男子突發心血管疾病，馬上施行緊急救護，直到救護車趕到。事後，顏媚不願意透露自己的身份，在多次請求之下才說出自己姓顏。後來人們找到她

61《漂亮小護士被全城“攔截”！售票員不准她走，連醫院院長都出面了……》，《人民日報》（2018 年 11 月 18 日），https://mp.weixin.qq.com/s/eEvOFipl2Yg4whAdUT49CA，2019 年 8 月 9 日瀏覽。

工作的醫院，在醫院領導的勸說下才答應見病人的親屬，接受家人的感謝。

這是一則普通的新聞報道，但在公眾號新媒體的交流平台，它的表達方式有明顯的特點。新聞出現在微信公眾號的界面，在公眾號的目錄（圖一），一個很有吸引力的題目“漂亮小護士被全城‘攔截’”會抓住讀者的注意力，再加上“售票員不准她走，連醫院院長都出面了……”，也會刺激讀者的好奇心，給閱讀帶來懸念。照片是一位女子俯身下跪在一個男人身邊的背影，細節無從知曉，也起到了同樣的作用。點擊題目之後（圖二），讀者才可以打開原文，但在屏幕的上端，也只能讀到一個含糊不清的介紹，作者亦是欲言又止，交代了一點事件的線索，但依然沒有詳細敘說真相，還用“到底發生了什麼？”再次強化了懸念。公眾號交流平台單屏空間狹小，一個屏幕內容有限，但手指下滑，下面的內容可以陸續出現。讀者不會馬上看到新聞的內容，但是作者可以有目的地將內容逐一展開，同時還可以

圖一　　圖二

插入精心剪裁的照片，加強效果。平台的這個特點並沒有給內容的表達形成限制，相反提供了極好的機會。

公眾號媒體的交流形式是對紙質媒體的更新。“多媒體”增加了表達的機會和多樣性。進入互聯網時代，傳統傳媒方式的優點都可以體現出來。在以前的時代，報紙只能用文字和靜止圖畫來傳播信息，而廣播和電視只能在聲音和圖像上做文章，雖然在電視上可以有一些文字，但只是輔助性的。互聯網有紙質媒體的特點，可以登載大量的文字和圖片內容；互聯網也有廣播和電視媒體的特點，可以加載聲音和動態圖像。互聯網的信息傳播真正達到了“多媒體”，而寬帶網絡使得多媒體傳播更加順暢，大流量的聲像信息也很容易在網上傳播。在一個平台上實現多媒體交流，是互聯網的突出特點，而這個特點在智能手機上也得到充分體現。在“漂亮小護士”新聞中，照片換成一個微視頻也是十分可能的。

互聯網的信息傳播方式和傳統的媒體有很大的不同。對智能手機而言，點擊鏈接、左右刷屏、上下滑屏等增加了交流方式的多樣性。在圖一的左上角，點擊“人民日報”即可回到《人民日報》的主頁，瀏覽別的新聞。如果公眾號插入別的鏈接，瀏覽者就可以造訪另外一個文檔或者花樣繁多的新頁面：一則新聞可以鏈接到一個旅遊景點介紹，也可以鏈接到政府信息、商業廣告；一篇評論文本來只是個人感受和見解的表達，但是可以鏈接到統計數字和權威評論。智能手機交流平台出現錯綜複雜、撲朔迷離的狀況，但也給新文體的出現提供了無限的機會。

公眾號媒體有尋求信息快捷性和短期效應的特點，適應人們“碎片化”的生活方式和“淺閱讀”的信息接受習慣。不過，信息的內容並沒有隨之減少，而是更加按照作者的意圖進入瀏覽和閱讀。對傳統的紙質媒體而言，內容雖然有限，但同時呈現在一個版面上，讀者有較多的機會篩選自己關注的內容，在閱讀的時候也可快速搜尋關鍵詞，有所取捨。作為公眾號的讀者，讀者多半是在作者的規劃設計之下進入瀏覽閱讀的過程，“空間”的自由選擇機會被限定好了的“時間”前後順序所取代。在這個事例中，讀者必須點擊下滑數次才能瀏覽所有內容，在其中，讀者有更多的機會受到作者前設的引導：“漂亮”是一個很有誘惑力的看點，“堵她”“尋找她”“規勸”加強了故事性。從而，讀者有更多的機會受到作者的操控。

“自媒體”指的是私人性質、自主經營使用的電子媒體。使用者向互聯網服務商提出申請，使用其提供的網絡空間和模版，即可發佈文字和音像信息。自媒體投入低，操作簡單，普及迅速，故深受歡迎。

在流動媒體的時代，訂閱和點擊量是媒體成功的標誌。無論是自媒體還是官方的公眾號都在“爭搶”公眾的注意力，所採用的方式也和傳統媒體不同。以“標題”為例。標題是文章內容的概括，雖然應該加入醒目的字眼來吸引讀者，但內容的全面完整更加重要。對傳統媒體而言，當文本內容已經呈現在眼前時，讀者對標題的關注自然會少一點，標題的作用又會打一點折扣。而在微信空間，當內容需要再次操作才能看到時，標題的作用就顯得更重要，甚至超過內容。在公眾號平台，標題光鮮而內容空洞無物的文章很常見，題目和內容無關者不為少數。同樣的情況也出現在微視頻：鏈接小圖是一個圖像，但點擊播放出來的卻是毫不相干的一段視頻。時下，追求點擊率和關注度“標題黨”，對公眾號使用者來說成了一個值得關注的問題。很多人不滿“標題黨”為了追求效應而言之無物甚至弄虛作假的做法。

互聯網的傳播方式有突出的特點。在傳播和交流活動中，互聯網的特點使得“大眾參與”不再是夢想。公眾號新媒體保留了互聯網媒體互動的特點。在“漂亮小護士”新聞實例中，有很多瀏覽者對顏媚的行為表示欽佩，更有很多人對正面的評論點讚。從電子郵件的“轉發”“群發”，到社交網絡“評論”的功能，紙質書信和媒體很難做到的事，在互聯網的時代實現了。人與人之間的交流和溝通進入了一個新的時代。評論的多寡可以顯示出公眾號和文章受歡迎的程度，點擊和評論也有商業價值。一般來說，官方色彩的公眾號受歡迎的程度未必能比得上民間性的媒體，在“漂亮小護士”新聞事例中，讀者的回應和評論多為隻言片語，引發的興趣不如某些民間網紅熱播。

公眾號新媒體不只是衝擊傳統媒體舊有的形式，對傳統媒體的用戶也產生了影響。在傳統媒體為主流的時代，官方人士和政府機構大都使用報紙、廣播和電視等媒體平台傳達信息，發佈政令。在新媒體的時代，官方人士也在調整做法，與時俱進，使用博客、公眾號等方式來匯入大眾交流的洪流。《人民日報》公眾號就是其中一例，傳播方式可以說是從官方走到民間。既然在新媒體的平台，官方機構也得“入鄉隨俗”，使用新媒體常用文體格式、行文“套路”和語言風格。例如，雖然從官方到民間，“標題黨”已經是一個非常負面的形象，但是“漂亮小護士”新聞的題目依然有明顯的以標題取勝的痕跡：標題中使用的措辭和引發的懸念、聯想，並非都和內容有關，而在新聞原出處《錢江晚報》公眾號緊隨新聞之後的“猜你喜歡”中，更有一些標題令人匪夷所思。在傳統的官方媒體中，如此“吸睛”的語體和“流俗”的用詞是不可思議的，但是在公眾號新媒體的語境之中，這成了順理成章的事，也能被公眾普遍接受，達到很好的閱讀效果。

《錢江晚報》緊隨“漂亮小護士”新聞之後的“猜你喜歡”：

1. 突發！杭州女子背上全是血，衝進辦公室喊救命：我懷孕了！行凶者已被控制

2. 全網炸了！大 V 視頻曝光多家五星級酒店：同一塊抹布擦杯子馬桶，浴巾擦地

3. 微信請假領導沒回，女子出國玩 5 天歸來被開除！法院判決亮了

4. 四川香腸：老子天下第一[62]

互聯網人際交流已經進入了“自媒體”的時代，而自媒體帶來的是大眾參與的平等機會。從技術上來講，每一個互聯網的使用者都有權利和機會在網上發表自己的觀點和見解。以博客為例，只要開設一個賬戶，每個人都會成為博主。雖然博主受到關注的機會未必均等，而且會受到管理者揀選，但是權威和等級畢竟變得不是很重要，平民的聲音更容易被聽到，甚至會更容易引起反響。互聯網的交流平台日趨擴大，對其他交流方式的影響不可忽略。現在，在電視新聞報道中，網民發佈的文字或視頻消息常常被引來作為第一手資料，網民的觀點也常出現在顯著地位，電視台這樣的“主流”媒體居然根據這樣的情況寫成自己的報道。看上去，互聯網的確成了真正的新聞媒體，站在新聞報道的前沿，而電視這樣的媒體反而退居其後，只是對在網上已經傳開的事做“二手”報道。在很多情況下，網民爆出的文字或者視頻新聞來得更快，引發的連鎖效應在很短的時間之內就能夠遍佈全球，這是電視、報紙這樣的媒體無法做到的。

網民啟動的新聞報道已經成了一個“自給自足”的整體：跟進報道、深入觀察、分析評論等等都可以在網絡的空間中採用各種方式迅速展開。雖然沒有組織，但是網民主導的媒體現象已經產生了相當顯著的效果，電視台也常常引用互聯網的民意調查來作為數據。很明顯，在互聯網時代，大眾傳播媒體已經不是一個由少數人主導的或者是純粹官方的東西。媒體傳播的內容也不是由少數人所控制。“大眾參與”的時代已經到來。

2.2 延伸閱讀和思考

閱讀《人民網評：讓“臭髒黑”的套路再也沒市場》，思考新媒體現象的得失。

---

62 陳棟：《台州漂亮小護士被全城“攔截”！售票員不准她走，連醫院院長都出面了》，《錢江晚報》（2018 年 11 月 15 日），https://mp.weixin.qq.com/s?__biz=MTIxMjEzMzc0MQ==&mid=2671627595&idx=3&sn=6fb839a592289607d6bd728bf8bb290d&chksm=7ac92b494dbea25f371b335d880370d8f95acbbb39bf33944f825ec90482cc755c287f1ee6d0&mpshare=1&scene=25&srcid=1115zw2i9ulrBpltYmRflwqd&pass_ticket=fGssoBEigG6rEcS%2FPZdeB7pSn8fGSkLga%2BCem0c3QKYX%2BEkNiFbGVjhacMkA%2FsDh#wechat_redirect，2019 年 8 月 9 日瀏覽。

人民網四評"自媒體賬號亂象"之一

人民網評：讓"臭髒黑"的套路再也沒市場（節選）

央視新聞客戶端 人民網 2018年10月24日 09:36

居心叵測之徒變身預測經濟形勢的"專家"，一遍遍唱衰中國經濟，渲染焦慮恐慌情緒；如黃口小兒一般滿口胡說，篡改黨史、國史、革命史，故意抹黑經典著作和劇目，惡意詆毀英雄人物；給"黃賭毒"穿上心靈雞湯的外衣，冒充"知性姐姐""先知大叔"欺騙單純讀者……

誰也無法否認，這是一個自媒體井噴的年代。一些炙手可熱的網絡平台，動輒有數億注冊用戶。誰都能感覺到，數據造假、抄襲洗稿、虛無價值、篡改歷史，乃至鋌而走險敲詐勒索、傳播謠言、販假售假、侵犯權利等問題，在許多自媒體賬號上來勢洶洶。一些"臭髒黑"自媒體賬號追名逐利不擇手斷（按：段），娛樂至死沒有下限，套路用盡，機關算盡，已經到了無法無天、自取滅亡的地步。對此，亟需以更專業、更嚴格的網絡治理，淨化網絡空間、純潔網絡文化。[63]

2.3 總結

在這一小節中，我們研討了：

- 新媒體繼承了傳統媒體的特點，但是在表現形式上有很大的更新。大眾交流新秩序由此形成。新媒體總是在適應受眾的消費取向，但同時也有更多的機會操控讀者。
- 新媒體打破了官方商家自大獨尊、傳統媒體統攬天下的局面。科學技術進步和社會進步發展，必然增加平民參與大眾交流、個人表達受到尊重的機會。
- 科學技術進步會更新信息交流平台和傳播方式，受眾的生活方式會改變受眾需求。交流平台和受眾需求的變化，必然帶來語言特點和文體風格的更新。
- 作者意圖、交流目的和平台的選擇應該與時俱進。官方啟用新媒體是必然趨勢。
- 語言習慣和文體風格難有雅俗之分。作者和受眾總是在不停地審視自我，重新認定自我的身份和特點，文本和交流形式呈現了這個審視和認定的過程。

63《人民網評：讓"臭髒黑"的套路再也沒市場》，http://m.news.cctv.com/2018/10/24/ARTI1TXEI6zWDMnxYLB1cFF7181024.shtml ，2019年3月18日瀏覽。

- 自由寬鬆的環境為公眾提供了機會，也給出了挑戰，讓人們思考如何做一個負責任的互聯網使用者。

2.4 作業練習

【個人口頭報告】

結合本小節選文和討論的內容，思考全球問題“政治、權力和公平正義”或“科學、技術和環境”，同時考慮“身份”和“呈現”的概念探究點，準備一份個人口頭報告。

第 12 章　文學系列

文學是個人創作，但文學創作總是在文學傳統之中。作者的文化背景、所接受的教育和文學閱讀體驗都會對作家的創作造成影響。作家會從過去的創作中汲取經驗，獲得靈感，在自己的寫作中呈現出來。我們在討論文本連接的時候，不得不討論不同文學作品之間共同的東西。我們選取詩歌中的意象、小說中的系列人物形象和文學作品共同的題材來進入這個話題。

1　意象系列

概念探究	創造　呈現
全球問題	文化、身份和社區　藝術、創造和想象

1.1　閱讀李白《月下獨酌（其一）》、蘇軾《水調歌頭・明月幾時有》和柳永《雨霖鈴・寒蟬淒切》，思考問題

❶ 為什麼意象在詩中非常重要、地位顯著？

❷ 在文學傳統中，意象如何形成？

❸ 意象所創的情感是固定不變的，還是總是在流動中的？

月下獨酌（其一）

李白

花間一壺酒，獨酌無相親；
舉杯邀明月，對影成三人。
月既不解飲，影徒隨我身；
暫伴月將影，行樂須及春。
我歌月徘徊，我舞影零亂；
醒時同交歡，醉後各分散。
永結無情遊，相期邈雲漢。

水調歌頭·明月幾時有

蘇軾

明月幾時有，把酒問青天。不知天上宮闕，今夕是何年？我欲乘風歸去，又恐瓊樓玉宇，高處不勝寒。起舞弄清影，何似在人間？

轉朱閣，低綺戶，照無眠。不應有恨，何事長向別時圓？人有悲歡離合，月有陰晴圓缺，此事古難全。但願人長久，千里共嬋娟。

雨霖鈴·寒蟬淒切

柳永

寒蟬淒切，對長亭晚，驟雨初歇。都門帳飲無緒，留戀處，蘭舟催發。執手相看淚眼，竟無語凝噎。念去去，千里煙波，暮靄沉沉楚天闊。

多情自古傷離別，更那堪冷落清秋節！今宵酒醒何處？楊柳岸，曉風殘月。此去經年，應是良辰好景虛設。便縱有千種風情，更與何人說？

“意象”是詩歌體裁的一個大話題。“意象”有兩個層面的意思：“意”指的是詩人的主觀情感的思想，“象”指的是表達情感和思想借用的物象，例如自然景物、山川草木。兩個層面相互交融，“意”就變成了具形的情感和思想，有了特定的表達渠道，“象”中的景物也不只是自然界無生命的東西，而有了“神韻”和“靈氣”，成了藝術世界的一部分。作為一個整體，“意”和“象”兩個層面是密不可分的。

在文學史上，意象不是單獨零星的存在。不同時代的詩人會使用同一個意象，構成一個連續不斷的文學傳統。文學作品之間的連接由此建立起來。不過，每個作者在使用意象的時候，也總是在特定的情境中融入自己的個人情感，同時用自己獨到的想象力使一個意象別具一格。

在中國文學中，有很多讓人們熟知的意象，為眾多詩人所用。“月”就是其中一個。作為一個天體，月亮本來是無生命之物，但月亮出現在夜晚，容易撩起寂寞之情；有關月宮嫦娥的傳說，更給月亮增加了孤獨思念的意味。月亮高懸在上，天涯共睹，古今明鑒，會誘發跨越時空的傷感、古往今來的暢想。月的意象由此成型，在歷代詩人的筆下反復吟誦。

李白的《月下獨酌（其一）》展示了詩人在月夜當下的孤寂之情。詩人借酒澆愁，同時“舉杯邀明月”，渴望與月把酒同杯、歡聚暢飲的時光。此時的月成了詩人心中的愛戀，詩人邀明月同飲共舞，但“醒時同交歡，醉後各分散”，酒醒舞罷，月去人留，良辰好景不再，現實世界慘淡，只能期待“永結無情遊，相期邈雲漢”，在渺遠的雲端，在另外一個世界和月相伴。

蘇軾的《水調歌頭·明月幾時有》，傳達的詩情有所不同。詩人也寫到對月宮的嚮往，流露出對現實生活的失望之情。但月宮如何，月宮“今夕是何年”，自己能否承受月宮的清涼寂寞，詩人沒有信心，反而覺得人間的生活更加實在。“起舞弄清影，何似在人間。”彷徨惆悵之間，詩人沒有找到答案，只能用“此事古難全”聊以自慰，但同時“但願人長久，千里共嬋娟”，表達了無限的嚮往和期盼。相比之下，《月下獨酌》奔放灑脫，詩情跌宕起伏，而《明月幾時有》意蘊更深沉，詩人的思緒細密複雜而又不失豁達。同樣“月”的意象，在不同的詩人筆下呈現出不同的意蘊。

詩的意象有相對的固定性，詩中意象的含義有歷史因襲。除了“月”的意象之外，中國古典詩詞中還有許多意象是歷代詩人多次使用的。雖然含義和表達的情感有所區別，詩中的情境有所差異，但是意象的基本含義和表達情感的範圍是清晰可辨的。這樣的意象有禽鳥如“杜鵑”，有昆蟲如“蟬”，有植物如“竹”“菊”“松”，有山川河流如“瀟湘”。以“瀟湘”為例，據古代傳說，舜帝死於蒼梧之野，舜的妃子娥皇和女英出行尋找不得，自溺於湘江。“瀟湘”就成了一個意蘊鮮明的意象，匯聚了忠貞、殉情、生離死別等多種令人蕩氣迴腸的情感。“蟬”本是一個樹間昆蟲，因為它在晚秋初冬時就會死亡，歷代詩人在蟬的身形中寄寓了生命短暫、懷才不遇的悲切之情，“蟬”也就成了一個詠唱千百年的意象。唐代駱賓王的“不堪玄鬢影，來對白頭吟”（《在獄詠蟬》）、宋代柳永的“寒蟬淒切，對長亭晚”（《雨霖鈴·寒蟬淒切》），就是寫蟬的名句。李商隱《無題》中的“春蠶”和“蠟炬”，在以往詩人的筆下也曾多次吟誦，其中的語義和情境形成一個傳統，表達思念不得卻執著堅韌的詩情。詩中同樣的意象表達相同或類似的情感，形成了一個審美的情境，詩人代代相仿，表達普遍的思想和感情。

眾多意象出現在作品中，會構築詩的意境。宋代柳永的《雨霖鈴·寒蟬淒切》中“楊柳岸，曉風殘月”是傳世名句，其中的意象和優美深情的意境最為出色。“楊柳”的意象由來已久，寄寓著惜別、挽留（“留”和“柳”諧音）的意思；楊柳枝柔軟多姿，情態繾綣委婉，可以呈現惜別之情。《詩經》已有“昔我往矣，楊柳依依”（《小雅·採薇》）的詩句。“月”的意象也為人們所熟知，含蘊惜別傷懷之情。在《雨霖鈴·寒蟬淒切》中，除了有“楊柳”和“月”的意象之外，“岸”和“曉”又標注出了地點和時間，是在送別好友的那一夜和好友走後的凌晨時分，和開篇“對長亭晚”相呼應；而“曉風殘月”又描繪出詩人的肌膚和視覺的感受，暢飲帶來一時的歡愉，然而朋友走後，孤身一人，只有失落之情相伴。境、景、情達到了完美的結合，意境之美達到爐火純青的地步。

詩人也依照自己情感表達需要，在仔細觀察和感受中孕育出獨特的意象，余光中《鄉愁》中的“船票”“郵票”“墳墓”和“海峽”，舒婷《致橡樹》中的“橡樹”，都是詩人特定情感的最恰當的表達。這些意象雖然歷時尚不夠久遠，但因其藝術上的成功，應該會成為經典，為後代詩人所沿用，成為文學傳統的一部分。

有同就必然有異，歷代的詩人也在借用意象來表達自己不同的思考和情感，以及不同的審美趣味。有新思想觀念的詩人借舊有的意象“反其意而用之”，製造出離奇而新穎的效果，達到新的藝術境界。聞一多的《死水》就是對“水”的意象的挑戰。在歷代詩人的筆下，水常常是清冽爽朗的意象，在山水之間可以寄寓人的高尚情懷；水塘中的植物如蓮花，也可以展示詩人的品格情操。在聞一多《死水》中，我們看到的是“絕望的死水”，“翡翠”是“破銅爛鐵”生出的鏽，而“羅綺”則是由廢鐵罐中的油膩“織”出來。舒婷《神女峰》也是對詩歌傳統中傳頌已久的巫山神女峰中“忠貞”形象的反省，“在愛人的肩頭痛哭一晚”是詩人舒婷認可的價值，和傳統的“神女峰”忠貞的意象大相徑庭。

詩歌意象的傳承也會體現在小說中。張愛玲在小說《金鎖記》中也用了“月亮”的意象，展示小說時代基調和主人公的心境，月亮意象所發揮的作用和古人詩歌中的並無大的差異。不過，《金鎖記》中的月亮呈現出很不同的意味。小說開篇就是在一個月夜，“年輕的人想著三十年前的月亮該是銅錢大的一個紅黃的濕暈，像朵雲軒信箋上落了一滴淚珠，陳舊而迷糊。”[64] 在歷代作家中，月亮的意象雖然帶有思念和哀傷，月亮清朗而明亮的形狀給讀者帶來心靈的淨化和境界的提升。而張愛玲的月亮卻昏黃而渾濁，令人感到不爽。小說中多次寫到月，“墨灰的天，幾點疏星，模糊的缺月”，“影影綽綽烏雲裏有個月亮，一搭黑，一搭白，像個戲劇化的猙獰的臉譜”。沉鬱而詭異，是張愛玲筆下月的特徵。張愛玲的月的意象交雜了現代意識和西方藝術審美傳承，是作家自己獨到的體味。值得注意的是，作為中文作家，張愛玲沿用“月”的意象，但又把月亮寫成不同的樣子，顯然是有意為之，獨到之處體現出不同的藝術品味和人生洞察。可見，作為文學藝術傳承的一個現象，如何沿用一種意象，藝術家的創意起到關鍵作用。

1.2 總結

在這一小節中，我們研討了：

- 形象化表達是文學的要義。“意象”用形象的方式呈現理念和情感，是文學藝術創作的精華。
- 作家的審美趣味凝結在意象中，形成相對固定的語言表達形式。文學語言凝聚傳統，影響當代，流傳後世。
- 意象長久傳承，意蘊相對固定，但每個作家還會進行思考和再創造，體現藝術的獨創性和活力。
- 不同文學體裁的表達方式可以相沿互惠。詩的意象也會出現在其他體裁的文學作品中，而且呈現出新的樣式。

1.3 作業練習

【學習檔案】

在上文講到的詩歌意象中選取一項，做數據搜集，體會在文學史上文學意象如何形成，前後因襲，被作家再次創造。

64 張愛玲：《金鎖記》，哈爾濱：哈爾濱出版社，2005 年。

2 人物形象系列

概念探究	創造　呈現
全球問題	文化、身份和社區　藝術、創造和想象

2.1 思考問題

❶ 為什麼小說中會有系列人物形象？不同的作家為什麼會寫同樣類型的人物？

❷ 作家在寫作的時候，是否彼此借鑒？在文學史的長河中，這種借鑒的意義何在？

❸ 在不同地方用不同語言寫作的作家，為什麼會寫出同樣類型的人物形象？

成功的文學作品是基於對作者對社會敏銳而細致的觀察以及強烈的社會責任心。人類歷史發展有很多近似的地方，無論在相同或不同的社會文化環境下都是如此。反映在文學上，就是系列人物形象，即具有相同或類似社會身份以及經歷和遭遇的人物形象。這些人物出現在不同時代地域的文學作品中，為不同的作家所描繪和刻畫。在文學史上，系列人物形象多種多樣，很難界定，無法量化。不過。依然有一些系列人物形象在文學史上已經有記載，在公眾閱讀體驗中也被普遍認定，諸如不幸婦女的系列形象和“局外人”的系列形象。

2.1.1 不幸婦女的形象

長久以來，婦女處在社會底層。婦女的處境和她們的祈盼也受到有社會責任心和良知的作者的關注。法國作家福樓拜筆下《包法利夫人》的主人公愛瑪是一個值得關注的女性形象。愛瑪是一個對生活充滿幻想的女子。雖然丈夫平庸，家庭生活平淡乏味，但她總是期望浪漫而多姿多彩的生活。為了追求她的理想，她先後與兩位情人來往，但被兩位無德無行男子所欺騙，感情受到挫傷，也陷入了沉重的債務中，絕望之中服毒自盡。作者福樓拜把愛瑪寫成一個社會風氣的受害者。通過這個人物形象向讀者展示出當時的社會狀況，令讀者對這個不幸的女子產生同情。

挪威劇作家易卜生的《玩偶之家》也形象地展示了女性生存狀況，探討了女性問題。劇中的女主人公娜拉熱愛家庭和丈夫，努力憑自己的力量扶持這個家庭。為了給丈夫海爾茂治病，娜拉背著丈夫借錢，同時憑自己的努力還清了債務，顯示出敢於擔當的自立性格。然而在丈夫的眼中，娜拉只是一隻“小鳥”和“小松鼠”，不過是家中的玩偶。當海爾茂發現娜拉假冒簽名借錢時，大發雷霆，斥責娜拉壞了他的前程。但當危機解除之後，海爾茂又恢復了以前的甜言蜜語。娜拉對海爾茂已經失望，決計離家出走。和愛瑪不同，娜拉是一個有能力和個性的女子，對家庭生活充滿了責任心。但同樣是由於社會的原因，娜拉的生活道路崎嶇不平。將愛瑪和娜拉相比較，讀者可以從不同側面看到十九世紀歐洲社會女性的不幸，以及在不同社會形態之下的不同遭遇。

在作品的閱讀和傳播過程中，文學作品的系列形象可以在新的土壤生根發芽。《玩偶之家》對中國文學產生了很大的影響，魯迅的《傷逝》就是在這個背景下寫出來的，不過魯迅在作品中加入了更深一層的思考。在魯迅看來，在當時的中國社會女性只憑個性獨立不會得到解放，只有社會變革才可能給性別平等帶來希望。魯迅筆下的不幸女子形象有新一層的社會意義。魯迅的小說《傷逝》中的女主人公子君是一位不幸的女子。子君生活在一個社會對男女自由戀愛婚姻持有偏見的時代。她和涓生相愛同居受到別人冷眼相看和社會的排斥打壓。子君是一個堅強的女子，本相信憑借和涓生二人的努力，可以衝出樊籬，建立幸福的生活。但是社會的重壓以及涓生的軟弱使得自己失去依靠，最終落寞失望，回到原本勇敢逃離的家，鬱鬱而終。和愛瑪一樣。子君也曾擁有美好的幻想，對婚姻和愛情有無限的期盼。同時，子君也像娜拉，是一個生活態度認真，對自己的家庭充滿責任心的女子。通過子君的形象，作者深切剖析了悲劇背後的社會原因，向讀者展示出在一個社會等級森嚴、女性地位低下的社會，子君這樣的女子完全沒有獨立和成功的可能。1923 年，魯迅曾發表《娜拉走後怎樣》的演講，指出娜拉離家出走不會有好的結果，最後只能是墮落或回來，或者是死去。魯迅的評論表現了他對社會問題深刻的見解，也給《傷逝》作了一個批注。

在文學史上，同一個作家可能會更多地寫一個類型的人物，這和作家對社會人生觀察的角度有直接的關係。魯迅的筆下還有一位不幸的女子，就是《祝福》中的祥林嫂。祥林嫂是苦難深重的中國社會中處於最底層的不幸婦女的代表。祥林嫂出身貧寒，身世悲慘。她努力改變自己的命運，想要靠自己的雙手謀得生存，得到一份做人的尊嚴。然而，兩度喪夫，兒子夭折，社會最終把祥林嫂被當作不吉祥的人，偏見和歧視剝奪了她最基本的生存機會。在飢寒交迫中，祥林嫂結束了生命。和子君的命運相比，祥林嫂的遭遇更有時代和社會意義。通過她的經歷，作者全方位批判了宗族社會的禮俗信仰缺乏公義，民眾愚昧無知、冷漠而缺乏憐憫之心的現象。作為不幸婦女的形象，祥林嫂無疑是更豐滿、更有典型意義的。

祝福（節選）

她大約從他們的笑容和聲調上，也知道是在嘲笑她，所以總是瞪著眼睛，不說一句話，後來連頭也不回了。她整日緊閉了嘴唇，頭上帶著大家以為恥辱的記號的那傷痕，默默的跑街，掃地，洗菜，淘米。快夠一年，她才從四嬸手裏支取了歷來積存的工錢，換算了十二元鷹洋，請假到鎮的西頭去。但不到一頓飯時候，她便回來，神氣很舒暢，眼光也分外有神，高興似的對四嬸說，自己已經在土地廟捐了門坎了。

冬至的祭祖時節，她做得更出力，看四嬸裝好祭品，和阿牛將桌子抬到堂屋中央，她便坦然的去拿酒杯和筷子。

“你放著罷，祥林嫂！”四嬸慌忙大聲說。

她像是受了炮烙似的縮手，臉色同時變作灰黑，也不再去取燭台，只是失神的站著。直到四叔上香的時候，教她走開，她才走開。這一回她的變化非常大，第二天，不但眼睛窈陷下去，連精神也更不濟了。而且很膽怯，不獨怕暗夜，怕黑影，即使看見人，雖是自己的主人，也總惴惴的，有如在白天出穴遊行的小鼠，否則呆坐著，直是一個木偶人。不半年，頭髮也花白起來了，記性尤其壞，甚而至於常常忘卻了去淘米。[65]

文學作品中的系列人物形象也有時間性。在當今社會，性別平等已經不是一個突出的問題，作家對不幸女子的關注程度已經遠不如以往。在課程的學習過程中，我們要善於發現新的趨勢，和人物系列形象的新線索。

2.1.2 “局外人”的形象

人和社會的距離總是存在的。在文學人物形象系列中，“局外人”系列形象很引人矚目。

在美國文學史上，馬克・吐溫《赫克爾貝里・芬歷險記》（又譯作《頑童流浪記》《哈克貝利・芬歷險記》等）中的主人公赫克（又譯作哈克）是一個游離於社會的局外人。赫克是一個 14 歲的白人少年，是一個不守禮節規範的“野孩子”。他厭惡舒適而體面的生活，寧願過流浪兒的生活。他對學校教育、法律制度抱有一種嘲弄的心態。他寧願受酒鬼父親的虐打，也不願意回到“文明”世界中。後來，赫克還出逃在外，與同樣出逃的黑奴傑姆（又譯作吉姆）聚在一起。根據白人社會的規則，赫克和傑姆不可能交往，赫克必須舉報傑姆，盡

65 魯迅：《彷徨》，香港：天地圖書，2017 年。

到作為一個白人的“責任”。但是，傑姆的善良和友愛打動了他，他決定和傑姆做好朋友。在小說中，作者借用赫克的形象展開對種族歧視和社會禮俗的批判。赫克與社會格格不入，甚至顯得愚鈍，但是他內心深處有一份良知，這個良知和社會規範相比更有價值，更有人性的光輝。

法國作家阿爾貝·加繆《局外人》中的默爾索是局外人形象系列的經典。默爾索是一個普通的職員，應該是在社會階層和人際關係中的一員，但是他卻和社會規則、為人處世方式有深深的隔閡。母親去世，他沒有表示深切的傷痛；和女朋友交往，對情與愛也無動於衷。默爾索無意間做了殺人犯，在接受法庭宣判的時候，整個判決的過程對他來說也是毫無意義。默爾索對社會大眾所持的信念和理想漠不關心，被當作一個危險的反叛者。默爾索是一個奇特的文學形象，作者在他的身上注入了自己的哲學思考：生命是荒誕的，人生沒有意義。只有持默爾索這樣的處事方式和生活態度，才能對生命的荒誕做出反抗。默爾索和赫克一樣，都顯得非常離經叛道，不可理喻，顯示出與社會剝離的局外人的典型特點，赫克顯示出少年愚頑，而且小說還有幽默細節調劑氣氛。默爾索最初消極而冷漠，似乎隨遇而安，小說結尾處卻迸發出激情，表現出強烈的執著，而小說的氣氛沉鬱又充滿悲劇意識。局外人的形象在赫克和默爾索之間豐滿起來。

美國作家 J.D. 塞林格的小說《麥田裏的守望者》的主人公霍爾頓，也是局外人形象系列中重要的一位。霍爾頓是一個私立名校的中學生，家境富裕，按照他的身份和家世，霍爾頓的將來會是社會精英階層的一員，但他是一個憤世嫉俗的少年，他對周遭的環境、社會的禮俗規範感到厭惡。他對律師父親事業的成功不屑一顧，對老師的“雞湯式”說教十分反感，對哥哥的追逐功利、同學的矯情虛偽都切齒痛恨。社會上人們習以為常甚至引以為榮的東西，霍爾頓都嗤之以鼻，無法接受。在小說中，霍爾頓逃離學校，在紐約街頭探索人生，但是周遭的環境讓他無所適從。到最後，他幻想成為一名“麥田裏的守望者”，看護年輕的孩子們，讓他們不要受到傷害和侵犯。霍爾頓的人物形象，與馬克·吐溫筆下的赫克有明顯的關聯。同時又是二十世紀四五十年代西方社會文化的產物，和默爾索也有很多相似之處。從人物特點來看，霍爾頓不如赫克那樣頑皮而睿智，不如赫克那樣具有社會下層普通孩子的堅韌和樂觀。霍爾頓雖然充滿了理想，但內心有很多的荏弱和不自信。霍爾頓的性格折射出社會環境的複雜，和處於信仰危機之際的西方社會的年輕人所經歷的痛苦求索過程。和默爾索相比，霍爾頓沒有成年人的冷靜和已經成型的信念。雖然說對世俗社會有同樣的抗拒，但霍爾頓的價值觀並沒有成熟，仍然在漂移不定之中，甚至常常反省，否定自己。霍爾頓以他的年齡和所處的特殊社會環境，讓我們看到局外人形象更複雜的一面。

中國作家錢鍾書的《圍城》也寫到了類似的局外人。方鴻漸是一個留洋回國的學生，但是在他所屬於的社會階層中，方鴻漸是一個另類。他對虛偽和庸俗表示反感，對婚姻和教育之社會規範持反叛的態度。方鴻漸生活散漫，總是隨性所至，對愛情和婚姻也談不上專一，但卻在意內心的一份情感。在工作上，他也沒有一心一意，無法和社會的期待合拍。方鴻漸想從社會規範的圍牆中衝出來，但最終連續碰壁，沒有成功。他是一個軟弱而病態的人，猶疑不決、自欺欺人、言行不一。身處局外人的系列之中，與西方文學中的同類相比，方鴻漸的經歷讓讀者感受到中國社會和文化特殊性。生活在中國文化環境中，想要置身其外是何等艱難。方鴻漸的性格有許多含糊不清之處，他的想法從來不能實現，他的意念總是在飄忽兩可之間。小說借用題目《圍城》之隱喻，為方鴻漸式的局外人提供了一個特定的社會環境。對方鴻漸來講，"圍城"之"內"和"外"的世界，就是"局內人"和"局外人"的世界。方鴻漸有良好的願望做一個真誠而坦率的人，無奈他沒有機會這樣做。性格的缺陷讓他困在夾縫之中、城牆之內，也使他失去了努力的機會。

赫克爾貝里·芬歷險記（節選）

馬克·吐溫

寡婦對我大哭了一場，把我叫做一隻迷途的羔羊，還叫我別的好多名稱，不過，她絕對沒有任何惡意。她讓我又穿上了新衣裳，我只是直冒汗，憋得難受實在一點辦法也沒有。啊，這麼一來，又重新開始那老一套。寡婦打鈴開飯，你就得按時到。到了飯桌子跟前，你可不能馬上就吃起來，你得等著，等寡婦低下頭來，朝飯菜嘰哩咕嚕挑剔幾句，儘管這些飯菜沒什麼好挑剔的，因為每道菜都是精心做的。要是一桶亂七雜八的東西，那就不一樣了，各樣菜摻和在一起燒，連湯帶水，味道就格外鮮美。

晚飯後，她就拿出那本書來，給我講摩西和蒲草箱的故事。我急得直冒汗，急著要弄清楚一切有關他的事。不過，她隔了一會兒卻說摩西是死了很久很久的事了。這樣，我就不再為他擔憂什麼了，因為我對死了的人是毫無興趣的。[66]

66 馬克·吐溫：《赫克爾貝里·芬歷險記》，南京：譯林出版社，1995 年。

局外人（節選）

阿爾貝·加繆

晚上，瑪麗來找我，問我願意不願意跟她結婚。我說怎麼樣都行，如果她願意，我們可以結。於是，她想知道我是否愛她。我說我已經說過一次了，這種話毫無意義，如果一定要說的話，我大概是不愛她。她說："那為什麼又娶我呢？"我跟她說這無關緊要，如果她想，我們可以結婚。再說，是她要跟我結婚的，我只要說行就完了。她說結婚是件大事。我回答說："不。"她沉默了一陣，一聲不響地望著我。後來她說話了。她只是想知道，如果這個建議出自另外一個女人，我和她的關係跟我和瑪麗的關係一樣，我會不會接受。我說："當然。"於是她心裏想她是不是愛我，而我，關於這一點是一無所知。又沉默了一會兒，她低聲說我是個怪人，她就是因為這一點才愛我，也許有一天她會出於同樣的理由討厭我。我一聲不吭，沒什麼可說的。[67]

圍城（節選）

錢鍾書

正想出門拜客，父親老朋友本縣省立中學呂校長來了，約方氏父子三人明晨茶館吃早點，吃畢請鴻漸向暑期學校學生演講"西洋文化在中國歷史上之影響及其檢討"。鴻漸最怕演講，要托詞謝絕，誰知道父親代他一口答應下來。他只好私下咽冷氣，想這樣熱天，穿了袍兒套兒，講廢話，出臭汗，不是活受罪是什麼？…… 當天從大伯父家吃晚飯回來，他醉眼迷離，翻了三五本歷史教科書，湊滿一千多字的講稿，插穿了兩個笑話。這種預備並不費心血，身血倒賠了些，因為蚊子多。[68]

其實，哪些人物形象可以歸到局外人形象系列，很難有明確的界限。在任何時代和社會環境中，都有與主流社會脫節、和社會習俗格格不入的人，這些人和相應的文學人物形象，都可以歸入局外人的系列。文學傳統是一個開放的體系，總會有不同的作者加入，有不同特點的作品呈現出來。

67 阿爾貝·加繆：《局外人》，上海：上海譯文出版社，2005 年。
68 錢鍾書：《圍城》，北京：人民文學出版社，1991 年。

2.2 總結

在這一小節中，我們研討了：

- 不同的作家對社會有類似的觀察，不同的時代和地域的作家對人生可以有相似的體會，這是系列人物形象的基礎。
- 作家的價值觀念、藝術趣味可以相互影響，作家在寫作時總是在彼此借鑒，共享創作體驗。
- 由於作品內容、創作語境的不同，作者的觀察角度有異，同一系列的人物形象也會有明顯的不同。
- 跨越時代和地域比較分析同一系列的人物形象，可以增進對時代與社會、文學藝術表現手法的認識。

2.3 作業練習

【論文】

- “作家往往在作品中寫出不同人物的相同特點，引發讀者對社會和人生的思考。”用本小節談論的作品和選段（任何兩部作品及其選段即可），對此論文題展開討論。
- “在文學創作中，作家總是在分享自己的創作體驗。”用本小節談論的作品和選段，就此論文題展開討論。

3 題材系列

概念探究	身份　觀點
全球問題	政治、權力和公平正義　藝術、創造和想象

題材指的是文學作品使用的材料，也指作品選取的內容之範圍。文學在描寫類似的人物，也在呈現作者對社會的觀察和思考，而在人類歷史上總是有相類似的情況出現。選取相同或類似的題材進行寫作，也就不為奇怪。

在文學史上，作品往往以題材分類，如愛情題材、戰爭題材、歷史題材等。研討題材系列對文學學習有重要意義，本節重點討論戰爭題材文學作品的情況。古今中外戰爭文學作品浩如煙海，本節只能選取少數幾部為例，同時關注觀察角度和分析方法的應用。

3.1 閱讀高適《燕歌行》、海明威《永別了，武器》和村上春樹《奇鳥行狀錄》，思考問題

❶ 文學作品如何渲染戰爭殘酷的場面？

❷ 在描寫戰爭的時候，作者如何展開對相關社會、政治和人性問題的思考？

❸ 選取同樣題材的文學作品，在觀念、切入點和表現手法上有哪些相同和不同之處？

燕歌行（並序）（節選）

高適

摐金伐鼓下榆關，旌旆逶迤碣石間。

校尉羽書飛瀚海，單於獵火照狼山。

山川蕭條極邊土，胡騎憑陵雜風雨。

戰士軍前半死生，美人帳下猶歌舞。

大漠窮秋塞草腓，孤城落日鬥兵稀。

身當恩遇常輕敵，力盡關山未解圍。

鐵衣遠戍辛勤久，玉箸應啼別離後。

少婦城南欲斷腸，征人薊北空回首。

邊庭飄颻那可度，絕域蒼茫更何有。

殺氣三時作陣雲，寒聲一夜傳刁鬥。[69]

永別了，武器（節選）

海明威

掩蔽壕外是一聲接一聲的爆炸，我們還是繼續吃通心麵。突然一聲巨響，我看到了一條閃光，接著轟隆一聲，一股疾風撲面而來。我感到無法呼吸，靈魂一下子出了竅，我以為我死了，突然聽到了一陣哀叫。這時我才意識到我動不了了，我拚命拔出了雙腿，轉身去摸那個不斷哀叫的人，原來是帕西尼。他的兩條腿膝蓋以上全給炸爛了，他痛苦地呻吟著，哀求上帝快開槍打死他，接著是一陣窒息聲。我立刻大聲喊叫勤務兵，我想解下帕西尼的綁腿布為他止血，發覺他一動不動，他已經死了。我下意識地俯下身去摸自己的膝蓋，才發覺膝蓋落在了小腿上。我的心中充滿了恐懼，祈禱上帝趕快帶我離開這裏。[70]

奇鳥行狀錄（節選）

村上春樹

虎欄混凝土地面沁滿大貓類動物撲鼻的尿臊味兒，現在又混雜著熱烘烘的血腥。虎身上仍有幾個開著的槍洞一個勁兒冒血，把他腳邊流成粘糊糊的血地。他突然覺得手中的步槍又重又涼，恨不得扔開槍蹲下來把胃裏的東西一古腦兒吐空，那樣肯定痛快。但不能吐。吐了過後要給班長打得鼻青臉腫（本人當然蒙在鼓裏，其實這個士兵 17 個月後將在伊爾庫次克附近煤礦上給蘇聯監兵用鐵鍬劈開腦袋）。[71]

---

69 高適：《燕歌行》，《全唐詩》揚州詩局刻本，清康熙四十五年（1706 年）。

70 歐內斯特・海明威，林疑今譯：《永別了，武器》第五章，上海：上海譯文出版社，2004 年。

71 村上春樹，林少華譯：《奇鳥行狀錄：第三部刺鳥人》，上海：上海譯文出版社，2002 年。

戰爭題材文學

戰爭是不同的國家和政治團體之間的暴力衝突。從國家利益和民族精神來講，為了達到政治目的，起到宣傳和鼓舞民心的作用，歷史上寫戰爭的文學作品往往突顯英雄主義和民族氣概。無論是在什麼樣的政治體制之下，這個特點在戰爭文學中都是很常見的。在中國文學史上，《木蘭辭》（南北朝）是戰爭敘事詩的一個代表，寫的是女子木蘭女扮男裝，替父從軍，建立功勳之後，不慕功名，返鄉重著女兒裝的故事。《木蘭辭》緣起於民間文學，但是在流傳過程中，官方正統文化隨著文人加工創作滲入作品中，保家衛國、侍奉父母做的道德教諭也更加明顯。吳強的小說《紅日》和曲波的《林海雪原》也都是這一類的作品。從二十世紀五十年代開始，革命英雄主義、不怕犧牲的獻身精神是中國戰爭文學的主流。由於中國和前蘇聯政治體制相同，中國文學接受了前蘇聯文學傳統的影響，這個特點也就更加突出。

不過，宣揚英雄主義的戰爭文學傳統也發生著變化。蘇聯作家鮑里斯・利沃維奇・瓦西裏耶夫的《這裏黎明靜悄悄》就是一部不同凡響的作品。小說突破了蘇聯政治體制之下英雄主義的戰爭文學傳統，加入了不少人性化的描寫。小說的主要人物是第二次世界大戰中的五位蘇聯女兵，她們都是有血有肉的人，有自己的情感和個性。最終，戰爭奪取了她們年輕的生命。小說讓我們更多地想到了人性的問題，在英雄主義的框架之外，想到戰爭給人類帶來了什麼樣的損失。《這裏黎明靜悄悄》寫在蘇聯集權政治和社會理念已經發生了一些變化的時代。可見，政治先導，英雄主義至上的創作原則，也會隨時代而發生偏轉。對英雄主義的讚頌和對人性的發掘可以結合在一起。美國作家海明威的《喪鐘為誰而鳴》被公認為是張揚英雄主義的小說，和海明威其他的反戰小說有很大的不同。不過在小說中，作者還是展示出細膩而深沉的人性思考。這說明，一個作家在不同的時期雖然會寫出不同的作品，但讀者依然可以看到一脈相承之處。

中國作家莫言用他獨特的視角來審視戰爭中的英雄和個人的問題。在他的《紅高粱家族》系列中，以"我的爺爺"余佔鼇為首的地方武裝勢力組織起一支抗日的力量。雖然在抗日戰場建立了功業，但並沒有英雄和崇高可言。"我的爺爺"所率領的只是混亂無章而沒有紀律的隊伍，他們只是為了自身的生存才對抗日軍，並沒有國家和民族的意識。在莫言筆下也沒有什麼大無畏的英雄，他們只是一些普通的農民，大敵當前他們敢於挺身而出，但內心也不無恐懼，貪生怕死。莫言的戰爭小說是對戰爭文學中英雄主義的消解，引導讀者思考戰爭和戰爭中人性的真實狀況。

展現戰爭給人帶來無可彌補的傷害，也是戰爭題材文學的主流。美國作家海明威的《永別了，武器》就是其中的代表。小說寫的是第一次世界大戰中發生的事。美國志願兵亨利在意大利戰場與英國女護士凱瑟琳相遇並相愛。亨利看到戰爭的殘酷和人們的厭戰情緒，自己也險被當作逃兵而被處死。他和凱瑟琳逃離戰場，過了短暫的幸福生活，但不幸的是凱瑟琳因難產而死。小說渲染了戰爭給一代年輕人帶來的恐懼，以及戰爭如何奪去他們對幸福生活的期盼。海明威是第一次世界大戰之後美國"迷惘的一代"之代表作家，《永別了，武器》也是反戰文學的標誌性作品。

美國作家提姆·歐布萊恩的小說《負重》也突出地描寫了戰爭給人們帶來的精神上的痛苦。小說的題目"負重"意味深長：戰爭中的人無法放下內心沉重的負擔。他們有那麼多的期盼、困惑、恐懼、傷痛，而戰爭中人的命運如此不可預測，生與死只是在一線之間。小說描寫手法不同凡響，虛實相間，更加充分地體現了戰爭中人們心理世界的負擔是如何之沉重。小說寫到一個震撼性的細節：好朋友柯特和拉特玩煙霧彈的遊戲。柯特踩上了地雷被炸死，拉特感到非常內疚，將內心極度的痛苦發泄在無辜的動物身上，槍殺了一頭水牛犢。小說極力渲染屠殺水牛的細節，讓讀者更真切地感受到人物經歷著的無法承受的精神創傷、無助和絕望，以及隨之而來的失態、是非觀念的倒置而產生的邪惡。所有這些超乎常理的舉動都是戰爭帶來的惡果。屠殺水牛的細節讓人聯想到海明威小說《午後之死》中的鬥牛。海明威用鬥牛士和牛的生死搏鬥比擬戰爭的殘酷，但鬥牛畢竟還是實力的較量。在歐布萊恩筆下，勇敢已經變成了一種沒有意義的屠殺。水牛如此弱小，毫無反抗之力，恰好印證殺戮之邪惡，殺戮者內心的虛弱和無助。在歐布萊恩的筆下，戰爭已經失去了價值和意義。

戰爭給人帶來的創傷也包括人的生存價值和社會地位的改變。白先勇的短篇小說《歲除》中的國民黨軍人賴鳴升曾經是一位叱吒風雲的英雄，但時過境遷，國民黨軍敗退到台灣之後，賴鳴升失去了建功立業的土壤，日漸衰老的年紀也讓他再沒有東山再起的機會。潦倒中的賴鳴升在劉營長家度過除夕，淪落為一個生活在過去光環中誇誇其談的老人。作者窺探到賴鳴升的內心深處，他雖然不失時機地誇耀自己，但顯得如此不自量力，在別人眼中幾乎變成一個笑柄。在賴鳴升的身上，作者寄托了對一代軍人的憐憫和同情。英雄末路，舊日輝煌變成了今天的笑談，戰爭的意義何在，這是作者留給我們深思的問題。

反戰文學常常對操縱戰爭的國家機器和官僚階層表現出強烈的懷疑和不信任，由此批判戰爭的合理性。唐代詩人高適的《燕歌行》寫的是軍人遠征的經歷。前方將士英勇殺敵，傷亡慘重，高級將領卻在縱情聲色，"戰士軍前半死生，美人帳下猶歌舞"，兩者形成強烈的對比。美國小說家約瑟夫·海勒的《第二十二條軍規》寫的是第二次世界大戰中發生的事，美國空軍的一個飛行中隊在歐洲執行任務。中隊的長官官迷心竅，一心想往上爬，飛行隊員深受其害。他們憎惡長官，厭倦戰爭，都想及早回家。小說虛擬了所謂的"二十二條軍規"：

只要有精神疾患，就可以回國養病，條件是自己要提出申請，而一旦提出申請，就說明神志正常，必須繼續服役。這個黑色幽默的故事，展示了作為政治工具的戰爭被當局任意操控，何等荒唐。二十世紀五十年代，西方社會的價值觀念發生了很大的變化。第二次世界大戰之後，朝鮮戰爭、越南戰爭相繼發生，青年人的厭戰情緒逐步加深，轉變成對政治理念和國家制度的不信任。反戰文學由此也增加了新的內容。

日本作家村上春樹的《奇鳥行狀錄》也展示出戰爭行為之錯謬，戰爭是毫無意義的屠殺。小說寫的是第二次世界大戰即將結束的時候，侵華日軍在中國東北的一次虐殺動物的"軍事行動"。一隊日軍奉命"解決"偽滿州國動物園裏的大型動物。最初的指令是用毒藥了結這些動物的生命，但隊伍到了動物園之後，發現毒藥根本不在現場。執行任務的中尉軍官向上級詢問，卻受到嚴厲的訓斥。中尉只能自作主張，用寶貴的子彈執行任務，而屠殺動物的過程卻異常之艱難，最後只能把大象留下。虐殺動物的安排看似條理而周密，但漏洞百出。執行命令的中尉本來只是一名文職軍官，而士兵連動物的心臟在哪裏都不清楚。不難看出，日本帝國強大的國家機器看似運作正常，條理有序，實際上荒唐無稽。在描寫屠殺動物的時候，小說穿插了敘述者從第一人稱視角的描述：不久之後，這些士兵也將被送上戰場，面臨死亡的命運，而他們唯一希望的，就是死得痛快一些。兩條平行的敘事線索穿插切換，讓讀者感到戰爭本是毫無意義的互相殘殺。執行任務的士兵可能從來沒有見過大型動物，更沒有如此近距離地站在他們面前。正因為如此，他們似乎是在做一個與自己無關的事。在這裏，小說流露出強烈的悲哀意識：戰爭只是政治當局的瘋狂，普通民眾只能是戰爭的犧牲品。行動結束之後，動物園的獸醫居然閃出一個念頭，要給發高燒的狒狒準備食物。這個貌似詭異的想法，讓讀者感覺到生存已經變得可有可無；死亡如此確鑿無疑，生命反而顯得猥瑣而可笑。這種顛倒混亂的世界，是戰爭給人類帶來的最深切的悲哀。

3.2 總結

在這一小節中，我們研討了：

- 作家總是在記錄對時代生活影響最大的事件，用藝術的形式將其記錄下來。戰爭是其中之一。
- 對文學創作題材的處理，在很大程度上受國家利益和政治形勢的影響。戰爭事件和政治利益密切相關，戰爭文學的政治色彩尤其明顯。
- 對人性的關注和思考，在文學史上是一條鮮明的線索，無論使用什麼樣的題材。很多戰爭題材的文學作品以質疑的態度觀察和記錄戰爭，體會戰爭對人性的傷害。

- 是否能震撼讀者的心靈，是藝術形象成功的關鍵；真切的觀察、發自內心的情感流露，可以在寫作和閱讀之間搭建橋樑。戰爭文學能牽動人心，原因即在於此。
- 藝術家總是有自己的想象和創作空間。或是直面恐怖的殘暴，或調整敘事及修辭策略，間接隱晦地呈現戰爭場面，不同的作家對戰爭題材有不同的處理。

3.3 作業練習

【個人口頭報告】

結合本節選文，思考全球問題“政治、權力和公平正義”或“藝術、創造和想象”，同時考慮到概念探究點“身份”和“觀點”，準備一份個人口頭報告。

第 13 章　多元模式

❶ 跨體裁寫作

概念探究	創造　呈現
全球問題	文化、身份和社區　藝術、創造和想象

1.1 閱讀曹禺《雷雨》，思考問題

❶ 戲劇表演的劇本中，為什麼會有詳細的人物描寫？

❷ “案頭劇本”指的是什麼？戲劇劇本是否都有案頭劇本的特點？

❸ 對一個文學作品來講，所使用的文體形式是單一的，還是多種多樣的？

❹ 多元化的文體形式，是藝術創作的敗筆，還是會給文學作品帶來活力？

在曹禺的《雷雨》中，重要人物出場的時候，劇本中都有詳細介紹性的描寫。下面是周萍的出場描寫：

雷雨（節選）

曹禺

中門大開，周萍進。他約莫有二十八九，臉色蒼白，軀幹比他的弟弟略微長些。他的面目清秀，甚至於可以說美，但不是一看就使女人醉心的那種男子。他有寬而黑的眉毛，

有厚的耳垂，粗大的手掌，乍一看，有時會令人覺得他有些憨氣的；不過，若是你再長久地同他坐一坐，會感到他的氣味不是你所想的那麼純樸可喜，他是經過了雕琢的，雖然性格上那些粗澀的渣滓經過了教育的提煉，成為精細而優美了；但是一種可以煉鋼熔鐵的，不成形的原始人生活中所有的那種“蠻”力，也就是因為鬱悶，長久離開了空氣的原因，成為懷疑的，怯弱的，莫名其妙的了。和他談兩三句話，便知道這是一個美麗的空形，如生在田野的麥苗移植在暖室裏，雖然也開花結實，但是空虛脆弱，經不起現實的風霜。在他灰暗的眼神裏，你看見了不定，猶疑，怯弱同衝突。當他的眼神暗下來，瞳人微微地在閃爍的時候，你知道他在密閱自己的內心過缺，而又怕人窺探出他是這樣無能，只討生活於自己的內心的小圈子裏。但是你以為他是做不出驚人的事情，沒有男子的膽量麼？不，在他感情的潮湧起的時候，——哦，你單看他眼角間一條時時刻刻地變動的刺激人的圓線，極衝動而敏銳地紅而厚的嘴唇，你便知道在這種時候，他會冒然地做出自己終身詛咒的事，而他生活是不會有計劃的。……[72]

“戲劇”是一種特殊的文學樣式。和別的文學樣式不同，戲劇是表演藝術，戲劇的劇本本來是為表演而準備的，而小說、散文和詩歌是供讀者來閱讀的。不過，既然是一種文學樣式，戲劇借用別的表現手法，也不奇怪。曹禺的《雷雨》就是這方面的顯著事例。

《雷雨》的人物出場描寫有鮮明的小說特點。以周萍的出場描寫為例。周萍的出場有人物外形描寫，寫到他的臉色、眉毛和衣著：“臉色蒼白，軀幹比他的弟弟略微長些。他的面目清秀”，“穿一件藏青的綢袍，西服褲，漆皮鞋”，劇作者也從全能視角出發，體會人物的心理活動：“他也恨一切經些教育陶冶的女人，（因為她們會提醒他的缺點）同一切細微的情緒，他覺得‘膩’。”作者還用直接引語的方式，披露人物的心理活動：“他想‘能拯救他的女人大概是她吧！’”在這之上，作者進一步對人物發表評論。在這時，劇作者不失時機地邀請讀者進入作品的世界，以第二人稱“你”稱呼讀者，向讀者講解人物的特點，希望讀者有類似的體會：“乍一看，有時會令人覺得他有些憨氣的；不過，若是你再長久地同他坐一坐，會感到他的氣味不是你所想的那麼純樸可喜”，“這種感情的波紋是在他心裏隱約地流蕩著，潛伏著；他自己只是順著自己之情感的流在走，他不能用理智再冷酷地剖析自己”。

劇作者對人物的描寫在精細之餘，更加上了評論分析的色彩：“你以為他是做不出驚人的事情，沒有男子的膽量麼？不，在他感情的潮湧起的時候，——哦，你單看他眼角間一條時

72 曹禺：《雷雨》，北京：人民文學出版社，1999 年。

時刻刻地變動的刺激人的圓線，極衝動而敏銳地紅而厚的嘴唇，你便知道在這種時候，他會冒然地做出自己終身詛咒的事，而他生活是不會有計劃的。” 在分析評論的時候 ，作者還加入了一些修辭手法，增加了作者主觀介入的色彩，例如設問句“你以為他⋯⋯沒有男子的膽量麼？” 和語氣詞“哦，你單看他眼角間⋯⋯”。作者更加入比喻手法，表達對人物更加具體而精細的認知感受：“和他談兩三句話，便知道這是一個美麗的空形，如生在田野的麥苗移植在暖室裏，雖然也開花結實，但是空虛脆弱，經不起現實的風霜”。在描寫眼前的人物之外，劇作者更交代了人物將來的打算：“於是他要離開這個地方——這個能引起人的無邊惡夢似的老房子，走到任何地方。”

戲劇作品本來是為演員表演所用的腳本，在劇本中，台詞應該佔據主要地位，在這之外，加入一些台詞提示、劇中角色介紹等內容，起輔助作用。從常理上講，既然是劇中角色介紹，就應該簡潔明瞭，只是講出角色的主要特點，給演員做出提示就夠了，而觀眾對角色的體會要從演員的表演中才能得到。《雷雨》中寫到的顯然已經不是簡單的角色介紹，而是全方位多層面的人物描寫，作用和功能甚至超出小說的一般模式，變得無所不包，比小說有過之而無不及。而且，介紹中提到的人物特點在演員的表演中不會完全表現出來，所以人物介紹已經不是為表演所用，而是有了自己獨立的作用：作者希望人們在閱讀劇本的時候，體會到人物的性格特點。就算是這些特點在表演中無法體現，讀者在閱讀劇本的時候也可以感受到。這樣的戲劇作用兼有戲劇和小說的特點，或者說有案頭劇本的特點。

就藝術創作而言，過於直白地介紹人物特點並不總是一個很聰明的方法。對戲劇來講，這樣做或多或少會干擾演員的表演，有可能使得演員的藝術天分不能得到正常發揮，同時會讓讀過劇本的觀眾有先入為主的理解，對他們的想象空間構成限制。不過，作者的創作激情可以由此得到更充分的體現，讀者可以受到最直接的感染，作者的寫作動機也體現得更加順暢。

1.2 閱讀《三毛：私家相冊》中有關三毛作品的內容，思考問題

❶ 一位作家用什麼形式寫作，應如何判定？從哪個角度做出判斷才是恰當合理的？

❷ 不同的文學形式是否可以重迭交叉在一起？

❸ 打破文學形式規範的限制，是否會給文學寫作提供新的機會？

三毛：私家相冊（節選）

師永剛、陳文芬、馮昭

三毛的作品集雖然多達18冊，但除了一冊是電影劇本外，其餘均為散文。而且三毛自己也多次強調她“只會用第一人稱寫作，不會用第三人稱寫別人的故事”，她說她寫的故事都是她親身經歷或親身感受的東西。……三毛的東西，你說是散文也好，這當然是正統的說法，但說其是小說也無不可，有虛構有誇張。這恰回歸了中國古代文章的本意，寫故事，抒性靈，感人就成，有歌有泣，哪分得那麼嚴格。

……

“人家還會懷疑她的作品是不是杜撰的，但我卻有一次和她講，你為什麼不編一點？她說，我寫的事都是自然地發生在身邊的事才寫下來，連我身邊發生的事都寫不完了，所以不必杜撰。三毛說，在我眼睛看過去，每件都是故事。”（三毛的大姐陳田心回憶三毛）[73]

三毛是一個才華橫溢的文學家。她留下的作品不僅有強烈的藝術魅力，同時引發了不少爭論和思考：三毛寫的是什麼——小說還是散文？在《IBDP 語言 A：中文作家名單》（2011年版）中，三毛被歸入“小說”作家之列，但在中學課堂上以及在很多讀者的認知中，三毛是一位“散文”作家。很多老師困惑不解，感到無所適從，甚至不敢觸碰三毛的作品，害怕在選擇作品的時候“犯錯誤”。

三毛是一位自由隨性、不受約束的作家。文學形式是一種寫作傳統，不同的形式都有自己的格式要求，從她的性情和處事方式來看，三毛是不願意受這些限制的。以自己對生活真切的感受和超凡不俗的藝術天分，三毛要隨自己性情所至寫文章。明代文學評論家袁宏道把“獨抒性靈，不拘格套”（袁宏道《敘小修詩》）當作文學寫作的最高境界。三毛就是這樣一位書寫“性靈”的作家。

三毛自己說，她“不會用第三人稱寫別人的故事”。不過，從閱讀接受的角度來看，這並不是說三毛筆下的第一人稱“我”就一定是作者本人，不能說“我”的故事和作者三毛的真實生活經歷一定吻合。三毛很多作品情節曲折，設計工巧，語言修煉精美，含蓄韻致，人物性格多重而複雜，主題意蘊耐人尋味。所有這些特點生活原型都無法具備，藝術加工和創造是必不可少的。

---

73 師永剛、陳文芬、馮昭：《三毛：私家相冊》，北京：中信出版社，2005 年。

在這個意義上，文學作品的多角度解讀是必不可少的。一般來說，從生平和個人經歷來體會作者的寫作動機，是研讀文學作品的有效方法。但是，是不是每個讀者都願意這樣去閱讀？讀者有沒有自己的解讀權，可不可以從自己的體會入手，加入自己的生活經驗，得出自己的結論？文本一旦呈現在讀者面前，就提供了無限的可能性。三毛的撒哈拉故事，有哪些讀法？我們應該把這些故事當作什麼文章來讀？

解讀之一：撒哈拉的故事是遊記，記載三毛個人的沙漠之旅。這樣的說法有道理，因為人們第一讀到的，都是神奇的異國風光和風俗習慣，以及作者的探險遊歷。從三毛的撒哈拉故事面世到今天，很多人都是把書當作個人遊記類的文章來讀的，好像跟著三毛到大漠裏走一遭，就已經把書讀完了，心滿意足。

解讀之二：撒哈拉的故事是愛情故事和家庭生活記趣，或者說是作者的個人傳記。這樣的說法也有道理，和第一種讀法也沒有什麼衝突。讀者可以專注在三毛和荷西沙漠生活中色彩斑斕的多個畫面和生活情趣。如果把書中的很多細節拼湊起來，我們就看到了作者三毛生活的一個完整的畫面。

為什麼有這些解讀的方法呢？這是和我們讀者的生活經歷有關的。出行旅遊，周遊世界，從古到今都是很多人的理想。把自己的遊歷記錄下來，也是人之常情。三毛的遊歷，在我們讀者的生活經歷中得到認同。把撒哈拉的故事當作遊記，是自然而然的事。就算是把撒哈拉故事當作旅遊指南或“攻略”一類的文章，也沒有什麼大錯。從體裁的意義上來講，遊記或者個人生活記趣，也是很多文人熱衷的體裁，在中國文學史上，個人生活記趣也是常見的文學創作。

第三種解讀方法，是首先把三毛的散文當作文學作品，感受和品味作為藝術家的三毛想在文本中表現什麼、隱藏什麼、誇大什麼、淡化什麼，感受和品味作為藝術家的三毛如何把藝術化的人生經歷寫在書中。和前兩種方法相比，這種解讀方法有明顯的不同，因為它側重文學元素在作品中的作用，傾向於探討文學想象和藝術構思在作品中的價值。

這三種解讀方法有沒有優劣之分呢？這是一個不容易回答的問題。把三毛的散文當作遊記和家庭生活記趣，會讓讀者感受和體會到三毛作為一個情感豐富、個性鮮明的人生活的方方面面，會讓我們讀者去更深切地體驗文中的人生經歷和複雜的情感，甚至可以認同三毛的經歷，引發情感共鳴。

不過，三毛是文學家，文學作品總是有虛構和誇張的成分。虛構和誇張不是作者故意在做語言遊戲，而是作者人生見解和哲學思考的特殊表達方式。作者的藝術構思值得我們注意，對生活中的內容或是誇張，或是隱藏，或是渲染而詩意化，或是加上強烈的價值判斷。

作者在這些方面所下的功夫不是隨意的，而是文學藝術家的特點所在。作為讀者，我們帶上一副藝術的“有色眼鏡”，對篇章中寫到的東西做一些過濾、取捨，就會發現文學藝術家眼中的人生、他們對人生的感知和表達方式，是很不同的。

相比之下，如果只是把三毛的作品看作是遊記或者個人生活的記述，可能就會有“盲點”，不容易看到那些不易直接描述，只可以用藝術的方式加工出來，讀者心領神會的精妙之處。但是，不要忘記，藝術總是建立在人生體驗之上的。作為藝術家的三毛和生活中的三毛不可以分開。我們從生平、家庭生活、探險遊歷的角度來審視作品的整體構思和具體內容，都是非常重要的環節。

1.3 延伸閱讀和思考

延伸閱讀提示：下面的文學作品都有跨文體寫作的特點，可以作為這一小節的研習作品。

1.3.1 法蘭茲·卡夫卡《變形記》

卡夫卡是奧地利作家，他的小說《變形記》寫的是小職員格里高爾早晨起來發現自己變成了一個大甲蟲，從此和家人無法共同生活，也無法繼續工作、掙錢養家，成了家人的累贅。格里高爾抑鬱，自棄，最後死去。小說使用了寓言式的寫作手法，借用了寓言的故事結構模式，寄寓了人生哲理。同時，小說又有許多細致的人物描寫、情節規劃，具有鮮明的小說特點。

1.3.2 姜戎《狼圖騰》

姜戎，中國當代作家。他的小說《狼圖騰》寫的是二十世紀六十到七十年代中國文化大革命時期在內蒙古草原插隊的北京知識青年對狼與人類關係的觀察和感受。主人公陳陣從草原牧民的生活經驗中得知，狼是和人類和諧共存的一種動物，而陳陣看到的卻是國家政策所鼓勵的滅狼行動，對草原生態形成破壞，導致草原沙化嚴重。《狼圖騰》兼有虛構和紀實性的特點，與傳統意義上的小說有所不同，因此也引發了觀點不同的評論。

孟繁華（中國文化與文學研究所所長）：《狼圖騰》在當代中國文學的整體格局中，是一個燦爛而奇異的存在：如果將它作為小說來讀，它充滿了歷史和傳說；如果將它當作一部文化人類學著作來讀，它又充滿了虛構和想象。作者將他的學識和文學能力奇妙地結合在一起，這就是作品的獨特性。它的具體描述和人類學知識相互滲透得如此出人意料、不可思議。……

中國作家網：《狼圖騰》以一種令人驚訝的挑戰姿態歪曲事實、顛覆常識。作者信奉一種幼稚的生物主義決定論，偏執地認為狼對於人類的文明進步起著決定性的作用。因為缺乏對常識的尊重，所以，作者在展開敘述的過程中，就很難維持主題與事象的邏輯上的一致性和關聯性。……[74]

1.4 總結

在這一小節中，我們研討了：

- 一般來說，用什麼文體形式寫作，作者有明確的意圖；讀者也有明確的期待，會把自己有的閱讀經驗投射在新作品的閱讀之中。
- 文體形式和交流目的、交流媒介、視角切入點密切相關。一般來講，選擇一種媒介就等於選擇了文體形式和相應的語言特點。
- 作者可以突破一種文體形式的束縛，更自由地表達自己，在讀者中間造成不同的閱讀效果。
- 打破受眾的閱讀期待可能會引發困惑不解甚至爭論，但形式的調整也為文學創作帶來新的機遇。“不拘一格”是藝術成功與否的節點。

1.5 作業練習

【論文】

“在形式上不拘一格，文學作品才會獲得成功。”根據本節分析或介紹的幾部作品，就這個論題展開討論。

74 百度百科，https://baike.baidu.com/item/%E7%8B%BC%E5%9B%BE%E8%85%BE/10991623，2019 年 8 月 9 日瀏覽。

② 多元交流模式："軟文"

概念探究	文化　轉化
全球問題	信仰、價值觀和教育　科學、技術和環境

2.1 閱讀《醫院驗身報告鐵證　一個月擊退三高超標》，思考問題

❶ 就一篇文章來講，文體形式是單一的，還是多樣化的？

❷ 文章的交流目的為何？交流目的會如何影響到文章的文體形式？

"軟文"是流行的廣告文體形式，又稱為"軟"廣告，相對於直接推銷商品或做公益宣傳的"硬性"廣告。從文體和語言表達的意義上來講，軟文是廣告和另外一種或幾種文體形式的組合，或者說是借另一種文體之形，行廣告之實。

《頭條日報》（2011 年 9 月 23 日）

前面是香港《頭條日報》的一個版面[75]：

一眼看上去，這好像是一個新聞報道，說明“三高超標”的健康問題如何嚴重，而醫藥學發展已經找到了解決問題的方法。從大標題“醫院驗身報告鐵證　1 個月擊退三高超標”以及標題下面的內容概述，讀者幾乎可以確信，這是一個有關醫藥學發展的客觀真實的報道。通欄標題和內容概述，都是新聞報道常用的格式。再者，這個版面是在報紙的“港聞”版，報道香港的新聞大事，當然應該是這一版的主要內容。所以，從版面的選擇來講，讀者也很容易相信，讀到的是新聞報道。

不過，仔細的讀者會發現，文章和整個文本版面的交流目的是商業廣告性的：一種“樂道三七”的中藥製劑是文本所推銷的產品。讀者可以看到廣告中常用的語言特點和廣告式的推銷手法，例如“血管乾淨，您無三高”這樣簡潔明瞭的煽動性很強的廣告推銷語言、免費測試和價格優惠的招牌吸引等等。而版面右上角的照片，在新聞報道的價值之外，又加上了商業推銷的價值，“驗身鐵證”四個字是要“證明”藥是有效的，而不是說明或者報道醫藥學的新發展。這些都是“軟文”的顯著特點。

人們普遍認為，新聞報道是公正客觀的，新聞報道中出現的內容真實可信。用新聞報道的文體特點來達到商業銷售的目的，應該是非常有效的。在這個版面中，“新聞性”顯然佔據明顯的地位，給人留下最深的印象；“商業性”的元素看上去不是那麼醒目，但是在“新聞性”效果的掩護下，商業銷售和廣告推銷目的就很容易產生效果了。

當然，我們不能說借用新聞報道的方式來做商業廣告就是一種欺騙。文本的作者是在利用受眾的接受習慣或者慣常的思考方式，在心理上打開一個缺口，以達到商業目的。不過，這樣的方式也的確會給無良商人製造機會，推銷名不副實的產品。在一個法制社會，會有制度和條例限制這樣的欺騙現象出現。在這個版面上，我們在右上角會看到“廣告”兩個字，這就是在提醒受眾要自己動腦子，在商業推銷和新聞報道之間做出判斷。這樣的做法，體現了媒體的社會責任感以及政府律令和社會監督的作用。

但是，我們也應該注意到，“廣告”兩個字非常不引人注目，和“港聞”兩個字無法相比。這是不是也說明，文本和版面的作者是在儘量利用新聞文體的表達效果，達到廣告的交流目的呢？軟文的最終交流目的是廣告，所以在合法的範圍之內，盡力突出推廣的效益，是完全可以理解的。其實，在一個廣告中，我們也常常看到廣告設計者故意突出或淡化一種內容（例如在推銷藥物時，突出藥效，淡化副作用），這也是同樣的道理。

75《醫院驗身報告鐵證 1 個月擊退三高超標》，香港《頭條日報》（2011 年 9 月 23 日）。

文本發生神奇的作用，受眾也在扮演著重要的角色。雖然文本的作者巧用文體形式達到交流目的，但是有知識和判斷力的受眾應該會做出有理智的判斷。雖然被商業廣告誘導甚至被不良商人欺騙的現象有可能出現，但是隨著受眾的知識水平提高，政府措施和社會監督變得更加有效，這樣的情況只會越來越少。但令人擔心的是，在一個法制不健全的社會，新聞和廣告版面的分界並不是那麼清楚，甚至還有有意含混的地方。

隨著社會的發展，民眾教育程度的提高，文體形式的解釋權和使用權已經不局限在少數人的手裏。同時，民眾也要有更多的理性和智慧，要對社會和自己負更大的責任。現今社會的人應該不會像以前的人一樣全盤相信，會意識到官方操控、商家買斷的現象很可能存在，而且會影響到新聞的真實可靠性。當讀者讀到一份社會問題的“調查報告”時，也要用冷靜而清醒的頭腦去仔細審視其中事例和數據的真實性，做出自己的評判；當作者用了情緒化的語言來陳述“事實”時，讀者應該“退後一步”保持距離，做出自己的判斷。而媒體人也應該受到道德和法律的約束，在新聞和宣傳及廣告之間劃一條界限。

2.2 延伸閱讀、觀賞和思考

關注“走心廣告”現象，閱讀或觀看“滴滴廣告”和“大眾銀行廣告”，比較和《醫院驗身報告鐵證　1 個月擊退三高超標》的同異之處。

“走心廣告”：廣告的一種表現風格，通常是將廣告推廣的內容融入一個故事中，或者是用故事作為先導，引出廣告的內容和推廣目的。由於故事情感豐富，打動人心，故得名“走心廣告”。近年來走心廣告在紙質及影像媒體平台頻頻出現。走心廣告用時較長，費用較高，但由於推廣效果好，依然受到推廣方青睞。不過隨著公眾識別意識增強，走心廣告的效用也會有折扣，其虛擬誇張的形式甚至受到質疑和嘲笑。除了宣傳推廣之外，走心廣告也有相對獨立的道德教育和審美賞鑒的作用，和廣告之推廣效應密不可分。

滴滴廣告

那些你知道和不知道的事（節選）

你知道她一直想去草原，

但你不知道

有你的地方她都想去；

……[76]

大眾銀行廣告

母親的勇氣（節選）

內容概要：一位台灣母親赴委內瑞拉探望剛生了孩子的女兒，帶了一些中藥材給女兒補身體，入境時被當地檢疫部門查出，被認定是違禁品，受到質詢。結尾之處，廣告打出字幕“堅韌　勇敢　愛　不平凡的平凡大眾 大眾銀行”。廣告稱是“真實故事改編”。[77]

YouTube 部分觀眾對《母親的勇氣》評論：[78]

Max budajumpwall　6 years ago

無論是真實或改編，這廣告傳達出的及對社會是正面且溫暖的，就該讚賞。管他跟銀行有沒有關係。

76 滴滴走心廣告：《那些你知道和不知道的事》，https://www.digitaling.com/projects/23951.html，2019 年 8 月 9 日瀏覽。

77 大眾銀行廣告：《母親的勇氣》，https://www.youtube.com/watch?v=IZD1Bx1yPRU&list=PLYlgeUlIKxNCecKBe8_ReKshYh4lkB92e&index=5，2019 年 8 月 9 日瀏覽。

78 同注 77。

Asa1868 7 years ago

畢竟是商業廣告憑良心講真的是煽情了點，根據新聞訪問蔡媽媽的說法。但其實它的意境很棒，銀行最後的 slogan 寫的很好，只不過有沒有就因此去這家銀行那又是另外一件事，所以也不用太苛求說銀行憑什麼把名字放在影片最後面。至少企業願意製作這樣的廣告真的要大大的鼓勵，謝謝他們找出這個故事透過廣告讓大家知道就在我們身旁有這麼感人的事跡。……

Waterbruce 7 years ago

銀行拍這段廣告的動機，應該不是單純地想宣揚老媽媽的精神吧，應該是想圖利吧，如果是這樣，我們就不能說銀行出資拍這廣告是有功勞的，不能說至少它讓我們知道老媽媽的故事，為什麼？因為它的目地（按：的），是想利用這個故事圖利，所以我們不能因感情用事而合理化商業手段，所以，基於此，我決定不要跟這家銀行往來！再者我向各位呼籲：要冷靜！！

Jiwaylin 7 years ago

廣告改編自真實故事，請注意“改編”就不是真實，別為此爭論不休。我也感動流淚，但不會太入戲而當真。像“中藥”那一段，在台灣已不能出關，何來在他國遭盤查之理；這只是編劇增加氣氛而已，別再為此鬥嘴了。

Hwuan happyday 8 years ago

每次在電視上看到這支廣告只有一個感覺～不舒服！太矯情太噁心了！聽說廣告製作費還非常高，真不知大眾銀行和廣告代理商是不是都起肖（按：台語，即“發瘋”之意）了，幹嘛花這麼多錢讓消費者不舒服！

2.3 總結

在這一小節中，我們研討了：

- 信息傳播性文體和宣傳說服性的文體會交互使用，在傳播信息的時候，政治、商業性的交流目的常常會介入。作者或編者會有意識地進行操控，實現商業和政治宣傳的目的。

- 借用文體之間的不同特點來傳達信息，可以達到意外的交流效果。
- 作者的交流目的能不能實現，如何實現，取決於受眾如何接受作品。
- 技術發展和更新給文體形式的變革帶來新的機會。作者有更多的自由度嘗試新的寫作樣式，受眾也在不斷調整自己，增加閱歷，分辨不同的文體樣式和交流目的，成為一個有知識、有思考和判斷力的接受者。

2.4 作業練習

【學習檔案】

搜集和多元交流模式相關的文本數據，如“軟文”“走心廣告”等，從概念“文化”“轉化”的角度進入思考，思考和“信仰、價值觀和教育”“科學、技術和環境”全球話題的關聯。

第六部分　評估

第 14 章　文本分析

❶ 總體要求

“文本分析”或“有引導題的文本分析”（在評估序列中又稱為“試卷一”）是語言與文學課程校外評估的一部分，在課程結束時以閉卷書面考試的方式完成。

對高級和普通級課程來說，這項評估的分量、時間、分數和分值都有所不同。

	普通級	高級
分量	完成 1 篇文本的分析	完成 2 篇文本的分析
時間	75 分鐘	135 分鐘
分數和分值	總分 20 分，分值 35%	總分 40 分，分值 35%

該試卷由兩篇非文學文本構成，它們分屬兩種不同的文本類型，每一篇文本都附有一個引導題。考試要求學生針對某一項具體的文體特點、語言風格等形式元素展開分析，並撰寫一篇分析文章。學生可以根據引導題的提示來展開分析，也可以有自己的入手點。

學生要對文本進行精細地分析，包括對內容的詮釋，對語言技巧和文體風格的理解，以及語言和文體形式如何有助於展示語境、寫作意圖和讀者需求，如何呈現內容、表達觀點和情感。引導題的重點是啟發高階思考和深入探究。

文本分析評估要求學生寫一篇完整的分析評論文章。雖然文章的字數沒有限定，但是文章的內容必須充實完整，結構、語言使用必須達到分析類文章的要求。

2 文本形式

文本形式和語言特色是這項評估的重點。學生不只是要理解文章的內容，還要對表達形式和語言如何發生作用有足夠的認識。課程要求學生對多種文體的文本展開研讀，理解文體形式的特點和相應的語言表達形式。如廣告、專欄、社交網頁、博客、小冊子等，都在文體形式之列。文本可能是有文字的，也可能沒有文字，或者是圖文並茂。

3 文本分析

3.1 文本分析要素

"文本分析"是在做什麼？我們舉香港康樂及文化事務署的標識為例，來做一段分析：

這個標識是香港康樂及文化事務署使用的，出現在公共場所有運動和娛樂設施的地方。在這個標識中，有一個人形的圖案，圖案的佈局明顯看得出有一個人在打太極拳。這個標識的作用非常明顯，讓我們知道這是香港市民娛樂運動的地方。中國文化的元素在這裏顯示得非常明顯。拳師的動作非常優美，身體線條舒展自如，這又展示出中國傳統體育運動的魅力。打拳的人身後是紅色的圓形，似乎意味著紅色的朝陽，而整個圖形似乎是在圖解民眾晨練的情景，讓人感覺到勃勃生機。晨練是在香港和中國內地許多城市常見的景觀。這個標識既形象、準確地表述了香港市民生活中的一個場景，同時也體現了中國人積極向上的精神氣概，給人留下深刻的印象。

在這段分析中，有很多值得我們注意的地方：

- 介紹：文章先介紹了圖形的來源和用途，為下面的分析做好了鋪墊。在做文本分析的時候，文本生成的環境、發生作用的場景和對象等非常重要。在這一點介紹清楚之後，就建立了一個框架，設定了一個思路線索，下面的分析就有了一個主線。當然，有的時候，我們看到一個陌生的文本時，並不知道它是從什麼地方來、做什麼用的。在這種情況下，憑借細節的線索，加上我們的知識和生活經驗，也可以猜測到文本的環境、場景等因素。在這個問題上，其實是沒有對和錯之言的。你的判斷是處於你的知識和生活經驗，作為一個接受者，你有權利根據你的理解解釋圖形中的內容。
- 描述：在介紹之後，文章的作者描述了在圖中看到的東西。如果是有文字的文本，作者當然也要表述看到的內容是什麼。描述到的東西只是感官接受到的，還沒有經過進一步加工，所以"似乎"這樣的詞就常會用到。
- 說明：在描述的同時，作者也要加入自己的知識和一些判斷，如"打太極拳"和"紅色的朝陽"，就是作者的觀察和發現。
- 分析：當作者寫到"拳師的動作非常優美，身體線條舒展自如"時，作者已經是在做文本分析了。在文本分析中，作者在更高的層面講出了自己的感受，其中加入了更多的審美判斷，如"動作非常優美，身體線條舒展自如"。
- 評價："展示出中國傳統體育運動的魅力""體現了中國人積極向上的精神氣概"，是作者的評價。評價和分析是前後相隨的，評價是分析的一個不可分割的部分，展示了作者基於文本的更深一層的思考，對環境、作者、受眾和交流目的的批判性的把握。

3.2 文本分析的"慣用語"

想一想，在這段分析文章中，哪些字詞非常重要？在分析中起到不可替代的作用？

這個標識是香港康樂及文化事務署使用的，出現在公共場所有運動和娛樂設施的地方。在這個標識中，有一個人形的圖案，圖案的佈局明顯看得出有一個人在打太極拳。這個標識的作用非常明顯，讓我們知道這是香港市民娛樂運動的地方。中國文化的元素在這裏顯示得非常明顯。拳師的動作非常優美，身體線條舒展自如，這又展示出中國傳統體育運動的魅力。打拳的人身後是紅色的圓形，似乎意味著紅色的朝陽，而整個圖形似乎是在圖解民眾晨練的情景，讓人感覺到勃勃生機。晨練是在香港和中國內地許多城市常見的景觀。這個標識既形象、準確地表述了香港市民生活中的一個場景，同時也體現了中國人積極向上的精神氣概，給人留下深刻的印象。

如果我們仔細看看這些劃線的字，就會發現它們的作用分下面幾類，而這幾類的文字如果按照一個順序連起來，就可以表達一個意思，完成一個分析。

- 文本發生作用的方式：顯示得、展示出、意味著
- 發生作用的程度和範圍：形象、準確、深刻
- 發生作用的具體情況：魅力、（讓人感覺到）勃勃生機、（體現了……）精神氣概、（給人留下）深刻的印象

分析相關的詞語和句子非常重要，因為它們體現了一種思考方式，這樣的思考方式對分析和評論起著至關重要的作用。文本分析是一個理性的思考和表達的過程，語言與文學的文本分析又需要由一套特定的詞語來達到效果。在課程的學習過程中，我們一定要認識到這一點，有意識地掌握一些相對固定的句法模式和評論中習用的詞語，多做相關的練習，提高能力。

文本有不同的形式，文本分析和不同文本形式的教學應該聯繫起來。我們用敘事文學作品中的事例來說明。在小說或敘事散文中，情節結構是一個非常重要的內容。想要把握一些分析情節結構的詞語，下面的表格就會有用：

名詞（有關情節的概念範疇）		動詞和形容詞（描述有關情節的特點）	
開始、發展、高潮、結局	故事線索、情節結構、懸念、暗示	平淡無奇、平鋪直敘、設置懸念、提供暗示、曲折、意想不到	真相大白、跌宕起伏、高潮迭起、設計精巧、首尾呼應、變化多端

如果同學對“名詞”“動詞”或“形容詞”這樣的語法概念不熟悉，老師也可以簡單講明其中的前後承接關係、這些詞語的搭配對分析評論有什麼好處，並且做一些相應的練習。老師也可以安排同學做練習，如自己設定一個類似的表格，列舉關鍵詞語，使同學更有機會成為學習的主導。下面是一個分析練習事例（有下劃線的詞語是分析評論的重點詞語）：

在《沙漠中的中國飯店》中，丈夫和“我”請丈夫的老闆來家裏吃飯。開始的時候，我們看到“我”認真地準備晚飯，飯桌也搞得很漂亮。隨著故事的發展，客人吃得很高興，很喜歡吃“筍片炒冬菇”一道菜，而丈夫也非常滿意。但是故事的結局卻出人意料：菜中的“筍片”其實是黃瓜而已。這樣的情節結構有非常新奇的

效果，讓人感覺到跌宕起伏。其實，在這之前，“我”已經表示過反對請老闆來家裏吃飯，但是在丈夫的請求之下，“我”就答應了。看到結局之時，讀者就可以感覺到，原來故事的前面已經有了線索，“我”的“不願意”暗示了後來的惡作劇的發生。這樣精巧的設計使故事變化多端，體現了“我”我行我素、頑皮任性、幽默風趣的性格特點。

3.3 分析視像元素

語言與文學課程要求我們分析視像文本。不同的視像元素可以用不同的詞語來描述：

視像元素	相關分析評論詞語
顏色	鮮豔、明亮、暗淡、柔和、刺激、斑斕、……
線條	流暢、細膩、簡約、剛勁有力、舒緩自然、……
圖案	簡單、複雜、纖細、粗略、寫實、抽象、……
佈局	詳略得當、重點突出、喧賓奪主、意在言（畫）外、……

很多詞語本身就有情感色彩和價值判斷。例如，“鮮豔”“明亮”引出“勃勃生機”“希望”，“柔和”帶出“寧靜”“恬淡”，“暗淡”帶出“沉思”“哀傷”等。

在很多情況下，圖形和文字是交替出現的。就是說，圖形和文字交互作用，起到表達語義的作用。在這種情況下，我們就要想想圖形和文字是如何交互作用的。

丽江古称丽水，因地处万里长江第一湾河套地区而得名，纳西语称其为“依古堆”，意为金沙江转弯的地方。古人用“玉壁金川”形容丽江，实不为过。玉壁，指玉龙雪山；金川，指的就是金沙江。

丽江地处青藏高原东南、横断山脉东部，云南省西北部。是中国历史文化名城之一，是国家重点风景名胜区。辖古城区及玉龙、永胜、宁蒗、华坪四县，全市面积20600平方公里，人口115万。丽江地处我国西部季风气候区，属低纬度、高海拔地区。全年季节性差异明显，气候类型丰富多样，有北亚热带、中温带和高原气候的特点，具有“一山有四季，十里不同天”的垂直气候特征。年平均气温12.6°C－19.9°C，年平均日照数为2321——2554小时，年平均降雨量910－1040毫米。

看上面這則麗江旅遊推廣廣告。在做分析評論之前，想一想：

❶ 廣告中的圖形體現了麗江的什麼特色？什麼樣的景物、圖案和色彩突顯了這個特色？

❷ 廣告的文字內容和景物、圖案和色彩是怎樣搭配在一起的？效果如何？

❸ 網頁的目的是什麼？網頁上的商業廣告成分和文化歷史介紹是如何結合在一起的？

我們來看一段分析文章：

在這個宣傳網頁上，我們看到一幅非常優美的圖畫。在圖畫上，我們看到具有當地地方特色的屋頂，色彩清麗又嫺雅的綠葉和紅花與樸實的屋頂相輝映，造成了非常舒適的觀賞效果。遠處飛翔的鳥也給人一種自由的聯想，讓我們感覺到麗江之行會是一個遠離都市紛擾、自由休閒的經歷。圖案中有“日（？）沉”兩個字，給人的提示是，在太陽下山飛鳥歸林的時候，人也可以來這裏享受自然的休閒。圖案中的“客棧”二字用很特別的字體寫成，好像是隨便用手寫出來的，沒有什麼字體或者形狀的講究，這個自然隨意的感覺和右邊的圖景是相配合的。“客”字的下面是一個圖章，在中國書畫裏常見。而客棧二字與花和樹的圖形也有中國畫的寫意效果，這又給整個圖畫增加了藝術意味，和休閒的感受相配合，使得麗江更令人嚮往。

在圖畫的下面有一張照片，照片中是一個古老的房子，這個房子可能是廣告中的客棧，也可能是另外一個建築物。無論如何，這個房子和上面圖畫中的屋頂在風格上非常相似，黑白照片和圖畫中的灰黑色屋頂相互映襯，黑白色的照片和圖畫讓人感覺到好像回到了古老的過去，對有懷舊之情的人很有吸引力。照片中鋪著石頭的街道也是麗江一大特色。街道的盡頭霧氣彌漫，房子好像在霧氣之中消失了，這又給讀者神秘的感覺。街上一個人好像是在慢慢行走，在靜靜的房子和古老的街道的背景下，給人一種悠閒的感覺。

網頁的文字內容是介紹麗江的地理和氣候情況，並沒有談到麗江古老風格的建築，也沒有談到哪些建築風格的旅店客棧會對遊客有吸引力。所以，從內容上來講，網頁的文字內容和圖畫、照片沒有什麼關係。這樣一來，圖畫的廣告味道就顯得更加突出。不過，圖畫、照片和文字內容都是在說麗江古城有什麼吸引人的地方，雖然講的是不同類型的事，目的卻是一樣的。所以說，圖畫的商業廣告並不顯得很奇怪，反而和介紹麗江的文字內容協調一致。

這一段分析做到了以下幾點：第一，說明視像文本和文字內容的關係，比較了異同。文章先分析了圖畫中的圖和文，也把圖中文字的含義和圖畫本身的關聯講了出來，分析得細致、在理。而後，作者又討論了圖畫和文字內容的相關和相異之處。從批判性的角度，發現圖畫內容和文字內容的關係不是很密切的地方，這樣的思考角度在分析不同類型文本交叉出現的情況時非常必要。第三，雖然作者發現了一些看上去不如人意的地方，但是在更深的層面，作者還討論了廣告的商業性意圖和網頁對歷史地理的介紹之間的關係。商業效應和對麗江古城的介紹並沒有產生很多矛盾，反而達到了互相映襯的效果。這樣的分析達到了深度。

4 分析要點和引導題

顧名思義，引導題的作用是引導學生的思考，為分析和評論做準備。引導題不是“必答題”，學生不應該把引導題當作問題來回答，這樣會限制思路，也會影響文章的整體結構。同時，引導題也應該是開放式的，給學生以廣闊的思考空間。所以說，設置引導題是一件很不容易的事，回應引導題對學生來講也是很大的挑戰。

雖然如此，引導題的作用不可忽視。好的引導題可以給學生以啟發，提供一個思考點，從這個點出發可以有更多的發現。同學在做題的時候，一定要好好讀一下引導題，看看從中間能發現什麼。很多時候，引導題會給同學帶來意外的收穫。前面說過，這項評估是要測試同學分析文本的能力，分析的範圍是語境、受眾、交流目的和各種文體特徵，而所有這些又要基於對文本的理解和把握。所以，引導題應該在下述範圍內來引發學生的思考。要注意，引導題是要引導學生分析和評論文本的語言特色，所有的語境、作者、讀者和交流目的討論都要歸結到文體和語言特色的分析上。

語言與文學課程以概念為先導，文本分析的引導題的作用也應該為同學們提供概念探究的線索。根據課程的要求，有引導題的文本分析要求同學們就具體的文體特點和語言風格如何產生語義，如何在作者和讀者之間產生溝通做出分析。

一、有關語境、作者意圖和受眾	
思考範圍	• 文本是在什麼樣的情況下寫的？什麼樣的時代、社會和文化背景影響到文本內容的形成？ • 作者創作這個文本是為了什麼目的？這個目的是不是也受到了時代、社會和文化的影響？作者的目的是不是有時代和社會環境的特殊印記？ • 文本的受眾可能是什麼人？作者心目中的受眾是誰？潛在的受眾又可能是誰？受眾和作者有什麼關係？作者是否有意為特定的受眾群體寫作？
可能的引導題	• 文本為什麼要涉及一個敏感的問題？作者的意圖是什麼？ • 文本中有哪些內容會引起強烈的社會反應？為什麼？ • 文本會產生震撼性的效果，作者為什麼會這樣做？ • 文本記錄生活中的細微之事，要想達到什麼目的？

二、有關交流目的、作者意圖和體裁	
思考範圍	• 文本的交流目的和文本的體裁有多大的關係？是不是一種特定的體裁更容易達到一種特定的交流目的？ • 交流目的有多少是和作者相關的，有多少又和體裁有關係？作者的意願是不是能很順利地表達出來？體裁對作者意願的表達會起到什麼樣的作用？
可能的引導題	• 在報道新聞事件的同時，文本如何表達了觀點和評價？ • 在講述人物故事的時候，文本如何迎合了讀者的期待和希望？ • 作者如何用正面和反面的事例來支持論點？ • 在文本中，商業目的是如何體現出來的？ • 文本如何把提供資訊和教育勸諭的目的有效地結合起來？ • 廣告的哪些重要元素在文本中發生了作用？ • 日記的體裁的哪些特點有助於表達隱秘的內心活動和情感？

三、有關交流目的和文本結構	
思考範圍	• 文本的結構如何影響到內容的表達？文章內容的順序編排如何適應於特定的交流目的？ • 結構是不是和體裁相互配合的，就是說，一種體裁有一種特定的結構方式？發現一種結構方式的特點，是不是就找到了開啟這個文本特點的鑰匙？ • 一種體裁是不是有自己特定的內容成分？這些成分放在文本的什麼位置，以什麼形式的字體、顏色展示出來，是不是應該適應體裁的要求，同時也體現作者的意圖？ • 在結構的層面，體裁和交流目的是如何結合在一起的？使用一種結構方式，會使得交流目的更加順暢地達到，還是相反？

三、有關交流目的和文本結構	
可能的引導題	● 字體的變化如何起到突出主題的作用？ ● 作者如何用時間順序的編排來更好地傳達信息？ ● 兩篇日記的內容如何連接在一起？對內容的表達起到什麼作用？ ● 訪客的留言和評論如何體現博客原文對讀者的影響？ ● 結構的編排如何體現出自傳作者對自己的看法？ ● 傳記文本如何利用結構的編排來建立傳記人物在讀者中的形象？

四、有關文本結構和視覺內容	
思考範圍	● 視覺內容（圖案或照片）在文本中起到什麼作用？在有圖案或照片也有文字內容的時候，圖案或照片的位置是不是和結構的編排有關係？ ● 圖案或照片是不是配有文字解釋？文字解釋的位置和內容是不是也有結構的考量？ ● 版面的編排在文章中起到什麼作用？字體的大小、形狀、一個段落有沒有加框、不同類型內容的位置是否經過故意編排？
可能的引導題	● 圖像和文字結合，如何更好地表達了説服讀者的效果？ ● 圖像和文字如何互相補充，使得信息的傳達更加明瞭？ ● 照片的使用對建立傳記人物的形象起到什麼作用？ ● 恐怖的畫面如何渲染氣氛，在讀者身上造成震撼性效果？ ● 版面編排的模式如何強化了新聞報道的效果？

五、有關標題	
思考範圍	● 標題和文章的內容有什麼關聯？和體裁的特色有什麼關聯？
可能的引導題	● 標題的用語和句型結構如何強化作者觀點？ ● 標題使用的語言和文本的交流目的有什麼關係？ ● 標題使用的語言如何在新聞報道中體現褒貶評判？ ● 標題和正文如何結合，達到最佳的表達效果？ ● 主標題和副標題的使用如何使得報道的內容更加清晰明瞭？ ● 用引語做標題會有什麼特別的效果？

六、有關語氣和語調	
思考範圍	● 語氣和語調可能有哪些種類？不同的語氣和語調與文本的內容及主題有什麼關聯？ ● 語氣和語調與創作者的意圖以及文本的交流目的有什麼關係？語氣和語調的使用如何在受眾的身上產生作用？產生什麼作用？

六、有關語氣和語調	
可能的引導題	• 幽默風趣的語調會在讀者中產生什麼效果？ • 諷刺的語調如何在博客文本的交流語境中發生作用？ • 訪客評論和博主原文在語氣語調上有什麼不同？分析評論其效果。 • 哀痛的語調和日記的體裁特色與交流語境如何相呼應？ • 文本中的語調和語氣如何使得報道的內容更容易被讀者接受？ • 作者的語調和語氣如何影響到讀者對歷史事件的認識？ • 作者如何用特定的語調闡述觀點，在讀者中尋求共鳴？

七、有關人稱	
思考範圍	• 在文字文本中，人稱有哪幾個種類？人稱的使用與作者的意圖和文本的交流目的有什麼關係？ • 人稱和體裁有什麼關係？是不是不同的體裁總是有不同的人稱相配？ • 不同人稱是不是適應不同的交流目的，會達到不同的交流效果？ • 有沒有“隱形的”人稱？ • 人稱和作者是什麼關係？作者的態度是不是可以隱藏在人稱的背後？
可能的引導題	• 第一人稱的使用如何有助於表達日記中的情感？ • 在新聞報道中，第一人稱的使用如何在讀者身上發生作用？ • 在廣告中，第一人稱的使用增加了什麼特別的效果？ • 第一人稱觀察角度的局限性在文本中起到什麼作用？ • 在和讀者交流的意義上，第二人稱的使用有什麼奇妙的作用？ • 不同人稱的交互使用如何增加了文本的説服效果？ • 作者如何借用第一人稱“我”的角色來表達另一種觀點？

八、有關詞語和句式	
思考範圍	• 作者在使用不同詞語的時候，有什麼考量？是選用感情色彩強烈的，還是平淡的？是傳達信息就夠了，還是要用一些詞語表達主觀感受，例如同情、諷刺或批評？ • 作者選用什麼詞語來作修飾？是用了華麗的修飾詞，還是簡單易懂的詞語？對華麗或簡單的詞語，讀者會有什麼樣的感受？能不能讀懂，是不是喜歡？ • 文本中的詞語是描述性、評論性的，還是總結歸納性的？不同類的詞語是不是和體裁有關係？是不是和交流目的有關係？ • 文本中的句式是長而複雜的，還是短小而精煉的？句式的特點是隨意的，還是由體裁特點決定的？或是由文本的交流目的決定的？

八、有關詞語和句式	
可能的引導題	• 作者如何選用不同的詞語來展現人的社會等級？ • 從文本使用的詞語分析作者期待的讀者是什麼樣的人？ • 不同語言風格的結合如何使得小冊子對讀者有更大的吸引力？ • 流行語和俗語的使用如何與文章的內容相配合？ • 文雅而修飾性很強的詞語在讀者身上會產生什麼影響？ • 分析文本中使用的簡單易懂的詞語如何和文本的體裁達到最好的配合？ • 分析情緒化強烈的詞語如何在文本中起到突出的效果？ • 分析刺激感官的描寫性詞語如何適應主題和內容的要求？

 閱讀和分析文本

文本分析是一個細活兒。在學習過程中，文本的“細讀”是一個不可缺少的功課。然而，對文本的總體理解也很重要，同時，歷史、文化和語言的知識和能力也不可忽略。

5.1 “細讀”文本

“文本細讀”的功夫究竟在哪裏？

“縱觀”是細讀文本的第一步。在細讀之前，先要“粗讀”，就是說，要先把文本的要義有一個整體的把握。看到一個文本的時候，第一件要做的事，應該就是快速瀏覽一次，把握住文本的大義，同時對文本的結構、篇章安排乃至視覺文本和文字文本的位置擺放，都有一個整體的、直觀的把握。在粗讀的時候，也不要忘掉留意自己的第一感受：哪些詞語抓住了你的眼睛，讓你忍不住回頭重看一眼？哪些詞語和細節看不太懂，但是你感覺到有特殊的味道在裏面？哪些詞語和你平時知道的和理解的相差不遠，而哪些有讓你感覺到很“奇怪”，不容易明白？這些感受雖然細微而且飄忽不定，但是你的分析和評論可能就是要從這些詞語和細節開始。

“縱觀”之後，“細讀”緊隨其後。品味重要詞語的含義就進入了文本細讀的第一步。在這裏，中文的能力起到非常重要的作用。中文是一個古老的語言，詞義有深深的歷史印記，

歷代文人的寫作，使得詞彙的語義相沿成習，約定俗成，有了相對固定的含義。例如中文詞語中的“褒義”和“貶義”的區分，就是相對固定的：作者在用一個詞的時候，好與壞、是與非的判斷自然就帶了出來。例如，在報道極端組織首領本·拉登被擊斃的消息時，一些媒體用了本·拉登“手無寸鐵”這樣的詞語作為報道的標題，而本·拉登面對的是“荷槍實彈”、裝備精良的美國海軍陸戰隊。在中文裏，“手無寸鐵”這個詞語常常被用在善良無辜的平民百姓身上，形容他們慘遭殺戮的悲慘處境。這個詞語的運用，就顯示了媒體的一種或隱含或直接的是非判斷，對美國政府和軍隊的行為表示不滿。如果不明白“手無寸鐵”這個詞語包含著的是非判斷，對文章的理解就很難深入。

有一些詞語出現的時間比較晚，但是已經有了固定的含義，其中有很深的時代和文化的內涵。如果你在文章中遇到“下崗”這個詞，你應該知道的是“下崗”和“失業”兩個詞在角度和語氣上的細微差別——“下崗”其實是失業之嚴酷現實的委婉說法，而在委婉之背後，你應該體會到失去工作的普通民眾的失望和辛酸。在文學作品中，不同詞語中的審美判斷也是相對固定的，而且往往以“意象”的形式存留下來，文人使用這些詞語是為了尋求和讀者發生共鳴。在唐詩和宋詞中，“柳”的意象背後的含義就是親友惜別的傷感，“羌笛何必怨楊柳”就是好示例。當讀者看到“柳”這個詞時，就應該感受到相關的意蘊，體會到那種情感。

5.2 語言和歷史知識

歷史文化知識也是“細讀”的基礎。作者引用歷史文化典故的時候，也是有特定的用意在其中的。有的時候，歷史文化的元素只是出現在幾個字、一句話之中，但是其所透露出的信息與作者的用意和對讀者的期待，卻是理解文本的關鍵。岳飛和秦檜常常被用來講忠奸曲直的故事，崔鶯鶯和張生常常被用來展示有情人終成眷屬的佳話。如果有了豐厚的歷史文化知識，就算是只看到一個人名、地名，也可以領會到作者的用意，品味到文本深刻的內涵。

語境和交流目的在變化，詞語深一層的含義也不是固定的。從語用學的角度來講，語義的形成總是在一定的語境中進行的。在語境中，詞彙的深層意義會發生奇妙的變化，而這種變化其實就是語境的干預帶來的。在這種情況下，正式而嚴肅的詞語可能變得調侃而搞笑，貶斥和詆毀的詞語可以用來褒揚和讚許，粗俗不雅的詞語可能變得溫柔而體貼。詞語含義的偏移，往往就發生在最意想不到的地方。作者往往把讀者習以為常的詞義翻轉過來，給讀者大吃一驚的效果，這樣達到的效果就更加明顯。相關的內容在本書的第三部分已經討論過。

在這裏，“粗讀”的成果和感受就可以派上用場。粗讀時感受深的詞語和句子，往往就是你的中文能力和根基的體現，也可能是中文能力不夠遇到的障礙；可能是對中國的語言、歷史和文化的心領神會，也可能是你遇到的新的挑戰，需要你在作者、讀者和語境之間做一番深深的思考，才能勘破其中的許多奧妙。不厭其煩，不厭其精，仔細品味和衡量，就能在“粗”和“細”之間搭建橋樑。

5.3 語言的細部分析能力

看完詞語之後，也要看文本的人稱選擇、結構、語調語氣、修辭手法等方面。人稱是文本的作者要做出的第一個選擇。對讀者和分析者來說，應該搞清楚作者為什麼要選擇這個特定的人稱來寫，作者的主觀見解及感情和客觀分析評價是如何用在人稱的選擇中體現出來的，人稱的變化如何讓讀者感受到作者意圖和交流目的的不同。第一、第二和第三人稱的主要特點是什麼，哪種人稱在作者和讀者之間會建立更順暢的溝通，哪種人稱會留給讀者更多的思考和判斷的餘地，哪種人稱會傳達強烈的感情色彩，給讀者強大的感染力，哪種人稱會造成強烈的震撼效果和威懾力？如果你發現不同人稱之間交互使用的時候，你如何發現交互使用達到了什麼意想不到的效果？

在結構上，文章先寫什麼，後寫什麼，先後的安排是跟著時間的順序，還是按照事情發生的重要性的高低程度，是和作者的交流意圖相關，還是應體裁特點而來，亦是兩者皆有，這些方面都需要仔細掂量。如果你讀到的是一個敘事性的文本，那你的第一個看點，就應該是作者有沒有按照時間順序來寫文章，如果不是，究竟是為什麼。例如，文學性的敘事文本中常常有倒敘、插敘手法的使用，這些手法可用來突出過去事件和現在的關聯，又能引發出生活奇幻多變、色彩斑斕的感覺。同樣是時序的變化，新聞報道則在報道的重點上做文章，一般來說是突出最重要的報道的中心事件，然後談一些事件的背景。同時，文本視覺方面的元素也應該考慮在內。如果拿到的是一個類似廣告、網頁一樣的文本，文本的整體佈局，包括字體的大小和圖形、文字的配合方式，都是結構方面的重要分析對象。例如廣告中的“條件限制”往往都是以小號字體在廣告文本中不顯眼的地方出現的。這樣做的意圖是保護商家的利益，不至於受到“誇大事實”的指控，同時又能突出產品的賣點。

在語調語氣方面，想一想作者要表達什麼樣的思想和感情，哪些特定的詞語可以用來加強思想感情的表達效果，作者在文章中要營造一種什麼樣的氣氛，這種氣氛與語調語氣有什麼聯繫，又與要表達的思想和感情發生什麼樣的關係，在文章中哪些詞語可能和語調語氣相關，如何抓住這些詞語，從中發現文本的語調和語氣究竟是什麼。文學文本的語調和語氣是比較好把握的，對非文學文本來說就不太容易。有時候你會看到一篇客觀描述性的文本，但是其中卻加入了作者的情感和判斷，或同情，或批判，或讚頌，或諷刺。抓住這樣的語調語氣方面的特徵，才能進入文本的底蘊。

在修辭方面，仔細看一下在文本中有哪些修辭手法出現，以及修辭手法對文章主題和情感的表達帶來什麼神奇的效果。修辭手法和體裁與交流目的有明顯的關聯，類似比喻、象徵這樣的修辭手法，在文學文本之中是一種樣子，在非文學文本又呈現出另一種情況。不同的修辭手法可能是和不同的人稱選擇和語調語氣相關聯的，例如反問和設問的手法，就常常出現在第一人稱式的陳述觀點和意見的文本中。修辭手法有很多種類，熟識這些不同的手法，抓住其突出特徵，是進入修辭手法分析的第一步。

 閱讀分析示例

在課堂講解的時候，如果開展這樣一種“細讀”的分析活動，是不是有更好的效果？

給我一個中國娃娃（節選）[79]

龍應台

走出法蘭克福機場，迎面而來一對操美國英語的黑人夫婦，牽著個兩三歲的小女孩。……正要擦身而過，瞥見小女孩一手緊緊摟在前胸的洋娃娃；啊，是個黑娃娃！

【分析】作者從第一人稱“我”的經歷入手，作者寫了生活中習見的一件小事，但是在其中卻引出一個不同尋常的道理。

從來沒見過黑的洋娃娃，所以稍稍吃了一驚。小女孩回眸望了我一眼，嬌愛的微笑了一下，逐漸遠去。我開始領悟到自己的吃驚包含了多少愚昧：黑頭髮、黑眼睛、黑皮膚的孩子，為什麼要玩金頭髮、藍眼睛、白皮膚的娃娃？

79 龍應台：《人在歐洲》，台北：台灣時報文化公司，1988 年。

【分析】作者抓住自己“吃驚”的一瞬間的心理活動，繼而發掘自己心理活動的微妙變化：從認為自己理所當然，到反省自己的吃驚是多麼“愚昧”。從而引出下文對民族身份問題的深層思考。作者有意引發讀者的思考：習以為常、人人都以為理所當然的東西，很可能是荒誕而沒有道理的；相反，覺得奇怪的事，反而可能是最合理的，是“天經地義的事”。

小孩抱娃娃，往往是一種自我的投射，黑孩子玩黑娃娃是天經地義的事，我卻吃了一驚。

【分析】在講了生活中的一件巧遇之後，作者把話題上升到更高的一個文化層次來討論：小孩抱娃娃，往往是一種自我的投射。

如果看見一個黑頭髮、黑眼睛的中國孩子玩一個和他長得一模一樣的黑髮黑眼睛的娃娃，我是不是也要覺得訝異呢？事實上，我從來沒有見過中國娃娃。站在玻璃櫃上穿羅戴玉的王昭君或舞姿婷婷的美女，都是僵硬而易損的，只供觀賞；讓孩子抱在懷裏又親又咬又揉搓的，都是“洋”娃娃，藍色的眼睛一眨一眨的。

【分析】從黑娃娃引到中國娃娃，從個別的生活經歷，到普遍的文化議題，作者討論的話題層層深入。王昭君是中國歷史上的美女，“穿羅戴玉”，本來是理所當然的事。但作者突出寫到，她“從來沒有見過”。這樣的描寫，又一次突顯了在民族身份認同上，有多麼奇怪的現象 。

嘿，這是個國際化多元的世界，玩外國娃娃沒什麼不對。我也同意，可是，如果只是國際多元的現象，為什麼我們的孩子沒有黑人娃娃、印第安娃娃、埃及娃娃，而是清一色的白種娃娃？再說，在開拓到外國娃娃之前，總要先有自己的娃娃。黑髮黃膚的小女孩在“家家酒”中扮演媽媽，她愛撫的“嬰兒”卻跟自己一點也不像，不免令人沉思：中國的娃娃到哪裏去了？

【分析】作者假想了另外一種觀點的聲音，引出了一個隱藏著的不同觀點的對話。使文章更加有吸引力。口語化的措辭“嘿”也使得文章更像是朋友之間侃侃而談，增加了親切自然效果。作者用了提問的方式，提出了幾個發人深省的問題：為什麼不同種族和膚色的人，卻有清一色的“白種娃娃”，引發對民族身份問題的深度思考。

現代的中國人認為西方人比較漂亮，我們對自己的認可也變成深目、隆鼻、豐乳、長腿的追求。以少女為對象的雜誌，每一頁都是金髮的模特兒。我們的孩子上美術課，信手畫出來的人像，一個一個赫然是西方人的臉型。

【分析】作者把話題引到我們的現實生活中，舉出多個事例，説明在學校教育中，在成人的生活之中，崇拜白色人種，也是很普遍的現象。

把這些跡象整合起來觀察，中國孩子抱“洋”娃娃的現象，就不是那麼單純了。

【分析】作者吃驚地發現，小孩子喜歡白人娃娃的現象，是和成人社會中的崇洋心理有關係的；成人世界中的崇洋心理，導致了小孩子喜歡抱白色"洋娃娃"的現象。作者用了巧妙的筆法，指明小孩喜歡洋娃娃不是簡單的現象，而是有深刻的社會文化原因。這樣一寫，令人有恍然大悟的感覺。

種族歧視絕對不是西方人的專利，中國的大漢民族要搞起歧視來，比誰都不差。不同的是，以前，我們自認是最優秀的民族，異族非番即蠻。現在，我們接納了白種人的世界觀：先進的白人高高在上，膚色越深，層次越低。中國人自己，就在白黑兩極之間。

【分析】作者更深入一步，說明崇拜白人不是問題的關鍵，中國人自身的"種族歧視"心理，才是更令人關注的問題。在此，作者把小孩子玩洋娃娃的現象，引到更深的文化層面來思考。

美國的黑人也是經過許多年的掙扎，才贏得今天還不算十分堅強的民族自尊。有思考力的黑人經過無數的反省、質疑、追求，才發出"黑就是美"的吶喊；是這聲覺醒的吶喊，使法蘭克福機場的那個黑女孩手裏擁抱著一個和自己一樣黑的黑娃娃。中國在西方的陰影下生活了很久，但是今天的台灣似乎已經開始有足夠的知識與智能去抗拒這個巨大的陰影：對於現行價值觀的重新檢閱、反省，應該是建立民族自尊的第一步。

【分析】在文章的最後，作者引用美國黑人人權運動的事例，說明人權和平等的意識，民族身份和尊嚴，是非常珍貴的。在此，作者將飛機場的簡單的一幕，和影響人類歷史的人權運動聯繫起來，非常順理成章。同時，作者引導讀者由小見大，由淺入深，完成了一次嚴肅的文化反思。

給我們的孩子一個中國娃娃吧！

【分析】結尾之處，作者發出一聲深切的呼喚。文字非常簡單，但意味深長。

【分析】全文：小孩子玩洋娃娃，看上去是一個簡單的生活現象，但是，在它的背後，卻是不那麼簡單的文化問題。作者由淺入深，層層深入，將一幅人生小景引伸到文化反思的層面，顯示出作者不凡的洞察力。

評估目標和評分標準

為了達到評估目標，同學應該注意如下方面：

一、理解和詮釋。對文本的理解是評估中最為重要的一部分。文本的意義在內容和形式方面都有表現，而且兩者之間的關係。同學要做到的是精細理解作品的內容，同時體會到語言和文體形式的特點有哪些，如何和內容發生關係，當內容和形式發生關係的時候，文本的語義如何體現出來。在寫評論文章的時候，同學一定要舉出翔實恰當的事例，展示自己的理解。

二、分析和評價。在“理解和詮釋”的層面，同學要解決“是什麼”的問題，說明文本意義何在，而在“分析和評價”層面，同學要解決“如何”的問題，就是文本的意義是如何呈現出來的。在討論“如何”的時候，首先要認定作者的意圖何在，作者想要表達的是什麼，然後探索作者如何借用特定的文體形式和語言風格展示自己的意圖。同學應該學會在引導題中發現有用的線索。一般來說，引導題總是會提示文章的主要特點，尤其是語言和文體形式如何發生作用。分析和評價的過程也是批判性思考的過程。同學不必限制自己的思路，只是被動欣賞和體會文本，也要發現文章不太“優秀”的地方，或作者的意圖未必充分實現的原因。好的分析文章應該有深刻而獨立的見解，不要只是看到表面現象，泛泛而談，同時要有理據，分析精細到位，增加分析的說服力。

三、重點和組織。分析文章應該有一定的重點，或者是按照引導題的提示，或者是同學自己規劃的思路。文章的組織結構應該圍繞重點展開。因為考試時間有限，話題的範圍不可太大。段落之間銜接要力求順暢，前後邏輯關係要有條理。

四、語言運用。語言表達應該力求準確，使用恰當的詞彙和句法，在這個基礎上，儘量使用豐富多樣的詞彙。表達流暢也非常重要，體現同學思路是否清晰，和文章的結構有密切的關係。分析應該使用恰當的語體，使用語言文學文本分析所使用的詞彙。

評估示例

評估示例：普通級課程文本分析評估

為下面的文章[80]寫一篇分析文。

80 魏國安：《香港一食，二玩，三遊》，台北：太雅出版社，2010 年。

老 lou5 婆 po4 餅 beng2

香港的伴手禮

近年來，香港人外遊次數越來越多，始終會自問，我們香港的著名伴手禮究竟是什麼，大部分的答案都說是老婆餅，這個說法也似乎被廣泛接納了。究竟此餅為什麼叫老婆餅，有兩種流傳：一說是當初的造餅師傅，得自老婆故鄉餅食的啟發、加以改良並造出此餅，故名老婆餅；另一說法則是農夫因窮困被迫賣掉老婆，後來發明老婆餅大受歡迎而致富、將老婆贖回，故名老婆餅，大團圓結局也。

老婆餅主要以冬瓜泥、蓮蓉、砂糖漿作餡，味道口感與台灣的太陽餅接近，外層香脆、厚薄層次分明，要小心吃得滿嘴餅屑！老婆餅除了是來香港的外地遊客喜歡買的伴手禮，香港人自己也視之為元朗的伴手禮。元朗位於香港新界西北部，因為元朗有兩家很出名的的老婆餅老餅家「恒香」及「榮華」，所以到過元朗的人，都會買些老婆餅作為伴手禮；不過現在從元朗到香港市中心，才不過30分鐘，這種伴手禮的感覺，似乎不復存在了。

售價：約3~6元

老餅 lou5 beng2　除指餅食外，亦可嘲笑人家年紀大，與潮流不合的老土。

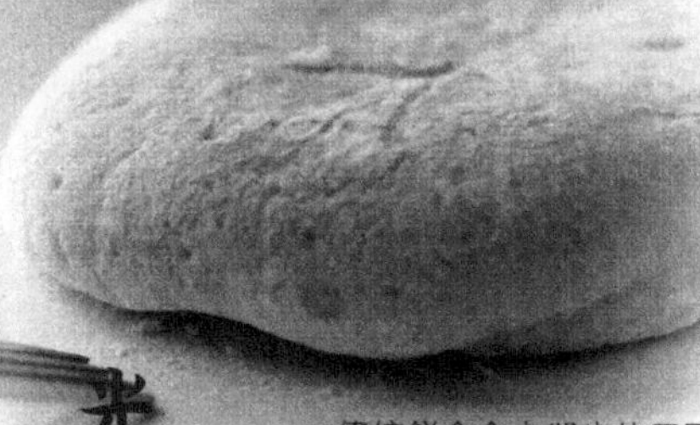

光 gwong1 酥 sou1 餅 beng2

我最愛的光酥餅

傳統餅食令人卻步的原因主要有二：一是豬油太肥，二是蓮蓉太甜，我最愛的光酥餅，不會太甜也不會太膩，感覺剛剛好，不過就是太乾。小時後沒仔細看過光酥餅包裝之前，還以為這餅的名字叫做「乾酥餅」，因為「光」跟「乾」的廣東話，讀起來很像，儘管如此，乾的話吃時送一杯茶就解決了。

傳說光酥餅的祖籍來自廣東的西樵大餅，用料與味道一樣，簡單直接，只以雞蛋、麵粉、砂糖為主，光酥餅沒以往的西樵大餅大，現在的光酥餅還越做越小，甚至有迷你版的出現。

售價：約3~6元

引導題：

作者如何使用版面編排和篇章結構的變化，達到交流的目的？

8.1 分析答案

這個選文是一篇很有意思的文章。文章中有兩個小內容，“老婆餅 香港的伴手禮”和“光酥餅 我最愛的光酥餅”。文章中寫到的“老婆餅”是香港的特產。作者說老婆餅是香港的伴手禮，就是說香港人可以用老婆餅送給外地的人做禮物。這突顯了作者對老婆餅的感情。而光酥餅是“我最愛的”，中間的感情就更強了。這個選文也是一篇令人感到很溫暖的文章。我的婆婆說，她最愛吃的就是老婆餅。在香港人的心目中，老婆餅的地位是很特別的。

這個文本是從魏國安的《香港一食，二玩，三遊》中選出來的。從題目上看，這本書的內容是介紹香港的特點：香港有什麼好吃的食物、好玩的東西、好去的地方。文章就是介紹香港兩樣好吃的東西。既然是介紹香港的特色，就要有很多的信息。文章的作者介紹了老婆餅的來源和兩種“流傳”的說法 。雖然傳說中的故事不一定可靠，但是，是不是可靠不是很重要的，因為這裏講的不是了不起的歷史古蹟，只是一個小小的香港食品而已。只要對讀者講出一點來源，讓讀者感興趣就可以了。對香港不熟悉的外人，知道些流傳的故事，肯定會對這個“伴手禮”感興趣的。文章還介紹了兩種餅的材料、外形和口感，還寫了香港哪裏的老婆餅最好，好像元朗的“恆香”和“榮華”，還說了光酥餅和老婆餅的價錢是“約三到六元”。這些都是很重要的信息，對外來人很有用。外來人到香港來，一定會喜歡買這本書。

但是，在介紹有關餅點的信息的時候，作者也加入了很多的感情。好像老婆餅的第二個傳說，就是一個又可笑又可愛的故事。這個故事會讓讀者感覺到生活是很有意思的，家庭生活中會有奇怪的事發生，但是家庭還是溫馨可愛的。也會讓人感覺到，老婆餅是香港普通市民的食品，和像作者這樣的普通市民的生活很接近。作者又寫了“不過現在從元朗到香港市中心，才不過30分鐘，這種伴手禮的感覺，似乎不復存在了”。這給讀者的感覺是，好的老婆餅只有元朗有，而香港島是沒有的。我最愛的老婆餅是在元朗。說到光酥餅，作者也寫道，現在的餅越做越小了，還有“迷你版”的。“越做越小”四個字中，可以看得出來我有小小的遺憾，因為光酥餅不如以前的那樣好味了。作者還寫道，小的時候不懂“光”和“乾”的區別，就把“光酥餅”當作“乾酥餅”，因為光酥餅的口感很乾，好像“乾酥餅”也是對的。這是我童年的一件可笑又很傻的事。但是我在回憶童年的時候，是不是也有對童年美食的感情呢？文章又講到了香港人"老餅"的說法：老餅就是趕不上潮流的意思。這也是加入了作者的評論和情感的。在我看來，老餅其實是很好的，用老餅來諷刺人不應該。

文章的結構是先寫老婆餅，再寫光酥餅。寫老婆餅時，主要是講餅的歷史和傳說，寫光酥餅時，寫的是餅和我的故事。這樣的寫法，既能給外來人提供足夠的信息，又給他們講了一個港人的親身感受。這樣的寫法和一般的旅遊介紹不同，但是比枯燥的旅遊介紹更有吸引力。在講每一種餅的時候，我都是先講以前的故事，再講現在的變化，這樣的效果是讓讀者感覺到香港歷史的變化，還有對今天的狀況有一點遺憾，對以前有很多的懷念。這也達到了吸引對香港的歷史和民俗感興趣的外來人。

圖畫中的色彩溫和，整個版面以黃色和橙色為主，和餅的色調一樣，也是有美味溫馨感。作者是用第一人稱的手法寫的，第一行就寫道"我們香港"。這和用外來人的第三人稱的角度寫有很大的不同，比第三人稱的更親切自然。作者還用了幽默風趣的語言，如"大團圓結局也"。作者的語言也很含蓄，好像他寫道"這種伴手禮的感覺，現在不復存在了"，還有"現在的光酥餅越做越小，甚至有迷你版的出現"。作者好像是有遺憾的，但是沒有講出來，留給了我們想象和思考的空間。

這篇文章很好。希望來香港的遊客都會買一本《香港一食，二玩，三遊》。

8.2 分析評價

這篇分析文章顯示出對文本和語境很不錯的理解，尤其對這本書的寫作目的和預想的讀者、對作者身份和文化特徵的分析、對香港地域文化和文化隨著時間發生的變化，分析都不錯。分析準確地抓住了原文的寫作目的，即"介紹香港的特點"，而且說明了"既然是介紹香港的特色，就要有很多的信息"。這算是一個很好的理解，而且還有一些思考後得出的結論，例如"是不是可靠不是很重要的，因為這裏講的不是了不起的歷史古蹟，只是一個小小的香港食品而已"。這說明這篇文章有很多思考和判斷包含在其中，給全文的分析和評論打好了基礎。雖然如此，分析還是意識到了旅遊介紹一類的書籍應該包括的一般內容，如所介紹風物的起源、特色甚至價錢這樣具體的情況。這說明本篇分析對文章的類型和表達目的確實有準確的理解。

這篇分析文章對原文作者和文本顯著特點的理解，體會到原文作者有明顯的鄉土意識和對童年美好時光的懷念，以及對時代發展帶來的變化的一些遺憾之情。例如，分析抓住了原文作者談到的鄉土地道的老婆餅和香港島商業旅遊化了的老婆餅的不同，以及"越來越小"的光酥餅可能帶來的不滿足感。分析也抓住了原文作者談到的童年"傻"事，而且體會到了"傻"中的可愛。這些細膩之處都是可圈可點的得分之處，體現了對"文化性的、時間性的"語境的理解。分析文章中的事例也是很不錯的，可以算是精選而來的。例如引用"伴手禮的感覺""越來越小"，這些都是原文作者感受的體現。"老餅"的事例選用得也很好，而且解釋得很得當，和前面的分析融會貫通。當然分析也有不足之處，例如考慮略微不夠周全，見解有偏頗之嫌。如光酥餅之"越來越小"，也可能是香港旅遊經濟的必然產物，可能對推廣香港形象是有幫助的，因為小餅送人方便很多。但是分析文章好像沒有意識到這點，也沒有談介紹小餅對讀者是有吸引力的。這算是美中不足。

這篇分析文章對文體特色也有不錯的解讀。在結構方面，文章抓住了"先"和"後"的要素，發現原文的作者是"先寫老婆餅，再寫光酥餅"，同時也發現了兩部分的內容一個側重"歷史和傳說"，另外一個側重"我的故事"，更進一步，分析也發現了這樣做的好處是"既能給外來人提供足夠的信息"，又"講了一個港人的親身感受"，所以更有吸引力。這個有關結構的分析是完整的，既有事例分析，又講到了事例背後說明的問題。原文中的兩個小部分在結構上好像沒有什麼聯繫。但是分析文章找到了它們的共同話題，也說明了兩部分如何能做到相得益彰的效果。這樣的分析達到了"很好的理解"的程度。文章對圖形、顏色等視像元素的分析也是不錯的，對顏色的溫馨親切感以及和文字內容的關係，都有很好的解釋和分析。

但是，這篇分析文章對結構特色的分析還是不夠全面。例如，在分析"老餅"事例的時候，沒有在結構方面發現其精妙之處。原文介紹"老餅"是放在"這種伴手禮的感覺，似乎不復存在了"之後，而且用了一個箭頭指向前面那句話。顯然，原文作者的意圖是讓讀者在"伴手禮的感覺"和"老土"之間發現關聯。雖然這種關聯是比較容易發現的，但是如果文章能明確地指明方位和箭頭引起的直觀效果，分析結構如何被用來構建語義，就更加到位了。同時，分析文章對語言特色的分析也比較粗糙，對"第一人稱"和"含蓄"的分析好像只是"點到為止"，沒有深入。在說到"第一人稱"的時候，只是說了比較"親切"，但是沒有說到"親切"和原文或整本書的交流目的有什麼關係，第一人稱如何能更好地用來建構語義。在說到"遺憾"的"想象的空間"時，沒有把"想象的空間"究竟是什麼做出說明，也沒有分析作者為什麼有意要留下想象的空間。其實，這種想象的空間是對時代變化和傳統遺失的思考，在香港這樣的國際大都市，這個想象的空間可能更大一些。而作者設置“想象的空間”，也是有一些無奈的感覺在背後。時代的發展速度很快，舊的東西被人遺忘，是誰都不能阻止的潮流，所以欲言又止，不說也罷，這可能是留下“想象的空間”更深的理由。還有，原文在“老婆餅”“光酥餅”和“老餅”下面有粵語注音，這在旅遊介紹書中有什麼作用？文章的頂端有“香港好好味”的字樣，這樣帶粵語味道的文字又有什麼效果？分析中也沒有談到。

分析文章的整體結構看出來有一定的層次編排。在第一段，文章對原文做了一點綜合評價，然後進入了具體分析，最後有一個簡單的結尾。但是就開頭和結尾來講，問題比較明顯。文章的第一段比較隨意，只談了一點原文作者對香港傳統食物的感情，沒有起到集中概括原文的作用，也沒有能夠說明分析者總的評價。文章的結尾顯得非常草率，有“無話可講”的感覺，可有可無，也是一個敗筆。所以，就開頭結尾來講，文章的結構只能算是在總體上條理連貫。就段落之中的內容來講，討論過程的條理、詳略和層次感也有一些問題。在第一段中，學生用了太多的筆墨寫港人對老婆餅的感情，好像是在喧賓奪主；而且又講到了自己的婆婆如何喜歡老婆餅。雖然只是為舉例說明而用，但是畫蛇添足，有一點偏離了文章的主要目的，影響了全文的整體感。在第二段，學生在講“雖然傳說中的故事不一定可靠，……讓讀者感興趣就可以了”的時候，用了太多的文字。雖然內容不錯，體現了一些深入的思考，但是就全文的篇幅來講，就有詳略不當的感覺。

分析文章在結構上也有可取之處。在文章的第二和第三段，學生的分析文章先講歷史文化、再講個人感情，這樣的結構體現了不錯的思考和文章組織能力，說明文章不是按照“流水賬”的形式看到哪裏寫到哪裏，而是經過思考加工之後才下手的。在文章的第四和第五段也有明確的中心話題：分析原文的先後順序（第四段）和分析圖畫、顏色和語言特色。這個亮點使得文章在很大程度上條理連貫，討論過程有層次，有不錯的成效。總體上講，雖然文章在結構上有一些問題，但是分析還是完整順暢的。

這篇分析文章的語言達到了清晰流暢的水平，有效地表達了觀點，對分析起到良好的作用。文章的語言有變化，但在選詞方面還可以做得更好，避免同樣的詞語（例如“好像”）多次出現。文章的語法、詞彙和句子結構都達到了“高度準確”的程度。在語體方面，文章基本上達到了評論文的要求，能夠應用評論文的慣用的措辭來進行分析和評論。但有的時候，文章中用“我”來代替“文章的作者”這樣的說法，混淆文章的作者和文章中的第一人稱“我”。雖然說在非文學作品中這樣的混淆問題不大，但是至少體現了分析文章在概念上的一些混亂。

第 15 章　比較論文

"比較論文"（在評估序列中又稱為"試卷二"）。比較論文評估要求學生根據指定的論題完成一篇論文的寫作，論文討論的對象是課程所學的兩部文學作品。論文要求對兩部作品做出比較，故稱為"比較論文"。

論文要求展示對文學作品的內容、主題和文體形式的理解，討論文學形式如何有助於達到作者的意圖，充分呈現主題。在考試中，會有四道考題供選擇，考試只需回應其中一道。對高級和普通級的課程的同學來講，"比較論文"評估沒有區別。論文是語言與文學課程校外評估的一部分，在課程結束的時候以閉卷書面考試的方式完成。

1　評估目的

比較論文評估的目的是衡量學生對文學話題的理解和思考。評估中所用的文學作品出自課程中三個探究領域的任何一個部分，所以評估的日標是考察對多種文學現象的理解。在課程研習的過程中，同學應該對文學作品的創作和接受（有關"讀者、作者和文本"）、文學作品的跨時代和跨地域的特徵（"時間和空間"）以及不同文學作品之間的相互關聯和歷史承襲（"互文性"）展開充分的討論，發現作品之間有意義的關聯。

比較論文評估需要回應確定的"論題"，同學理解論題，依照論題的要求展開討論的能力也尤其重要。文學現象多種多樣，文學作品也總是呈現出不同特點，論文題鎖定一個確定的範圍，要求學生在這個範圍之內展開思考。作品和論題焦點的關係不一定總是非常明確。回應論題的能力就是多方位思考判斷，深入探究的能力。

論文要求討論一個文學命題，以及相關的時代、社會、文化的語境問題。論文題一般是要求學生運用所學過的知識，說明和解釋一個命題，也可能讓學生證明一個命題是不是成立。

評估的重點是同學的分析和評判的能力。論文要求對兩部作品做出分析評價，所以比較鑒別的能力也是重中之重。比較鑒別是在論題的導向之下進行。同學要發現兩部作品在論題指定的方面有哪些特色，以及這些特色的相同和不同之處。比較論文可以測試學生全面綜合分析判斷的能力。

既然這部分評估是用書面考試的形式完成，評估也要測試學生的書面寫作和評論的能力。論文評估要求學生寫一篇完整的論文，對指定的文學問題做出回應。雖然文章的字數沒有限定，但是文章的內容必須充實完整，結構、語言使用必須達到論文文體的要求。

2 論文評估和文本分析評估的異同

試卷一有引導題的文本分析與試卷二比較論文評估有所不同。

首先，兩個評估涉及的課程內容不同。試卷一涉及到課程的非文學部分，試卷二則只是為文學作品而設。

第二，題目和材料不同。試卷一選用的材料是學生未曾見過的，試卷二的作品則是同學已經學過的，只是論文題為出題者制定，而每次考試有所不同。

第三，應題的方式不同。試卷一需要做的是對文本進行分析，文本細讀的功夫要下到。一般來說，試卷一不要求做出明顯的評判，不要求論證一個論題，基本上“就事論事”就可以了；而試卷二論文評估則要求明確回應論題，按照論題的要求組織材料，展開論證。在寫論文的時候，當然也要有事例分析，但是分析的目的是論證命題，做出明確的評判。

3 論文和探究領域

比較論文寫作是探究式學習的一部分。論文題目應該充分體現課程的探究特點。

文學是時代社會的產物，也是寫作者個人的心血之作。文學作品只有在被讀者閱讀接受之後才完成。所以，文學作品的語義又和讀者密切相關。每個時代都有自己引人關注的重大問題，這些問題構成了時代的特色。時代特色又和政治、文化等各種社會形態密切相關。時代特色大到引發歷史變動的大事，小到影響小範圍人群和社會團體命運的局部事件，這些都是文學研究應該討論的話題。時代的問題有明確的地域特色，不同國家和地區會經歷不同的歷史形態和變化，時代問題的焦點也是不同的。

除了時代和地域的問題之外，也有跨時代和地域的問題。人類社會發展數千年，人類對自身的認識，包括對社會形態、倫理道德觀念的認識，對藝術和美的認識，也常常在變化之中，這些方面的認識和歷史變化的大趨勢有關，但是也有自己的發展走向。例如，有關弱小社會群體的命運和抗爭的問題，美是不是一個相對的概念的問題等，在任何時代都會呈現出來，思想家和藝術家都會有自己的思考。隨著國家之間交往和溝通日趨密切，跨時代的問題和跨地域的問題交叉，帶上了跨文化的國際化的特色。

從作者的寫作來說，無論是時代問題還是跨時代的問題、地域性問題還是國際性問題，都會在作品文本中顯示出來。雖然顯示的方式有所不同，有直接或間接之分。文學不是歷史和政治，很少會直接介入社會問題的討論，但是文學無法與時代絕緣，只是用自己特別的形式，就是藝術的形象來表達觀念和見解。文學研究的重要使命，就是發現藝術形象之中的社會問題，同時探討這些問題是如何呈現出來的，文學藝術的規律在其中發揮著什麼作用。

因為文學是一門藝術，而藝術和美學有密切的關係，所以文學研究又是藝術和美的研究，會更直接地涉及到人們審美觀念的問題，人們對世界的認識如何以審美的形式完成。因為美學和哲學有天然的淵源，文學研究和批評也要探討作者是如何思考抽象的哲學問題的，文學藝術形象的背後如何呈現出對哲學問題的思考。

文學是語言的藝術。語言是傳達觀念和情感的媒介，但是文學的語言是把觀念和情感放在形象背後的。語言文字向讀者呈現出"文本"，讓文學作品要傳達的信息不是那麼容易理解，也正因為如此，文學文本有很多解釋的空間和餘地。這時，閱讀者的作用就尤其顯著。讀者和作者一樣，也是一個"社會的人"，讀者會根據自己的經歷和知識，對作品文本做出自己的解讀，不同讀者會讀出不同的含義，是非常正常的事。

但是，從另一個方面來看，文學作品的樣式，文學慣用的表現手法也在規範著讀者的頭腦和接受習慣。對作品的解讀也不會相差太遠。文學形象是有形的，形象也在提醒著讀者從閱讀中會得到什麼樣的信息。文學作品使用的語言，包括詞彙、修辭等語言風格方面的因素也會影響讀者的接受，詞彙的意義、修辭中的褒貶等等，都是在長期的語言交流中形成的，在作者和讀者之間已經形成了一種默契。所以說，文學閱讀和創作一樣，都是有章可循的。

同時，從研究方法來看，文學研究也要遵循研究規範和原則，就是論點明確而有價值，論述有理有據。作為學習者和研究者，同時也是一位讀者，同學們要知道讀者和研究者從作品文本中讀到什麼，有哪些例證說明你讀到的東西，別人有不同的見解之時，你如何用作品中的事例來說服別人；當別人對你舉出的事例有不同看法時，你如何在人類的知識框架之內，利用對語言、形象的基本理解，以期和別人達成共識，同時也做好"存異"的準備。

論文評估是要完成文學研究者的使命，思考文學文本的語義如何形成，時代、地域等環境因素對文學文本的語義造成什麼影響。在思考的過程中，作者、讀者和文本應該當作一個整體來看。

 比較論文的研討範圍

論文評估的研討範圍大致可以歸為以下幾類：

一、文學和"時代性"的問題。這類問題包括文學作品如何反映社會現實，如何顯示對敏感社會問題的關注；文學作品的題材是什麼，作者如何選擇不同的社會現象和人群作為對象來寫，在寫的時候，如何體現出對這些人的取捨、褒貶、評價，作者的選擇如何體現出價值觀念和對社會問題的思考等。可能的例題有：

- 文學作品是否表達社會下層人物的理想？
- 強勢和弱勢社會群體的對比在文學作品中呈現出什麼情況？
- 在文學作品中，哪些人總是被"邊緣化"？
- 在文學作品中，哪些人總是被忽略和受到排斥？
- 文學作品中是否在表達社會平等的價值觀念？
- 男性和女性的地位問題如何在文學作品中呈現？

二、"超時代"的哲學思考。論文評估可能會側重有跨時代價值的比較抽象的美學、哲學和社會學的問題。這些問題有自己的表達方式，但是又有相當的抽象性和概括性，體現學生在另一個層面思考和把握文學作品的能力。可能的例題有：

- 在文學作品中，"美"的評判標準是絕對的，還是因時代和地域不同發生變化？
- 在文學作品中，作者如何表現對"自由"（或"平等""正義"）問題的思考？
- 作者如何在作品中探討"長大成人"的話題？
- 文學作品如何展現年齡變化和人生不同階段的交替所帶來的問題？

- “愛情”是不是文學的永恆主題？

三、時代的變化如何影響到閱讀和理解的問題。論文評估可能會側重對讀者接受進行研討，發現隨著時間的推移、地點的轉換，讀者對文學作品的理解和評價有什麼不同和變化。有代表性的思考範圍可能是：

- 文學作品是不是有“永恆的價值”？
- 為什麼歷經多年，一部文學作品仍然擁有眾多的讀者？
- 很久以前的文學作品，在現今時代如何體現出意義和價值？
- 對文學文本的理解和評判是固定的，還是隨著時代的發展而變化的？
- 現代人如何從過去的文學作品中做出有價值的思考？
- 文學作品如何可以起到“借古諷今”的作用？

四、地域文化特點對閱讀產生影響的問題。作品產生在一個國家和地區，但是讀者卻在另外的地域之內，讀者的文化背景如何會影響到閱讀，讀者讀到的東西會有什麼不同，和作者想要表達的有什麼差異；在什麼程度上，讀者會受到作者的操控，在什麼程度上，讀者有自己的發言權等。可能的例題有：

- 為什麼異國他鄉的文學作品會引起讀者的興趣？
- 讀者的文化背景在閱讀、欣賞文學作品中起到什麼作用？

五、讀者的社會階層會如何產生不同的閱讀效果。相關的問題是：屬於不同社會團體和社會階層的人士對同一個作品會有什麼不同的喜好、不同的解讀。可能的例題有：

- 集中表現性別問題的文學作品如何在讀者中引發共鳴？
- 女性作家的作品是否呈現出更多的性別平等意識？
- 不同社會群體的人對文學作品有什麼不同的解讀？
- 文學作品如何適應不同社會階層的人的閱讀和欣賞習慣？

六、文學作品的功能問題。這裏涉及到的問題是文學作品如何起到認識世界，教育和影響讀者、娛樂大眾的作用，其中作者的意圖、教育機構和官方政府部門的作用和角色也應該考慮在內。可能的例題有：

- 文學作品如何起到教育作用？
- 文學作品如何影響到讀者對社會和人生的理解？
- 文學作品如何警醒世人不要重蹈歷史覆轍？
- 作者如何體現自己的時代和社會責任感？
- 作者如何標新立異，挑戰時代潮流？

- 文學作品是否會造成不利的社會影響？

七、文學體裁、慣用的表現手法和語言風格的問題。這個問題涉及到的是文學藝術層面的問題。雖然前面幾類也都要體現文學問題的思考，但是這一類問題直接進入文學話題，用作品中的文學現象和文學特質進入討論。要注意的是，文學話題的討論可以有多種多樣，但這裏的中心話題是環境或語境的問題，例如作品中的環境描寫如何有助於人物形象的塑造，文學作品中的環境描寫如何影響讀者等等。可能的例題有：

- 作者如何設計故事的場面，以體現對環境和人的關係的思考？
- 作者如何規劃故事情節，以體現對社會問題的思考？
- 戲劇性衝突如何和作品主題的表達相互契合？
- 在特定的境遇之下，作品中的人物如何展現出強大的精神力量？
- 作品中的場景描寫如何影響到讀者對作品的理解？
- 意境如何引發作者和讀者的情感共鳴？
- 想象和誇張如何起到傳達情感的作用？
- 作者如何渲染氣氛，達到傳情達意的效果？

5 主題和形式的關聯

比較論文涉及到兩部作品，學生要研討兩部文學作品的關聯。

在內容和主題層面，老師要引導同學思考所學作品在歷史、文化和社會環境方面的關聯，同時也關注作品主題方面的關聯。這樣的話，同學就有可能在回應論題的時候，做出深入的文化和社會問題的思考。關聯點可以是多種多樣的，例如“文學和社會群體”“強權和弱者的聲音”“社會平等和公義”“理想和社會進步”等等。

也要思考作品形式方面的關聯，例如，同樣體裁、具有相似文體風格的作品究竟有什麼共同點，不同體裁、風格的作品又有什麼不同，什麼樣的環境原因造成了這些相同和不同之處。可能的關聯點有：“體裁的歷史沿襲”“體裁的變化和更新”“形式變化的環境原因”“文學形式的傳統和反傳統”“體裁的相互影響”“文學的寫實和想象”“文學的嚴肅和幽默”等等。

舉例來說，如果選用三毛《撒哈拉歲月》和馬克·吐溫《赫克爾貝里·芬歷險記》為比較論文的作品，老師可以明確引導同學思考“社會平等和公義”這個主題在兩部作品中的情況，做出相應的分析，這樣的話，在寫作論文的時候，同學們就有了充分的準備。分析如下：

> 《撒哈拉歲月》：作者理解的正義不分種族，人人平等，每個人都有尋求自由和幸福的權利。作者發現社會不公正的情況，如撒哈拉人蓄養黑人為奴、壓榨黑奴，表示深切的同情，為被欺凌的弱者伸張正義。
>
> 《赫克爾貝里．芬歷險記》：作者持相似的觀點，反省美國歷史上蓄奴制的不公，讚頌黑人的善良和跨種族的友情，顯示缺乏公義的社會如何令人失望，有良知的人性如何可以帶來公平和正義。

老師還可以把“文學的嚴肅和幽默”作為形式和語言特色方面的關聯，引導學生思考兩部作品中的風趣和幽默意味著什麼。可以做出下面的分析：

> 《撒哈拉歲月》：搞笑細節體現瀟灑豪放的性格、我行我素的人生境界；黑色幽默也顯示出“我”性格的灰色陰暗之處，任性和惡作劇亦顯示出孤獨、寂寥和無法排遣的苦悶。
>
> 《赫克爾貝里．芬歷險記》：風趣的語言體現開朗和樂觀向上的時代精神和社會風貌，戲擬和搞笑式鬧劇含有對傳統的嘲諷，黑色幽默展示人生的悲哀意識。

 回應論題

論文評估的一項重要評估標準，就是“回應論題”。校外評估的試卷一和試卷二最不相同的地方，也就是在“論題”這個問題上。如果想做好回應論題的工作，我們就要想好：

- 論題包括什麼成分？看到一個論題，如何把論題的成分“解開”？
- 如何理解論題各個成分要我們做的事？如何進入論題？

我們來選擇一個論文題，然後從“題旨內容”“切入點”“回應方法”幾個方面來理解。這個論文題是：“在何種程度上，文學作品中的男性和女性人物形象反映出社會上男性和女性的角色和地位？”我們從兩部作品中舉出一些事例，說明這個分析究竟有什麼用途。這兩部作品是魯迅的短篇小說《彷徨》和余華的長篇小說《活著》。

6.1 題旨內容

這個題目要求論證的是“社會上男性和女性的角色和地位”，是一個很大的社會、歷史和文化的問題，論文題要求同學以文學作品的事例來做出思考和解析。所以，“社會上男性和女性的角色和地位”就是“題旨內容”。在寫作論文之前，先要把這個問題的內涵和外延搞清楚：在人類社會上，男性和女性的地位究竟處於什麼樣的狀況？從文化、社會、道德倫理等角度來講，這個問題為什麼引發了普遍的關注？為什麼不同時代和地域的作者都在自己的文學作品中展示出對這個問題的思考？

如果一個同學在課程的學習過程中涉及到“性別問題”，這位同學可能已經發現，性別不平等、性別歧視的現象由來已久，是一個全球性的普遍現象，性別問題和政治、經濟、道德觀念、文化民俗等都有很密切的關係，男性和女性的角色和社會地位受到社會觀念的約束。到此，這位同學就已經為論文建立了很好的框架，在知識的層面上做好了準備。

例如，在分析《彷徨》和《活著》的時候，可以做出下面的陳述，作為文章開篇：

> 在人類社會的發展和演變過程中，性別問題和相關的兩性關係和地位問題總是一個備受關注的問題。男性和女性的地位不同，包括很多時代和社會文化的元素。在中國歷史上，女性往往處於受壓迫的從屬的地位，而男性則高高在上，充當主導者和統治者的角色。這樣的情況，在文學作品中明顯表現出來。在文學史上，很多作家對性別問題投入了很多的關注，他們對男女不平等的現象表示遺憾，展開批評，對不幸的女性形象表示同情。在他們的作品中，也顯示出性別平等是一個複雜的問題，就算是作家有意願提出解決方法，他們表達出來的觀念和情感也總是在舊思想的框限之中。同時，文學家也不可能用自己微小的力量來改變社會，尋求性別平等，消除性別歧視有很長的路要走。魯迅的小說《彷徨》和余華的小說《活著》就是很好的事例。

6.2 切入點

所有問題的討論都是要從文學作品入手，通過對文學作品的分析來完成。“男性和女性人物形象”就是這個論文題的“入手點”。文學研究有很多要素要我們探尋其中的意義和價值。其中，對敘事性文學來講，人物形象是其中的一個重點。同學應該明確，論文要求的是人物形象方面的事例，其中，人物典型化、人物的描寫手法等，都是要關照到的。既然要講“男性和女性形象”，那麼綜合概括的功夫也不可少，學生所分析的作品中的男性和女性的形象如何有自己的個性，同時又可以歸為一類，體現“男性”或者是“女性”形象的整體特徵，是關注的焦點。文學作品寫人物有許多慣用的手法，例如外貌描寫、行為描寫、語言描寫等，這些方面的事例分析也是論文不可缺少的內容。

在寫文學論文的時候，學生常犯的一個錯誤就是把文學論題當作一般的社會問題討論，忘掉了“文學元素”的重要作用。有的同學意識到論文要求討論人物形象，但是沒有想到“人物形象”本來是一個文學話題，在文章中常常只是講人物的故事和遭遇，沒有引入典型化、人物描寫特點。以這個論文題為例，有的同學可能會引用了人物故事的事例，但是忽略了作者“怎樣”把人物寫得有典型概括性，同時生動而形象。

可以這樣來進入正文的分析論證：

一、有關文學形象的典型性和概括性

魯迅筆下的女性形象有相當的典型性和概括性，體現了作者對性別問題的深入思考。《祝福》中祥林嫂的悲劇，是多少代受壓迫和欺凌的女性形象的縮影，同時也概括了婦女之所以不幸的方方面面。祥林嫂不願意受“從一而終”的男權觀念的束縛，在丈夫死後逃出來做工，體現了女性對職業的渴望，也體現了女性爭取經濟上的獨立，得到真正的性別平等的渴望。但是，祥林嫂卻被夫家搶了回去。祥林嫂的悲劇也是思想觀念和迷信意識的悲劇。她相信死後會受到處罰，非常恐懼，所以拚命掙錢，只是為了捐門坎。希望能“消除”自己的罪孽，但是這一點卻不能做到，因為人們對她的歧視和偏見已經固定成型，對她的命運沒有一點憐憫和同情。《傷逝》裏的子君也是一個很好的例證。作者把子君的悲劇放在這樣一個境遇之中：涓生丟了工作，子君和涓生沒有錢生活，兩人的愛情生活也必須結束。這個境遇是值得我們思考的，說明沒有經濟的獨立，性別平等、女性改變自己的社會地位，是不可能的事。

二、有關人物形象的描寫手法

作者余華用了誇張的手法，突顯了女性形象的光彩和偉大。在小說中寫到，福貴的妻子家珍為了不讓丈夫賭博，雖然懷有七個月的身孕，還是跪在福貴的旁邊，希望沉溺於賭博的福貴醒悟。家珍跪在那裏的動作和輕聲勸說福貴的語言，把家珍的忍耐寬容寫得淋漓盡致。福貴覺得家珍壞了他的手氣，毒打了家珍，過後家珍卻說，她當時並不恨福貴。這樣的描寫似乎有點不近情理，但是這種不近情理正是作者的誇張之所在，作者的意圖是展示女性雖然地位卑微，但是崇高而善良的品格卻讓她們在生活中充當了重要的角色。

6.3 回應方法

“回應方法”指的是如何展開思考，如何運用事例來達到論證的效果，如何在事例分析中體現辨析、評價的能力，體現批判性的思考。在這個論題中，“在何種程度上”指的就是回應方法。

“在何種程度上”體現出兩個層面的含義：第一，指的是有多少分量，有多深的程度；第二，指的是用什麼方式表達。分量和程度是很有意義的論文焦點。

就第一點來講，同學們可以融入對論題的批判性思考，對作品中的事例認真和仔細的辨析。同學甚至可以提出不同的觀點，例如說在作品中，很少看得到不同性別的地位問題，或者性別的地位問題不一定呈現出“男尊女卑”的狀況。只要言之成理，有翔實的事例支撐，論述就是有價值的。就第二點來講，同學可以討論“用什麼方式表達”的問題，也就是文學元素如何發生作用的問題，例如人物的典型化，塑造人物形象所使用的想象和誇張如何體現出作者的意圖，如何強化作品的力度，達到和讀者的交流。

第一點和第二點也是有密切聯繫的。在討論文學元素的作用的時候，自然要談到這些元素發生作用的程度。文學論文要求同學做出很好的“量化”分析，而文學形象起到的作用，往往就是量化分析的對象。

例如，可以這樣來進入對作品中性別問題的進一步辨析和思考：

在《活著》中，家珍只是耐性等待著丈夫回心轉意，當福貴不知去向的時候，她只有癡癡地等待丈夫回來。福貴的母親也是如此。雖然丈夫、兒子因為賭博給家庭帶來災難，她們還是相信他會回心轉意，覺得這個男人才是家庭的希望。在《彷徨》中，作者雖然寫到了幾個不幸的女性形象，但是對她們的同情和憐憫，都是從男性主人公的角度出發的。《在酒樓上》的順姑只是呂維甫生活中的一個“插曲”，只是讓我們感覺到呂維甫身世的悲涼和思想的悲劇，而《傷逝》中的子君，也只是第一人稱主人公涓生自述中的一個人物。子君已經死去，她本來應該是最不幸的一個，但是我們在小說中看到最多的，是涓生的痛苦和哀傷。

選題和應題

7.1 選題

在論文考試的時候，同學們會有四道論文題可以選擇。不同的題目應該有不同特點，有的題目可能適合特定體裁和內容的作品。所以說，在學習文學作品的時候，就應該積累廣博的知識，思考文學和文化現象的方方面面，同時又要走向深度，探究文學作品的深層價值。這樣的話，在四個論題中選取一個就很容易了。

做哪個題目最好？應想想這些問題：

❶ 我學過的文學作品有哪些關聯？在論文題中有沒有這些關聯點？或者類似的關聯點？

❷ 我學了什麼體裁的作品？我最熟悉的文學體裁是什麼？在論文題中，有沒有一個最適合這個體裁的？

❸ 我的興趣在哪裏？我對什麼話題的討論最有信心？

不同的文學體裁有不同的特點，突出的文學要素有差別。仔細辨認，就會發現符合自己的論題。從下面的表格可以看出這一點。不過，體裁之間的區別不是涇渭分明的，不同體裁的特點有許多交叉之處。

文學體裁	文學要素突出點舉例	可能的論文題要點
小說	場景、人物、情節、衝突、章節、敘事	情節的設置如何回應社會問題 境遇如何展示人物鮮明的個性
散文	寫景、抒情、敘事、說理	景物描寫如何影響讀者的理解 情理交融是否可以強化作者觀點的表達
詩歌	意象、意境、節奏、音韻	意境如何引發作者和讀者的情感共鳴 想象和誇張如何起到傳達情感的作用

文學體裁	文學要素突出點舉例	可能的論文題要點
戲劇	場面、衝突、人物、角色、場次、台詞	戲劇性衝突如何配合主題的表達 場景更換如何體現人生思考

論文評估的主要目的不是要測試同學們對體裁的認識，而是文學作品和語境層面的問題。所以，在選題的時候，不要對體裁特點太過介意。

7.2 回應論題

論文題可能有兩種形式：以“說明”為主的論文題和以“論辯”為主的論文題。

以說明為主的論文題主要是讓學生說明一個已經成立的論題。雖然這個論題也可能存在有爭議的地方，但是已經是被普遍認可的，反映文學規律的論題。學生應該做的，就是解釋論題，用文學作品來說明論題之有效性。在其中，做一些深入探討、對觀點和事實的澄清也是很重要的，但說明論題的有效性，是首要任務。一般來說，說明為主的論文題都是以一個陳述句為主體。例如，“戲劇性衝突總是在突出表現作品主題”，“文學家是在反思人生，不讓歷史的悲劇重演”。

論辯為主的論文是讓學生論證一個未必有定論，或者從不同的角度看會得出不同結論的論題。這樣的論題是開放式的，不但沒有固定的結論，而且有可能會有不同的分析和結論。遇到這樣的論題，學生首要做的，就是要辨明論題有什麼樣的思考和觀察點，作者的切入點、讀者的閱讀接受角度以及文本的體裁和語言風格會造成什麼樣的不同評判和結論，然後回到所學的作品中尋找事例，多方論證。在論證的過程中，學生會發現“是”和“非”的判斷都是有可能的，有些判斷不是絕對的，可以“量化”。一般來說，論辯為主的論文題以一個是非判斷句為主體。例如，“文學作品是否只是涉及‘愛情’和‘死亡’的話題”“文學作品是否有跨越時代和地域的價值”等。

國際文憑大學預科項目中有認識論的課程，該課程的精華就是讓同學有機會從不同的角度對紛繁複雜的現象做出自己的評判，鼓勵學生發現不同的觀察點和立場會影響到結論，而且有不同的結論是很正常的。在回應論辯性強的論文題時，學生應該把認識論課程的思路融入其中。例如，在回應“文學作品是否有跨越時代和地域的價值”的問題時，就要辨析“價值”指的是什麼，時間和空間置換之後價值判斷會產生什麼變化，像有些事件有很強的時間和地域性，而有些事件則關切到人類普遍關心的問題。從不同的角度，會看到不同的結論。

7.3 比較分析

論文評估要求對兩部作品做出比較分析，體現出對論題和作品的深入理解和批判性思考。

比較就是要發現作品的相同和不同之處。一般來說，面對一個論題，兩部作品的情況是類似的，都可以用來說明和論證論題的有效性。但是，因為兩位作者不同，作品產生的環境有很大差別，作品的不同情況是在預料之中的。比較可以提供深入思考的機會。發現相同和不同之處之後，同學就可以探究背後原因。

例如，如果學生用《撒哈拉歲月》和《赫克爾貝里．芬歷險記》來回應有關“作品如何體現作者的社會責任感”論題，學生就可以發現兩部作品在這方面的相同和不同之處，然後做出更深一步的思考：

> 在《撒哈拉歲月》中，作者通過對自己撒哈拉生活經歷的描寫，展現出鮮明的社會責任感。作者三毛愛憎分明，在她看來，違反公平、正義的行為就應該阻止，貧弱人士的不幸遭遇應該受到體恤和同情。在《啞奴》中，“我”看到啞奴父子受到奴役的情況，觀察到有錢的撒哈拉人對蓄奴習以為常，而西班牙人也對擁有奴隸非常羨慕，感到非常氣憤，要去西班牙殖民政府當局去申訴。當“我”知道尊為西班牙法官，但是對這樣的可惡現象聽之任之的時候，感到更加憤怒，當面斥責法官的怯懦。散文用了充滿深情的筆觸描寫啞奴父子和“我”看到他們時的感覺：啞奴兒子的一舉一動都是那樣優雅，如天使一般美麗，“我”對他投入了無限的關注，忘掉了周圍其他讓“我”失望的撒哈拉人和西班牙人；啞奴自己謙恭而不失尊嚴、知恩圖報、默默忍受著命運的苦難但還是把全部的愛給了自己的家庭。為了他和他的一家，“我”幾乎傾盡所有來幫助他，當啞奴被賣走之後，我經歷了痛苦和失眠。從藝術形象出發，我們也感受到了作者對消除不平等社會現象的強烈願望。
>
> 《赫克爾貝里．芬歷險記》中的情況也是如此。小說寫在美國蓄奴制時代已經結束了的四十年之後，這已經說明了作者不是在講一個童年趣事，而是在引發人們對歷史問題的思考，社會責任感由此可以看出來。在作品中，自由、平等的觀念和美好的理想貫穿始終，真情、友善是作者最為推崇的美德，與之相對的歧視、偏見是人性和人類社會的陰暗角落。傑姆和赫克這樣的人是不容於當時的社會的。但是作者卻把他們寫成最可愛的人，充滿人性的光輝。這種強烈的是非感是作者社會責任

的體現。作者要用這樣不同凡響的描寫來引發讀者的思考，從而對美醜善惡做出新的判斷。

三毛和馬克·吐溫的作品都是在反省人類歷史上一個重大的問題，就是蓄奴的問題。作為有社會責任感的作家，他們都想用作品來表現自己的思想，警示世人，喚起同情和憐憫之心。兩部作品都寫出了地位低下但是人格近乎完美的奴隸形象，也都寫到了處於社會上層或者是優越種族的，但是卻有同情和憐憫之心，和主流社會觀念脱節的人。借用人物的口吻，作者寫出了自己的心聲。兩部作品中的情況也有所不同。馬克·吐溫的社會責任感體現在對重大歷史現象的反思上，而三毛寫的是個人經歷的事。馬克·吐溫的作品充滿了風趣和幽默的描寫，而三毛的作品則傷感而沉重。這是因為在馬克·吐溫的時代，雖然種族歧視的觀念仍然存在，但是作為一個社會制度已經過去，美國正處在開發和躍進的時代，作者雖然寫的是蓄奴時代的事，但是對社會的未來依然樂觀。而三毛筆下寫出來的，是生活中實實在在發生著的事，而且是被很多人當作是理所當然的事。三毛筆下的“我”是一個孤身奮戰的人，她的呼籲和吶喊沒有起到什麼作用，社會責任感只能以空洞的幻想表現出來。除了眼淚和長夜不眠，“我”做不到別的什麼。而在美國，幾代人的努力已經把蓄奴變為歷史，馬克·吐溫的責任感，就可以用比較樂觀的風格和語言形式表達出來。

7.4 結構和語言

論文評估要求學生寫出一部標準的論文。論文的結構和語言規範必須遵守。

論文應該做到層次分明，條理順暢。

一、層次分明。文章的整體應該是有規劃的，文章的層次和段落內容應該有明確劃分。就層次來講，如何入題、解題、設置分論點、進入討論、總結全文，應該有明確規劃，就段落內容來講，每一段都應該有一個中心議題，段落和全文的層次應該有明確的關聯。論文中，兩部作品的討論都應該顧及到，做到平衡，不可偏廢，而且要做出比較。

二、條理順暢。條理指全文的邏輯順序，段落之間的銜接和遞進，也指一個段落之內的分析和論述是不是順暢，論據分析是不是有效、論證方法是不是得當。涉及到比較的時候，是不是明確指出了兩部作品的相同和不同之處，然後有針對地進行比較。

是不是用了論說文常使用的詞語，也是判斷結構是否成功的標誌。如果論文中用到了

“因為……所以……”“雖然……但是……”“一方面……另一方面……”之類的連接詞，而且用得到位，就是好的跡象。

論文的語言應該達到兩方面的標準：語言要清晰、準確、有變化，術語和語體使用要恰當。

一、清晰、準確、富有變化的語言。論文的句式要合乎論說文的規範，但是又不能太生澀和拗口，要把清晰和流暢當作重要的標準。有些同學中文基礎不太好，英文比較強，在寫中文論文的時候常常出現語句“英文化”的現象，這種現象要努力避免。用詞要力求準確，選擇最恰當的詞語來表達語義。論說文不是藝術類的小說或散文，詞彙的恰當非常重要，傳達準確的含義是第一要義。同時，詞滙豐富有變化，也是體現語言程度的重要標誌。有的同學能做到“準確”，但是詞語多樣“有變化”就很難做得到。

二、術語和語體使用恰當。文學研究有自己的詞彙系統。在課程學習中，學生要掌握一套準確又恰當的詞語，在討論不同的文學現象中使用。術語不只包括標注文學現象的名詞，例如“詩歌”“散文”“風格”“體裁”，也包括表述文學表現效果和達到效果途徑的動詞和形容詞，例如“顯示”“烘托”“聲情並茂”“栩栩如生”等。“語體”指的是語言風格和措辭煉句的基本套路。論說文要寫得客觀，以分析和評論為主，不應該有主觀的情緒化的判斷，所以語體應該力求平實，避免華麗的、情緒化的詞語、標點符號，避免做沒有分析支撐的情緒化的判斷，最好不要用第一人稱。

在學習寫論文的時候，想一想下面的問題，給自己評分。同學之間也可以互評。

論文作業自評互評表		
要點	評級 1-3	改進建議
每段是不是有主要內容		
段落數量是否合適（4-6 段為宜）		
兩部作品分析是否平衡		
作品多方面特點是否都考慮到		
解題是不是準確到位		
有沒有分論點		
全文是否都在回應論題		
論據和論證是否明確劃分		
論證方法是否多樣（歸納法為主）		

要點	評級 1-3	改進建議
語句是否流暢		
是否有生硬的外語語法		
用詞是否清晰		
用詞是否準確		
詞彙是否有變化		
會不會使用指認文學現象的名詞		
有沒有使用表述文學表現效果的形容詞		
有沒有使用表述達到效果途徑的動詞		
是不是以客觀評價為主		
語句是否平實，避免華麗修飾		

8 評估示例

論文題：

“有一種說法：文學作品的價值不受時間和地域的限制。”用學過的兩部文學作品對這個說法發表評論。

8.1 了解、理解和詮釋

文學作品的價值不受時間和地域的限制，這樣的說法是千真萬確的。文學作品的價值，在於給人們提供時代和社會情況的信息，提供看問題的角度、觀點和思想感情。這些價值不會因為時間的推移而消失，也不會因為換到不同的地方在不同的社會和文化環境下而有所減退。文學作品的價值是跨時代和跨地域的。在馬克·吐溫的《赫克爾貝里·芬歷險記》(《赫克》) 和三毛的《撒哈拉歲月》(《撒哈拉》) 中就可以顯示出這樣的情況。

優秀的文學作品總是在關心著重要的人生問題，這些人生問題在任何時代和地方都存在。平等和社會正義就是這樣。在《赫克》中，作者馬克·吐溫探討了種族平等的問題。在小說中，作者塑造了一個非常善良、天真的黑奴傑姆的形象，打動所有的讀者，讓讀者感覺到這樣好的一個人居然受到歧視是如何之不公正。傑姆有一個幸福完整的家庭，但是他的妻子和孩子卻被賣到別的地方，而他自己也因為無法深受痛苦的折磨，被迫出逃。傑姆一家的遭遇已經說明了當時社會上人與人之間互相欺壓的現象。在三毛的《撒哈拉》中，也有一個黑奴的形象，就是《啞奴》中的主人公啞奴。啞奴是一個聰慧、善良、熱愛自己家庭的人，但是社會的不公正卻使他變成了一個奴隸。他受盡了別人的辱罵和盤剝，最後也是被賣到了別處，經歷了和親人分別的痛苦。兩位作者都用了精彩的人物描寫手法來塑造黑人奴隸的形象。傑姆總是對別人充滿善意和感激之情。和他一起出逃的赫克是一個白人，本來有出賣傑姆的意圖，但是傑姆卻一點兒也沒有察覺，反而稱讚赫克是他“最好的朋友”，這樣的語言描寫突顯了傑姆的善良和天真。小說寫出了精彩的細節，當赫克已經打算出賣傑姆的時候，在經歷痛苦的內心矛盾的時候，傑姆卻在口中讚揚赫克對他如何之好。這樣心理和語言的交互描寫，更加表現出傑姆的善良無邪，表現出對這樣的好人心存惡念是多麼可恨。三毛筆下的啞奴雖然不會說話，但是作者用了精彩的動作描寫來表現他的性格。出於同情，“我”給了啞奴的兒子二百塊錢，但是啞奴卻把錢送了回來，而且還恭恭敬敬地向“我”鞠躬。為了感謝“我”的好意，啞奴還給送來非常昂貴的生菜，幫助“我”收衣服。所有這些行為描寫都突顯了啞奴是一個天使般的好人，對這樣的好人歧視和虐待，是社會的罪惡。在今天的社會，種族歧視、地域歧視還是很突出的國際問題。《啞奴》和《赫克》的永恆價值，就在於讓所有時代和地方的讀者看到，失去平等和正義的社會是完全不可以接受的。

優秀的文學作品有很好的認識價值。文學作品中記載著人生的各個方面，而且都是在一個時代和地方特有的。讀小說就好像是讀一本歷史書和地理書，讓我們知道那個地方是什麼樣子的，在那個時代發生了什麼事情。在讀《赫克》的時候，讀者可以得到很多有關美國密西西比河流域的風光地貌的情況，從赫克和傑姆的經歷中了解水上生活是什麼樣子。同時，讀者也可以了解十九世紀四十年代美國社會的狀況，例如鄉村小鎮上騙子和盜匪橫行，人們貪圖金錢，虛榮勢利等。這些知識對外國人來說是很陌生的，對今天的美國人來講，也是很新鮮的東西。文學作品就像一個博物館，讓所有人都知道歷史和過去。文學作品還會讓我們看到不引人注目的小地方，因為每一個作者都有自己的足跡，他們的心路歷程也是獨特的。在《撒哈拉》中，三毛寫到的地方和事情在世界上鮮為人知。三毛是一個了不起的探險家，她寫到的東西是世界上很多人關注不到的。所以也有人說，三毛的撒哈拉故事可以作為一個旅遊指南來讀。三毛寫到歐洲人、阿拉伯人、中國人、窮人和富人、主人和奴隸、男人和女人，寫到了婚姻、教育、政治等多方面的現實問題，打開社會人生的大畫面。文學作品就像一個萬花筒，讓我們知道社會的方方面面。這樣的價值不會因為時代和地點的變化而消失。

好的文學作品教育我們正確的人生和社會觀。在《赫克》中，作者用了主人公赫克的角度來觀察世界，發現生活中的是非好壞。當兩個騙子被人抓住，人們虐待他們的時候，赫克的反應是"人多惡啊"，而且從此就再也恨不起他們來了。赫克的心理活動給我們一個啟發，以惡抗惡是不對的，人要有寬容之心。《赫克》中的赫克和《撒哈拉》中的"我"都是在經歷中成長，對社會上的是非有了更好的判斷。赫克本來想出賣傑姆，但是在和傑姆交往的過程中，他和傑姆的感情越來越深，就放棄了出賣的念頭。他的經典獨白"下地獄就下地獄吧"表明了他的是非判斷已經有了變化，我們讀者也會隨著赫克知道友情和善良比社會等級和種族偏見更有力量。當然，作者也沒有總是在教育我們，也給讀者留下思考的餘地。赫克是一個嚮往自由生活的孩子，不願意受任何管教，也不願意學知識。他連乘法口訣都懶得去學。這樣的態度對不對，我們讀者可以有自己的判斷。三毛筆下的"我"雖然有明確的愛憎之心，但是在複雜的問題上，也會"無語"，例如在《娃娃新娘》中，"我"對尊重當地風俗，還是堅決反對童婚，態度不是很清楚。讀者看到這裏，可以有自己的判斷。文學還有審美價值。三毛和馬克·吐溫的語言都非常幽默，讓人在開懷大笑的時候得到美的享受。兩位作者的人物描寫、情節結構都很好，例如三毛短篇中常有意想不到的結局，馬克·吐溫的人物之間有精彩的符合性格特點的對話。

閱讀文學作品是一種享受。無論是什麼時代和地方的人寫的作品，都會給讀者永久的享受。文學作品有永恆的價值。

8.2 分析與評價

一、知識和理解

考卷顯示出對文學作品和文化語境的很好的理解。這個論文題涉及到是文學作品價值的永久性和普適性的問題，實質就是討論寫在特定的時間和地域環境之中的文學作品是不是可以在不同的文化環境中依然有價值。學生的答卷顯示出對作品和語境之間的關係有很好的理解。在答案中明確寫出，時間和地域環境轉變之後，作品的價值“不會消失”，“不會有所減退”，整個論文的核心也是在證明這個論點。不過，時代和地域環境變了，作品的價值是不是也有所不同，此論文討論得不夠，比如說美國人讀《赫克》和中國人讀有什麼不一樣，學生沒有做進一步的探討，結論有一些絕對、粗糙。當講到在今天社會歧視還是很大的國際問題的時候，學生沒有講明今天社會的歧視問題和作品中涉及種族問題的關聯何在，在回應論題的時候出現斷層。雖然“針對”性達到了（分別談到時代和地域），但是細緻的辨析和“洞察力”不夠，所以不夠得到 5 分的標準。

這項標準也看對作品的理解。學生對作品的理解很不錯，而且努力引用內容、藝術手法等多方面的事例來證明論題的有效性。個別地方引用作品中的內容不夠精準，如“人多惡啊”一句引文，可能是作品中的“人對人真能這麼殘酷啊”的誤引，體現出學生對作品中的事例的把握不是很準確。（不過，引文是否精準不是一個嚴重的問題。只要避免用引號，就會避免評卷老師的誤解。如果沒有把握記住作品中的原話，只要解釋出近似的意思，就沒有大問題，只要具體就好。）論文討論了幾個方面的問題，但是後面的問題類似“審美價值”談得不夠，可能與篇幅和考試時間所限有關。

二、回應論題

這個論題比較寬泛，但是學生對論題的理解在恰當的範圍之內，論述也在這個範圍之內進行，顯示出對“論題的預期”有不錯的理解。除了上面談到的對時代和地域語境的理解之外，考卷還講到了文學的認識、教育和審美價值，這就是論題所涉及的“細微之處”，即文學價值的具體方面。學生還努力辨析不同作家會留下什麼不同的、有價值的東西，說他們“心路歷程也是獨特的”，同時舉出了事例論證，顯出很好的“批判性”，看得出學生在努力開掘論題，達到一定深度。

不過，對論題的“細微之處”，考卷尚未達到應有的精度，有的時候經不起推敲。對文學作品的價值，學生的理解有點太絕對（如上文談到的），對價值的“普適性”太過於強調，而忽略了特異性。所以，在論述的時候，就有不精準、不周嚴的地方。例如，赫克不願意背乘法口訣的事例，其實涉及到作者對宗教教化和教育問題的看法，很有時代性和地域性。論文對這點顯然沒有給予足夠的注意。

論述過程也略出了些問題，影響到回應論題的“集中”性。在考卷的第二段，論述的重點似乎放在了作者如何用人物形象來感動讀者，對作者行為講得有點太多，而沒有多講作品文本作為獨立存在如何被欣賞和接受，體現出它們的“價值”。看得出來，學生未能很好地依照論題的期待整理思路，組織論據，把握分寸，處理論辯過程。雖然這也是結構方面的問題，但是在"回應論題"上的得分也會受到影響。

學生對文體特色有很好的理解。論文引用的是敘事文學作品。相應的人物描寫（如語言、動作）、社會生活場景的展開等都在論述中用到。學生有意識地將藝術手法、文體特色和作品的主題聯繫起來，將藝術手法理解為是作者意圖的體現，這是對文體特色的很精準的理解。同時，學生對文學事例的引述也和論題的展開有很好的關聯，如討論文學形象的感人之處、文學語言的幽默如何有跨時代地域的效果。對文體特色的效果，文章也有不錯的闡述，例如講到啞奴和傑姆的形象如何打動人心，描寫手法在其中如何起到作用等。考卷中的引文也算是多種多樣，有語言、動作和心理活動等等。雖然不夠精準，但很豐富。

學生在討論比較複雜的文學現象時略有不足。例如文中談到三毛作品中的"無語"問題，學生的理解是作者給讀者留下思考的餘地，或者是態度不清楚，沒有意識到作者讓自己筆下的形象"說話"，這是一個普遍的文學規律，學生也沒有對這個規律在作品中的呈現做出評論。另外，學生沒有意識到這也是一個較為複雜的作者意圖和敘事角度問題。雖然講到"無語"的現象，學生沒有分析到"無語"其實是無法表達的困境（作者無法對是非做出評判，所以只能讓它去"呈現"）。

三、文章的組織和議論的展開

論文條理清晰，每段都有明確的中心意思，而且重點明確。在具體的議論過程中，論點和論據的銜接也夠緊密，"邏輯有序"，每個論據都有充分的解釋、闡述，而後加上評論，回應論題，顯示出學生清晰的思路和論辯技能。兩篇作品的類似之處，論文也做了一些比較（如人物形象塑造）。

論文的結構編排算不上"出色"，詳略也不夠得當。從篇幅上講，第二段的論述較為完整，分析也全面。而第四段就有"草草了事"的感覺，例如"審美價值"講得太簡單，只是談到語言"幽默"、結構"意想不到"，但事例沒有舉出來。

四、語言使用

論文的語言流暢自然，清晰。描述性的詞語（如描述人物形象的特點、社會風貌等）生動有變化，論述性語言規範，角度合適，語體恰當。在語體規範之內，論文中還略有比喻性的詞語，如把文學作品比作"博物館"和"萬花筒"，富有變化，生動性和準確度得以結合。

但論文語言有冗贅之處，如說"三毛寫到歐洲人、阿拉伯人、中國人、窮人和富人、主人和奴隸、男人和女人"，不如說"不同種族和社會等級的人"更加明確，更能體現論文的概括性。

第 16 章　高級課程論文

為了體現高級課程和普通級課程的不同，語言與文學課程為高級課程專門設立“論文”評估，意在評估學生更高一級的分析探究能力和論文寫作能力。

論文要求學生選取文學或非文學文本作為數據和研究對象，同時在課程指定的七個概念中選用一項來設計概念探究線索，由此規劃研究範圍和論文題。這項評估屬校外評估，在課程學習過程中分階段完成，在規定時間交稿。

高級課程論文和比較論文同屬校外評估，但比較論文是按照給定的論題寫作，而高級課程論文需要同學自己決定研討範圍和論題，類似拓展論文。

 評估目的和研討重點

一、理解與詮釋。高級課程論文旨在考察學生對文學和非文學文本的深度理解。所謂“深度”，不只是在於對文本內容、主題和寫作手法的精細分析和概括，更在於從“概念”的層面對作品展開剖析，進入思考。對一個文本的理解，不應該只停留在對現象的認知，例如寫了什麼，文體形式為何，有什麼精彩的語言運用以及起到什麼效果，更重要的是討論普遍性的問題。

二、分析與評價。論文要求做出分析和評價，就是要進入“如何”的層面，討論文體形式和語言風格怎樣產生作用，理念和情意如何傳達。在這個意義上，同學要做的是在文本中尋找線索，辨認文字和圖形文本之細節，思考作者為什麼採用如此方式，所獲得的效果如何。在這個時候，從不同的角度觀察，辨析各種可能性，使用有效的論證方法證明立論和假設，就非常重要。

三、重點和組織。論文的組織結構非常重要。論文字數為 1450-1800 漢字，篇幅有一定

的規模；加上概念切入的性質和論證所具有的深度，論文應該有一定的學術研討的分量，組織結構也應該適應這個高度。同學要做的是以核心論點為線索，仔細規劃文章的佈局，包括設定分論點和相應的結論以及與核心論點的關係。在段落之中，如何引入論點，舉出事例，分析歸納，綜合評價，回應論點，這些論文常規章法必須使用到位。

四、語言表達。論文語言應該準確清晰，語體恰當，適合論說文應該具有的語言風格和措辭方式。同學在課程學習過程中，應該逐漸培養自己對學術性語言的熟悉程度和使用能力。學術性語言在不同學科中都有，無論是中文或是別的語言。雖然同學們研討的是種類多樣、風格各異的文本，但論說文所要求語言風格有所不同。能夠使用恰當的語言，也是學術研討能力的體現。

根據課程要求，在其他評估項目已經用過的文本和作品不要用在此論文上。最好是在學習過程中就儘快做出規劃，清楚什麼內容用在哪一項評估上。同時，既然概念探究是課程的核心，什麼樣的作品更適合什麼樣的探究範圍，什麼探究範圍學生更有興趣，也要較早確定下來。在論文規劃和寫作的過程中，概念探究是一個導向，用來規範學生的思路。學生雖然不需要時時把概念掛在嘴邊，但一定要心存此念，以概念探究點調整校正思路。

【學習檔案：作品和概念】

內容和目的：在所學作品和概念之間發現關聯。

設計和操作：

- 設定表格：縱向是七個概念，橫向是所學作品（文學和非文學可分為兩個表格）。
- 填寫表格：在作品研習過程中，摘選相關段落，填入表格中，同時解釋為什麼和這項概念有關係。每項不可超過 50 字，同一作品或文本可以關聯不同的概念。
- 同儕交流：有關作品和概念的關聯，徵集至少三位同學的意見，以“評語”方式記錄在表格上（電子版較容易）。

2 概念探究

概念探究是高級課程論文的重中之重。教師要做出恰當的引導，讓學生充分理解概念的內涵和特點，以及語言與文學現象的關係。抽象性、概括性和開放性是概念的特點。

成功的概念探究不可局限於文學作品本身，而是要開拓思路，討論普遍性的問題。同時也要帶有批判性的眼光，審視多種可能性，對已有定論的說法不妨持有質疑的態度，探索一個新的領域。

學科指南中列出七個概念，而每個概念有哪些探究重點，在指南中已有提示。同學應該在教師指導下互相切磋，發掘其內涵，進入獨立思考，發現問題，建立自己的探究點。

有關概念的內容應該是教學過程的有機部分。在研習文本的時候，同學們就應該有意識地引入概念探究，如為每一個文本或作品認定幾個相應的概念探究點，深入體會這些探究點的含義，如何結合作品中的事例延伸擴展。

例如，說到“身份認同”問題，如果只是說明作品如何體現了作者特定的身份意識，這只是達到了說明事實的目的，還沒有進入概念層面。如果想做“身份”之概念性探究，就要先退後一步，帶著質疑的態度，想一想：一個人是否有確定的身份？身份是自我認可還是外來的標籤？作者更傾向於彰顯自己的身份或是隱藏身份特點？詞語和文體形式是否有可能充分呈現作者的身份？經過語言文字的“折射”，身份特點會不會“變形”？這個時候再看作品就會有新的感受，論文題目就有模樣了。

3 研討範圍和方式

文學和非文學文本在論文中佔據同樣的地位。同學可以任選其中一類完成論文的寫作。對非文學文體來講，專欄評論、營銷廣告、政治宣傳、電視紀錄片、電視系列劇、人物傳記、百科全書條目等都可以入列。從交流平台上講，文本可以出自傳統的報章雜誌、廣播電視，也可以出自新興的電子媒體如博客、微信平台等。語境、受眾和交流目的是探討的起點。學生應仔細辨析文本是在什麼樣的時代和社會環境中寫出來的，體現什麼樣的環境特點，文本使用的平台如何會影響文本的內容，作者的寫作意圖如何，想要達到什麼樣的交流目的，文本是否鎖定特定的讀者對象，讀者對象是什麼人。

語言文體特色是分析評論的對象。學生要認真分析詞彙選用、修辭技巧和文體形式如何構建語義，如何適應語境、受眾和交流目的的需求做出調整，對交流效果產生影響，如何和文學作品相關聯而產生美感和藝術效果。

 論題設計

探究領域應為先導。三個探究領域可以提示探究重點。在學習過程中，同學們應關注適合特定概念和探究點的作品和文本有哪些，或者選定的作品更適合放在哪一個探究領域中研習，同時思考在這個探究領域中，哪個或哪些概念更適合探討這部作品。這樣的話，學習就更有目標，設計論題的時候更心中有數。例如：

所選作品	余華的小説《活著》
探究領域	“時間和空間”
相關概念	觀點和角度
研討重點	時代地域性的內容和跨時代的永恆問題
內容關聯	在動蕩的中國社會下層人民的遭遇；生命的價值、生活的意義

概念為核心。也可以透過不同“概念”看作品，找到概念探究入手點。同樣以《活著》為例：

概念	研討重點	內容關聯
創造	修辭效果和主題呈現	不動聲色的白描和強烈的情感內涵。
觀點	社會批判和人生思考	敏感的政治歷史問題和人類社會普遍存在的問題；人的“生存困境”。
呈現	藝術風格和閱讀效應	“先鋒派”的呈現方式在作品中如何運用，與模擬生活真實的“現實主義”文學有何不同；“先鋒派”風格如何找出“間離”和“陌生”感，如何影響到閱讀效果。

在論文規劃和寫作的過程中，概念探究是一個導向，用來規範同學的思路。同學雖然不需要時時把概念掛在嘴邊，但一定要心存此念，以概念探究點調整校正思路。

【學習檔案：構建論題】

內容和目的：記錄概念探究和構建論題的過程

設計和操作：

- 鎖定一部文學作品或非文學文本，鎖定相關的概念。
- 結合作品具體情況，列出可能的探究入手點。
- 在作品中尋找事例，審查是否可以支撐這些探究點，排除不當的項目，增加更適當的內容。
- 用恰當的文字表述論題。

5 評分標準

一、對所選作品和論題的理解。論題應該是學生根據對概念的理解結合對作品的思考而生成的，所以說兩者不能偏廢：對語言文學文本的內容、主題、文體特色和語言風格技巧的理解，以及對概念內涵的把握和深切思考。此標準的重點在於以概念探究線索為導向，對作品在該概念探究點上具有的意義做出詮釋。詮釋尚沒有進入分析評價的階段，但建立框架、認定與論證相關的前設、明確分析重點或假說等，非常重要，其準確度和恰當性是論證成功的關鍵。同時，選取好的例證支持論證，是對作品理解的體現。

二、對文體特點、語言技巧的探究。學生要努力去發現文體特點、語言技巧和論題的關聯，同時要發掘在選題的討論範圍內作品的這些特點會呈現出什麼樣的意義。“意義”可以理解為超乎作品本身在概念層面彰顯出的含義。就事論事、對語言與文學文本做一些淺層分析遠遠不夠，發現其背後的意義和深層內涵才是論文成功的關鍵。分析評價貴在有見地和說服力。每個文本和概念探究點的組合都應該是獨一無二的，前人的觀察和結論未必完全適用。最恰當的做法是把別人的研究成果當作資料，但不要被已有的結論所限制。

三、組織和表達。論文的篇幅有限，文章一定要有明確的論題，而且每一個段落對論題都要有明確的回應，且彼此銜接，層層遞進，展開論題。組織結構方面另外一個要點是例證和分析論證在行文佈局上融為一體，相互呼應。也就是說，在舉出例證之後，分析要緊跟其上，還要有相應的綜合評價。例證可以有多種形式，可以是直接引用，也可以是間接描述，而整合的方法也會有所不同。學生應該靈活把握，以清晰論證為目標。高級課程的論文為標準學術論文，雖然篇幅短小，但應五臟俱全，這項要求在組織結構上也會呈現出來。

四、語言使用。語言應務求準確，包括使用恰當的詞語和句式，準確表達語義。詞語句法準確和文章的內容沒有直接關係，顯示出來的是學生的綜合語文能力，但思路之清晰縝密也會影響到語言的準確度。在行文過程中學生要養成良好習慣，選文煉字，一絲不苟，尤其在成文之後，要仔細校讀。詞彙句法宜多樣化，以表達不同的語義，遇到類似的內容，宜仔細斟酌細微差別，選取最適合的詞語，力求精準。有關語體，既然是論文，論證常用的措辭一定不能少，同樣重要的是語言文學分析常見的一些詞語，也就是和語言文學現象相關的概念範疇。同時，語氣和角度也必須和論證的角度相應，避免情感抒發式的措辭，避免可能使論點表達含糊不明的詞語，諸如象徵比喻性的詞語。

 評估示例

6.1 論文作業（例一）

在報道和文章裏，同性戀的群體如何被社會標籤化，形成刻板印象？

同性戀，簡稱“同志”，是一種性傾向，指對相同性別之間的個體產生愛慕，情感及性吸引。[81] 人們對同性戀的認識，其實可能只是停留在社會媒體所呈現的一個層面。因為社會對於同性戀的印象，都是用特定的詞彙來呈現出來的；而且在報導中，同性戀人群的聲音都很少被傳達。正因為他們被忽視，又被標籤化，這樣社會會深化對於同性戀的偏見，逐漸形成刻板印象，更加增加社會團體和同性戀群體之問的隔閡。

“斷背”一詞街知巷聞，它是源自一部由李安執導的同性戀愛情的影片《斷背山》而來的。因電影中講述了兩個男性的一段感情，所以現代人都會用“斷背”來代替

81 維基百科。

"同志"。不少報章和雜誌濫用"斷背"這個代名詞放在標題上，以求製造噱頭。例如《文匯報》報導的《富家公子疑涉"斷背"情殺亂刀刺死男性好友》[82]，內容主要講述一名男子因為覺得對方對他的感覺有所改變，所以失控用刀亂刺對方。作者用了"斷背"和"情殺"等等的字眼放在題目，不但令報導嘩眾取寵，增加賣點，還能刺激讀者，引起讀者的好奇心。而且，作者更故意選擇用一些例子來突出同性戀是不正常的群體。如說他曾在死者生日時"送吻"，童年不愉快，性情大變，"割脈"有自殺傾向等等。這樣的描寫手法雖然用客觀的角度來體現新聞的真實性，來增加內容的說服力，但這篇報導卻掩蓋不了對同性戀群體的偏見。這篇新聞雖然是以消息形式來報導，但最引人注目的不是報導的內容，而是報導中殺人的男同性戀者。這樣使用語言不但能轉移讀者的視線，而且令他們去留意主角的性取向。由於被媒體所呈現出的層面所局限，讀者們不能吸收到全面的信息。

從另一個更直接的角度，我們可以更加看到社會上對同性戀群體的偏見。由杭州市教育局家長學校和杭州市教育科學研究所編輯的《青春期請家長同行》是一本教育課本，書中用了不少對同性戀抱持偏見的詞彙。例如"同性戀者由於與社會風俗道德相悖逆，會造成他們在個性上趨於孤僻、怪異……"，"同性戀的另一個危害還在於它易於傳播各種傳染病和性病，令人談虎色變的艾滋病就首先是在同性戀者中發現的。"這本教育素材用了"孤僻""怪異"等字眼來形容同性戀者，這些詞彙都帶有負面評價，還把同性戀群體醜化到像外星人一樣，跟社會上的人格格不入；書中亦用了"談虎色變"來形容艾滋病，同時渲染同性戀者是艾滋病高危人群，我們可以發現其實社會很容易便會把這個詞語跟同性戀群體聯繫上，而艾滋病就是象徵著同性戀者，都令社會的其他人畏懼。這樣的描寫手法不但令學生不能學習到全面的性知識，還會令他們從小開始就帶著有色眼光看同性戀群體。社會上對於同性戀群體便會另眼相看，漸漸造成刻板印象。

從上面的事例中，我們可以得出結論：在兩個不同的文本中，同性戀者都和一些負面的詞語劃上等號，同性戀群體被標籤化。這所有的例子都反映了現今社會存有偏見的現象，亦說明了同性戀群體在語言和文本中都是被呈現出特定的樣子。

82 郭雪：《富家公子疑涉"斷背"情殺亂刀刺死男性好友》，《文匯報》（2008年10月14日）。

6.2 論文點評（例一）

一、內容理解。同學選定了非常有意義的看點，就是文本中如何會有刻板印象，以及刻板印象如何呈現在語言表達之中。由此，同學展開了對“呈現”概念的探究。文章談到是社會媒體促成了“人們對同性戀的認識”，“因為社會對於同性戀的印象，都是用特定的詞彙來呈現出來的”。這是一個非常準確的表述，體現出同學的理解準確而到位。

二、分析評價。在分析的層面，文章舉出翔實的事例，如電影中出現的“斷背”一詞如何變成同性戀的代名詞，被報章雜誌普遍使用。一個詞語總是“語出有源”，能找到一個語言現象的出處 ，會使得分析評價變得更有價值，論點更有說服力。同學找到“斷背”的出處，同時舉出具體事例，做出分析，展示“斷背”一詞如何變成標籤，被用來渲染效果、製造噱頭。隨後，文章進入更深一步的觀察，發現標籤性的詞語背後的褒貶，指出詞語代表的負面內容，如同性戀如何“不正常”，因為和“割脈”自殺行為有關，從而增加了對同性戀群體的歧視。論文分析的焦點不是文章內容本身，而是詞語如何能夠“轉移讀者的視線”，使讀者閱讀的焦點有所偏移，“讀者們不能吸收到全面的信息”，從而作者達到操控讀者，達到特定交流目的的效果。論文全面分析了語言現象的來源和特定的表達效果，深入探究了語言如何“呈現”特定的效果，如何能夠影響到讀者，達到批判性思考的深度。在論文的第三段，同學分析到另外一個類型的文本，即教育類的文本。教育類的文本應該有比較平衡的價值考慮，其中包括現實生活中事例的客觀分析，不應該被特定的觀念而左右。但在論文分析的事例之中，同性戀已經被標籤為“與社會風俗道德相悖逆”，同性戀者“孤僻、怪異”。同學在論文中準確鎖定了語言的“呈現”如何使得文體的交流目的發生偏移。在論文的第二和第三段，同學在新聞和教育類文本中尋找事例，發現兩類文本中相似的地方。這樣一來，文章的探究效果就更加出色。同學選取教育類文本更有其出色之處：因為閱讀對象是中小學生，所以教育類文本的社會功用更加明顯。由此來看，在分析和評價的層面，這篇論文確實做得不錯。

三、組織結構。文章整體上脈絡清晰，從介紹引入，到分析正文、結論部分，有章可循。論證過程也環環相扣，舉例、分析和評價層層遞進，效果明顯。文章的第二和第三段分別有很好的論述，但是兩段之間的銜接不是非常明顯。論文發現了傳媒類文本和教育類文本的相似之處，但沒有對相似之處做出恰當的分析和評價。總體上看，兩段的關聯較弱。在兩段之間，論文使用了“從另一個更直接的角度”作為銜接，語焉不詳，顯示出文章思路的一些含混之處。

四、語言運用。論文語言流暢，措辭總體上準確到位，只有一些用詞隨意的地方，表達效果受到影響。論文舉例時用詞和句法不夠明確，如“曾在死者生日時‘送吻’，童年不愉快，性情大變，‘割脈’有自殺傾向等等”，有些重要的介紹說明缺失，論證顯得無力。

6.3 論文作業（例二）

一個特定群體如何被社會邊緣化、消音和排斥

魯迅的《彷徨》是他在1924至1925年所寫的其中一本小說集，魯迅的小說著作經常把故事的集中點放在社會最底層和被邊緣化的人民。其中在《彷徨》當中的《傷逝》最能夠展現一個特定群體如何被逐一消音和排斥的一個例子。《傷逝》的故事記述了子君和涓生的愛情點滴，而他們兩人曲折離奇的愛情故事更是一個非常之有說服力的例子去證明他們如何被社會邊緣化、消音和排斥。

所謂被邊緣化是指當一個特定的社會群體被排斥和被歧視，而最終就會形成這個群體被消音的結果。子君和涓生在故事中並沒有得到一視同仁的對待，因為他們反傳統的生活方式沒有受到別人的認同，而他們就是最好的例子用來證明一個特定的社會群體被邊緣化。此外，因為故事的寫作模式是從男主角的角度作為出發點，所以女主角子君更成為了被消音的對象。《傷逝》故事是以“涓生的手記”作為第一人稱的寫作格式和思想感情發展為主線，而單從這一點就暗示到整個故事的出發點是從男主角涓生的觀點作為描寫，然而女主角的內心想法就是取決於涓生的角度來判斷出來，最終達到子君在故事中被消音的效果。子君和涓生的情緣並非平坦，他們並沒有追從傳統的習俗反而選擇了同居的生活方式。這反傳統的行為在故事中受到了“那獰魚須老東西”和“小東西”的鄙視，令他們的生活模式逐漸被監控。

《傷逝》的其中一個轉折點就是當涓生被解雇之後女主角子君的情緒轉變，這轉變令涓生覺得他們兩人的愛情生活沒有可能延續下去。然而，涓生似懂非懂根本毫不理解子君內心的感受。其中一個很好的例子就是當涓生把阿隨帶到西郊去放掉之後回到家的場景描寫。“我一回寓，覺得又有清靜得多多；但子君淒慘的神色，卻使我很吃驚。這是沒有見過的神色，自然是為阿隨。但又何至於此呢？”作者重複地用到兩次“又”去形容在涓生眼中子君，彷彿他已經熟讀子君的內心想法。但其實子君的心裏想法，涓生根本無法理解。

假如涓生真的是明白子君的內心感受，他就一定會明白阿隨對子君的重大背後

意義。所以說，從以上的對話特別是涓生曾經說的一句“但又何至於此呢？”，我們就可以體會到其實涓生是多麼的愚味無知因為他只懂得自作聰明和自以為是。因此，這已達到女主角子君被“消音”的效果，因為她根本沒有可能抒發她自己的想法，完全不能傳達她的信息到讀者的眼中。當子君和涓生愛情逐漸衰退他選擇和子君離婚，但隨後回到他的故鄉去拜訪一個世交時提到了子君的下落才知道她過了身。當他繼續問到子君的下落時，那人回答“誰知道呢。總之是死了就是了。”從這一段對話，我們便可以清楚明白到子君如何被邊緣化，她死之前在社會中已經毫無價值，而當她死後，她的軀體和靈魂都一齊被遺忘下去。

總括來說，在傷逝中的子君和涓生就成為了被邊緣化和排斥的對象，因為他們反傳統的同居生活模式沒有受到社會的接納。女主角子君更被作者變成一個被消音的對象，因為故事的寫作模式是從男主角的角度來看女主角內心的感受。由此可見，作者利用子君和涓生的經歷逐一揭示和反映出社會的冷酷無情。此外，魯迅更大膽地利用兩個角色去諷刺當時的社會，但其實作者最終的目的就是想利用《彷徨》這一本書來引起療救的作用嘗試拯救其他受困的人民。

6.4 論文點評（例二）

一、內容理解。這篇論文重點討論小說的敘事角度，可以呼應“觀點”的概念探究。在論文中，同學選用了魯迅的小說《傷逝》為例，以“涓生手記”為觀察點，討論第一人稱敘事手法在作品中的情況，由此進入對主題和內容層面的思考：敘事角度如何展現出人物特定的觀察角度和關注點；敘事角度的不同對作品的主題和情感表達會帶來哪些不同。同學觀察到，“子君和涓生在故事中並沒有得到一視同仁的對待”，子君的狀況只是在表面上被描寫出來。論文討論的結果是：《傷逝》中涓生為主體的敘事角度體現了男性中心社會的狀況，不幸的女性沒有機會表達自己，女性是被“排斥”在外的，只是男性角度觀察到的一些現象而已。同學在文學手法的層面討論“消音”的問題，引用小說中的翔實事例，達到不錯的水平。

二、分析評價。論文選取了一個比較有難度的論述角度，討論小說的寫作手法和內容主題的關聯。總體上講，同學的思路線索可循。例如，論文寫到“故事的寫作模式是從男主角的角度作為出發點，所以女主角子君更成為了被消音的對象”，由此可以看出“敘事角度”和“消音”的因果關係。論文還善於選用有分析價值的事例進行分析，如通過小說題目“涓生手記”看得出“整個故事的出發點是從男主角涓生的觀點作為描寫”。不過，論文的焦點不是很準確，體現了同學觀察分析能力的欠缺。論文寫到“他們反傳統的生活方式沒有受到別人的認同”，“他們就是最好的例子用來證明一個特定的社會群體被邊緣化”，好像是在論證涓生和子君兩位主人公共同的命運，而不是被邊緣的子君更悲慘的命運。文章還寫到“在傷逝中的子君和涓生就成為了被邊緣化和排斥的對象”，這些都沖淡了論證的分析效果。在做出評判的時候，論文有時迷失了方向，例如說涓生“愚味無知”，“只懂得自作聰明和自以為是”，把這些當作子君被“消音”的原因，衝淡了對涓生男權意識的分析和評判，使得“觀點”之概念探究效果缺失。論文沒有深入一步探究如此敘事角度的原因何在，例如男權社會如何促成這樣的敘事傾向，男性為中心的社會如何造就了涓生男性自我中心的觀點和角度。論文本來有機會進入更加批判性的思考，評價作者魯迅和小說敘事角度的關係：魯迅是否故意製造涓生的男性視角，使得子君邊緣化的狀況更加明顯，以達到更深刻的社會批判效果？或者說，作者魯迅本人也是男性中心社會中的一員，小說中的“男性敘事”其實就是作者男性中心意識的體現？論文已經引出相關的問題和不錯的看點，可惜沒有向前多走一步。

三、組織結構。從全文來看，可以看到整體上的條理線索。論文的核心是在討論“男主角的角度作為出發點”如何使得“女主角子君更成為了被消音的對象”。論文還善於使用歸謬法使得論證更有層次，彰顯論點，如“假如涓生真的是明白子君的內心感受，他就一定會明白阿隨對子君的重大背後意義”，而小說中的情況確實不是如此。不過，論文的焦點也會發生偏移，有時會偏離主線，討論二位主人公共同“被邊緣化”的狀況，而舉出的事例相關性也不夠，如“那獐魚須老東西”和“小東西”的鄙視是針對二人的，而不單是針對子君。

四、語言運用。論文語言可以達意，但不夠流暢自然；同學語言駕馭能力有限，做較為複雜的論證時顯得力不從心。例如“女主角的內心想法就是取決於涓生的角度來判斷出來”，多個詞語堆砌，表達效果含糊。又如“子君和涓生在故事中並沒有得到一視同仁的對待，因為他們反傳統的生活方式沒有受到別人的認同，而他們就是最好的例子用來證明一個特定的社會群體被邊緣化。”同學顯然是把不同話題的討論疊加在一起，嵌入因果關係連詞，而事實上因果關係並不存在。

第 17 章　個人口試

“個人口試”是一項口頭完成的評估任務。同學要選用一部學過的文學作品和非文學作品作為評估文本，在課程規定的五項全球問題中選一項，認定並且討論全球問題和兩個文本的關聯，及在文本中如何呈現出來。

同學要在選定的文學和非文學作品中各摘取一個選段展開分析（各 40 行），但分析的內容不應受到選段的限制。選段只是為了提供重要的材料，提醒同學內容的重點和想要引用的部分。同學應該探討作品的整體。

評估以口頭形式完成，時間為 10 分鐘。在口頭陳述之後，同學需要回答教師提出的問題，時間為 5 分鐘。

評估要求

個人口試評估歷時較長，學習過程和評估準備過程相互交織。在整個過程中，教師和學生都應積極參與，承擔自己的角色。整體要求如下：

階段	學生要做的	教師要做的
課程學習過程中	理解各項全球問題的含義，關注並探究全球問題和課程內容的關係。	引導學生展開探究活動。
準備評估（1）	選定文學和非文學兩個文本，同時選定一項全球問題為探究點。	矯正學生思路，提出改進意見。 【注意事項】教師不可指派作品、話題及節選，不宜提示思考重點。
準備評估（2）	在兩個文本中各節選 40 行有代表性的內容，準備在評估中使用。	

階段	學生要做的	教師要做的
準備評估（3）	在時間表上標注評估時間，安排複習計劃。	通知學生評估時間。 【注意事項】可以更早一些做出時間安排。
準備評估（4）	準備 10 個要點，填寫表格。 【注意事項】要點不可過長。	向學生提供表格，説明表格使用方法。
離評估至少一個星期之前	將文本節選交給老師。準備好節選，完成要點表格，準備評估。	根據節選內容準備相應的問題，在評估中提問。 【注意事項】不宜告訴同學會問哪些問題。
進入考場	只可攜帶要點表格和沒有標注的節選。	安排舒適安靜的環境，檢查錄音設備。
評估進行中	進行個人陳述（10 分鐘）。 【注意事項】陳述時不宜照讀要點內容。	開啟錄音設備，聆聽同學陳述，記錄重點，修正問題（10 分鐘）。
	進入問答環節，回答教師提問（5 分鐘）。	進入問答環節，向同學提問（5 分鐘）。
離開考場	留下要點表格和節選。	檢查錄音質量。
評估結束後	反思學習和評估過程。	整理評估資料：要點表格、節選和音頻文檔。
		給出成績，並和校內其他教師協商，按照評估標準化程序做出調整，準備提交。

2 全球問題

全球問題關切到作品的主題和內容層面，同時，全球問題也總是以特定的語言和文學形式表達出來。所以，全球問題的研習在課程中有突出的地位，也會使得課程學習變得更加接近現實生活，更加有趣和有意義。

進入全球問題思考之前，先要想一想：

❶ 為什麼全球人類會有普遍關心的問題？

❷ 全球問題如何和地域性的問題聯繫起來？

❸ 如何在地域性的問題中找到全球性的意義？

❹ 日常生活中的點滴小事，如何可以呈現重大的全球問題？

❺ 全球問題如何用特定的語言形式傳達？

❻ 在展示全球問題的時候，文學和非文學文本有何不同特點？

生活在同一個星球，面對相同的自然環境，經歷類似的社會和歷史發展的過程，全人類面臨的問題總是有很大的相似之處。在全球交流日益頻繁的今天，生活在全球各地的人有更多共同的話題。

全球問題滲透在日常生活的點滴之中。全球問題不是臆想出來的，不是虛擬的生活狀況，而是基於人們的生活經歷，在日常生活中會找到具體的事例。"問題"需要用語言形式表達出來。人們把生活經歷用語言形式表達出來，全球問題總是具體可感的，總是能夠觸及人類最初始的人生體驗。

在全球相同或類似的問題之下，不同地域的人群各有不同的經歷。不同的地區畢竟有不同的生活環境，不同的歷史時代會促成不同的生存狀況。所以看上去，同一個全球問題會有許多不同的展現形式。用不同的語言形式和文體表達出來，這些不同的情況更有不同。

全球問題有很多。課程給我們指定了有代表性的五項："文化、身份和社區""信仰、價值觀和教育""政治、權力和公平正義""藝術、創造力和想象力""科學、技術和環境"。

【學習檔案：認識全球問題】

內容和目的：理解各項全球問題的基本內涵

設計和操作：

- 關注世界：在媒體和社交網絡尋找熱門事件，如地域性的戰爭衝突、獲國際大獎科幻電影等。
- 熱詞歸類：在熱門事件中尋找熱門話題和詞語，歸入五個全球問題。例如："衝突"歸入"政治、權力和公平正義"，"科幻"歸入"科學、技術和環境"或者"藝術、創造和想象"。
- 同儕交流：同學之間交流熱詞，列出大表，在教室張貼，同時收入個人學習檔案。

有哪些作品可能與全球問題相關？

一、"文化、身份和社區"：有關社會階層和等級，如老舍小說《駱駝祥子》、有關社會下層居民區（如香港的“籠屋”）生活狀況的新聞報道；有關種族觀念，如胡塞尼小說《追風箏的人》、有關香港少數族裔人士就業情況的調查；有關家庭生活和婚姻觀念，如福樓拜小說《包法利夫人》、易卜生戲劇《玩偶之家》、電視台的擇偶節目、有關當代中國大齡未婚現象的社會調查等。

二、“信仰、價值觀和教育”：有關宗教意識的社會地位，如托爾斯泰《復活》；有關教育制度和理念如何產生影響，如馬克．吐溫小說《赫克爾貝里．芬歷險記》、有關特定價值信念如何支撐一個人採取行動的專訪（如不計名利得失熱衷於公益事業人士）、有關“虎媽”“狼爸”家庭教育得失的社會輿論；有關國家民族價值觀，如電影《紅海行動》中的愛國主義色彩，有關“社會主義核心價值觀”的各類宣傳品；有關“次文化”非主流的價值觀，如有關“小確幸”“佛系”新生代人士的微信公眾號等。

三、“政治、權力和公平正義”：有關戰爭和政治衝突，如海明威小說《喪鐘為誰而鳴》；有關傳統倫理觀念的社會權力，如曹禺戲劇《雷雨》；有關社會資源分配不均公義缺失，如有關大城市“漂族”、外賣小哥經歷的深度報道等。

四、“藝術、創造和想象”：有關探究新的表現手法藝術領域，如白先勇小說《台北人》中的“意識流”的手法、阿來小說《塵埃落定》中的“魔幻現實主義”手法、打破傳統構建新意象的“朦朧派”詩作、社交媒體中新的文體形式如微信公眾號、體現多重交流目的新文體如“走心廣告”和“軟廣告”、多種媒介結合的文體形式如圖文結合的廣告等。

五、“科學、技術和環境”：展示與思考人類與自然環境的關係，如姜戎小說《狼圖騰》；用科學幻想的方式展示觀察思考，如劉慈欣小說《三體》；思考技術和人類的關係，如人工智能小說、人工智能應用程序如“洗文”程序等。

3 評估示例

口頭評估的總體目標，是展示同學對全球問題如何呈現於文學與非文學文本之中的理解。其中的要點是：充分理解全球問題，發現作品和問題的關聯；分析全球問題在作品中的不同呈現方式；評價和探究全球問題和作品的關係及其意義。請看下面的評估示例（這裏只是列出評論可能的要點，不一定顯示口頭考試的結構形式）。

全球問題：文化、身份和社區

文學作品：老舍小說《駱駝祥子》（第 16 章）

非文學作品：網絡媒體調查報告《那麼年輕居然要在“棺材”裏度過一生……》

駱駝祥子（節選）

老舍

大雜院裏有七八戶人家，多數的都住著一間房；一間房裏有的住著老少七八口。這些人有的拉車，有的作小買賣，有的當巡警，有的當僕人。各人有各人的事，誰也沒個空閒，連小孩子們也都提著小筐，早晨去打粥，下午去拾煤核。只有那頂小的孩子才把屁股凍得通紅的在院裏玩耍或打架。爐灰塵土髒水就都倒在院中，沒人顧得去打掃，院子當中間兒凍滿了冰，大孩子拾煤核回來拿這當作冰場，嚷鬧著打冰出溜玩。頂苦的是那些老人與婦女。老人們無衣無食，躺在冰涼的炕上，乾等著年輕的掙來一點錢，好喝碗粥，年輕賣力氣的也許掙得來錢，也許空手回來，回來還要發脾氣，找著縫兒吵嘴。老人們空著肚子得拿眼淚當作水，咽到肚中去。那些婦人們，既得顧著老的，又得顧著小的，還得敷衍年輕掙錢的男人。她們懷著孕也得照常操作，只吃著窩窩頭與白薯粥；不，不但要照常工作，還得去打粥，兜攬些活計——幸而老少都吃飽了躺下，她們得抱著個小煤油燈給人家洗，作，縫縫補補。屋子是那麼小，牆是那麼破，冷風從這面的牆縫鑽進來，一直的從那面出去，把所有的一點暖氣都帶了走。她們的身上只掛著些破布，肚子盛著一碗或半碗粥，或者還有個六七個月的胎。她們得工作，得先儘著老的少的吃飽。她們渾身都是病，不到三十歲已脫了頭髮，可是一時一刻不能閒著，從病中走到死亡；死了，棺材得去向“善人”們募化。那些姑娘們，十六七歲了，沒有褲子，只能圍著塊什麼破東西在屋中——天然的監獄——幫著母親作事，趕活。要到茅房去，她們得看準了院中無人才敢賊也似的往外跑；一冬天，她們沒有見過太陽與青天。那長得醜的，將來承襲她們媽媽的一切；那長得有個模樣的，連自己也知道，早晚是被父母賣出，“享福去”！[83]

---

83 老舍：《駱駝祥子》，香港：三聯書店（香港）有限公司，1999 年。

那麼年輕居然要在“棺材”裏度過一生……（節選）

2017-11-30 由大能耐發表於資訊

還有大約 20 萬香港人

生活在這種籠屋裏

四面的鐵絲網圍成的屋子

一個人蝸居在狗籠一般的狹小空間

那是霓虹燈也無法照亮的地方

……[84]

第一，發現作品和問題的關聯。

小說《駱駝祥子》和調查報告《那麼年輕居然要在“棺材”裏度過一生……》（《一生》）都展示了“文化、身份和社區”這個全球問題。其中，貧困問題和貧困社群的生活狀況在兩部作品中都得到關注。

【評語】點明全球問題和所涉及的作品。

在《駱駝祥子》中，作者描述了大雜院的生活場景。擁擠、破舊和骯髒是大雜院最引人矚目的場景。對那些窮人來講，“一間房裏有的住著老少七八口”，而房子如此破舊，“牆是那麼破，冷風從這面的牆縫鑽進來，一直的從那面出去，把所有的一點暖氣都帶了走”破舊的房子給窮人們帶來寒冷和痛苦。大雜院的衛生條件極差，“爐灰塵土髒水就都倒在院中，沒人顧得去打掃，院子當中間兒凍滿了冰”。作者更關注在這樣的環境之中生活著的人。在貧困中最不幸的是那些弱者。小說寫到，“頂苦的是那些老人與婦女。老人們無衣無食，躺在冰涼的炕上，乾等著年輕的掙來一點錢，好喝碗粥”。然而，年輕人的生活何嘗會更好。他們在外面奔忙一天，“也許空手回來”，而這時，“還要發脾氣，找著縫兒吵嘴。老人們空著肚子得拿眼淚當作水，咽到肚中去”。由此，讀者不只是

84《那麼年輕居然要在“棺材”裏度過一生……》，《每日頭條》，https://kknews.cc/news/62z43bl.html，2019 年 8 月 9 日瀏覽。

看到了貧困的生活，同時看到了在貧困迫壓之下的人家庭親情如何受到傷害。作者老舍把聚焦點放在社會最下層的婦女的身上。女人承受的壓力和經歷的艱辛是最大的，她們“既得顧著老的，又得顧著小的，還得敷衍年輕掙錢的男人”。就算是全家人有幸“都吃飽了躺下”，她們也得“抱著個小煤油燈給人家洗”。“她們懷著孕也得照常操作”，而且“得先儘著老的少的吃飽”，自己“只吃著窩窩頭與白薯粥”。而那些年輕的姑娘們“十六七歲了，沒有褲子，只能圍著塊什麼破東西在屋中”。她們的命運要麼和自己的母親一樣，要麼“早晚是被父母賣出”，結局只能更加悲慘。

【評語】描述了文學作品中所呈現出 的“貧困”問題，從場景到人物形象描寫，到作者的情感表達，談得很全面。

在《一生》中，作者寫到了和《駱駝祥子》中非常類似的居住環境，“一個人蝸居在狗籠一般的狹小空間”，而有家庭的全家老小也都是擠在一起，上下床就是分別的生活、孩子做功課和和睡覺的空間，而地面就是廚房和衛生間等所有生活設施。作者插入了多幅照片，形象地展示了在如此“狗籠”中人的生活景象。在自己的房間之外，人們只有狹小的公共空間，只能“擦肩而過”，而呼吸到的只是由擁擠和衛生條件差產生的“臭濕氣”。作者進而指出，這樣的居住環境按單位面積計算是“在香港，租金最高的”，更突顯了貧困之嚴重和社會的極度不平等。

【評語】描述了非文學作品中“貧困”的情況，同時談到照片和文字相配合如何增加了表達效果。

第二，分析全球問題在作品中的不同呈現方式。

小說是社會現實形象性的呈現。在《駱駝祥子》的節選中，作者展開了一幅社會底層的生活場景，從景物描寫到人物形象描寫，從外觀描寫到帶有作者情感色彩的渲染傾訴，全面展開。場景和人物描寫有很好的結合，當作者寫到大雜院“沒人顧得去打掃”的時候，話題自然轉到院內的居民，轉到他們辛苦操勞的困苦的生存狀況。小說還有牽動人心的細節描寫。當寫到老人在家中忍受饑餓，期待年輕人帶回食品的時候，馬上寫到年輕人的生活也不會更好：他們在外面奔忙一天，“也許空手回來”，“還要發脾氣”，而老人也只能在饑餓之上，再多忍受一層傷心和痛苦。這樣的描寫觸及貧

【評語】重點分析小說的結構特點，場景描寫和人物描寫如何銜接，在特定的場景之中人物的生活如何，命運如何展開。

困生活災難的深處，在讀者心中起到撕心裂肺的效果。

選段中的描寫詳略有致：略寫的是大雜院中眾生相，而對院子裏的女人的描寫佔最大的篇幅，突出了作者對社會最底層的女性同情和憐憫。小說全篇是一個整體，這段大雜院的描寫在小說中起到重要的作用，引出祥子生活更深一層的災難和痛苦，尤其是和兩個女人相關的生活。選段中講到的懷孕和死去女人，引出虎妞在大雜院難產死去的不幸故事，而那些“早晚是被父母賣出”的年輕姑娘們，也在暗示小福子的悲慘經歷。小福子就是一位被父親賣出去“享福”的女子，事實上小福子非但沒有享福，反而為了照顧酒鬼父親和年幼的弟弟屈身為娼妓，後來生活重負與精神屈辱交加，自殺身亡。從語言使用來講，“享福去！”寄托了強烈的情感色彩。加了引號的“享福去”有強烈的諷刺意味，而後面的感歎號也加重了控訴的效果。

【評語】繼續討論小説的結構特點，但重點放在詳略佈局；同時分析評論作者的情感色彩如何呈現，以及諷刺修辭手法和標點符號的使用如何起到作用。

《一生》是一篇出現在網絡平台的社會問題報告。報告充分利用了網絡空間的優勢，加入大量的照片，配合文字表達。這是在小說中不容易做到的事。同時，文字部分也不是長篇大論，而是用簡潔洗練的語言，給讀者留下許多思考和展開的空間。“每日頭條”網站很有規模，同一詞條之下有許多文章，形成一個整體，內容全面完整，同時也有許多不同的表現形式出現。和《一生》在一起的還有許多同樣話題的文章，形成龐大的組合，對受眾產生極大的影響力，引導受眾對貧困小區的關注。作為社會調查報告，文中也有大量數據，展示貧困小區的真實狀況。“這裏每尺（約 0.09 平方米）/ 最高租金可達 300 港元 / 相當於 2823 人民幣每平方米”，數字是現狀最有力的說明。

【評語】評述“報告”的特點如何體現出來，如數據的使用，簡潔的語言，以及網站交流平台如何增加了表達效果。

雖然如此，《一生》也借用了許多文學手法，達到表達目的。首先，簡潔的語言以詩句的形式出現，合轍押韻，朗朗上口，更容易引發讀者的情感共鳴。“來逃避和忍受生活的不堪 / 剛看過劏房你就開始絕望？那是因為你還沒有看過棺材房 / 有人說這是香港最接近地獄的地方”就會產生這樣的閱讀效果。文中用了具體形象的描寫展開生活圖景，“四面的鐵絲網圍成的屋子 / 一個人蝸居在狗籠一般的狹小空間”。在這方面，《一生》和《駱駝祥子》有異曲同工之妙。在“那是霓虹燈也無法照亮的地方”一句，報告也用了借代的手法，借用“霓虹燈”來代表繁華發達的香港社會，而“霓虹燈也無法照亮的地方”就是被現代社會冷落和遺忘了的底層社群；而“這是香港最接近地獄的地方”則意在啟動讀者的聯想，把“棺材”和“地獄”聯繫起來，直接展示底層小區觸目驚心的生活狀況。文章也善用對比的方式：“在香港，租金最高的不是中環／不是山頂豪宅／而是全港十八區裏最貧窮的——深水埗”，這個說法讓人意象不到，也難以置信，但加上數字說明，讀者就不得不接受這個慘痛的現實。“呼吸一口‘臭濕氣’的自由”又是帶出強烈的嘲諷意味。香港號稱是自由的世界，但是在下層居民的小區，人們只有呼吸“臭濕氣”的自由。社會不均由此彰顯。

【評語】重點評述文學手法如何在非文學作品中使用，如詩體形式、形象化的語言和多種修辭手法的使用，討論文學和非文學的相通之處，很有價值。

第三，評價探究問題和作品的關係之意義。

《駱駝祥子》和《一生》都從自己的角度和用特別的方法呈現貧困問題，進而展示“文化、身份和社區”這個重大的全球問題。兩部作品都讓我們體會到，全球問題總是跨越時代和地域環境的。《駱駝祥子》所展示的是二十世紀三十年代北京人的生活，而《一生》寫到的是當代香港都市居民的生活。雖然處在不同的時空，但是貧困小區的生活狀況何其相似。兩個作品也同樣寫出了階級固化、社會下層沒有希望改變自己生活的可悲現實：大雜院的居民世世代代離不開這個惡劣的環境，老人和孩子都要經歷這樣的生活，年輕的女子永遠逃不出母親體驗過的痛苦；棺材屋的現實更觸目驚心：報告的題目已經寫明，如此年輕的人“居然要在‘棺材’裏度過一生”。“大雜院”和“棺材屋”穿越時空進入讀者的視野，是社會不平的表徵和縮影。研習兩部作品也會讓我們理解到，在不同的時代和地域，作者對社會問題會有不同的關注點。兩個文本展示出來的具體生活場景還是有所不同：《一生》突顯的是在貧富懸殊的香港社會分配的不公平，作者著力展示的是令人難以置信的現實：

【評語】探究作品中有哪些相類似的現實狀況，評述兩個作品如何展現全球問題的普遍性，同時討論兩部作品寫到的細節有何不同，同樣的問題在兩個作品中有哪些不同的呈現。

處在生活底層的人居然需要支付更多的生活開銷。對《駱駝祥子》來說，作者更在意的是描繪貧困的眾生相，讓讀者感覺到貧困是一個如此龐大的社會存在。

兩部作品也讓讀者體會到，作者的寫作意圖如何呈現出來，對讀者產生影響。一方面，作者總是能夠以情動人，在描寫社會下層的生活狀況時，總是能夠激發善良人士的同情和憐憫之心；無論採用文學或是非文學的文體形式，作者總是會投入深切的情感和是非評判。另一方面，作者的積極主動的投入，也會起到渲染氣氛的作用，會調動讀者情感，同時也會影響讀者的判斷力。有關貧困問題的社會現實是比較容易打動人心的，所以在處理這個現實問題的時候，作者"煽情"的可能性更大，效果也會更好。讀者會受到作者的操控，失去自己判斷的權利和機會。在這種情況之下，如果有讀者表示質疑，想和作者的煽情式的語言保持距離，願意自己探索，也是可以理解的。處在不同的時間和空間，讀者的反應也可能會不同。例如，在今天的社會，在言論自由、法制健全的國際化都市，會有讀者覺得過於情緒化的表達意義不大，尤其是在信息性或新聞類的網頁，讀到"只有相互'擦肩而過'的無奈／和呼吸一口'臭濕氣'的自由"這樣的語句，有的讀者可能會覺得感情色彩太濃。對老舍的小說來講，雖然讀者可以受到強烈的感召，但是作者情緒激動的語言也會破壞小說的形象性。老舍在小說中經常會喊出口號，如說祥子是"個人主義的陌路鬼"。不是所有的讀者都會接受這樣的寫法。

【評語】深入討論作者意圖和讀者接受的現象和出現的不同狀況，貧困這個特定的全球問題如何使得作者和讀者有更深度的情感交流，但同時也會觸發讀者獨立思考的意識，以及對作者操控的警覺和抗拒。

【學習檔案：全球問題思考和評判】

內容和目的：培養多角度批判性思考的能力

思考重點：作者的目的如何在文本中呈現，文體形式如何影響到表達效果，作者的接受因為時空變化會有哪些差異。

設計和操作：

- 發現問題：選一個文學或非文學作品，發現和作品相關的全球問題。
- 閱讀體驗：記錄最初閱讀體驗——作品如何呈現全球問題，如何對作為讀者的你形成吸引力。摘取 3-5 行，做 50 字左右的簡單評語。
- 交流反思：和同學交換作品摘選和評語，發現同異之處，思考原因。
- 綜合評價：再次審視自己的最初評語，發現有什麼變化，思考原因，記錄思考過程。

 評分標準

一、理解和詮釋

- 理解全球問題。一般來說，全球問題不會很難理解。但是如果遇到作品和全球問題的關係不是很明確的事例，就應該仔細考慮，這個問題在作品中究竟有什麼樣的事例。例如，如果想要討論“信仰、價值觀和教育”這個全球問題，想要使用的是“微信公眾號”這種新興媒體的表達形式，同學就要仔細分辨公眾號如何體現大眾普遍心理狀態和表達習慣，和官方或正統的表達方式有什麼不同，從而發現“價值觀”的不同在哪裏，同時也會發現“教育”在其中起到的作用。每個作品的情況都是不同的。只有發現作品的特別之處，才有機會找到全球問題的獨一無二的表達方式，理解和詮釋才有價值。
- 理解作品和全球問題的關係。對個人口試來講，理解包括對全球話題的理解和對作品的理解，更重要的是發現作品和全球問題的關係，同時要用恰當的事例做出說明。因為考試要求緊扣一個全球問題，所以分析評價的時候一定要專注，不可浮泛。以上面

的事例來看，口試的內容應該集中在貧困之"小區"問題，雖然作品中也有別的內容。

- 善用節選和作品整體的內容。節選的主要作用是提示同學有哪些經典的事例，為了方便同學引用作品內容，不是說只能使用節選中的事例。所以說，同學要學會引用節選中的內容，更要從節選看整個作品，從作品整體的脈絡之中找到和全球問題最為貼切的地方。一般來說，節選總會是比較有局限性的。只有突破節選的限制，討論整個作品的特點，才能更好地把作品和全球問題聯繫起來。

二、分析和評價

- 重點分析文學手法和語言技巧。分析和評價的任務是發現作品和全球問題如何發生聯繫。對文學作品來講，文學的主要特點都要有所關照，例如敘事文學中的場景、情節、人物、視角，當然不同文體形式的作品看點會有所不同。對非文學作品來講，語境、受眾、交流平台和交流目的應該是分析的重點。對兩類作品來說，時代和社會環境、作者的寫作意圖和讀者的接受、語言表達如何與文體形式相契合，都是重要的看點。在分析手法技巧的時候，一定不要忘掉相關的全球問題，要找到特定的手法如何有助於展示這個問題。在上面的事例中，我們可以看到老舍如何使用場景、人物，詳略結合，借修辭手法注入作者情感評判等手法達到展示貧困問題的目的。
- 比較鑒別發現不同的特點。只有比較才能達到更深一層的理解和思考。在口頭考試中，如果能把文學和非文學作品的內容和寫作特點做出比較，一定更加出色。比較可以在內容層面，例如在討論"科學、技術和環境"的時候，《狼圖騰》和人工智能寫作的內容有很大的不同，但都是在探究和展示人類和自然世界的關係：《狼圖騰》講到的是人類不能善待自然必然遭受報應，而人工智能書寫文章所表現出來的人類如何面對自身的創造力，如何發現情感和靈魂缺失意味著什麼。比較也可以是在文體形式和語言特點方面，例如上面事例中小說和報告的比較，藝術詩意化的語言如何同時使用在文學和非文學的作品之中。
- 展示批判性思考的能力。全球問題也會是充滿爭議的問題。在研讀作品的時候，同學就要學會從多層面多視角看全球問題在作品中的呈現，重點關注作者寫作意圖和讀者接受之間出現的偏差，時間和空間發生變化之後理解和判斷會有哪些不同。例如，如果用"走心廣告"為文本來討論"藝術、創造力和想象力"這個全球問題，就可以從多個角度來看：或者是欣賞打動人心的表現手法，有意或無意接受作者營造的情感氛圍；或者是質疑作者的寫作動機，對商業或政治目的表示反感，排斥和批判作者故意操控讀者的做法。

三、組織結構

- 口頭表達能力。口頭評估最大的難點，在於口頭表達的方式。和書面表達不同，一旦說出話來，就沒有機會修改。所以，同學一定要認真操練自己的口頭表達的能力，尤其是口頭論述的能力。
- 分析評述能力。個人口試的要求不只是說明有什麼、為什麼，還要論辯其中的關係，如何呈現意義。個人口試不是“個人口頭評論”：雖然也有選段在眼前，但重點不是精讀和分析節選本身，而是從節選中的事例說起，研討更深入的問題。邏輯條理在其中非常重要，也更不容易做好。

比較有效的模式可以是：列舉作品事例、分析事例的特點和表現手法、評價背後的意義。前面的事例可以展示這個結構模式的主要特點。

四、語言表達

- 口頭表達的語言應該力求準確流暢。由於口試表達是在流動的時間內進行，選詞煉句的機會比書面表達要少，再加上考場面對錄音設施，又可能會緊張。所以，同學要培養心平氣和，娓娓道來的功夫。

口試使用的語言是論述性的語言，所以語體一定要恰當，要學會多用客觀平實的語句和措辭，少用主觀性的和帶有情緒色彩的表達，要學會使用文學分析常用的詞彙。

視覺形象設計　靳劉高創意策略
責任編輯　胡卿旋
書籍設計　任媛媛
排　　版　楊　錄

書　　名　**DP 中文 A 語言與文學課程學習指導**（第二版）（繁體版）
DP Chinese A Language and Literature Course Study Guide
(2nd Edition) (Traditional Character Version)

編　　著　禹慧靈

出　　版　三聯書店（香港）有限公司
香港北角英皇道 499 號北角工業大廈 20 樓

香港發行　香港聯合書刊物流有限公司
香港新界荃灣德士古道 220-248 號 16 樓

印　　刷　中華商務彩色印刷有限公司
香港新界大埔汀麗路 36 號 14 字樓

版　　次　2013 年 3 月香港第一版第一次印刷
2020 年 3 月香港第二版第一次印刷
2023 年 10 月香港第二版第二次印刷

規　　格　大 16 開（215 × 278 mm）288 面

國際書號　ISBN 978-962-04-4445-6

本書引用的部分圖片或文字作品，由老樹先生、賈代騰飛先生、大童豪爸爸和來畫視頻等提供，在此謹致謝忱！
另有部分作品未能與著作權人取得聯繫，敬請相關權利人與本社聯繫：publish@jointpublishing.com。